인생의 베일

The Painted Veil

THE PAINTED VEIL
by W. Somerset Maugham

세계문학전집 137

인생의 베일

The Painted Veil

서머싯 몸

황소연 옮김

민음사

차례

현대의 키티로 태어난 『신곡』의 피아

이 이야기는 단테의 『신곡』 중 아래 구절[1]에서 영감을 얻어 탄생되었다.

"Deh, quando tu sarai tornato al mondo,

e riposato della lunga via",

seguitò 'l terzo spirito al secondo,

"Ricorditi di me, che son la Pia:

---

1) 이탈리아의 시인 단테 알리기에리가 쓴 『신곡(La Divina Commedia)』은 1부 「지옥편」, 2부 「연옥편」, 3부 「천국편」으로 구성되는데, 여기서 인용된 구절은 「연옥편」의 제5곡 중 마지막 구절이다. 단테에게 나타난 세 망령들 중 마지막 망령인 피아가 단테에게 현세로 돌아가거든 자기를 기억해 달라고 간청하는 내용이다.

Siena mi fé; disfecemi Maremma:
salsi colui, che, 'nnanellata pria
disposando m'avea con la sua gemma".

"부디, 당신이 현세로 돌아가 긴 여행의 피로를 풀게 되거든," 두 번째에 이어 세 번째 망령이 말했다네. "나 피아를 기억해 주세요. 시에나가 나를 만들고 마렘마가 나를 파괴했나니, 그 경위는 보석 반지로 나를 아내로 맞은 그가 알고 있나이다."

세인트토머스 의학교의 학생이었던 나는 부활절을 맞아 6주간의 휴가를 얻었다. 네모난 여행 가방에 옷을 챙겨 넣고 주머니에 20파운드만 가지고 길을 떠났다. 내 나이 스무 살. 제노바로 갔다가 피사를 거쳐 피렌체로 갔다. 여기서 나는 라우라 거리에 방을 하나 얻었다. 창문 너머로 성당의 아름다운 돔 지붕이 보이는 방인데, 이 셋집의 주인은 딸이 하나 딸린 과부로, (한참 입씨름을 벌인 끝에) 하루에 4리라를 받고 내게 숙식을 제공하기로 했다. 그 당시 나는 엄청난 식성을 자랑하며 산더미처럼 쌓인 마카로니도 게걸스럽게 삼킬 정도였기 때문에 유감스럽게도 그녀에겐 별로 남는 장사가 아니었다. 그녀는 토스카나 언덕에 포도밭을 갖고 있었는데, 그곳 키안티는 내가 이탈리아에서 마셔본 포도주 중 단연 최고였다고 기억한다. 집주인의 딸은 내게 매일 이탈리아 말을 가르쳐 주었다. 당시 그녀가 나이가 꽤 들어 보였지만 그래도 스물여섯은 넘지 않았을 거라고 추측한다. 그녀는 불운을 겪은 여자였다. 장교였던 약혼자가 에티오피아에서 전사하는 바람에 처녀성을 성스럽게 지키고 있었다. 어머니가 죽으면(이 활달하고 통통한 백발의 부인은 사랑하는 주님이 합당하게 정한 그날까지는 죽을 마음이 없었지만) 엘실리아가 종교에 귀의한다는 것은 기정사실이었다. 하지만 그녀는 그날을 즐거운 마음으로 고대했다. 그리고 한바탕 쌀쌀거리며 웃기를 좋아했다. 우리는 점심과 저녁 식사 시간엔 아주 쾌활하고 명랑했지만, 그녀는 자신의 언어 강습을 사뭇 진지하게 여겨서 내가 멍청하거나 산만하게 굴면 검은색 자로 내 손등을 철썩 때리곤 했다. 그렇게 어린애 취급을 받으면 화가 날 법도 했지만 나는 오히려 예전에 책에서 읽고 웃음을 터뜨리곤 했던 구닥다리 선생의 모습을 떠올렸다.

나는 분주한 나날을 보냈다. 매일 입센의 희곡을 몇 쪽씩 번역하기 시작했고 수수께끼 같기만 했던 능수능란한 대화 작법의 비결을 터득할 수 있을 것도 같았다. 그때 존 러스킨[19세기 영국의 미술 비평가]이 내 손에 잡혔다. 나는 피렌체의 풍경들을 샅샅이 훑어 내려가며 그 책이 지시하는 대로 조토의 탑과 기베르티의 청동 문들을 찬미했다. 우피치의 보티첼리 작품들에 당연히 열광했으며, 이 대가가 인정하지 않은 작품에 대해서는 나도 치기 어린 마음으로 맘껏 비웃어 주곤 했다. 점심을 먹고 나서 이탈리아어 수업을 받은 후엔 다시 한번 교회들을 찾아가 보고 아르노 강을 따라 꿈꾸듯 여기저기 방황했다. 저녁식사가 끝나면 모험을 찾아 또 밖으로 나갔지만 너무 순진했던 것인지 아니면 수줍음 탓이었는지 번번이 집을 나설 때의 정숙한 몸 그대로 돌아오고 말았다. 주인 아주머니는 내게 열쇠를 주고서도 내가 들어와 문을 잠그는 소리를 듣고 나서야 안도의 한숨을 내쉬었다. 그녀는 내가 문 잠그는 것을 잊어버릴까 봐 늘 걱정했다. 나는 다시 구엘프[교황파]와 기벨린[황제파]의 역사를 정독하는 일로 돌아갔다. 낭만적인 시절의 작가들이 나처럼 행동하지 않았다는 것쯤은 통감하고 있었고 달랑 20파운드로 이탈리아에서 6주 동안 버티려고 한 사람이 있었을까 싶었지만 어쨌든 나는 그렇게 건전하고 근면한 생활을 만끽했다.

나는 이미 신곡의 「지옥편」을 모르는 단어들은 꼼꼼히 사전을 찾아보며 번역본의 도움을 받아 읽었기 때문에 엘실리아와 함께 「연옥편」을 시작했다. 내가 맨 처음에 인용한 구절에 우리가 도달했을 때, 그녀는 피아가 이탈리아 시에나의 귀부인이며 남편이 그녀의 부정을 의심했지만 그녀의 가족들이 무서워 그녀를 죽이지 못했다고 했다. 그는 질병에 걸리기 쉬운 마렘마라면 바라는 바를 이룰 수 있으리라 확신하고 피아를 마렘마의 자기 성으로 데려갔지만 시간이 지나도 피아가 죽지 않자 조바심이 나 피아를 창밖으로 던져 버렸다는 것이다. 엘실리아가 이 모든 이야기를 어디서 알았는지는 모르겠다. 단테 자체는 주목할 만한 것이 아니었지만 왠지 모르게 그 이야기는 내 상상력을 자극했다. 나는 그 이야기를 곰곰이 되새기며 그 후로도 몇 년 동안 가끔씩 골똘히 생각에 잠겨 꼬박 이삼 일을 보내곤 했다. 어쩔 땐 혼자 그 구절을 암송하곤 했다. "Siena mi fé; disfecemi Maremma(시에나가 나를 만들고 마렘마가 나를 파괴했나니)." 하지만 그것은 내 머릿속을 장악한 여러 주제 가운데 하나에 불과해서 나는 오랫동안 그것을 잊어버리고 지냈다. 그런 이야기가 20세기에 벌어진다면, 배경이 어디라야 그럴싸하게 보일지 딱히 떠오르지 않았다. 그러다 중국으로 긴 여행을 다녀온 후 이 이야기를 착안하게 되었다.

이 작품은 내가 인물이 아닌 이야기를 소설의 출발점으로 삼아 쓴 유일한 소설이다. 인물과 줄거리의 관련성을 설명하기란 어렵다. 아무것도 없는 상태에서는 인물이 잘 생각나지 않는다. 어떤 인물을 생각하면 그 인물이 어떤 상황에서 뭔가 하는 것을 생각하게 된다. 말하자면 어떤 인물과 그 인물의 주된 행동은 상상력이 양쪽에 동시에 작용해 나타나는 결과물인 듯하다. 하지만 이번 경우는 이야기에 맞게 등장인물들이 선택되었기 때문에 나는 점진적으로 캐릭터들을 발전시켰다. 그들은 내가 오랫동안 각기 다른 상황에서 알고 지내 온 사람들을 재료 삼아 탄생했다.

나는 이 작품 때문에 작가들에게 곧잘 들이닥치는 어려움들을 몇 가지 겪었다. 원래 남자 주인공과 여자 주인공의 이름을 평범한 성(姓)인 레인(Lane)으로 불렀는데, 하필 홍콩에 실제로 그런 이름을 가진 사람들이 있는 것으로 드러났다. 그들이 날 고소했고 그 결과 내 소설이 연재된 잡지의 발행인에게 250파운드의 벌금형이 내려지는 바람에 나는 그 이름을 페인으로 바꾸었다. 게다가 자신이 모욕을 당했다고 생각한 총독부 차관보까지 고소하겠다고 위협을 했다. 놀라지 않을 수 없는 일이었다. 영국에서는 수상을 무대 위에 올리기도 하고 소설의 인물로 삼기도 하며 캔터베리 대주교나 대법관, 고매하신 고관대작 나리들조차 이런 일에 눈 하나 깜짝하지 않기 때문이다. 그런데 그렇게 하찮은 관직을 잠시 차지한 자들이 스스로를 표적으로 간주하다니 참 희한한 노릇이었지만, 나는 분란을 피하기 위해 홍콩을 가상의 식민지 칭옌으로 바꾸었다.[2] 이 사고가 터졌을 때는 이미 책이 출간된 뒤였기 때문에 반품을 받을 수밖에 없었다. 책을 받은 서평가들 중 눈치 빠른 몇몇은 이런저런 핑계를 대며 증정본을 돌려주지 않았다. 그 책들은 이제 서지학상의 가치를 인정받았고 대략 예순 권 정도만 남아 있다고 추정되는 터라 현재 소장가들에게 높은 가격으로 팔리고 있다.

---

2) 이 책의 무대는 다시 원래대로 홍콩이다(원주).

"오색의 베일, 살아 있는 자들은 그것을 인생이라고 부른다." — 셸리

일러두기

앞 페이지 인용문의 출처는 19세기 영국의 낭만주의 시인 퍼시 비시 셸리의 시다.
이 소네트의 제목이자 첫 구절인데, 원문은 아래와 같다.

Lift not the painted veil which those who live
Call Life: though unreal shapes be pictured there,
And it but mimic all we would believe
With colours idly spread,—behind, lurk Fear
And Hope, twin Destinies; who ever weave
Their shadows, o' er the chasm, sightless and drear.
I knew one who had lifted it—he sought,
For his lost heart was tender, things to love,
But found them not, alas! nor was there aught
The world contains, the which he could approve.
Through the unheeding many he did move,
A splendour among shadows, a bright blot
Upon this gloomy scene, a Spirit that strove
For truth, and like the Preacher found it not.

1

그녀가 깜짝 놀라 소리를 질렀다.

"왜 그러지?"

그가 물었다.

덧창이 닫힌 어두운 방 안이었지만 그는 그녀의 얼굴이 갑자기 공포로 사색이 되는 것을 보았다.

"방금 누가 문을 열려고 했어요."

"하녀나 하인 중 하나였겠지."

"하인들은 이 시간에 얼씬도 안 해요. 내가 점심 후에 꼭 낮잠 자는 걸 아니까."

"그럼 누구지?"

"월터……."

그녀가 속삭였다. 입술이 바르르 떨렸다.

그녀가 그에게 그의 신발을 가리켰다. 그는 신발을 신으려고 했지만 그녀의 놀란 가슴이 그에게 전염되었는지 긴장해서 허둥거리기만 했다. 게다가 신발 끈이 단단히 묶인 상태였다. 그녀가 소급한 한숨을 나지막이 토해 내며 그에게 구둣주걱을 건넸다. 그러고는 기모노를 걸쳐 입고 맨발로 화장대 앞으로 갔다. 그녀의 머리는 뒷머리를 짧게 친 단발이었다. 그가 나머지 한 짝의 신발 끈을 묶는 동안 그녀는 빗으로 헝클어진 머리를 정리했다. 그녀가 그에게 웃옷을 건넸다.

"어떻게 나가지?"

"잠깐 기다리는 게 좋겠어요. 나가도 괜찮은지 밖을 살펴볼게요."

"월터일 리 없어. 그는 5시까지 실험실을 떠나지 않거든."

"그럼 누구죠?"

그들의 대화는 이제 속삭임으로 변해 있었다. 그녀가 몸을 덜덜 떨었다. 사태가 위급하게 돌아갈 경우 그녀가 이성을 잃을 게 분명하다는 생각이 들자 그는 갑자기 그녀에게 화가 치밀었다. 확실하지도 않은데 이 여자는 무슨 생각으로 여기가 안전하다고 한 거지? 그녀가 숨을 죽이면서 그의 팔에 손을 얹었다. 그는 그녀의 시선이 향하는 곳으로 눈길을 돌렸다. 그들은 그 자리에 서서 베란다로 난 창문을 바라보았다. 창문은 덧창이 닫힌 상태로 안에서 잠겨 있었다. 소리 없이 움직이는 그림자. 그것을 지켜보는 일은 공포 그 자체였다. 그렇게 1분이 고요하게 지나갔다. 그때, 머리카락이 쭈뼛 서는 초자연적인 현상이 벌어졌다. 또 다른 중국식 창문의 하얀 손잡이가 종전과 똑같이 은밀하고 소름 끼치는 방식으로 소리 없이 돌아갔던 것이다. 키티는 겁에 질린 나머지 자제력을 잃고 말았다. 그녀의 입에서 비명이 흘러나오려는 찰나, 그녀의 상태를 알아차린 그가 손으로 얼른 그녀의 입을 막은 덕분에 비명소리는 그의 손가락 속에 묻혀 버렸다.

정적. 그에게 몸을 기댄 그녀의 무릎이 덜덜 떨렸다. 그는 그녀가 기절할까 봐 걱정스러워 입을 굳게 다물고 얼굴을 찌푸린 채 그녀를 침대로 데려가 앉혔다. 그녀의 얼굴은 침대보만큼이나 창백했고, 원래 갈색인 그의 뺨도 창백하기는 마찬가지였다. 그는 그녀 곁에 서서 홀린 듯 중국식 손잡이를 바라보았다. 그들은 아무 말도 하지 못했다. 그때 그녀가 훌쩍거리기 시작했다.

그가 화가 나서 속삭였다.

"맙소사, 제발 그쳐요. 한바탕 난리를 치러야 한다면, 그럴 수밖에. 어떻게든 이겨 나가야 하지 않겠소."

그녀는 손수건을 찾아 두리번거렸지만 찾는 물건이 손가방 안에 들어 있다는 것을 깨달았다.

"당신 모자 어디 뒀어요?"

"아래층에 놔뒀소."

"어머나, 세상에!"

"정신 똑바로 차려요. 십중팔구 월터는 아닐 거야. 이 시간에 그가 왜 집에 오겠소? 그가 한낮에 집에 올 일은 절대 없어, 안 그래?"

"절대 없죠."

"하녀일 거야. 뭐든 내기를 걸어도 좋아."

그녀는 그에게 희미한 미소를 지어 보였다. 그의 풍부하고 다정한 목소리에 안심이 되자 그녀는 애정을 담아 그의 손을 꽉 잡았다. 그는 잠시 그녀가 정신을 추스를 시간을 주었다.

"이봐요. 이렇게 계속 앉아 있을 순 없어. 베란다로 나가 둘러봐 주겠소?"

"못할 것 같아요."

"여기 브랜디 좀 없나?"

그녀가 고개를 옆으로 저었다. 순간 그의 눈썹께가 움찔 찌푸러 들며 어두워졌다. 그의 인내심이 점점 바닥나고 있었다. 그는 어떻게 해야 할지 알 수 없었다. 갑자기 그녀가 그의 손을 더 세게 꽉 움켜잡았다.

"저자가 밖에서 기다리고 있는 걸까요?"

그는 억지로 입술을 끌어올려 미소를 지었다. 그의 목소리는 신사답고 호소력이 있었다. 그것이 얼마나 큰 효과를 발휘하는지 스스로도 아주 잘 알았다.

"그런 것 같지는 않아요. 기운을 좀 차려요, 키티. 어떻게 당신 남편일 수 있겠소? 만약 당신 남편이라면, 현관에 낯선 모자를 보고 위층으로 올라와 당신 방이 잠겨 있는 걸 확인하고 소란을 피웠겠지. 분명 하인들 중 하나일 거야. 손잡이를 그런 방식으로 돌리는 건 중국인뿐이야."

이제 그녀는 평소의 모습을 되찾고 있었다.

"하녀였다고 해도 이건 별로 유쾌한 경험은 아닌걸요."

"그녀는 대가를 치러야 해. 나라면 혼쭐을 내 주겠소. 난 정부 관료라고 해도 이렇다 할 권한이 있는 건 아니지만, 당신은 당신이 원하는 대로 할 수 있을 테니까."

그가 옳았다. 그녀는 일어나서 그를 향해 몸을 돌리고는 양 팔을 앞으로 쭉 내밀었다. 그는 그녀를 품에 안고서 그녀의 입술에 키스했다. 너무나 강렬해서 고통스럽기까지 한 환희가 밀려왔다. 그녀는 그가 좋았다. 그가 놓아주자 그녀는 창기로 다가갔다. 그리고 걸쇠를 벗기고 나서 덧창을 조금 열어 밖을 내다보았다. 사람의 흔적이라곤 보이지 않았다. 그녀는 베란다로 빠져나가 남편의 옷방을 들여다보았다. 그리고 자신의 방도 살펴보았다. 둘 다 비어 있었다. 그녀는 침실로 되돌아와서 그에게 손짓했다.

"아무도 없어요."

"틀림없이 헛것을 본 거야."

"웃지 마세요. 정말 기겁했다니까. 내 방으로 가서 앉아 있어요. 난 스타킹과 신발을 신어야겠어요."

2

그는 그녀가 시키는 대로 했고 5분 후 그녀는 그에게로 갔다. 그는 담배를 피우고 있었다.

"브랜디소다 한잔 마실 수 있을까?"

"그러죠. 종을 울릴게요."

"당신 겉보기엔 멀쩡하구먼."

그들은 하인이 대답할 때까지 잠자코 기다렸다. 그녀가 마실 것을 가져오라고 시켰다.

그녀가 말했다.

"실험실에 전화해서 월터가 거기 있는지 물어봐요. 그들은 당신 목소리를 모를 거예요."

그는 수화기를 집어 들고 번호를 물었다. 그러고는 전화를 걸어 페인 박사가 실험실에 있냐고 물었다. 그가 수화기를 내려놓았다.

"점심때 이후로 돌아오지 않았다는군. 하인에게 그가 여기 왔었는지 물어봐요."

"못하겠어요. 그가 왔는데 내가 못 봤다면 정말 이상하게 보일 거예요."

하인이 마실 것을 가져오자 타운센드는 그것을 마셨다. 그가 그녀에게 마실 것을 권했지만 그녀는 고개를 저었다.

"만약 월터였다면 어쩌죠?"

그녀가 물었다.

"그랬다고 해도 그는 별로 개의치 않을 거야."

"월터가요?"

믿을 수 없다는 말투였다.

"그는 좀 숫기가 없다는 생각이 늘 들더군. 알겠지만, 어떤 남자들은 부정을 참지 못해. 하지만 그는 추문이 나서 이로울 게 없다는 걸 알 만큼은 지각 있는 사람이오. 잠시 월터가 아니라고 생각했지만 월터였다고 해도 그는 아무 짓도 하지 않을 거요. 그냥 무시하고 넘어가겠지."

그녀는 잠시 생각에 잠겼다.

"그는 절 끔찍하게 사랑해요."

"그렇다면 잘됐군. 당신은 그를 붙잡아 둘 수 있을 테니까."

그는 그녀를 향해 특유의 매력적인 미소를 지어 보였다. 그녀는 언제나 그 미소 앞에서 무기력했다. 그 미소는 그의 청명한 파란 눈에서 시작되어 맵시 있는 입가로 서서히 번저 가다가 마침내 정체를 드러냈다. 그는 작고 하얀 고른 치아를 갖고 있었다. 그것은 매우 관능적인 미소로 그녀의 심장을 몸 안에서 녹아들게 만들었다.

그녀가 쾌활한 빛을 띠며 말했다.

"저도 별로 신경 쓰지 않아요. 난 후회 안 해요."

"내 잘못이야."

"그러기에 왜 왔어요? 당신이 찾아와서 너무 놀랐어요."

"참을 수가 있어야 말이지."

"내 사랑."

그녀는 그에게 약간 몸을 기댔다. 그녀의 반짝거리는 짙은 색 눈동자가 열정적으로 그의 눈을 파고들었고 그녀의 입은 욕망으로 약간 벌어졌다. 그가 팔로 그녀를 감싸 안았다. 그녀는 환희의 한숨을 내쉬며 그들의 낙원으로 몸을 내던졌다.

"언제나 나를 믿어요."

그가 말했다.

"당신과 있어서 너무 행복해요. 당신이 나를 행복하게 하는 만큼 나도 당신을 행복하게 해 줬으면 좋겠어요."

"이제 무섭지 않지?"

"난 월터가 싫어."

그녀가 대답했다.

그는 딱히 대답할 말이 생각나지 않아서 그녀에게 입을 맞췄다. 그의 얼굴에 닿은 그녀의 얼굴이 매우 보드라웠다.

하지만 그는 그녀의 손목을 잡고 그 위의 작은 금시계를 보며 시간을 확인했다.

"지금 내가 뭘 해야 하는지 알지?"

"줄행랑?"

그녀가 미소를 지었다.

그가 고개를 끄덕였다. 잠시 그녀는 그에게 더욱 몸을 밀착시켰지만 가고 싶어 하는 그의 마음을 알아차리고는 그를 놓아주었다.

"이렇게 내팽개치고 줄달음치다니 창피한 줄 아세요. 어서 가요."

여자와 시시덕거리고 싶은 욕구는 그에게는 늘 불가항력이었다.

"나를 내쫓지 못해 안달이군."

그가 쾌활하게 말했다.

"보내고 싶지 않다는 거, 당신도 알잖아요."

그녀는 나지막하고 깊은 목소리로 진지하게 대답했다. 그가 우쭐한 웃음을 터뜨렸다.

"우리의 불가사의한 방문객에 대해서는 걱정하지 마요, 예쁜 아가씨. 분명 하녀였어. 무슨 문제가 생긴다고 해도 내가 당신을 지켜 주겠소."

"이런 경험이 많은가 보죠?"

그의 미소에서 즐거움과 흡족함이 흘러나왔다.

"아니. 하지만 머리는 어깨 위에 장식으로 달고 다니는 게 아니니까."

3

그녀는 베란다로 나가 집에서 나가는 그의 모습을 바라보았다. 그가 그녀에게 손을 흔들었다. 그녀는 그를 바라보면서 작은 흥분을 느꼈다. 그는 마흔한 살이었지만 몸매가 여전히 미끈했고 발걸음도 젊은 사람처럼 경쾌했다.

그늘이 드리워진 베란다. 그녀는 충만한 사랑으로 편안해진 마음을 안고 베란다에서 한가롭게 어슬렁거렸다. 그들의 집은 하페이밸리의 언덕 경사면에 위치하고 있었다. 더 고급스럽고 값비싼 피크 거리에 집을 마련할 여유가 없었기 때문이다. 앞쪽으로 펼쳐진 푸른 바다와 배로 북적이는 항구의 풍경이 몽롱한 그녀의 시선을 비껴 나갔다. 그녀의 머릿속엔 온통 애인, 오직 애인 생각밖에 없었다.

오늘 오후 그들의 행동은 물론 멍청한 짓이었지만, 그가 그녀를 원하는데 어떻게 그녀가 신중함을 들먹일 수 있단 말인가? 그는 점심을 먹은 후 아무도 감히 나갈 엄두를 못 내는 한낮의 열기를 뚫고 두세 번 그녀를 찾아왔었다. 그래서 심지어 하인들조차 그가 들락거리는 모습을 보지 못했다. 그런 시간에 나돌아다니는 것은 홍콩에서는 매우 어려운 일이었다. 그녀는 중국의 도시가 싫었다. 그래서 빅토리아로드 근처의 밀회 장소인 작고 지저분한 집에 갈 때마다 신경이 날카로워졌다. 그 집은 어느 골동품 상인의 것이었는데 중국인들이 앉은 채로 그녀를 불쾌하게 훑어보곤 했다. 그녀는 노인의 아첨하는 미소가 역겨웠지만 그를 따라 가게 뒤편 어두운 계단을 올라갔다. 노인이 안내한 방은 공기가 후텁지근했고, 벽에 맞닿게 놓인 커다란 나무 침대를 보면 진저리가 쳐졌다.

"여긴 소름 끼치도록 불결해요. 안 그래요?"

그곳에서 그들이 처음 만난 날, 그녀가 찰스에게 말했다.

"당신이 오기 전까진 그렇지."

그가 대답했다.

물론 그녀는 그의 품에 안긴 순간만은 모든 걸 잊을 수 있었다.

그녀가 매인 몸이라는 사실이, 두 사람 모두 매인 몸이라는 사실이 얼마나 혐오스러운지! 그녀는 그의 아내가 싫었다. 이제 키티의 방황하는 생각이 잠시 도로시 타운센드에 머물렀다. 도로시라고 불리다니, 불쌍하기도 하지! 한물간 이름 아닌가. 그녀는 최소한 서른여덟 살은 되었을 것이다. 하지만 찰스는 아내 이야기는 절대 하지 않았다. 물론 그는 그녀를 좋아하지 않았다. 그를 죽도록 지루하게 만드는 여자였으니까. 하지만 그는 신사였다. 키티는 애정과 모순이 실린 미소를 지었다. 모순, 이것이 그를 정확하게 나타내는 말이었다. 구닥다리 바보 같으니라고. 그는 아내 몰래 바람을 피울지언정 아내를 비

하하는 말은 한마디도 입에 올리지 않으니까 말이다. 도로시
는 키가 큰 여자였는데, 키티보다도 컸고 마르지도 뚱뚱하지
도 않은 몸매에 밝은 갈색 머리카락은 숱이 많았다. 그녀는 젊
음 자체의 아름다움 말고는 그 어떤 아름다움도 가져 본 적이
없는 여자였다. 그녀의 외모는 눈에 띨 만큼은 아니었지만 그
럭저럭 봐줄 만했고 파란 눈은 차가웠다. 님들이 두 번 다시
쳐다보지 않을 피부에 혈색 없는 볼. 게다가 그녀가 옷을 입는
방식이란, 뭐랄까, 딱 그녀다운 것이었다. 홍콩 총독부 차관보
의 아내. 키티는 미소를 지으며 어깨를 약간 으쓱하고 말았다.

물론 도로시 타운센드의 목소리가 듣기에 좋다는 것을 부
인할 사람은 없을 것이다. 그녀는 찰스가 늘 말하듯 훌륭한
어머니이며 키티의 어머니가 귀부인이라 칭할 만한 여자였다.
하지만 키티는 그녀가 마음에 들지 않았다. 평상시 그녀의 태
도가 싫었다. 그녀는 집에 방문한 사람에게 정중하게 차나 식
사 대접을 하면서도 상대방에게 관심을 기울이는 기색을 거
의 보이지 않아서 상대의 심기를 건드렸다. 키티가 보기에 그
녀는 자기 아이들 외에는 아무것도 관심 없는 여자였다. 영
국에서 학교를 다니는 사내아이가 두 명 있고 내년에 고국으
로 데려갈 여섯 살짜리 아들이 또 하나 있었다. 그녀의 얼굴
은 가면 같았다. 그녀는 미소를 지으며 예의 바르고 상냥한
태도로 그녀에게 합당할 법한 말들을 했지만 그녀가 보이는
친절함은 오히려 거리감을 만들었다. 그녀에겐 식민지에 친한
친구가 몇 명 있었는데 그들은 그녀를 대단히 존경했다. 타운
센드 부인이 과연 스스로를 조금이라도 평범하게 생각해 본

적이 있는지 키티는 의심스러웠다. 화가 치밀었다. 그녀가 콧대를 높일 이유가 도대체 어디 있는가! 그녀의 아버지가 식민지 총독이었던 것은 사실이고 그래서 그의 재임 기간 동안 그녀가 우쭐거릴 이유 또한 충분했다 하더라도(방에 들어갈 때 모든 사람이 자리에서 일어나고 차를 타고 지나갈 때 사람들이 모자를 벗는다면 그럴 만도 하다.) 퇴역한 식민지 총독보다 더 하찮은 존재가 또 있을까? 도로시 타운센드의 아버지는 현재 얼스코트의 작은 집에 살면서 연금으로 연명하고 있다. 그에 반해 키티의 어머니는 키티가 전화 한 통화만 부탁해도 끔찍하게 귀찮은 일로 여기는 사람이었고 키티의 아버지 버나드 가스틴은 왕실 고문변호사였다. 게다가 아버지가 판사로 뽑히지 말란 법도 없었다.[3] 여하튼 그녀의 부모님은 부촌인 사우스켄싱턴에 살고 있지 않은가 말이다.

4

결혼과 함께 홍콩에 오게 된 키티는 자신의 사회적 지위가 남편의 직업에 따라 결정된다는 사실을 받아들이기 힘들었다. 물론 모든 사람이 친절하기는 했다. 두세 달 동안은 거의 매일

---

3) 영국의 변호사는 법정에서 직접 변호를 하는 법정 변호사(barrister)와 서류 작업을 하는 사무 변호사(Solicitor)로 나뉘는데 판사는 법정 변호사 중에서 임명된다. 법정 변호사들 가운데 권위 있는 사람에게 왕실 고문변호사라는 명예 칭호를 부여한다.

밤 외출해 연회에 참가했는데 그들이 총독부 관저에서 식사할 때 총독은 그녀를 신부로서 예우해 주었다. 하지만 그녀는 정부에 소속된 세균학자의 아내라는 신분은 특별히 주목받는 위치가 아니라는 사실을 곧 깨달았다. 그녀는 화가 치밀었다.

그녀가 남편에게 말했다.

"징말 말도 안 돼요. 세상에, 고국과 달리 여긴 단 5분이라도 관심을 보이는 사람이 거의 없어요. 어머니라면 이런 사람들을 식사에 초대하실 생각은 꿈에도 못 하실 거예요."

"그런 일로 속을 끓이진 마요. 알다시피 그건 별로 중요한 일이 아니잖소."

남편이 말했다.

"물론 중요한 일은 아니죠. 이들이 얼마나 멍청한지 증명하는 셈일 뿐이니까요. 다만 고국에서 우리 집에 드나들던 그 모든 사람들을 생각해 보면, 여기서 우리가 하찮게 취급당하는 게 좀 웃기다는 거죠."

"사회적인 관점에서 본다면 과학도라는 위치는 눈에 띄는 직업은 아니오."

그가 미소를 지었다.

그건 그녀도 잘 알고 있었지만, 바로 그걸 그와 결혼할 때는 정작 몰랐다.

"해군 하사관의 인도로 만찬 자리에 들어가는 것이 정말 즐거운 일인지 잘 모르겠어요."

그녀는 이렇게 말하고는 자기 말이 교만하게 들리지 않도록 웃음을 터뜨렸다.

그녀의 명랑함 뒤에 숨겨진 책망을 그가 보았을까. 그가 그녀의 손을 잡고 수줍게 힘을 가했다.

"정말 미안하구려, 키티. 하지만 그것 때문에 안달하진 마요."

"오, 그럴 생각은 없어요."

5

그날 오후의 그게 월터였을 리는 없었다. 하인들 중 하나였을 것이고 어차피 그들은 중요하지 않았다. 중국인 하인들은 모든 것을 알고 있었지만 입을 굳게 다물 터였다.

중국식 손잡이가 서서히 돌아가던 모습이 기억나자 그녀의 심장 박동이 약간 빨라졌다. 그들은 다시는 그런 위험한 짓을 해서는 안 될 것이다. 골동품 가게에 가는 편이 차라리 나았다. 그녀가 그곳으로 들어가는 장면을 들키지 않았다면 그녀에 대해 떠들 사람도 없을 테니 그들은 그곳에서 완벽하게 안전했다. 또한 가게 주인은 찰스가 누구인지 알고 있었지만 총독부 차관보에게 등을 돌릴 만큼 바보는 아니었다. 찰스가 그녀를 사랑하는데 더 이상 뭐가 중요하단 말인가?

그녀는 베란다로부터 몸을 돌려 거실로 돌아갔다. 그리고 소파에 몸을 털썩 내던지고는 손을 뻗어 담배 한 개비를 집었다. 그때 책 위에 놓인 쪽지 한 장이 눈에 들어왔다. 그녀는 그것을 펼쳤다. 연필로 쓴 것이었다.

키티에게

당신이 찾던 책입니다. 막 책을 보내려는데 마침 페인 박사를 만났어요. 박사님이 가는 길에 집에 들러 직접 전해 주겠다고 하는군요.

V. H.

그녀는 종을 울려 하인을 불러서 누가 언제 책을 가져왔는지 물었다.

"주인님께서 가져오셨어요, 마님. 점심 시간 후에요."

하인이 대답했다.

그렇다면 그건 월터였다. 그녀는 즉시 총독부 총리 사무실에 전화를 걸어 찰스를 찾았다. 그리고 방금 알아낸 사실을 그에게 말해 주었다. 그는 대답하지 않고 잠시 망설였다.

"나 어떻게 하죠?"

그녀가 물었다.

"지금 중요한 회의 중이라서. 당장은 뭐라 할 말이 없어요. 우선 꼼짝 말고 있으라는 게 내 충고요."

그녀는 수화기를 내려놓았다. 그가 혼자가 아니라는 걸 알게 되자 그의 일이 성가시게 느껴졌다.

그녀는 책상 앞에 다시 앉아 얼굴을 두 손에 파묻고 해결책을 찾아보려고 했다. 물론 월터는 그녀가 자고 있다고 단순히 생각했을 수도 있다. 그녀가 안에서 문을 잠그지 못할 이유도 없었다. 그들이 이야기를 했던가, 그녀는 곰곰이 생각해 보았다. 분명 그들은 크게 이야기를 하지 않았다. 그런데 모자가 있었다. 그것을 아래층에 놔두다니 찰스는 제정신이 아니었다. 하지만 따지고 보면 그를 탓할 수도 없었다. 그건 자연스러운 행동이었고 월터가 그것을 보았다는 증거도 없었다. 그는 아마 일 관계로 서둘러 약속 장소에 가는 길에 잠시 들러 책과 쪽지만 놔두고 갔을지도 모른다. 이상한 것은 그가 문과 창문 두 곳을 열려고 했다는 점이다. 그녀가 잠들었다고 생각했다면 그녀를 깨우려 한 것은 그답지 못한 행동이었다. 그녀는 정말 바보였다!

그녀는 몸을 부르르 떨었다. 그러자 찰스를 생각할 때면 으레 밀려오는 달콤한 고통이 다시 한번 느껴졌다. 그는 그녀가 이 모든 걸 감당할 만큼 가치 있는 사내였다. 그녀 편에 서겠노라고 그는 말했다. 하지만 사태가 더 나빠진다면, 그때는…… 어디 실컷 소란을 피워 보라지. 월터가 그것을 원한다면 말이야. 그녀에겐 찰스가 있다. 무슨 상관이란 말인가? 남편이 알게 되어 차라리 잘된 건지도 모른다. 그녀는 한 번도 월터를 신경 써 본 적이 없었다. 그녀가 찰스 타운센드를 사랑하게 된 이후 남편의 애무에 몸을 맡기는 것은 귀찮고 성가신 일이 되었다. 그녀는 남편과 관계된 일이라면 아무것도 원치 않았다. 하지만 그가 무엇을 어떻게 따지고 나올지 그녀는 알 수 없었다. 그가 그녀를 비난한다면 그녀는 그것을 부인하면 그만이고 그냥 지나간다면 부인하지 않으면 그뿐이다. 아니면 그가 송곳니를 드러낼 때 그녀는 진실을 밝히고 그가 하고 싶은 대로 하도록 선택권을 줄 수도 있다.

6

결혼 생활이 석 달도 채 못 되어 그녀는 자신이 실수를 저질렀음을 깨달았다. 하지만 그것은 그녀의 실수라기보다 그녀 어머니의 잘못이었다.

방 안에는 그녀 어머니의 사진이 한 장 걸려 있었다. 키티의 상처 받은 눈길이 그 사진 위로 떨어졌다. 어머니를 그다지 좋아하지 않는데도 왜 그 사진을 계속 간직하는지 스스로도 이해할 수 없었다. 아래층 그랜드피아노 위에 아버지의 사진도 한 장 놓여 있었다. 아버지가 왕실 고문변호사가 되었을 때 찍은 사진이었다. 사진 속의 아버지는 가발과 가운을 걸치고 있었지만 그런 차림새였어도 여전히 인상적이지 못했다. 피곤한 눈과 기다란 윗입술, 전체적으로 얇은 입술을 가진 왜소하고 쭈글쭈글한 늙은이에 불과했다. 사진을 찍을 때 익살스러운 사진사가 그에게 밝은 표정을 지으라고 독려했지만 그의 얼굴은 더욱더 심각해지기만 했다. 아래로 축 처진 입꼬리와 낙망한 눈빛이 그에게 가벼운 우울증의 분위기를 더했는데도 그것이 법조인다운 면모를 풍긴다고 생각한 가스틴 부인은 여러 후보작 가운데서 그것을 골랐다. 하지만 정작 자신의 사진은 남편이 왕실 고문변호사로 임명되던 날 법정에서 드레스를 입고 찍은 것이었다. 벨벳 가운과 길게 끌리는 옷자락이 최상의 분위기를 연출하는 가운데 머리에 깃털을 꽂고 손에 꽃을 든 화려한 차림새로 몸을 꼿꼿이 세우고 있었다. 마른 몸과 납작한 가슴, 도드라진 광대뼈, 크고 균형 잡힌 코를 가진 오십 대의 여인. 사진 속 어머니의 머리카락이 어찌나 검고 윤기 나며 풍성했던지 키티는 그것이 염색한 것이 아니라면 최소한 사진을 수정한 게 틀림없다는 의심을 떨칠 수 없었다. 어머니의 맑고 검은 눈동자는 절대 가만히 있는 법이 없었다. 이것이 어머니에게서 가장 눈에 띄는 특징이었다. 주름 하나 없이 팽팽하고 무표정한, 노란 그녀의 얼굴 속에서 끊임없이 움직이는 눈을 바라보며 그녀와 이야기를 나누다 보면 누구나 당황하게 마련이었다. 그녀의 눈은 상대방의 특정한 신체 부위에서 다른 부위로 옮아갔다가, 방 안의 다른 사람에게로, 그리고 다시 원래의 말 상대에게로 되돌아오곤 했다. 그녀가 주위의 모든 상황을 주시하면서 이야기하는 동안 상대방은 그녀가 자기 흠을 잡는 건 아닐까, 평가하는 건 아닐까 생각하다가, 어느샌가 그녀가 하는 말들이 그녀의 생각과는 아무런 관련이 없다는 느낌을 받곤 했다.

7

가스틴 부인은 엄격하고 냉혹하며 이래라저래라 하길 좋아하고 야심 많고 인색한 데다 우매한 여자였다. 버나드 가스틴은 북부 재판구에 파견됐을 때 리버풀의 사무 변호사의 다섯 자녀 가운데 하나였던 그녀를 만났다. 당시 그는 전도유망한 젊은 청년이었고 그녀의 아버지는 그의 앞길이 창창하다고 말했지만 그 예언은 빗나가고 말았다. 그는 힘든 일도 마다하지 않는 성격에 근면하며 능력도 있었지만 출세에 대한 의지가 없었다. 가스틴 부인은 그런 남편을 경멸했다. 하지만 그녀는 자신의 성공이 오직 그를 통해서만 가능하다는 비통한 사실을 인정하고 그녀가 가고자 하는 방향으로 그를 조종할 수 있도록 자신을 무장했다. 그녀는 그를 가차없이 들볶았다. 그의 예민한 성격이 반김을 일으키려 할 때는 그에게서 평화를 빼앗고 결국에는 그가 지쳐서 항복하도록 만들어야 한다는 것을 그녀는 간파했다. 한편 그녀 스스로도 쓸모 있을 만한 사람들을 발굴하는 데 노력을 기울였다. 그녀의 남편에게 소송을 맡길 만한 사무 변호사들에게 아첨하고 판사들과 그들의 부인들에게 영합했다. 그리고 유망한 정치가들을 떠받들었다.

25년 동안 가스틴 부인은 마음에 든다고 아무나 집에 식사 초대를 하지 않았다. 그녀는 정기적으로 성대한 만찬 파티를 열었다. 하지만 야심만큼이나 인색함 또한 강해서 돈 쓰는 걸 싫어했다. 그녀는 절반의 비용으로 남들만큼 그럴싸한 모임을 치를 수 있다고 믿었다. 그녀의 만찬은 오랜 시간 동안 우아하고 검소하게 진행됐다. 그녀는 손님들이 먹고 마시며 떠드는 동안 자신들의 입에 들어가는 것이 무엇인지 어떻게 알겠냐며 샴페인 대신 발포성 모젤 와인을 냅킨에 싸서 놓곤 했다.

버나드 가스틴은 변호사로서 대단한 활약은 하지 못했지만 괜찮은 수완을 발휘했다. 하지만 그의 뒤를 이은 후임자들은 오랫동안 그보다 더 좋은 실적을 보였다. 가스틴 부인은 그가 하원에 출마하도록 설득했다. 선거 비용은 정당에서 댔지만 여기서 다시 한번 그녀의 인색함이 그녀의 야심에 제동을 거는 통에, 그녀는 유권자의 환심을 사기에 충분한 돈을 쓰도록 결단을 내리지 못했다. 후보자는 어마어마한 액수의 금액을 기부하는 것이 상례였지만 버나드 가스틴이 낸 기부금은 항상 적정선에 약간 못 미쳤고 그는 낙선했다. 의원 사모님이란 호칭은 분명 가스틴 부인을 만족시켜 주었을 테지만, 그녀는 실망감을 의연하게 속으로 삭일 수밖에 없었다. 남편의 출마가 그녀에게 많은 저명인사들과 접촉하는 기회를 주었고 그녀는 그것이 자신의 사교 생활에 보탬이 된다는 것을 잘 알고 있었기 때문이다. 버나드가 하원에서 결코 두각을 나타내지 못하리라는 것도 이미 알고 있었다. 그녀가 남편의 의원 출마를 원했던 이유는 오직 남편이 소속 정당에게 감사의 대상이 되길 바랐기 때문이었고 두세 번 낙선하면 그것은 자연히 그에게 돌아올 몫이었다.

그런데 그는 여전히 하급 법정 변호사인 반면, 그보다 어린 변호사들은 벌써 왕실 변호사의 자리를 꿰차고 있었다. 그도 반드시 그렇게 되어야 했다. 왕실 고문변호사가 되지 못하면 판사 자리는 아예 물 건너가 버리기 때문이기도 하지만 무엇보다 그녀를 위해서! 그는 반드시 그렇게 되어야 했다. 만찬 때 자신보다 열 살이나 어린 여자들이 먼저 자리에 안내되는 것은 그녀에게 치욕이었다. 하지만 그녀는 수십 년간 잊고 지냈던 남편의 고집스러움이라는 복병과 맞닥뜨리고 말았다. 그는 왕실 고문변호사가 되면 사건을 맡지 못할까 봐 걱정하고 있었다. "숲에 사는 새 두 마리가 손안의 새 한 마리보다 못한 법이오."라고 그가 말하자, 그녀는 그 속담은 머리가 모자란 인간들이 마지막 방편으로 내세우는 평계에 불과하다고 받아쳤다. 그러자 그는 수입이 절반으로 떨어질지 모른다는 가능성을 넌지시 내비쳤다.[4] 논쟁시 그녀에게 이보다 더 큰 타격을 주는 말은 없다는 걸 그는 인식하고 있었기 때문이다. 하지만 그녀는 들으려고 하지 않았다. 그리고 그를 나약한 소심쟁이라고 몰아붙였다. 그녀는 그에게서 평화를 빼앗아 갔고 미침내, 늘 그러듯이 그는 항복하고 말았다. 그가 왕실 고문변호사 자리를 신청하자 즉시 그에게 칭호가 주어졌다.

그의 불안은 현실이 되었다. 그는 두각을 나타내지 못했고 사건 수임률은 곤두박질쳤다. 하지만 그는 실망감을 조금도 내비치지 않았고 아내를 원망한다 해도 가슴속에만 담아 둘 뿐이었다. 그는 한층 더 말수가 적어졌지만 원래 집에서는 언제나 말이 없었기 때문에 가족 중 누구도 그에게 일어난 변화를 감지하지 못했다. 그의 딸들은 그를 수입의 원천 이외에 다른 존재로는 여기지 않았다. 그들에게 먹을 것과 잠자리, 의복, 휴가, 잡다한 것을 살 돈을 가져다주기 위해 그가 억척스럽게 일해야 하는 것은 당연했다. 그의 잘못으로 살림이 곤궁해졌다고 생각하게 된 가족들은 무력한 가장을 향하여 무관심에

---

4) 왕실 고문변호사는 보통 경력 15년 이상 된 법정 변호사에게 주어지는 명예 칭호로 기본적으로 왕실의 법정 대리인이라는 의미를 갖고 있다. 법정에서 가발과 명주 가운을 걸치고 상석에 앉으며 공신력을 인정받으니만큼 명예로운 것은 사실이지만, 왕실에 반하는 사건을 수임할 수 없는 관습적 제약과 이들의 독점을 막고 하급 변호사들을 보호하기 위한 여러 가지 금지 조항들에 제약을 받으며 중요한 사건만 비싼 수임료로 맡는 것이 통례다.

성난 경멸의 기색을 더했다. 아침 일찍 나갔다가 밤에 정찬용 옷으로 갈아입기 위해 귀가한 시들어 가는 작은 남자의 심정 이 어떨지 자문해 볼 생각은 한 번도 하지 않았다. 그는 그들 에게 이방인이었지만 그들의 아버지였고, 그래서 당연히 그들 을 사랑하고 아껴 줘야 한다고 그들은 생각했다.

8

하지만 가스틴 부인에게는 그 자체로 칭송받아 마땅한 용 감한 면이 있었다. 그녀가 꺾여 버린 희망 때문에 얼마나 치욕 감을 느끼는지는, 그녀에게 세상의 전부라 할 수 있는 측근들 조차 눈치 채는 사람이 아무도 없었다. 또한 그녀는 삶의 방 식에 조금도 변화를 주지 않았다. 세심하게 관리한 덕분에 예 전처럼 허세스러운 만찬 자리도 유지할 수 있었고 그녀가 그 토록 오랫동안 발굴해 온 친구들과의 밝고 명랑한 교제도 계 속할 수 있었다. 그녀는 합류해 들어간 사회에서 이른바 대화 라고 통용되는 한담에 관한 한 견고하고 풍부한 자원을 보유 하고 있었다. 새로운 주제에 결코 당황하는 법이 없고 적절한 관찰력으로 어색한 침묵을 즉시 깨트리는 능력을 인정받았기 때문에 잡담에 능하지 못한 사람들 사이에서 그녀는 유용한 손님이었다.

이제 버나드 가스틴이 대법관으로 임명될 가능성은 별로 없 었지만 지방법원 법관으로 뽑힐 희망은 여전히 있었으며 최악의 경우 식민지로 발령이 날 수도 있었다. 그러던 중 그가 웨일스의 한 시골 법원으로부터 시간제 판사 자리를 얻게 되자 그녀는 그쯤에서 욕심을 거두었다. 하지만 그때부터는 딸들이 그녀의 희망으로 떠올랐다. 그녀는 딸들을 좋은 곳에 시집 보냄으로써 자신이 걸어 온 실망스러운 행적에 대한 보상을 받아낼 셈이었다. 그녀에게는 딸이 둘 있었다. 키티와 도리스. 코가 너무 길고 몸집이 땅딸막한 도리스는 예쁜 구석이라고는 찾아볼 수가 없어서 가스틴 부인은 딸이 적당한 직업을 가진 유복한 젊은이와 결혼하기만 한다면 더 바랄 것이 없었다.

하지만 키티는 미인이었다. 아직 어린애일 때부터 그런 가능성이 농후했다. 짙고 커다란 눈에 윤기 흐르고 생기 넘치는 갈색의 고수머리는 살짝 붉은 기가 돌았고 고른 치아에 피부는 매끄럽고 사랑스러웠다. 반면 이목구비는 그다지 빼어난 편이 못 되었다. 턱은 너무 넓적하고 코는 도리스만큼 길지는 않았지만 너무 컸다. 그녀의 아름다움은 상당 부분 그녀의 젊음에 기인한 것이어서 가스틴 부인은 딸이 처녀티가 나자마자 결혼을 시켜야겠다고 생각했다. 키티는 사교계에 눈부시게 등장했다. 피부는 여전히 그녀가 가진 최고의 아름다움이었고 기다란 속눈썹이 달린 눈은 너무나 초롱초롱하고 흡인력이 있어서 사람들은 그 안을 들여다보고 싶은 욕망의 덫에 사로잡혔다. 그녀는 명랑하고 매력적이며 행복을 원하는 아가씨였다. 가스틴 부인은 그녀가 할 수 있는 범위 안에서 키티에게 모든 애정을, 가혹하고 효과적이며 타산적인 애정을 쏟아부었다. 그녀는 야망을 꿈꾸었다. 그녀가 딸에게 바라는 결혼은 그럭저럭 괜찮은 결혼이 아니라 눈부신 결혼이었다.

키티는 장차 아름다운 여자가 될 거라는 말을 듣고 자란데다 어머니의 야심을 간파하고 있었다. 어머니의 야심은 그녀 자신의 욕망과도 부합했다. 키티가 사교계에 발을 내딛자 가스틴 부인은 천재적인 수완을 발휘해 무도회 초대장들을 얻어 냈고 딸이 유능한 젊은이를 만날 기회의 장을 마련했다. 키티는 성공작이었다. 그녀는 아름다움뿐 아니라 매력도 갖추고 있어서 곧 여남은 명의 남자들이 그녀에게 반하고 말았다. 하지만 마땅한 적임자가 없었기 때문에 키티는 그들에게 매력적이고 다정하게 굴긴 했지만 특별히 아무에게도 충실하지 않도록 조심했다. 사우스켄싱턴의 응접실은 일요일 오후면 사랑에 들뜬 젊은이들로 북적거렸지만 가스틴 부인은 자신이 나서서 키티로부터 남자들을 떼어 놓으려고 애쓸 필요가 없다는 데 흡족하여 단호한 미소를 띤 채 돌아가는 상황을 지켜보았다. 키티는 기꺼이 남자들과 시시덕거리기도 하고 상대도 이 사람 저 사람 바꾸었지만 그들이 그녀에게 청혼하면 하나같이 교묘하지만 과감하게 딱지를 놓았다.

그녀가 사교계에 등장한 첫해는 완벽한 구혼자가 나타나지 않은 가운데 끝났고 두 번째 해도 마찬가지로 막을 내렸다. 그녀는 젊고 아직 기다릴 여유가 있었다. 가스틴 부인은 그녀의 친구들에게 스물한 살도 안 돼 결혼하는 규수는 참 딱하다고 말했다. 하지만 세 번째 해도 지나가고 네 번째 해도 마찬가지였다. 그녀를 따라다니던 두세 명의 남자들이 그녀에게 다시 청혼했지만 그들은 여전히 빈털터리였다. 그녀보다 어린 청년 한둘이 청혼하기도 했고, 인도 제국 기사 작위를 받은 퇴역한 인도 정부의 문관도 청혼했다. 그는 나이가 쉰셋이나 되었다. 키티는 윔블던과 로즈로, 애스콧과 헨리로 여전히 무도회장을 휩쓸고 다녔다. 그녀는 철저히 자신을 즐기고 있었다. 하지만 그녀에게 청혼하는 남자 중에 지위와 수입이 만족스러운 상대는 여전히 없었다. 가스틴 부인은 점차 불안해지기 시작했다. 이제는 마흔 줄에 접어든 남자들이나 키티에게 끌린다는 것을 감지했기 때문이다. 그래서 앞으로 일이 년 후면 딸의 아름다움도 빛바랠 것이며 젊은 여자들이 계속 쏟아져 나온다는 것을 딸에게 상기시켰다. 가스틴 부인은 집 안에서 말을 에둘러 하는 법이 없었으므로 곧 결혼 시장에서 값이 떨어질 거라고 딸에게 일침을 가했다.

키티는 어깨를 으쓱하고 말았다. 지난 4년 동안 몸치장하는 법을 배웠고 난 여전히 아름다워. 더 아름다워졌는지도 모르지. 게다가 시간은 충분해. 결혼을 위한 결혼을 하고자 한다면 그녀의 손을 잡기 위해 달려올 청년들은 열 명도 넘었다. 분명 적임자가 조만간 나타날 거야. 하지만 가스틴 부인은 상황을 좀 더 예리하게 판단하고 있었다. 기회를 놓쳐 버린 아름다운 딸을 향해 분노로 끓어오르는 가슴을 치며 그녀는 기준을 약간 낮춰 잡았다. 전에는 콧대를 세우며 콧방귀를 뀌었던 전문직 계급에게로 눈을 돌려 그녀의 자존심을 세워 줄 만큼 미래가 창창한 젊은 법률가나 실업가를 찾기 시작했다.

키티는 이제 스물다섯이 되었지만 여전히 미혼이었다. 기가 찰 노릇이었다. 가스틴 부인은 가끔 키티에게 자신의 불편한 심경을 주저하지 않고 드러내곤 했다. 얼마나 더 네 아버지가 뒷바라지를 해야 한단 말이냐. 네게 기회를 주려고 아버지는 감당하기 힘든 목돈을 지불하고 계시는데 너는 기대를 저버리는구나! 그녀는 남자들, 특히 부유한 아버지를 둔 아들들이나 귀족 작위를 이을 후계자들을 뻔질나게 집으로 초대했지만 정작 자신의 과도한 상냥함이 그들을 질리게 만든다는 생각은 꿈에도 하지 못했다. 그러고는 키티의 실패를 키티의 우매함으로 돌렸다. 그때 도리스가 사교계로 나왔다. 그녀는 여전히 코가 길고 볼품없는 몸매에 춤 솜씨도 형편없었지만 데뷔한 첫해에 조프리 데니슨과 약혼했다. 그는 전도유망한 외과의사의 외아들이었는데 그의 아버지는 전쟁 중에 준남작의 작위를 하사받은 사람이었다. 조프리는 아버지의 작위(의학 준남작이 별 대단한 것은 못 되지만, 하늘이 돌보사, 그래도 작위는 작위였다.)와 상당한 금액의 유산도 물려받을 예정이었다.

두려움에 휩싸인 키티는 그만 월터 페인과 결혼하고 말았다.

9

그녀는 그의 존재를 알고는 있었지만 안 지도 얼마 안 된 데다가 그를 특별히 주목한 적은 단 한 번도 없었다. 그들이 언제 어디서 처음 만났는지 그녀는 도무지 생각나지 않았는데, 그것이 그가 친구들을 따라 참석한 무도회 자리였다는 걸 그들이 약혼한 후 그가 말해 주고 나서야 알게 되었다. 처음 만났을 때 그녀는 분명히 그에게 별 관심을 기울이지 않았고 그때 그와 춤을 추었다면 성격 좋은 그녀가 춤을 청하는 사람이라면 가리지 않고 기꺼이 응했기 때문이었을 것이다. 그로부터 하루이틀 후 다른 무도회에 그가 나타나 그녀에게 말을 걸 때까지도 애넘 출신의 그에 대해서 그녀는 전혀 아는 바가 없었다. 하지만 그 후 그는 그녀가 가는 무도회마다 나타났다.

"알다시피, 이번까지 당신과 춤춘 게 벌써 최소한 열 번은 되는 것 같네요. 이제 그만 이름을 말씀해 주세요."

마침내 그녀가 특유의 웃음을 보이며 그에게 말했다.

그는 흠칫 뒤로 물러섰다.

"그러니까 제 이름을 모른다는 말입니까? 이미 당신에게 제 소개를 했는데요."

"오, 하지만 사람들은 늘 우물거리며 말하잖아요. 당신이 내 이름을 까맣게 모른다고 해도 난 전혀 놀라지 않을 거예요."

그는 그녀에게 미소를 지었다. 그의 얼굴은 근엄하고 약간은 고집스러워 보였지만 그의 미소는 매우 다정했다.

"물론 당신 이름은 알고 있습니다."

그는 잠시 침묵했다가 물었다.

"호기심이 없는 편인가요?"

"보통 여자들만큼은 돼요."

"다른 사람에게 내 이름을 물어볼 생각은 못 했나요?"

그녀는 살짝 호기심을 느꼈다. 대체 왜 내가 관심을 가져야 한다고 이 남자는 생각하는 걸까. 하지만 친절함의 마법에 사로잡혀 마음 내키는 대로 하고 싶어진 그녀는 특유의 매혹적인 미소와 숲속의 나무 아래 촉촉이 젖은 연못 같은 아름다운 눈으로 그를 바라보았다.

"이름이 뭐지요?"

"월터 페인."

그가 왜 무도회에 왔는지 그녀는 알 수 없었다. 그는 춤도 잘 추지 못했고 아는 사람도 별로 없어 보였다. 혹시 그녀를 좋아하는 게 아닐까 하는 생각이 잠깐 스쳤지만 어깨를 한번 으쓱하고는 그 생각을 떨쳐 버렸다. 그녀는 만나는 남자마다 자기를 좋아한다고 착각하는 여자들을 알고 있었고 그런 생각은 늘 터무니없는 것으로 밝혀지게 마련이었다. 하지만 그 후 그녀는 월터 페인에게 더 관심이 갔다. 그의 행동은 그녀를 좋아하는 다른 젊은 남자들과 분명히 달랐다. 다른 남자들은 대부분 그녀에게 아주 솔직했고 키스하고 싶어 했다. 그리고 많은 남자들이 실제로 자기가 원하는 대로 행동했다. 하지만 월터 페인은 절대 그녀에 대해 말하지 않았고 자신에 대해서도 별로 말이 없었다. 그는 말이 없는 편이었다. 그녀 자신이 할 말이 많았기 때문에 그 점이 마음에 걸리진 않았고 그녀가 익살을 떨 때마다 웃는 그의 모습에 그녀도 즐거워졌다. 그렇다고 그가 입만 열면 멍청한 말을 내뱉는 것도 아니었다. 분명 숫기가 없어서였다. 그는 동아시아에 살고 있으며 현재 휴가차 고국으로 돌아온 것으로 밝혀졌다.

어느 일요일 오후 그가 사우스켄싱턴에 있는 그녀 집으로 찾아왔다. 이미 그곳은 여남은 명의 사람들로 북적거렸고 그는 다소 불편한 듯 잠시 앉아 있다가 가 버렸다. 나중에 어머니는 그가 누구냐고 그녀에게 물었다.

"잘 모르겠어요. 그에게 집에 오라고 하셨어요?"

"그래. 바델리스에서 그를 만났단다. 너를 무도회에서 여러 번 본 적이 있다고 하더구나. 나는 일요일이면 늘 집에 있다고 말했시."

"이름은 페인이고 동아시아에서 어떤 일을 한다고 들었어요."

"맞아. 그 사람 의사야. 그가 널 좋아하니?"

"맹세코, 잘 모르겠어요."

"이제 젊은 남자가 널 좋아하는지 아닌지 척 보면 알 때도 되지 않았니."

"그가 날 좋아한다 해도 그와 결혼하지는 않겠어요."

키티가 경쾌하게 말했다.

가스틴 부인은 그 말에 대답하지 않았다. 어머니의 침묵이 불쾌한 무게감으로 다가왔다. 키티는 얼굴을 붉혔다. 이제 어머니는 그녀를 치워 버릴 수만 있다면 그녀가 누구와 결혼하든 상관하지 않을 것임이 분명했다.

10

그녀는 그다음 주 무도회에서 그를 세 번이나 만났다. 이제 수줍음의 기세가 누그러들었는지 그는 전보다 말이 많아졌다. 그는 분명히 의사였지만 개업을 하진 않았다. 그는(키티가 희미하게 짐작만 했지만) 세균학자였고 가을에 일터가 있는 홍콩으로 돌아갈 계획이었다. 그는 중국에 대해 많은 이야기를 했다. 그녀는 사람들이 그녀에게 무슨 이야기를 하든 그것에 관심을 보이는 척하는 데 익숙해져 있었지만 홍콩에서의 삶은 정말로 꽤나 유쾌하게 들렸다. 클럽에 테니스, 경마, 폴로와 골프.

"거기 사람들도 춤을 많이 추나요?"

"아, 네, 그렇다고 봐야죠."

그가 어떤 의도를 가지고 이런 이야기들을 하는 걸까 하는 궁금증이 일었다. 그는 그녀 주위의 사람들을 좋아하는 듯 보였지만 지그시 누르는 손길에서나, 슬쩍 지나가는 시선 속에서, 또는 한마디 말에서, 그가 그녀를 우연히 만나 같이 춤추는 여자 이상으로 여긴다는 낌새는 조금도 풍기지 않았다. 다음 일요일, 그가 다시 집에 찾아왔다. 그날은 비가 와서 골프를 칠 수 없었기 때문에 마침 그녀의 아버지가 집에 들어왔다. 아버지와 월터 페인은 오랫동안 담소를 나누었다. 그녀는 나중에 무슨 이야기를 나누었냐고 아버지에게 물었다.

"그 청년 홍콩에 파견된 모양이더구나. 거기 재판장이 내 옛날 법원 친구이지 뭐냐. 보기 드물게 똑똑한 젊은이더군."

그녀의 아버지는 수년 동안 딸들 때문에 젊은 남자들의 비위를 맞추느라 마련된 자리를 대체로 죽을 만큼 지루하게 생각했다.

"저 때문에 만났던 다른 청년들에게는 이러지 않으셨잖아요, 아버지."

그의 다정하지만 피곤한 눈이 그녀에게 머물렀다.

"한데, 그와 결혼할 셈이냐?"

"그럴 일 없어요."

"그가 널 좋아하니?"

"그런 낌새는 진히 없어요."

"넌 그를 좋아하니?"

"별로 그런 것 같지 않아요. 그 사람 약간 거슬리거든요."

그는 전혀 키티의 타입이 아니었다. 그는 키가 작았지만 땅딸막하진 않았고 다소 호리호리하고 말랐으며 짙은 색 머리카락에 깨끗이 면도한 매우 평범하고 말쑥한 차림을 하고 다녔다. 그의 눈은 검은색에 가까웠지만 크지 않았고 흔들리는 법 없이 한 가지 물체에 계속 머물러 있는 편이었다. 이목을 끌지만 썩 유쾌한 눈은 아니었다. 섬세하지만 곧게 뻗은 콧날에 가지런한 눈썹과 균형 잡힌 입매는 미남의 조건에 부합했지만 정말 이상하게도 그는 미남이라고 할 수 없었다. 키티는 그에 대한 생각에 빠져 들면서 그의 얼굴을 하나하나 뜯어보다가 그것들이 얼마나 잘생겼는지 깨닫고는 놀라고 말았다. 그의 표정은 살짝 냉소적이었고 그를 좀 더 알게 된 지금에 와서 생각해 보니 그와 있을 때 그녀는 별로 편안하지 않았다. 생기라고는 찾아볼 수 없는 남자였다.

그렇게 사교계의 한 철이 종반을 향해 치닫고 있을 때쯤, 그들이 만난 횟수는 꽤 많아졌지만 그는 여전히 서먹하고 속을 알 수 없는 사람이었다. 그녀와 함께 있을 때면 그는 수줍어

한다기보다 당황하는 쪽에 가까웠다. 그와의 대화는 이상하게 사적이지 않은 영역에만 머물렀다. 키티는 그가 조금도 자신을 사랑하지 않는다고 결론 내렸다. 그는 그녀를 말 상대로 좋아하고 편하게 생각하지만 11월에 중국으로 돌아가면 다시는 그녀를 떠올리지 않을 것 같았다. 그리고 그가 언제든 홍콩 병원의 어떤 간호사나 성직자의 둔하고 평범하며 어수룩하고 억척스러운 딸과 얽혀 들 가능성을 배제할 수 없다고 생각했다. 그런 여자가 그에게 딱 어울리는 아냇감이고말고.

그러다가 도리스와 조프리 데니슨의 약혼이 발표되었다. 도리스는 열여덟 살에 그만하면 적당한 결혼 상대를 찾았지만 키티는 스물다섯에 여전히 미혼이었다. 결혼을 영영 못 하면 어쩌지? 그해에 그녀에게 청혼한 남자는 옥스퍼드에 다니는 스무 살의 청년이 유일했다. 그녀보다 다섯 살이나 어린 애송이와 결혼할 수는 없었다. 그녀가 모든 걸 엉망진창으로 만들었다. 작년에 그녀는 아이가 셋 딸린 홀아비인 배스의 훈작사의 청혼을 거절했다. 왜 거절했을까 하는 후회마저 고개를 내밀 판이었다. 이제 어머니라면 소름 끼쳤고 그리고 도리스, 언제나 키티가 눈부신 상대를 만날 거라는 기대 때문에 늘 희생해야 했던 도리스가 그녀를 향해 앙칼진 손톱을 세우지 않을 리 없었다. 키티의 가슴은 추락하고 있었다.

11

어느 날 오후, 그녀는 해러즈 백화점에서 집으로 돌아가는 길에 브럼프턴로드에서 우연히 월터 페인을 만났다. 그가 걸음을 멈추고 그녀에게 말을 걸었다. 그러고는 아무렇지 않게 함께 공원을 한 바퀴 돌지 않겠냐고 청했다. 그녀는 집에 들어가고 싶은 마음이 간절한 것도 아니었다. 사실 그 무렵 집안의 분위기는 과히 우호적이지 못했다. 그들은 늘 이야기하는 방식대로 일상적인 대화를 나누면서 천천히 걷고 있었는데, 그가 여름에 어디를 갈 거냐고 물었다.

"우린 늘 시골에 묻혀 지내요. 아시겠지만 아버지는 임기 내의 일이 끝나면 녹초가 되시거든요. 그래서 우린 그냥 찾을 수 있는 가장 조용한 곳으로 가죠."

키티는 뽀로통하게 말을 내뱉었다. 그녀의 아버지는 요즘 피곤에 지칠 만큼 일거리가 많지 않았고 만약 그렇다고 해도 휴가를 결정하는 데 아버지의 편의가 고려된 적은 한 번도 없었다. 하지만 조용한 곳이 값이 싼 것은 사실이었다.

"저기 의자 근사해 보이지 않습니까?"

월터가 갑자기 물었다.

그녀는 그의 시선을 좇아 풀밭 위 나무 밑에 놓여 있는 초록색 의자 두 개를 보았다.

"저기 앉도록 해요."

그녀가 말했다.

그들이 의자에 앉았을 때 그는 이상하게 점점 멍해지는

것 같았다. 이상한 사람이야. 그녀는 명랑하게 조잘거리는 동안 왜 그가 같이 공원을 산책하자고 했을까 궁금증이 들었다. 어쩌면 홍콩에 있는 어수룩한 간호사에 대한 그의 열정을 털어놓으려는지도 모르지. 갑자기 그가 그녀에게 몸을 돌리고는 불쑥 끼어들어 그녀의 말허리를 잘랐다. 그는 여태껏 그녀의 말을 듣지 않고 있었다. 그의 얼굴이 백지장처럼 하얬다.

"당신에게 하고 싶은 말이 있습니다."

그녀는 얼른 그를 쳐다보았는데 그의 눈에 고통스러운 근심이 가득했다. 잔뜩 긴장하고 가라앉은 그의 목소리는 침착하지 못했다. 그가 왜 이렇게 동요하는지, 그녀가 그 이유를 자문해 보기도 전에 그가 다시 말을 꺼냈다.

"당신이 나와 결혼해 줄지 묻고 싶어요."

"사람 기절시키는 데 뭐 있군요."

그녀는 너무 놀라서 그를 멍하니 바라보았다.

"내가 당신에게 푹 빠져 있는 걸 몰랐나요?"

"그런 눈치 없었잖아요."

"난 아주 서툴고 주변머리가 없어요. 언제나 진심으로 하는 말이 그렇지 않은 말보다 더 하기 어려워요."

그녀의 심장 박동이 조금 빨라지기 시작했다. 전에도 가끔 청혼을 받은 적이 있었지만 그때는 쾌활하거나 낭만적인 분위기였기 때문에 그녀도 같은 방식으로 응답했다. 이렇게 느닷없이, 게다가 이상하게 비극적인 방식으로 구혼한 사람은 없었다.

"친절하신 말씀이네요."

그녀가 어리둥절해서 말했다.

"처음 봤을 때부터 난 당신에게 반해 버렸어요. 진작 청혼하고 싶었지만 도저히 그 말을 꺼낼 수가 없더군요."

"과연 잘 꺼낸 건지 모르겠네요."

그녀가 킥킥댔다.

이렇게 화창하고 좋은 날에 조금이나마 웃을 수 있는 기회가 있어서 기뻤다. 하지만 갑자기 그들을 둘러싼 공기가 불길한 예감으로 무거워졌다. 그가 암울하게 얼굴을 찌푸렸다.

"이런, 내 말이 무슨 말인지 알 텐데요. 난 희망을 잃기 싫었어요. 하지만 곧 당신은 휴가를 떠날 거고 나는 가을에 중국으로 돌아가야 하니까……."

"당신을 한 번도 그런 식으론 생각 안 해 봤어요."

그녀가 힘없이 말했다.

그는 더 이상 말이 없었다. 부루퉁하게 풀밭만 내려다 보았다. 그는 정말 이상한 사람이었다. 하지만 그가 그녀에게 말을 꺼낸 이상, 그의 사랑이 그녀가 예전에 한 번도 만나 보지 못한 무언가처럼 느껴졌다. 불가사의했다. 그녀는 약간 놀라기도 했지만 한편으로 우쭐해졌다. 그의 담담함이 살짝 인상적으로 다가왔다.

"생각할 시간을 주세요."

여전히 그는 아무 말도 없었다. 꼼짝도 하지 않았다. 결정을 내릴 때까지 이곳에 날 묶어 둘 작정일까? 그건 말도 안 된다. 그녀는 어머니와 상의해야 했다. 그녀는 대답 후 바로 일어났어야 했지만 그의 대답을 기다리며 그대로 있었다. 하지만 이제 왜 움직일 수 없는지 그 이유를 스스로도 알기 어려웠다. 그를 쳐다보진 않았지만 그의 모습이 머릿속에 그려졌다. 자기보다 별로 크지 않은 남자와의 결혼은 한 번도 생각해 보지 않은 일이었다. 그를 자세히 들여다보면 그의 이목구비가 얼마나 잘생겼는지 알 수 있지만 그 차가운 얼굴이라니. 그래서 그의 가슴속에 자리한 절박한 열정이 더욱 이상하게 느껴지는지도 몰랐다.

"난 당신을 몰라요, 당신을 전혀 몰라요."

그녀가 말을 더듬었다.

그가 그녀를 쳐다보자 그녀의 눈길이 그의 눈에 닿았다. 전에는 한 번도 느껴 보지 못한 다정함이 그들 사이에 감돌았다. 하지만 매질을 당하는 개처럼 그들 사이에 존재하는 간청하는 듯한 무언가가 그녀의 신경을 다소 거슬렀다.

"난 우리 사이가 발전한 줄 알았소."

"물론 당신은 수줍음이 많아요, 그렇죠?"

정말이지 이렇게 괴상한 청혼은 처음이었다. 심지어 지금 이 순간에 그들이 나누는 대화마저도 이런 상황과는 도무지 어울리지 않는 것 같았다. 그녀는 조금도 그를 사랑하지 않았다. 그런데도 왜 단칼에 거절하지 못하는지 그녀는 이유를 알 수 없었다.

"난 끔찍하게 멍청해요. 이 세상에서 그 무엇보다 당신을 사랑한다고 말하고 싶지만, 그 말을 하기가 왜 이리 끔찍이도 어려운지."

그 말 역시 이상했다. 설명할 순 없지만 그 말이 그녀를 감동시켰기 때문이다. 그는 물론 차가운 사람이 아니었고 단지 타고난 태도가 그렇다는 것이 그에겐 불운일 뿐이다. 그 순간 그녀는 그 어느 때보다도 그가 좋아졌다. 도리스는 11월이면 결혼한다. 그때쯤 월터는 중국으로 돌아가는 길일 것이고 그녀가 그와 결혼한다면 함께일 것이다. 도리스의 결혼식에서 신부 들러리가 되는 일은 썩 유쾌하지 못힐 깃이다. 기꺼이 그런 사태로부터 도망치고 싶었다. 도리스는 결혼한 여자인데 자기는 미혼이라니! 도리스가 얼마나 어린지는 다들 아는 사실이고 그것이 그녀를 더욱 늙은 여자로 전락시킬 것이다. 그녀는 떨이 신세가 되겠지. 이것이 만족할 만한 결혼은 아니지만 그래도 결혼은 결혼이니까. 그리고 중국에서의 삶은 훨씬 수월할 것이다. 그녀는 어머니의 독설이 두려웠다. 세상에, 너랑 같이 사교계에 얼굴을 내민 여자들은 모두 일찌감치 결혼해서 대부분 아이까지 두었다! 그들을 보러 가서 아기 자랑을 듣는 것은 이제 신물이 났다. 월터 페인은 그녀에게 새로운 삶을 제시한 것이다. 그녀는 그를 바라보았다. 스스로도 잘 알고 있는 효과 만점의 미소를 날리면서.

"성급한 감이 있지만, 만약 내가 당신과 결혼하겠다고 하면 언제 저와 결혼하실 건가요?"

그가 갑자기 환희로 숨을 들이켰고 그의 창백한 볼에 화색이 돌았다.

"당장. 바로. 가능한 빨리. 이탈리아로 신혼여행을 갑시다. 8월과 9월에."

그러면 주당 5기니를 내고 빌린 시골 목사관에서 아버지

어머니와 함께 여름을 보내지 않아도 될 것이다. 그녀의 머릿속에 《모닝포스트》의 기사가 떠올랐다. 신랑은 동방으로 돌아갈 예정이며 결혼식이 곧 열릴 것이라는. 그녀의 어머니가 어떻게 나올지 안 봐도 뻔했고, 그녀는 틀림없이 장안의 화제가 될 것이다. 아직은 도리스의 결혼식이 나중의 일이었기 때문에 도리스가 훨씬 더 화려한 결혼식을 할 때쯤이면 그녀는 멀리 떠나 있을 것이다.

그녀는 손을 내밀었다.

"저도 당신을 많이 좋아하는 것 같아요. 당신에게 익숙해지도록 시간을 주세요."

"그럼 승낙하는 겁니까?"

그가 끼어들었다.

"그런 것 같아요."

12

그때 그녀는 그에 대해 아는 것이 거의 없었다. 하지만 그들이 결혼한 지 2년이 지난 지금도 그를 많이 안다고는 할 수 없었다. 처음에는 그의 친절함이 감동적이고 놀라웠지만 그녀는 곧 그의 열정에 우쭐해졌다. 그는 극도로 배려심이 깊고 그녀의 안위에 매우 신경을 썼다. 그녀가 조금이라도 원하는 것이 있으면 서둘러 만족시켜 주려고 했다. 그는 끊임없이 그녀에게 선물 공세를 퍼부었다. 어쩌다 그녀가 아프기라도 하면 누구도 그보다 친절하고 사려 깊을 순 없었다. 그가 그녀를 위해 뭔가를 힘들게 할 수 있는 기회를 줌으로써 그녀가 그에게 호의를 베푸는 꼴이었다. 게다가 그는 언제나 지나치게 예의가 발랐다. 그녀가 방에 들어가면 일어서서 그녀를 맞았고 차에서 내릴 때도 손을 내밀어 그녀를 부축했으며 길에서 우연히 그녀와 마주치면 모자를 벗었고 그녀가 방을 나갈 때 열심히 문을 열어 주고 그녀의 침실이나 방에 들어갈 때 반드시 문을 두드렸다. 그는 키티가 이제껏 보아 온 아내를 대하는 남편의 태도가 아니라 별장을 방문한 손님인 양 예우했다. 유쾌하긴 했지만 어쩐지 코미디 같았다. 그가 좀 더 자연스럽게 행동했다면 그녀가 한결 편안해졌을 것이다. 그들의 잠자리도 그녀가 그와 가까워지는 데 도움이 되지 못했다. 그는 잠자리에서 열정적이고 적극적이었지만 이상하게 신경질적이기도 했고 감상적이기까지 했다.

그가 얼마나 감정에 휘둘리는지 알고 나자 그녀는 혼란스러워졌다. 그의 자제력은 수줍음 아니면 오랜 세월 동안의 훈련에서 비롯할 터였는데, 어느 쪽인지는 짐작하기 어려웠다. 그의 욕망이 잦아든 후 그의 팔에 안겨 있을 때면 유치한 말들을 속삭이는 데 너무나 서툴렀고 우스꽝스러워 보일까 봐 늘 안달하는 그를 아이처럼 달래 주어야 한다는 사실이 그녀는 좀 한심스러웠다. 전에 한번 그런 일로 그의 기분을 심히 상하게 한 적이 있었다. 그녀가 웃음을 터뜨리면서 어쩌면 그렇게 음탕한 말을 할 수 있냐고 그에게 말했을 때였다. 그녀를 감싸 안고 있던 그의 팔에서 힘이 풀리더니 잠시 아무 말도 하지 않다가 한마디 말도 없이 그녀를 놓아주고 그의 방으로 가 버렸다. 그의 기분을 상하게 할 마음은 없었기 때문에 그녀는 하루이틀 후 그에게 이렇게 말했다.

"이런 구닥다리 바보 같으니. 당신이 내게 어떤 허튼소리를 지껄인다 해도 난 개의치 않아요."

그가 창피하다는 듯 웃음을 터뜨렸다. 그녀는 머지않아 그가 좀처럼 자기 자신을 느긋하게 풀지 못하는 불행한 불구자라는 것을 알게 되었다. 그는 자의식이 너무 강했다. 연회장에서 모두가 노래를 부르기 시작할 때도 월터는 절대 그 행렬에 동참하지 못했다. 자기 역시 기분이 좋고 즐기고 있음을 보여주기 위해 자리에 앉아 미소를 지었지만 그 미소도 억지로 만든 것일 뿐이라서 냉소적인 비웃음처럼 보였고, 자칫하면 한껏 즐기고 있는 모든 사람을 싸잡아 바보 패거리로 취급한다는 인상을 주기에 충분했다. 키티가 신이 나서 즐겨 하는 라운드게임[5]에도 그는 좀처럼 끼어들 용기를 내지 못했다. 중국을 여행할 때 다들 입는 요란한 옷을 그는 질색하며 거부했다. 그는 그 모든 것을 따분하게 생각하는 게 분명했고, 그런 그의 태도는 그녀가 마음껏 즐기는 데 찬물을 끼얹곤 했다.

키티는 활달한 여자였다. 그녀는 하루 종일 재잘거릴 수도 있었고 걸핏하면 웃음을 터뜨렸다. 그의 침묵은 그녀를 당혹스럽게 했다. 게다가 그는 그녀가 무심코 일상적으로 던지는 말에 잘 응답하지 않음으로써 그녀를 발끈하게 만드는 재주

---

5) 패를 짓지 않고 단독으로 하는 게임을 통칭한다.

가 있었다. 사실 꼭 대답할 필요가 없는 말들이긴 했지만 대답 한마디에 기분이 좋아지는 것도 사실이었다. 비가 오면 그녀는 이렇게 말했다. "비가 억수같이 쏟아지네요." 침묵. 그냥 "그래, 그렇군." 하고 대답하면 어디가 덧나나. 어떨 때는 그를 잡고 마구 흔들어 버릴까 하는 생각이 치솟기도 했다.

"비가 억수같이 쏟아진다니까요." 그녀가 되풀이했다.

"들었소." 그는 애정 어린 미소를 지으며 대답했다.

적어도 빈정거릴 의도는 없었군. 다만 할 말이 마땅치 않아서 대꾸를 안 한 것뿐이었어. 하지만 할 말이 없다고 말을 안 한다면 인류는 머지않아 언어 사용 능력을 잃지 않겠는가. 키티는 그만 피식 웃고 말았다.

13

그가 매력이 없다는 데는 의심의 여지가 없었다. 그래서 그는 인기가 없었고, 그 사실은 그녀가 홍콩에 온 지 오래 지나지 않아 명백해졌다. 그녀는 그가 하는 일에 대해서 아주 희미하게 짐작만 하는 정도였다. 하지만 정부 세균학자가 떠오르는 기대주가 아닌 것만은 애통하게도 분명한 사실이었다. 그는 그 부분에 대해선 그녀와 이야기하고 싶은 생각이 없는 것 같았다. 언제나 무엇이든 먼저 관심을 갖는 그녀가 그것에 대해 물어봤을 때 그가 농담조로 슬쩍 말을 돌렸기 때문이다.

"아주 지루하고 복잡한 일이오." 어떤 때는 이렇게 말하기도

했다. "게다가 끔찍하게 박봉이지."

그는 아주 과묵했다. 그의 조상과 출생, 그가 받은 교육과 그녀를 만나기 전의 삶에 대해서 그녀가 아는 내용은 모두 그녀가 직접 캐물어서 알아낸 사실들이었다. 이상한 일이지만 단지 질문 자체가 그의 심기를 불편하게 하는 듯했다. 그녀가 호기심을 못 이기고 질문 세례를 퍼붓기라도 하면 그의 대답은 하나같이 퉁명스러운 기색을 띠었다. 그녀에게 숨길 게 아무것도 없으므로 대답하기가 곤란하진 않지만 타고난 은둔자적 기질 때문에 그런다는 걸 그녀는 눈치로 알 수 있었다. 자기 자신에 대해 말하는 건 그에게 지루한 일이었다. 그리고 부끄럽고 불편했다. 게다가 어떻게 알려야 하는지도 막막했다. 그는 독서를 좋아했지만 그가 읽는 책들은 키티에게 매우 따분하게 보였다. 그는 과학 실험으로 바쁘지 않을 때면 중국에 관한 책이나 역사서를 즐겨 읽었고 절대 느긋하게 뒹굴거리는 법이 없었다. 그에게 그건 가당치도 않은 일이었다. 하지만 게임은 좋아해서 테니스를 치거나 브리지를 하기도 했다.

도대체 그는 왜 나를 사랑하게 된 걸까? 의문이 끊이질 않았다. 아무리 생각해 봐도 이렇게 답답하고 냉철하고 덤덤한 남자에게 자신은 절대 어울리지 않았다. 하지만 그가 그녀를 미치도록 사랑한다는 것 또한 분명했다. 그녀를 기쁘게 하는 일이라면 그는 무슨 짓이라도 할 사람이었다. 그는 그녀의 손아귀에 있는 밀랍 인형과 같았다. 그녀에게 공개된 그의 그런 일면만 생각하면, 그것은 그녀가 목격한 일부분에 불과했지만 그가 다소 하찮게 느껴졌다. 그녀가 찬양하는 많은 사람들과 사물에 대한 그의 오만한 인내심과 냉소적 태도는 단지 그의 내면 속 깊이 숨겨진 나약함을 가리기 위한 허울에 불과한 것 아닐까? 모든 사람들이 인정하는 것처럼 그녀가 보기에도 그가 똑똑한 사람이긴 하지만 가끔 그가 좋아하는 두세 명의 사람들과 함께 있을 때나 특별히 기분이 좋을 때를 제외하면 전혀 재미있는 사람은 아니있다. 그는 딱히 그녀를 지루하게 만드는 건 아니었지만 그렇다고 그녀의 관심을 끌지도 못했다.

14

키티는 다과 모임에서 찰스 타운센드의 아내를 여러 번 보았지만 정작 그를 만난 건 홍콩에 온 지 한참이 지나서였다. 그녀는 만찬에 초대를 받아 남편과 함께 방문한 그의 집에서 그를 소개받았다. 키티는 방어 자세를 취했다. 찰스 타운센드는 총독부 차관보였는데, 그의 아내처럼 깍듯이 예의를 차리면서 거드름을 피운다면 참지 않을 생각이었다. 그들은 널찍한 방으로 안내되었다. 그녀가 홍콩에서 봤던 여느 응접실과 다를 바 없이 편안하고 안락한 스타일의 가구들로 꾸며져 있었다. 성대한 연회가 한창이었다. 그들이 마지막으로 도착한 손님이었고, 안으로 들어가자 제복을 입은 중국인 하인들이 칵테일과 올리브를 돌리고 있었다. 타운센드 부인은 그들에게 일상적인 인사를 건네며 명단을 보고는 월터에게 누구와 함께 만찬에 왔냐고 물었다.

그때 키티는 키 크고 아주 잘생긴 남자가 자기들을 굽어보는 것을 보았다.

"이 사람은 제 남편이에요."

"부인 옆자리에 앉는 영광을 제게 주십시오."

그가 말했다.

즉시 그녀의 마음이 풀리면서 적대감이 녹아 버렸다. 그의 눈은 웃고 있었지만 그녀는 그 속에서 한 줄기 경탄의 빛이 스치는 것을 보았다. 그것의 정체를 너무나 잘 알고 있었기 때문에 그녀는 그만 소리 내어 웃고 싶은 충동을 느꼈다.

그가 말했다.

"전 저녁식사를 조금도 들지 못할 것 같군요. 하지만 내가 도로시를 잘 아니까 드리는 말씀인데, 저녁식사는 정말 맛있을 겁니다."

"못 드시다니, 왜요?"

"이럴 줄 몰랐죠. 누군가 나한테 경고를 해 줬어야 했습니다."

"뭘요?"

"아무도 나에게 귀띔을 안 했지 뭡니까. 이렇게 눈부신 미인과 만나게 될 줄 내가 어떻게 알 수 있었겠습니까?"

"이럴 땐 뭐라고 해야 할지?"

"아무 말도. 그 대답은 제게 맡겨 두세요. 몇 번이라도 계속해서 말씀해 드리죠."

키티는 가만히 서서 그의 아내란 여자가 그녀에 대해서 도대체 무슨 말을 떠벌린 걸까 생각했다. 그가 미리 그녀에 대해 물어본 것임에 틀림없었다. 웃는 눈으로 그녀를 내려다보는 타운센드의 머릿속에는 갑자기 어떤 기억이 떠올랐다.

그의 아내가 페인 박사의 신부를 만났다고 이야기했을 때 그가 물었다.

"그 여자 어떻게 생겼어?"

"이, 꽤 예쁘고 이런 여자예요, 배우 같아."

"무대에도 서 봤대?"

"오, 아뇨. 그런 것 같진 않아요. 그녀의 아버지가 의사나 변호사, 뭐 그런 것 같던데. 만찬 때 물어봐야겠어요."

"뭐 급할 거 없잖소. 안 그러오?"

타운센드와 키티가 나란히 탁자에 앉아 있을 때 타운센드는 월터 페인이 식민지로 왔을 때부터 그와 알고 지냈다고 그녀에게 말했다.

"우린 브리지 게임 친구입니다. 월터는 단연코 브리지 클럽의 최고 선수죠."

키티는 집으로 돌아오는 길에 그 이야기를 월터에게 했다.

"뭐 최고랄 것까지는 없지."

"그 사람 실력은 어때요?"

"나쁘지 않아요. 잘될 때는 아주 잘하지만 패가 나쁘면 다 잃곤 하지."

"당신만큼 잘해요?"

"내 게임 실력에 대해 과장할 생각은 없구려. 뛰어난 이류급이라고나 할까. 타운센드는 자기가 최고라고 생각하더군. 하지만 그건 아냐."

"타운센드 씨를 좋아하지 않나요?"

"좋아하지도 싫어하지도 않아요. 일을 못하는 것도 아니고 모두들 그가 뛰어난 스포츠맨이라고 하더군. 그에겐 별 관심 없소."

월터의 겸손이 그녀를 발끈하게 만든 건 이번이 처음이 아니었다. 그렇게까지 신중해야 할 필요가 있을까? 어떤 사람을 좋아하거나 싫어하는 건 당연했다. 그녀는 찰스 타운센드가 아주 마음에 들었다. 그녀 스스로도 전혀 예상치 못한 일이었다. 아마도 그는 이 식민지에서 가장 인기가 높은 남자일 것이다. 총독부 총리는 곧 은퇴할 예정이었고 모두들 타운센드가 그 후임으로 임명되기를 기대했다. 그는 테니스와 폴로, 골프를 쳤고 경마에도 빠지지 않았다. 그리고 언제나 남들에게 도움이 되려는 자세로 임했으며 관료적 형식주의에 얽매이길 원치 않았다. 뽐내거나 자랑하는 법도 없었다. 키티는 예전에 그를 칭찬하는 말을 들으면 왜 그렇게 화가 치밀었는지 이제는 이해가 가지 않을 정도였는데, 그를 대단히 잘난 척하는 거만한 자로 생각한 자신이 아주 한심하게 느껴졌다. 그건 정말이지 말도 안 되는 누명이었다.

키티는 만찬을 한껏 즐겼다. 그들은 런던의 극장과 애스콧 경마와 아름다운 항구도시 카우즈에 대해 이야기했으며 그녀가 아는 모든 것이 화제에 올랐다. 그녀가 레녹스 가든스의 어떤 멋진 집에서 그를 만났을지도 모른다니 정말 놀라운 일이었다. 만찬이 끝나고 남자들이 응접실로 몰려간 후, 그가 유유히 그녀에게 다가와 다시 그녀의 옆에 자리를 잡고 앉았다. 비록 그의 이야기가 아주 재미있지는 않았지만 그는 그녀를 웃게 만들었다. 그것은 분명 그의 말하는 모습 때문이었다. 그의 깊고 풍부한 목소리에 어린 감미로운 울림과 친절하게 반짝거리는 푸른 눈 속에 담긴 기쁨의 표정은 그와 함께 있으면 집에 온 듯 편안한 느낌을 주었다. 그가 매력적이라는 데는 의심의 여지가 없었다. 그것이 그토록 그를 유쾌한 남자로 믿드는 이유였다.

타운센드는 키가 컸다. 최소한 185센티미터는 되겠다고 키티는 생각했다. 게다가 외모도 아름다웠다. 첫눈에 봐도 아주 건강했고 군살이라고는 손톱만큼도 찾아 볼 수 없었다. 그는 방 안에서 옷맵시가 가장 뛰어날 정도로 옷 입는 감각도 좋았다. 게다가 그는 그녀가 좋아하는 똑똑한 남자이기도 했다. 그녀의 눈은 월터에게로 옮아갔다. 월터는 앞으로 좀 더 신경 써서 옷을 입어야 할 것이다. 타운센드의 커프스단추와 재킷 단추가 눈에 띄었다. 그녀는 카르티에에서 그와 비슷한 것들을 본 적이 있었다. 물론 타운센드는 자기 재산이 좀 있을 것이다. 그의 얼굴은 햇볕에 그을렸지만 태양이 그의 뺨에서 건강한 혈색마저 빼앗진 못했다. 그의 붉은 입술을 완전히 덮지 않은, 살짝 다듬은 곱슬거리는 콧수염도 그녀의 마음에 들었다. 그의 검은 머리카락은 짧게 다듬어져 빗질이 잘 되어 있었고 윤기가 흘렀다. 하지만 백미는 단연 숱 많고 굵은 눈썹 아래에 위치한 그의 눈이었다. 너무나 파란 그의 눈은 웃음기 가득한 부드러움으로 사람들을 특유의 달콤함 앞에 무방비 상태가 되도록 만들었다. 그렇게 파란 눈을 갖고 있는 사람이 어찌 남을 해칠 마음을 품을 수 있겠는가.

그녀가 그의 마음을 끌었다는 사실은 그녀도 인정할 수밖에 없었다. 그녀의 환심을 사려는 그의 찬사는 제쳐 두더라도 찬탄의 빛을 담은 그의 눈은 속일 수가 없었다. 그의 태도는 느긋하고 유쾌했다. 그는 자기를 의식하지도 않았다. 키티는 그런 상황 속에서 편안함을 느꼈고 간간이 상대방을 치켜세우고 재미있는 내용을 섞어 가며 대화를 농담처럼 이끌어 가는 그의 말솜씨에 감탄할 수밖에 없었다. 헤어질 때 악수를 나누면서 그는 그녀의 손을 힘주어 잡았다. 오해의 여지가 없었다.

"곧 다시 만나 뵙기를 바랍니다."

그의 말은 일상적이었지만 그의 눈은 그녀가 결코 놓칠 수 없는 어떤 의미를 담고 있었다.

"홍콩은 아주 작은 곳이죠. 안 그래요?"

그녀가 말했다.

15

그로부터 석 달도 채 못 되어 그들이 그런 관계로 발전할 줄 누가 상상이나 했을까? 그는 그날 저녁 그녀를 처음 만났을 때부터 그녀에게 마음을 빼앗겼노라고 말했다. 그녀는 세상 무엇보다 아름다운 존재라고. 그는 그날 그녀가 입고 있던 옷까지도 기억했다. 그것은 그녀의 결혼 드레스였다. 그녀는 마치 계곡의 한 떨기 백합 같았다고 그는 말했다. 그가 마음을 털어놓기 전부터 자신에게 푹 빠졌다는 것을 눈치 챈 그녀는 다소 두려워진 나머지 그와 거리를 두었다. 하지만 충동적이고 격정적인 그에게 그것은 견디기 힘든 형벌이었다. 그녀는 그의 품에 안기는 생각만 해도 심장이 너무나 두근거려서 그가 자기에게 키스하도록 내버려 둬도 괜찮을지 걱정스러울 정도였다. 그녀는 사랑에 빠져 본 적이 없었기 때문에 모든 것이 경이롭기만 했다. 그리고 사랑이 무엇인지 깨닫자 그녀에게 사랑을 품고 있는 월터에게 갑자기 동정심이 일었다. 그녀는 월터를 짓궂게 놀리고서 그가 즐거워하는 모습을 바라보곤 했다. 전에는 남편을 약간 두려워하는 마음도 있었지만 이제는 좀 더 자신감이 차올랐기 때문이다. 그를 놀리고서 그녀의 농담을 받아들이는 그의 입가에 서서히 미소가 번지는 것을 바라보면 재미있었다. 놀라면서도 기뻐하는 그 모습이라니. 그런 날들이 계속되는 동안, 그녀는 남편이 점점 인간적인 모습을 찾아 간다는 생각이 들었다. 열정이라는 것을 이해하게 된 이상, 그녀는 줄 위로 손가락을 움직이며 연주하는 하프 연주자처럼 그의 애정을 자유자재로 요리했다. 그가 그녀 때문에 당황하고 곤혹스러워하는 것을 보면 웃음이 터져 나왔다.

찰스를 애인으로 얻고 난 이후, 그녀는 자신과 월터를 둘러싼 상황이 묘하게도 터무니없어 보였다. 그녀는 너무나 근엄하고 자제력이 강한 그를 웃음을 앞세우지 않고서는 도저히 쳐다볼 수 없었다. 하지만 너무나 행복한 나머지 남편에게 불만을 품을 여력조차 없었다. 어쨌든, 그가 없었다면 그녀는 찰스를 만나지 못했을 테니까. 그녀는 마지막 선을 넘기 전 얼마간 망설였다. 찰스의 열정에 항복하고 싶지 않아서가 아니었다. 그와 마찬가지로 그녀의 열정 또한 뜨거웠지만 그녀가 받은 교육과 일생토록 익숙하게 받아들였던 관습이 그녀의 발목을 붙잡았기 때문이다. 마침내(두 사람 모두 예기치 못한 기회에 맞닥뜨렸을 때 사건이 터지듯) 마지막 선을 넘고 나서, 그녀는 자신이 예전과 조금도 달라지지 않았다는 것을 발견하고 깜짝 놀랐다. 어떤 변화가 일어날 것으로 예상했지만 과연 완전히 다른 사람이 된 것처럼 느낄 만한 환상적인 변화는 도무지 찾아볼 수 없었다. 우연히 거울 속에 비친 자신의 모습에서 늘 봐 왔던 같은 여자의 모습을 발견하고 그녀는 당황하고 말았다.

"나한테 화났소?"

그가 그녀에게 물었다.

"당신이 좋아요."

그녀가 속삭였다.

"그동안 그렇게 시간 낭비를 하다니, 당신 바보라는 생각 안 드오?"

"완전히 바보였죠."

16

그녀의 행복이, 가끔은 그녀가 감당할 수 없을 정도로 넘쳐흐르는 행복이 그녀의 아름다움을 다시 꽃피웠다. 그녀는 결혼하기 직전만 해도 갓 피어난 싱싱함을 잃기 시작하면서 피곤하고 시드는 듯 보였다. 무자비하고 냉정한 사람들은 그녀가 이제 한물갔다고 떠들어 댔다. 하지만 스물다섯 살의 처녀와 그 또래의 결혼한 여자는 현격히 다른 법이다. 그녀는 꽃잎 끝이 노랗게 변해 가기 시작한 장미 꽃봉오리에서 갑자기 만개한 한 송이 장미가 된 것이다. 반짝거리는 눈동자에는 좀 더 의미심장한 표정이 실렸고 (언제나 그녀의 자존심을 세워 주는 요소인지라 가장 신경이 쓰이는) 피부는 눈부셨다. 복숭아나 꽃에 비유될 바가 못 되었다. 오히려 그것들이 그녀의 피부에 비유되어야 마땅했다. 그녀는 다시 한번 열여덟 살로 돌아가 눈부신 사랑스러움으로 전성기를 구가했다. 그녀의 아름다움이 너무나 두드러진 나머지 그녀의 여자 친구들은 그녀에게 아기를 가질 생각은 없는지 시샘하는 마음에서 묻곤 했다. 그녀를 그냥 코가 긴 예쁜 여자라고 말하며 무관심했던 사람들도 그들의 잘못된 판단을 인정할 수밖에 없었다. 그녀는 찰스가 그녀를 처음 보았을 때 일컬었던 것처럼 그야말로 눈부신 미인이었다.

그들은 이 부정한 만남을 능숙하게 조절했다. 그는 자기가 배짱이 두둑하다고 그녀에게 말했지만(이때 그녀는 "당신이 허세를 부리도록 놔두지 않겠어요."라며 톡 끼어들었다.) 그것은 중요하지 않았다. 그녀를 위해 작은 위험조차도 감수할 수 없었기 때문에 그들은 자주 단둘이 만날 수 없었다. 그는 만나는 횟수가 반의 반도 성에 차지 않았지만 먼저 그녀를 생각해야 했기에 가끔은 골동품 가게에서, 때로는 점심식사 후에 아무도 없을 때 그녀의 집에서 만나곤 했다. 하지만 그녀는 그를 공개적으로 만날 기회가 여기저기에 있었다. 그가 모든 사람을 대하듯 격식을 차린 특유의 말투로 명랑하게 그녀에게 말을 걸때면 그녀는 마냥 즐거웠다. 바로 얼마 전까지만 해도 그녀를 열정적으로 품에 안고 매력적인 농담으로 그녀를 놀리던 그의 모습을 누가 상상이나 할 수 있을까?

그녀는 그를 숭배했다. 산뜻한 승마화를 신고 하얀 반바지를 입은 채 폴로를 하는 그의 모습은 근사했다. 그리고 테니스복을 입은 그의 모습은 소년을 연상시켰다. 그가 자신의 외모에 자신을 갖는 건 당연했다. 그녀가 아는 한 그는 최고의 미남이었다. 그런 모습을 유지하기 위해 그는 피나는 노력을 했다. 빵이나 감자 또는 버터는 절대 입에 대지 않았고 엄청나게 많은 운동량을 소화해 냈다. 그녀는 그가 손에 정성을 들이는 모습도 마음에 들었다. 그는 일주일에 한 번씩 손톱을 손질했다. 그는 전년도 지역 테니스 우승자일 정도로 훌륭한 스포츠맨이었다. 게다가 그는 그녀가 상대한 남자 중 최고의 춤꾼임이 분명했다. 그가 마흔 살이라고 생각하는 사람은 아무도 없었다. 그녀는 그의 나이를 믿을 수 없다고 말했다.

"모두 거짓말 같기만 해요. 당신은 정말이지 스물다섯 살같아요."

그는 웃음을 터뜨렸다. 기분이 흡족했다.

"오, 이런, 내겐 열다섯 살짜리 아들이 있어요. 난 이제 중년의 신사란 말이오. 앞으로 이삼 년 후엔 뚱뚱한 늙다리가 되겠지."

"당신은 백 살이 돼도 여전히 사랑스러울 거예요."

그녀는 그의 짙고 풍성한 눈썹이 좋았다. 하지만 혹시 그것 때문에 그의 파란 눈을 쳐다볼 때 어쩐지 불편한 느낌이 드는 것은 아닐까 하는 의심도 들었다.

그는 못하는 게 없는 남자였다. 피아노도 꽤 잘 쳤는데, 물론 래그타임[6]도 잘 쳤고 풍부한 목소리와 뛰어난 유머 감각으로 우스꽝스러운 노래도 멋들어지게 불렀다. 과연 그가 못하는 게 있기나 할까? 그는 업무에서도 매우 뛰어난 능력을 발휘했는데, 그가 어려운 임무를 완수한 방법에 대해서 총독이 특별히 칭찬했다는 말을 했을 때 그녀는 그와 기쁨을 함께 나누었다.

"내가 해낸 거요."

그는 그녀를 향한 사랑으로 한껏 매력을 발산하는 눈을 반짝이며 말했다.

"총독부 내에 이제껏 그 일을 나보다 더 잘한 사람은 없었지."

아! 그녀가 월터의 아내가 아니라 그의 아내였기를 얼마나 간절히 원했던가!

---

6) 이 소설의 배경이 되는 1920년대에 유행한 재즈 음악이다.

17

물론 월터가 진실을 알고 있는지는 아직 확실치 않았다. 모른다면 그대로 놔두는 편이 좋겠지만, 알게 됐다면 모두를 위해 차라리 잘된 일인지도 몰랐다. 처음에 그녀는 찰스를 몰래 만나는 것이 성에 차지 않지만 체념하고 받아들였다. 그러나 시간이 갈수록 그녀의 열정은 커져만 갔고 이제는 그들이 늘 함께 있지 못하도록 방해하는 장애물들에 점점 인내심을 잃어 가고 있었다. 찰스는 신중할 수밖에 없는 그의 처지와 그를 옭아맨 속박, 그리고 그녀를 옭아맨 속박이 저주스럽다고 그녀에게 자주 말하곤 했다. 그들이 둘 다 자유롭다면 얼마나 좋을까 하는 말을 하기도 했다. 그녀는 그 말의 요지를 알 수 있었다. 추문을 좋아할 사람은 없었다. 그리고 인생의 항로를 바꾸려면 그 전에 충분한 숙고의 과정이 필요한 것은 당연했다. 하지만 그들 앞에 자유라는 선물이 던져진다면, 아! 그렇게만 된다면, 모든 것이 얼마나 간단해질 것인가!

그렇다고 누가 특별히 고통 받는 상황도 아니었다. 그와 그의 아내의 관계가 어떤 식인지 그녀는 정확하게 알고 있었다. 그녀는 차가운 여자였고 벌써 오래전부터 그들 사이에는 사랑은 자취를 감추고 없었다. 그들은 습관처럼, 편하니까, 그리고 물론 아이들 때문에 함께 살았다. 그래도 키티보다는 찰스의 경우가 더 나았다. 월터가 그녀를 사랑하기 때문이었다. 하지만 어쨌든 월터는 자기 일에 푹 빠져 살았고 게다가 남자들에겐 언제나 클럽이라는 것이 있지 않은가. 그는 처음에 화를 낼

지도 모르지만 결국 극복할 것이다. 게다가 그가 다른 여자와 재혼하지 말란 법도 없었다. 찰스는 어째서 그녀가 월터 페인 같은 남자에게 몸을 맡겼는지 이해할 수 없다고 그녀에게 말한 적도 있었다.

그녀는 그때 왜 월터에게 현장을 들켰다는 생각에 두려워 떨었는지 의구심마저 들면서 웃음이 나올 뻔했다. 물론 문손잡이가 서서히 돌아가는 모습을 목격하는 것은 기겁하기에 충분했지만, 결국 그들은 월터로 인해 벌어질 수 있는 최악의 상황을 알고 있었고 그에 대한 각오가 되어 있었다. 그들이 이 세상 무엇보다 간절히 바라는 상황과 마침내 맞닥뜨리게 되었다는 점에 대해서 그녀와 마찬가지로 찰스 또한 커다란 안도감을 느꼈으리라.

월터는 신사였고 그녀는 그에게 현실을 인정할 기회를 주기로 했다. 게다가 그는 그녀를 사랑했다. 마땅히 이혼에 동의하고 그녀를 놓아주지 않겠나. 그들은 실수를 한 것뿐이고 너무 늦기 전에 그것을 깨달은 것을 오히려 행운으로 여겨야 했다. 그녀는 그에게 정확히 무슨 말을 해야 할지 그를 어떻게 대해야 할지 마음을 굳혔다. 친절하게, 웃으면서, 그렇지만 확고하게 나가야만 한다. 싸움을 벌일 필요는 없다. 나중에라도 언제든 그를 기쁘게 만날 수 있어야 한다. 그녀는 그들이 함께 보낸 2년간의 세월이 그와 함께 소중한 추억으로 남기를 진심으로 바랐다.

그녀는 이렇게 생각했다. '도로시 타운센드는 찰스와 이혼하는 데 조금도 주저하지 않을걸. 이제 막내아들이 영국으로 돌아갈 테니 그녀도 함께 영국으로 돌아가는 게 훨씬 낫지. 그 여자가 홍콩에 남아서 할 일이 뭐가 있겠어. 이제는 휴가 내내 아들들과 시간을 보낼 수 있겠지. 게다가 그녀의 아버지와 어머니도 영국에 있잖아.'

모든 게 단순했고 추문이나 악감정 없이 잘 해결될 것이다. 그러면 그녀와 찰스는 결혼할 수 있으리라. 키티는 길게 한숨을 내쉬었다. 그들은 아주 행복할 것이다. 바라는 것을 얻기 위해서는 약간의 번거로움은 감수해야 했다. 그들이 함께 일구어 나갈 삶에 대한 장면들이 꼬리에 꼬리를 물고 머릿속을 어지럽게 스쳐 지나갔다. 그들이 함께 나눌 행복과 함께 헤쳐 나갈 인생의 항로, 그들이 살게 될 집, 그가 갖게 될 지위, 그를 보필하는 그녀. 그런 그녀를 그는 매우 자랑스럽게 여길 것이다. 그리고 그녀는, 그녀는 그런 그가 좋았다.

하지만 그런 백일몽의 틈을 비집고 한 줄기 걱정의 그림자가 드리워졌다. 관현악단의 목관악기와 현악기가 전원풍의 멜로디를 연주하는 가운데 이상하게 저음 부분에서 북소리가 약하지만 불길하게 쿵쿵 들려오는 것만 같았다. 머지않아 월터가 돌아오겠지……. 그녀의 심장이 그를 만날 생각에 빠르게 뛰었다. 그날 오후 그가 그녀에게 한마디 말도 없이 가 버렸다는 것은 이상했다. 물론 그녀는 그가 두렵지 않았다. 그가 뭘 어쩌겠어. 그녀는 스스로에게 되뇌었다. 하지만 불안감을 가라앉힐 수가 없었다. 그녀는 다시 한번 그에게 해야 할 말을 반복해 보았다. 소란을 떨어서 좋을 게 뭐가 있나? 진심으로 미안함을 느낀다, 그에게 고통을 줄 생각이 없다는 것은 하늘을 우러러 한 점 부끄러움 없이 사실이지만 그를 사랑하지 않는 것은 그녀도 어쩔 도리가 없다, 아닌 척해 봐야 무슨 소용 있나, 진실을 말하는 것보다 더 나은 것은 없는 법이다. 그가 불행하지 않기를 그녀도 바라지만 그들은 실수를 저질렀고 그것을 인정하는 것만이 유일하고 현명한 해결책이다, 그녀는 언제나 그를 좋게 생각할 것이다 등등.

하지만 이렇게 스스로에게 다짐하는 순간에도 한 줄기 공포심이 그녀의 손바닥에서 땀과 함께 솟아났다. 그리고 그 두려움 때문에 그에게 화가 치밀었다. 그가 만약 소란을 피우려고 한다면 그도 대가를 치러야 할 것이다. 예상치 못한 일에 맞닥뜨려 놀라지 않을 자신이 있다면 말이다. 그녀는 그를 단 1분 1초도 사랑한 적이 없었음을, 단 하루도 그와 결혼한 것을 후회하지 않은 날이 없었음을 유사시 다 털어놓을 작정이었다. 지루한 사람 같으니. 오, 그가 얼마나 그녀를 지루하게 했는지. 지겨워! 지겨워! 그는 자신을 다른 사람보다 우월하게 생각했지만 그 얼마나 어처구니없는 일인가. 그는 유머 감각도 없었고 그의 건방진 우월감과 차가움, 그의 자제력이 그녀는 혐오스러웠다. 아무것에도, 자신 이외에 아무에게도 관심 없을 땐 누군들 자제력을 발휘하지 못할까. 그녀는 그가 구역질 났다. 그가 그녀에게 키스하도록 놔둬야 하다니 역겨웠다. 도대체 무엇 때문에 그리 잘난 척인가? 그는 춤 솜씨도 형편 없었고 연회장에서는 꿔다 놓은 보릿자루 같아서 즐겁게 놀지도 노래도 못했다. 폴로도 못했고 테니스 실력도 어느 누구보다도 낫다고 할 수 없었다. 브리지? 누가 브리지 따위에 신경이나 쓰나?

키티는 치솟는 열기 속으로 스스로를 몰아넣었다. 차라리 남편이 따지고 대들도록 도발하자. 이렇게 된 것은 모두 그의 잘못이다. 그녀는 마침내 그가 진실을 안 게 다행스럽기까지 했다. 그녀는 그를 혐오했고 그를 다시 보고 싶은 마음이 없었다. 그래, 다 끝나서 다행이야. 왜 그는 그녀를 가만 내버려 두지 않았을까? 그녀가 그와 결혼하도록 몰아붙인 것도 그였다. 이제 그녀는 신물이 났다.

"신물 나."

그녀는 분노로 몸을 떨면서 큰 소리로 되풀이했다.

"신물 나! 신물 난다고!"

그때 차가 정원 문 안으로 들어오는 소리가 들렸다. 그가 계단을 올라오고 있었다.

18

월터가 방으로 들어왔다. 키티의 심장이 미친 듯이 뛰고 손이 부들부들 떨렸다. 소파에 누워 있는 게 다행이었다. 키티는 독서 중인 체하며 책을 하나 펼쳐 들고 있었고 그는 문간에 잠시 서 있다. 그들의 눈이 마주치자 그녀의 심장이 덜컥 내려앉았다. 갑자기 팔다리를 훑고 지나가는 차가운 전율에 그녀는 몸을 부르르 떨었다. 누군가 그녀의 무덤 위를 밟고 지나가는 것만 같았다. 그의 얼굴은 시체처럼 창백했는데, 예전에 그들이 공원에 함께 앉아 있을 때 그가 청혼했던 순간과 다를 바 없었다. 그의 짙은 색 눈은 조금의 동요도 보이지 않아 속을 알 수 없었지만 이상하리만큼 컸다. 그가 모든 것을 알고 있어!

"일찍 왔네요."

그녀가 말했다.

입술이 달달 떨리는 바람에 그녀는 간신히 말을 만들어냈다. 두려웠다. 정신을 잃을까 봐 무섭기도 했다.

"보통 때와 비슷한 거 같은데."

그의 목소리가 이상한 느낌으로 그녀에게 다가왔다. 아무렇지 않다는 인상을 주기 위해 마지막 단어의 억양을 약간 올렸지만 그것은 연출된 것이었다. 그녀가 사지를 떨고 있다는 것을 그가 알아챘을까? 그녀는 비명을 지르지 않기 위해 안간힘을 썼다. 그가 시선을 떨어뜨렸다.

"옷을 갈아입어야겠어."

그가 방을 나가자 그녀는 허물어지고 말았다. 이삼 분간 그녀는 꼼짝도 않고 그대로 있다가 마침내 힘겹게 소파에서 몸을 일으켜 세웠다. 병을 앓고 난 사람처럼, 여전히 아픈 사람처럼 그녀는 발을 내딛었다. 다리가 그녀의 몸을 지탱할 수 있을지 의문이었다. 그녀는 의자와 탁자에 의지해 더듬더듬 베란다로 나가서, 한 손으로 벽을 짚으며 그녀의 방으로 들어갔다. 그리고 실내 가운을 걸치고 그녀의 침실로 돌아왔을 때(파티를 열 때만 사용하는 응접실과 연결되어 있는데) 그가 스케치 그림책을 보며 탁자 앞에 서 있었다. 그녀는 억지로 몸을 움직여 안으로 들어왔다.

"아래층으로 내려갈까요? 저녁이 준비됐어요."

"날 기다렸소?"

그녀는 떨리는 입술을 통제할 수 없다는 것이 끔찍했다.

이 사람이 도대체 언제쯤 그 말을 꺼낼까?

그들은 자리에 앉았고 잠시 그들 사이에 침묵의 장막이 내려졌다. 그러다가 그가 말을 꺼냈는데 너무나 일상적인 내용이라서 사악한 기운마저 감돌았다.

"엠프리스 호가 오늘 들어오지 않았어. 폭풍우 때문에 항해가 지연된 모양이지."

"오늘 들어올 예정이었나요?"

"그래요."

이제 그녀가 눈을 들어 그를 쳐다보자 그의 눈이 접시에 고정되어 있는 것이 보였다. 그는 다른 사소한 물건으로 시선을 돌리면서 곧 열릴 테니스 대회에 대해 장황하게 이야기를 늘어놓았다. 보통 그의 목소리는 상냥하고 다양한 어조를 띠었지만 지금 그의 말투는 단조로웠다. 그리고 이상하게 부자연스러웠다. 키티는 아주 멀리 떨어진 곳에 있는 사람과 대화하는 것만 같았다. 그리고 말하는 내내 그의 눈은 자신의 접시나 탁자, 벽의 그림을 향하고 있었다. 그녀와 눈을 마주치려고하지 않았다. 그는 그녀를 똑바로 쳐다보는 것을 감당할 수 없음이 분명했다.

"위층으로 올라갈까?"

식사가 끝나자 그가 말했다.

"그러죠."

그녀가 일어났고 그는 그녀를 위해 문을 열어 주었다. 그의 눈길이 그를 스쳐 지나가는 그녀에게 머물렀다. 그들이 부부의 거실에 이르렀을 때 그가 다시 한번 스케치 그림책을 집어 들었다.

"새로운 그림책인가? 전에 본 적이 없는데."

"모르겠어요. 있는 줄 몰랐어요."

그것은 사흘 전부터 그곳에 놓여 있었고 그가 그것을 보고 또 보았다는 것을 그녀는 알고 있었다. 그는 그것을 집어 들고 자리에 앉았다. 그녀도 다시 소파에 누워 책을 펼쳤다. 여느 저녁 때 단둘이 있을 때면 그들은 쿤캔이나 솔리테어 같은 카드놀이를 했다. 그는 팔걸이의자에 앉아서 편안한 자세로 그림책을 넋 잃고 바라보곤 했지만 지금은 그림을 넘기지 않았다. 그녀도 책을 읽으려고 했지만 눈앞의 글자가 머릿속에 들어오지 않았다. 글자들이 부옇게 흐려졌다. 머리가 깨질 듯이 아프기 시작했다.

도대체 언제 말을 꺼낼 셈이지?

그들은 침묵 속에서 그렇게 한 시간을 버텼다. 그녀는 책 읽는 척하는 것을 포기하고 소설책을 무릎 위에 내려놓고는 허공을 멍하니 응시했다. 그 어떤 미세한 몸짓이나 작은 소리도 감당하기 두려웠다. 그는 여느 때의 느긋한 자세로 조용히 앉아서 크고 움직임 없는 눈으로 그림을 응시했다. 가만히 움직이지 않는 게 이상하리만치 악의적이었다. 키티는 그런 그가 먹잇감을 덮치기 전의 맹수같이 느껴졌다.

갑자기 그가 일어나는 바람에 그녀는 화들짝 놀라고 말았
다. 그녀는 주먹을 꽉 쥐었고 얼굴이 창백해지는 것을 느꼈다.
지금이야!

"해야 할 일이 있어요."

그가 시선을 다른 곳으로 돌리며 조용히 단조로운 어조로
말했다.

"괜찮다면 내 서재로 갈까 하는데. 당신이 잠자리에 들 때
까지 일이 끝나지 않을 것 같아."

"나도 오늘 밤은 좀 피곤해요."

"그럼, 잘 자요."

"잘 자요."

그가 방을 나갔다.

19

다음 날 아침 키티는 최대한 빨리 타운센드의 사무실로 전
화를 걸었다.

"그래, 무슨 일이오?"

"당신을 만나야겠어요."

"이런, 나 무척 바빠요. 나는 일하는 남자란 말이오."

"중요한 일이에요. 제가 사무실로 갈까요?"

"오, 아니, 나라면 그런 짓 안 하겠소."

"그럼 당신이 이리로 와요."

"도저히 빠져나갈 수가 없어요. 오늘 오후는 어때? 한데, 당신 집으로는 가지 않는 편이 좋지 않을까?"

"당신을 당장 만나야겠어요."

잠시 침묵이 흘렀다. 그녀는 그가 전화를 끊을까 봐 두려웠다.

"당신 거기 있나요?"

그녀가 걱정스럽게 물었다.

"물론, 지금 생각 중이오. 무슨 일이라도 생겼소?"

"전화로는 말 못 해요."

또다시 침묵. 그가 다시 말을 이었다.

"어, 그럼, 괜찮다면 1시에 10분 정도 당신을 볼 수 있을 것 같아. 쿠 초우의 가게로 가요. 최대한 빨리 내 뒤따라가리다."

"그 골동품 가게요?"

그녀가 실망해서 물었다.

"홍콩 호텔 라운지에서 볼 순 없잖소."

그의 목소리에서 짜증이 묻어났다.

"알았어요. 쿠 초우네로 갈게요."

20

키티는 빅토리아로드에서 인력거를 세우고 내린 후 가파르고 좁은 길을 걸어 올라가 가게 앞에 도착했다. 하지만 전시된 골동품들에 주의를 빼앗긴 듯 잠시 밖에서 머뭇거렸다. 그때 손님을 끌려고 그곳에 서 있던 소년이 그녀를 즉시 알아보고 공모의 의미를 담은 미소를 활짝 지어 보였다. 소년이 중국말로 안의 누군가에게 뭐라고 말하자 검은 옷을 입은 작고 퉁퉁한 얼굴의 주인이 밖으로 나와 그녀에게 인사했다. 그녀는 재빨리 안으로 들어갔다.

"타운센드 씨는 아직 오지 않았습니다. 위로 올라가시겠소, 응?"

그녀는 가게 뒤편으로 돌아가 삐걱거리고 어두운 계단을 올라갔다. 중국인이 그녀의 뒤를 따라와서는 침실로 통하는 문의 자물쇠를 열어 주었다. 공기가 후텁지근했고 매캐한 아편 냄새가 났다. 그녀는 백단 서랍장 위에 앉았다.

잠시 후 삐걱삐걱 계단을 흔드는 육중한 발걸음 소리가 그녀의 귀에 들려왔다. 타운센드가 들어와 뒤로 문을 닫았다. 그의 얼굴에 어렸던 뿌루퉁한 표정이 그녀를 보자 자취를 감췄고 그는 특유의 매력적인 미소를 지었다. 그는 그녀를 품에 안고 그녀의 입술에 키스했다.

"무슨 일이지?"

"당신을 보니 기분이 한결 낫군요."

그녀가 미소를 지었다.

그는 침대 위에 앉아 담배에 불을 붙였다.

"오늘 당신 완전히 넋이 나간 표정인데."

"그렇겠죠. 뜬눈으로 밤을 지새웠으니까."

그가 그녀를 쳐다보았다. 그는 여전히 웃고 있었지만 그의 미소는 다소 작위적이고 부자연스러웠다. 그녀는 그의 눈 속에 어린 걱정의 그림자를 보았다.

"그가 알아요."

그는 즉시 뭐라 할 말을 잃었다가 대답했다.

"그가 뭐라 하던가?"

"아무 말도 안 했어요."

"이런!"

그는 그녀를 날카롭게 쳐다보았다.

"그럼 왜 그가 알고 있다고 생각하는 거요?"

"모두 다요. 그의 표정, 그가 저녁을 먹으면서 말하는 태도."

"그가 빈정대던가?"

"아뇨. 정반대로, 철저할 정도로 예의가 발라요. 하지만 우리가 결혼한 이후 처음으로 내게 잘 자라고 키스하지 않았어요."

그녀는 시선을 떨어뜨렸다. 찰스가 제대로 이해했는지 확실치 않았다. 보통 월터는 그녀를 안고서 자기 입술을 그녀의 입술에 대고 놓아주려고 하지 않았다. 그리고 그의 몸 전체가 부드러워지면서 그의 입맞춤은 더욱 열정적으로 변하게 마련이었다.

"그가 왜 아무 말도 하지 않는다고 생각하오?"

"모르겠어요."

잠시 침묵이 흘렀다. 키티는 백단 서랍장 위에 가만히 앉아서 걱정스러운 눈길로 타운센드를 바라보았다. 그의 얼굴이 다시 뿌루퉁해졌고 미간을 찌푸렸다. 입꼬리가 약간 아래로 처졌다. 하지만 갑자기 그가 고개를 들었고 그의 눈 속에 사악한 기쁨의 광채가 번뜩였다.

"그가 어떤 말이든 꺼낼 수나 있을지 의문이군."

그녀는 대답하지 않았다. 그의 말이 무슨 뜻인지 이해가 잘 안 갔다.

"어쨌든, 이런 일을 당하고도 눈을 감아 버린 남자가 이 세상에 그가 유일하진 않겠지. 소란를 피워 봤자 그에게 무슨 이득이 있겠어? 그가 소란을 피우기로 작정했다면 그때 당신의 방으로 쳐들어오려고 했겠지."

그의 눈이 반짝거리고 그의 입술에 커다란 미소가 번졌다.

"우린 한 쌍의 멍청이였어."

"어젯밤 그의 얼굴을 당신이 봤어야 해요."

"화가 났겠지. 당연히 충격을 받았을 거요. 어떤 남자에게나 치욕스러운 일일 테니까. 그는 늘 얼뜨기 같더구먼. 월터는 자신의 치부를 공개적으로 드러낼 유형으로 보이지 않아."

"그러지 못하겠죠." 그녀가 생각에 잠겨 대답했다. "내가 아는 바로는, 그 사람 매우 민감해요."

"우리에겐 아주 잘된 일이오. 다른 사람의 입장이 되어 그 사람이라면 어떻게 행동할 것인지 자문해 보는 일은 아주 현명한 대처법이야. 이런 상황에 처한 남자가 체면을 지킬 방법은 오직 한 가지뿐이오. 아무것도 모르는 체하는 거지. 그게 앞으로 그가 취할 태도라는 데 무엇이든 내기해도 좋아."

타운센드는 이야기를 할수록 더욱 의기양양해졌다. 그의 파란 눈이 반짝이면서 그는 다시 한번 명랑하고 쾌활한 자신을 되찾았다. 그에게서 사기가 충천한 자신감이 흘러나왔다.

"하늘은 알 것이오, 내가 그의 험담을 할 생각이 추호도 없다는 걸. 하지만 솔직히 세균학자가 대단한 유력가는 아니잖소. 시몬스가 고국으로 돌아가고 내가 총독부 총리의 자리에 오르면 내 옆에 있는 것이 월터에게도 유리하겠지. 그도 대부분의 사람들처럼 생계를 걱정하지 않을 수 없을 거야. 추문을 일으킨 친구를 총독부에서 좋게 내우할 것 같소? 내 말을 믿어요. 그는 입을 다물고 자기가 얻고자 하는 것을 모두 얻을 테니. 분란을 일으켜 봤자 다 잃을 테니까."

키티는 불안한 듯 몸을 움직였다. 그녀는 월터가 얼마나 수줍음을 타는지 잘 알고 있었기 때문에 떠들썩한 소동에 대한 두려움과 남들의 시선에서 느끼는 공포가 그에게 영향을 미칠 수도 있으리라 믿었다. 하지만 그가 물질적 이익에 영향 받을 것이라고는 믿기지 않았다. 그녀는 월터를 잘 알지 못하지만 찰스는 월터를 전혀 몰랐다.

"그가 나에게 푹 빠져 있기 때문이라는 생각은 안 드나요?"

그는 대답하지 않았지만 짓궂은 눈으로 그녀를 향해 미소 지었다. 그녀는 그 미소가 무엇을 의미하는지 알고 있었고 그것이 지닌 매력을 사랑했다.

"뭐죠? 또 이상한 말을 하려고 그러는 거 다 알아요."

"글쎄, 당신도 알겠지만, 여자들은 실제보다 더 남자가 자기한테 푹 빠져 있다는 착각에 빠지곤 하지."

처음으로 그녀는 웃음을 터뜨렸다. 그의 자신감은 전염성이 강했다.

"망측한 소리를 잘도 하는군요."

"요즘 당신 남편에게 소홀히 하지는 않았는지 묻고 싶군. 아마 그가 예전처럼 당신한테 미쳐 있지는 않을 거야."

"어떤 경우에도 당신이 나에게 푹 빠져 있다고 나 자신을 속이진 않겠어요."

그녀가 쏘아붙였다.

"그건 당신이 틀렸어."

아, 그에게서 이런 말을 들을 때면 얼마나 행복한지! 그녀는 그것을 잘 알고 있었고 그의 열정에 대한 그녀의 믿음은 그녀의 가슴에 온기를 주었다. 그는 말을 하면서 침대에서 일어나 그녀에게로 다가와 백단 서랍장 위 그녀 옆에 앉았다. 그는 그녀의 허리에 팔을 둘렀다.

"이 귀여운 바보 같으니, 조금도 걱정하지 마요. 내 약속하지만 아무것도 걱정할 거 없소. 그는 아무것도 알지 못하는 척할 게 틀림없어. 알겠지만, 이런 종류의 일은 증명하기가 무척 어려운 법이니까. 그가 당신에게 푹 빠져 있다니까 하는 말인데, 그는 당신을 놓치기 싫은 건지도 몰라. 내 맹세하지만 당신이 내 아내라면 나도 그것만큼은 용납하기 어려울 거요."

그녀는 그에게 몸을 기댔다. 온몸에 힘이 풀리자 그의 팔에 자신의 몸을 맡겼다. 그에 대한 그녀의 사랑은 그녀에겐 거의 고문에 가까웠다. 그의 마지막 말이 그녀에겐 다소 충격이었다. 월터는 그녀를 너무나 사랑한 나머지 가끔 그가 그녀를 사랑하도록 그녀가 허용하기만 한다면 어떤 모욕이라도 감내할 각오를 했을지도 모른다. 그녀는 그것을 이해할 수 있었다. 그것이 바로 그녀가 찰스를 향해 느끼는 것이었기 때문이다.

우쭐함이 전율처럼 그녀의 몸에 퍼지는 동시에 그렇게 굴욕적인 사랑을 할 수 있는 남자에 대한 희미한 혐오감 또한 솟아났다.

그녀는 찰스의 목에 다정하게 팔을 감았다.

"당신은 정말 놀라워요. 아까 여기 왔을 때 난 사시나무 떨듯 떨었는데 당신이 그 모든 걸 해결해 줬어요."

그는 그녀의 얼굴을 잡아 입술에 키스했다.

"내 사랑."

"당신은 나에게 커다란 위안이에요."

그녀가 한숨을 쉬었다.

"당신은 신경 쓰지 않아도 돼. 그리고 내가 당신 곁에 있잖아. 당신을 실망시키지 않겠어."

그녀는 두려움을 저만치 떨쳐 버릴 수 있었지만, 한편으로 미래에 대한 그녀의 계획이 산산조각 난 것이 이상하게도 아쉬웠다. 모든 위험 요소가 지나가 버린 지금, 그녀는 월터가 이혼하자고 졸랐으면 하는 소망마저 들었다.

"당신을 믿어도 좋다는 거 알아요."

"나도 그러길 바라오."

"당신 가서 점심 먹어야 하지 않아요?"

"오, 빌어먹을 점심."

그는 그녀를 바짝 끌어당겼고 이제 그녀는 그의 품 안에 꼭 안겨 있었다. 그의 입술이 그녀의 것을 찾고 있었다.

"오, 찰스, 당신 가야 해요."

"싫은데."

그녀는 나지막한 웃음을, 행복에 겨운 사랑의 웃음이자 승리의 웃음을 터뜨렸다. 그의 눈은 욕망으로 탁해져 있었다. 그는 그녀를 일으켜 세웠지만 놓아주는 대신 가슴에 단단히 끌어안은 채 문을 잠갔다.

21

그날 오후 내내 키티는 찰스가 월터에 대해 한 말을 곰곰이 곱씹어 보았다. 그날 저녁 외식을 할 예정이었기 때문에 월터가 클럽에서 돌아왔을 때 그녀는 외출복으로 갈아입고 있었다. 월터가 그녀의 방문을 두드렸다.

"들어와요."

하지만 그는 문을 열지 않았다.

"난 바로 옷을 갈아입으러 갈 거요. 얼마나 걸리겠소?"

"10분쯤요."

그는 더 이상 아무 말 없이 자기 방으로 갔다. 그의 목소리에는 전날 밤 그녀가 들었던 억압된 기운이 여전히 서려 있었다. 이제 자신감을 꽤 회복한 그녀는 그의 앞에 설 준비가 되어 있었기 때문에 그가 아래층으로 내려왔을 때 이미 차 안에 자리를 잡고 앉아 있었다.

"당신을 기다리게 했나 보군."

그가 말했다.

"참을 만해요."

그녀가 대답했다. 이제 말하면서 미소까지 지을 수 있었다.

그들이 언덕을 내려가는 동안 그녀가 한두 번 말을 꺼냈지만 그에게서는 무뚝뚝한 대답만 돌아왔다. 그녀는 어깨를 으쓱하고 말았다. 조금씩 짜증이 나기 시작했다. 부루퉁해 있고 싶다면 그러라지. 난 신경 안 쓸 테니까. 그들은 침묵 속에 차를 달려 목적지에 도착했다. 성내한 만찬 연회였다. 사람들이 아주 많았고 요리도 푸짐했다. 키티는 옆 사람들과 재잘거리며 환담을 나누는 동안 월터를 지켜보았다. 그의 얼굴이 죽은 사람처럼 창백하고 수척했다.

"당신 남편이 좀 야위어 보이네요. 그가 더위에 강한 줄 알았는데. 요새 일을 너무 열심히 하나 봐요?"

"일은 항상 열심히 해요."

"곧 휴가를 떠나죠?"

"오, 네. 작년처럼 일본에 갈까 생각 중이에요. 의사 말이 완전히 녹초가 되지 않으려면 불볕더위를 피해야 한대요."

평소와 달리 연회장에서 그녀를 향해 슬쩍슬쩍 날리던 미소 띤 시선이 월터에게서 자취를 감추었다. 그는 심지어 그녀를 쳐다보지도 않았다. 생각해 보니 그는 차를 타러 내려올 때도 시선을 계속 다른 곳에 두었고 평소처럼 정중하게 차에서 내리는 그녀를 도와주러 손을 내밀 때도 마찬가지였다. 양옆의 여자들과 이야기를 나누는 지금도 웃음이 싹 가신 얼굴을 하고서 일정하고 깜빡임 없는 눈길로 그들을 바라보기만 했다. 그의 눈은 창백한 얼굴 속에서 진한 잿빛으로 거대해 보였고 표정은 틀에 박힌 듯 딱딱했다.

'그가 대화 상대로 쓸 만한가 보군.'

키티는 쓸쓸한 생각이 들었다.

저 운 나쁜 여자들이 음울한 가면의 사내와 환담을 나누려고 애쓰는 모습을 보고도 그녀는 전혀 마음이 쓰이지 않았다.

그가 알고 있음엔 틀림없었다. 그 점에는 의심의 여지가 없었고 분명 그는 그녀에게 분노하고 있었다. 왜 아무 말도 하지 않는 걸까? 화가 나고 상처를 받았는데도 나를 너무 사랑하기 때문에 내가 자기를 떠날까 봐 두려워서? 그런 생각이 들자 그가 약간 경멸스러웠지만 그녀의 선한 성품이 반기를 들었다. 어쨌든, 그는 그녀의 남편이고 그 덕분에 먹고 자고 하지 않는가. 그가 간섭하지 않고 그녀가 원하는 대로 놔두는 이상 그녀는 그에게 착하게 굴어야 했다. 한편으로 그의 침묵은 단지 병적인 수줍음에서 비롯하는 것인지도 몰랐다. 찰스의 말이 옳았다. 월터보다 더 추문을 싫어할 사람은 없었다. 그는 남들 앞에서 연설하는 것을 절대적으로 피했다. 어떤 사건에 전문가 자격으로 진술하기 위해 법정에 선 적이 있었는데, 한 주 전부터 거의 잠을 이루지 못했다고 그녀에게 말한 적도 있었다. 그의 수줍음은 병적이었다.

그리고 또 다른 측면이 있었다. 남자들은 체면을 매우 중요시한다. 그들에게 무슨 일이 일어났는지 아무도 모르는 상황임을 고려하고 그냥 무시하고 넘어가기로 월터가 결심한 것일 수도 있었다. 하지만 그가 어느 쪽이 실속이 있을지 저울질했을 거라는 찰스의 말은 과연 신빙성이 있을까? 찰스는 이 식민지에서 가장 인기가 많은 남자고 곧 식민지 총독부의 총리가 될 것이다. 그는 월터에게 아주 유용한 도구가 될 수 있지만, 한편으로 월터가 그의 심기를 거스른다면 그가 고약하게 나올 수도 있었다. 애인의 권력과 결단력을 생각하자 그녀의 심장은 기쁨으로 미친 듯이 뛰었다. 남성미가 물씬 풍기는 그의 팔을 생각하기만 하면 그녀는 무방비 상태가 되었다. 남자들은 이상한 존재나. 월터도 그렇게 비굴할 수 나는 걸 그녀는 꿈에도 생각지 못했다. 아마 그의 근엄함은 비열하고 소심한 성격을 가리기 위한 가면에 불과할지도 모른다. 그런 생각을 하면 할수록 점점 더 찰스의 말이 맞는 것만 같았다. 그녀는 남편을 한 번 더 힐끔 쳐다보았다. 그녀의 눈길에는 관심의 흔적이라곤 전혀 없었다.

그때 양옆의 여자들이 각자 다른 옆 사람과 이야기를 나누기 시작하면서 그는 혼자가 되었다. 정면을 응시하는 그의 눈에 연회장의 모습은 온데간데없고 치명적인 슬픔만 가득했다. 그것을 본 키티는 충격에 휩싸였다.

22

다음 날 키티가 점심을 먹고 누워서 졸고 있는데 문을 두드리는 소리가 들렸다.

"누구세요?"

짜증스럽게 소리쳤다.

이 시각에 그녀를 귀찮게 하다니 흔치 않은 일이었다.

"나요."

그녀는 남편의 목소리를 알아채고 얼른 일어나 앉았다.

"들어와요."

"나 때문에 깼소?"

그가 들어오면서 물었다.

"그랬다고 봐야죠."

그녀가 지난 이틀 동안 그에게 사용했던 자연스러운 말투로 대답했다.

"옆방으로 오겠소? 당신에게 할 말이 있는데."

갑자기 그녀의 심장이 튀어나올 듯 쿵쾅거렸다.

"뭘 좀 걸쳐야겠어요."

그가 나갔다. 그녀는 맨발에 슬리퍼를 신고 기모노로 몸을 감쌌다. 그녀는 거울을 들여다봤다. 얼굴이 창백해서 립스틱을 약간 발랐다. 그녀는 그와의 대면에 초조해 하며 잠시 문 앞에 서 있다가 대담한 표정을 지으며 그가 있는 방으로 들어갔다.

"이 시간에 실험실을 어떻게 비우고 왔어요? 이런 시간에 당신을 보는 건 흔치 않은 일이라서요."

그녀가 말했다.

"앉겠소?"

그는 그녀를 쳐다보지 않았다. 그의 말투가 음산했다. 무릎이 약간 후들거리는 바람에 그의 앉으라는 권유가 고마울 지경이었고, 그동안 조용히 지켜온 명랑한 말투를 고수한다는 것도 불가능했다. 그도 자리에 앉아 담배에 불을 붙였다. 그의 눈은 방 이곳저곳을 헤매고 있었다. 말을 꺼내기가 어려운 모양이었다.

갑자기 그가 그녀를 바라보았다. 그의 시선이 오랫동안 다른 곳을 방황했던 터라 그녀는 자신을 똑바로 쳐다보는 그의 눈길에 화들짝 놀라 하마터면 소리를 지를 뻔했다.

"메이단푸라고 들어 봤소? 최근 신문에 그곳에 대한 기사가 많이 났지."

그녀는 놀라 그를 빤히 쳐다보았다. 뭐라고 대답해야 하나.

"콜레라가 발생했다는 지역 말인가요? 어젯밤 알버스너트 씨가 말하더군요."

"전염병이 창궐하고 있지. 몇 년 만에 최악의 상황인 것 같아. 그곳에도 의료 선교사가 있었는데 사흘 전에 죽고 말았어. 프랑스 수녀원이 하나 있고 물론 세관원도 있지. 그 밖에는 모두 빠져나왔소."

그의 눈이 여전히 그녀에게 못 박혀 있어서 그녀는 시선을 떨어뜨릴 수가 없었다. 그의 표정을 읽어 보려 했지만 너무나 긴장한 나머지 이상한 경계심만 간파했을 뿐이다. 어쩌면 저리도 침착해 보일 수 있을까? 그는 심지어 눈도 깜빡거리지 않았다.

"프랑스 수녀들이 최선을 다하고 있소. 고아원 하나를 병원으로 바꿔 놓았지. 하지만 사람들은 파리처럼 죽어 가고 있소. 난 그곳에 책임자로 자원했어."

"당신이?"

그녀는 화들짝 놀랐다. 언뜻 든 생각은 그가 가면 그녀가 자유를 얻는다는 것, 방해받지 않고 거리낌 없이 찰스를 만날 수 있다는 것이었다. 하지만 그런 생각을 하는 자신의 모습에 충격을 받았다. 그녀는 파랗게 질리고 말았다. 왜 나를 그런 식으로 쳐다보는 걸까? 그녀는 당황해서 고개를 돌렸다.

"반드시 가야만 하나요?"

그녀가 말을 더듬었다.

"그곳에는 외국인 의사가 한 명도 없어."

"하지만 당신은 의사가 아니잖아요. 당신은 세균학자라고요."

"나도 의사야. 전공을 택하기 전에 병원에서 일반 의료 과정은 충분히 거쳤어. 무엇보다 내가 최초이자 최고의 세균학자라는 사실이 여러모로 잘된 거지. 연구를 위해 다시없는 기회가 될 거야."

그의 말투는 거의 경박스럽기까지 했다. 그녀는 흘끔 훔쳐 본 그의 눈에서 조롱의 빛을 발견하고는 깜짝 놀랐다. 도저히 이해할 수가 없었다.

"하지만 위험하지는 않을까요?"

"위험하지."

그가 미소를 지었다. 조소를 담아 인상을 찌푸렸다고 해야 맞을 것이다. 그녀는 손에 이마를 갖다 댔다. 자살 행위야. 그와 다를 바가 뭐가 있나. 끔찍해! 그녀는 그가 그런 식으로 나오리라고는 미처 생각지 못했다. 그가 그렇게 하도록 놔둘 수는 없었다. 잔인했다. 그녀가 그를 사랑하지 않는 게 그녀의 잘못은 아니었다. 그녀를 위해 그가 스스로 목숨을 끊는다는 생각은 참을 수 없었다. 눈물이 그녀의 뺨을 타고 천천히 흘러내렸다.

"무엇 때문에 울지?"

그의 목소리가 차가웠다.

"꼭 가야 하는 건 아니죠, 그렇죠?"

"아니, 내 자유의지로 가는 기야."

"그러지 마요, 월터. 무슨 일이라도 생기면 너무 끔찍할 거예요. 당신이 죽기라도 한다면?"

그의 얼굴은 여전히 무표정했지만 조소의 그림자가 다시 한 번 그의 눈을 스쳤다. 그는 대답하지 않았다.

"그곳은 어디에 있나요?"

그녀가 잠시 후에 물었다.

"메이탄푸? 서쪽 강의 지류에 있소. 우리는 서쪽 강을 따라 올라간 뒤 가마를 타고 가야 해."

"우리라뇨?"

"당신과 나."

그녀는 재빨리 그를 쳐다보았다. 내가 잘못 들었나? 하지만 그의 눈에 담긴 웃음기가 그의 입술로 번졌다. 그의 짙은 색 눈동자가 그녀에게 고정되었다.

"나도 같이 가잔 말인가요?"

"당신도 원할 줄 알았는데."

그녀의 숨이 가빠지기 시작했다. 그녀는 부르르 진저리를 쳤다.

"하지만 분명 거긴 여자들이 살 곳이 못 돼요. 그 선교사도 그의 아내와 아이들을 몇 주 전에 내려보냈다고요. 그리고 병력 수송차량 장교와 그의 아내도 내려왔고요. 그녀를 다과회에서 만난 적이 있어요. 그들이 콜레라 때문에 어떤 지역을 떠났다고 한 그녀의 말이 기억나요."

"그곳엔 프랑스 수녀들이 다섯 명이나 있어."

공포가 그녀를 사로잡았다.

"무슨 말을 하는지 모르겠군요. 나보고 거길 가라니 미친 짓이에요. 내가 얼마나 예민한지 잘 알잖아요. 헤이워드 박사님은 나더러 열기 때문에 홍콩을 떠나라고까지 했는데. 나는 그곳의 열기를 도저히 견딜 수 없다고요. 그리고 콜레라! 난 무서워서 제정신이 아닐 거예요. 무슨 사서 고생인가요. 내가 거기 갈 이유는 없어요. 난 죽고 말 거라고요."

그는 대답하지 않았다. 그녀는 절망 속에서 그를 바라보았고 간신히 울음을 참고 있었다. 그의 사악한 기운이 감도는 창백한 얼굴을 보자 그녀는 덜컥 겁이 났다. 그 속에서 혐오감의 표정을 보았던 것이다. 내가 죽기를 그가 바란다니, 가당키나 해? 그녀는 그 어처구니없는 생각에 대해 스스로 대답했다.

"말도 안 돼. 당신이 그곳에 가야 한다면 그건 당신 문제예요. 하지만 나까지 가기를 기대하진 마요. 난 병에 걸리기 싫어요. 콜레라 전염병도 마찬가지고요. 그리고 아주 용감한 척도 하기 싫어요. 없는 용기를 끌어모을 생각도 없어요. 난 여기 있다가 일본으로 가겠어요."

"위험한 임무를 띠고 파견되는 마당이라 난 당신이 나를 따라올 줄 알았지."

이제 그는 드러내 놓고 그녀를 조롱하고 있었다. 그녀는 혼란스러웠다. 진심인지, 아니면 단지 그녀를 겁주려고 하는 짓인지 분간할 수 없었다.

"위험한 곳에 가기를 거부한다고 해서 나를 비난할 사람은 아무도 없을 거예요. 난 거기서 할 일도 쓸모도 없다고요."

"당신은 큰 도움이 될 거야. 내게 용기와 위안이 될 데니까."

그녀는 더욱 하얗게 질렸다.

"당신이 무슨 말을 하는지 잘 모르겠어요."

"특별히 평균 이상의 이해력이 필요한 이야기일 거라고는 생각 안 했는데."

"난 안 가요, 월터. 나한테 그런 걸 요구하다니 끔찍해요."

"그럼 나도 안 가겠소. 즉시 고소장을 제출해야겠군."

23

키티는 월터를 멍하니 바라보았다. 그가 한 말이 너무나 갑작스러워서 처음에는 거의 정신을 차릴 수 없었다.

"대체 무슨 말을 하는 거예요?"

그녀가 더듬거렸다.

스스로에게조차 자신의 대답이 부적절하게 들렸다. 그녀는 월터의 경직된 얼굴에 떠오른, 혐오라는 말로 불릴 만한 표정을 보았다.

"유감스럽지만 당신은 나를 과소평가했고 바보 멍청이 취급을 했어."

그녀는 무슨 말을 해야 할지 알 수 없었다. 맹렬히 그녀의 결백을 주장할까, 아니면 발끈하며 비난을 퍼부을까 마음을 성하지 못했다. 그는 그녀의 생각을 꿰뚫고 있는 듯했다.

"필요한 증거는 모두 갖고 있어."

그녀는 울기 시작했다. 특별히 고통스럽지 않은데도 눈에서 눈물이 주르륵 흘러내렸고 그녀는 그것을 닦아 내려고 하지 않았다. 눈물이 마음을 추스르도록 약간의 시간을 벌어 줄 것이다. 하지만 그녀의 머릿속은 텅 비어 있었다. 그런 그녀를 그는 개의치 않고 바라보기만 했고 그의 침착함은 그녀를 두렵게 만들었다. 그렇지만 그는 점점 인내심을 잃고 있었다.

"알겠지만 울어 봤자 아무 소용 없어."

그의 목소리는 너무나 차갑고 매몰차서 그녀 안의 분노의 불씨를 되살리는 꼴이 되었다. 그녀는 차츰 정신을 차렸다.

"상관없어요. 당신도 이혼하는 데 이의가 없을 거라 생각해요. 그쯤은 남자에겐 아무 일도 아니니까."

"내가 왜 당신을 위해서 그런 하찮은 불편함을 감수해야 하는지 물어봐도 될까?"

"당신은 아무래도 좋을 테니까요. 신사답게 행동해 달라는 게 무리한 부탁은 아니잖아요."

"당신의 행복을 위해 애쓴 게 너무나 후회가 되는군."

이제 그녀는 똑바로 앉아 눈물을 닦았다.

"무슨 뜻이죠?"

그녀가 물었다.

"타운센드는 간통으로 고소를 당해야 당신과 결혼할 거야. 그의 아내는 너무나 수치스러워 그와 이혼할 수밖에 없겠지."

"잘 알지도 못하면서 지껄이는군요."

그녀가 소리쳤다.

"당신은 아둔한 멍청이야."

그의 말투에 어린 경멸조가 너무나 강렬해서 그녀는 분노로 벌겋게 달아올랐다. 언제나 다정하고 기분 좋고 즐거운 말만 하던 그에게서 이런 말을 처음 들어서인지 그녀의 분노는 더욱 커졌다. 그녀는 자신의 변덕에 기분을 맞춰 주던 남편의 모습에 길들어 있었다.

"진실을 알고 싶다면 마음대로 해요. 그는 나랑 결혼하고 싶어 안달이라고요. 도로시 타운센드는 기꺼이 그와 이혼할 거고 우리는 자유가 되는 순간 결혼할 거예요."

"그가 그렇게 분명히 말하던가, 아니면 그의 태도에서 당신이 그런 인상을 받은 건가?"

월터의 눈은 쓰디쓴 조롱으로 반짝거렸다. 그것은 키티를 다소 불안하게 만들었다. 그녀는 찰스가 정확하게 그런 말을 했는지 확신할 수 없었다.

"그는 그 말을 몇 번이고 했어요."

"거짓말. 당신도 거짓말인 거 알고 있어."

"그는 온 마음과 영혼을 다해 나를 사랑해요. 내가 그를 사랑하는 만큼 그도 나를 열정적으로 사랑한다고요. 당신도 알 거예요. 난 아무것도 부정하지 않겠어요. 내가 왜 그래야 하죠? 우린 1년 동안 연인이었고 난 그게 자랑스러워요. 그는 내게 이 세상 전부를 의미해요. 결국 당신이 알게 돼서 다행이군 요. 우린 비밀과 타협과 그 모든 것들에 신물이 나던 참이에 요. 내가 당신과 결혼한 건 실수였어요. 그래서는 안 되는 거 였는데 내가 바보였어. 난 당신을 사랑한 적 없어. 우리는 공 통점이 하나도 없잖아. 나는 당신이 좋아하는 사람들을 좋아 하지 않을뿐더러 당신이 관심 있는 것들이 지루하기만 해. 이 제 끝나서 얼마나 감사한지 몰라."

그는 미동도 하지 않고 눈 하나 깜작하지 않은 채 그녀를 바라보았다. 그는 가만히 듣고만 있었는데 표정에 아무런 변 화가 없다는 것은 오히려 그녀의 말에 흔들렸음을 말해 주 었다.

"내가 왜 당신과 결혼했는지 알아요?"

"당신 동생 도리스보다 먼저 결혼하고 싶어서였지."

그건 사실이었다. 하지만 그가 그것을 알고 있었다니, 그녀 에게 이상한 감정의 기류가 몰려왔다. 정말 이상한 일이지만 두려움과 분노에 휩싸인 그 순간에도 그것이 그녀의 동정심을 일깨웠다. 그가 희미하게 미소를 지었다.

그가 말했다.

"나는 당신에 대해 환상이 없어. 당신이 어리석고 경박한 데다 머리가 텅 비었다는 걸 알고 있었어. 하지만 당신을 사 랑했어. 당신의 목적과 이상이 쓸데없고 진부하다는 것도 알 고 있었어. 하지만 당신을 사랑했어. 당신이 이류라는 것도 알 고 있었어. 하지만 당신을 사랑했어. 당신이 기뻐하는 것에 나 도 기뻐하려고 얼마나 애썼는지, 내가 무지하지 않다는 걸, 천박하지 않다는 걸, 남의 험담을 일삼지 않는다는 걸, 그리고 멍청하지 않다는 걸 당신에게 숨기기 위해 얼마나 애썼는지 생각하면 한 편의 코미디야. 당신이 지성에 얼마나 겁을 먹는지 알고 있었기 때문에 나도 당신이 아는 다른 남자들처럼 당신에게 바보처럼 보이려고 별짓을 다했어. 당신이 나와 결혼한 긴 편해지기 위해서라는 걸 아니까. 그레도 나는 당신을 너무나 사랑했기 때문에 개의치 않았어. 내가 아는 한 대부분의 사람들은 누군가를 사랑할 때 그 사랑에 보답받지 못하면 불만을 품지만 나는 그러지 않았어. 당신이 나를 사랑해 주길 기대하지도 않았고 당신이 그래야 할 어떤 이유도 찾지 않았어. 내 자신이 매력적이라고 생각해 본 적은 없으니까. 당신을 사랑할 수 있는 것에 감사하고 때때로 당신이 나로 인해 행복하거나 당신에게서 유쾌한 애정의 눈빛을 느꼈을 때 황홀했어. 나는 내 사랑으로 당신을 지루하지 않게 하려고 노력했어. 나는 그걸 감당할 수 없었기 때문에 당신이 내 애정에 참을성을 잃기 시작하는 징조가 보이는지 언제나 조심했어. 대부분의 남편들이 권리로 여기는 걸 나는 호의로 받아들였어."

키티는 평생을 칭찬에만 길들었을 뿐 한 번도 이런 말을 들어 본 적이 없었다. 가슴속에서 맹목적인 분노가 두려움을 몰아내며 치솟았다. 그 기세에 그녀는 숨이 막힐 지경이었고 관자놀이의 핏줄이 툭 불거져 나와 요동치는 것이 느껴졌다. 자존심에 상처를 입은 여자는 새끼 잃은 암컷 사자보다 더 지독하게 복수심을 불태우는 법이다. 늘 각진 느낌을 주었던 그녀의 턱은 원숭이처럼 볼썽사납게 앞으로 툭 튀어나왔고 그녀의 아름다운 눈은 악의로 잔뜩 어두워졌다. 하지만 그녀는 흥분을 다스렸다.

"남자가, 여자가 자신을 사랑하도록 만드는 데 필요한 것을 갖추지 못했다면, 그건 그의 잘못이에요. 여자 탓이 아니라."

"물론."

그의 조롱조가 그녀의 화를 돋우었다. 하지만 침착함을 유지해야 그에게 더욱 상처 줄 수 있다는 걸 그녀는 직감했다.

"난 많이 배우지도 못했고 별로 똑똑하지도 않아요. 그저 너무나 평범한 젊은 여자일 뿐이죠. 난 평생을 함께 살아온 내 주위 사람들이 좋아하는 걸 좋아해요. 난 춤추고 테니스 치고 극장에 가는 게 좋고 게임을 즐기는 남자들이 좋아요. 당신과 당신이 좋아하는 것들이 늘 나를 지겹게 만들었다는 건 분명 사실이에요. 그것들은 내게 아무 의미도 없고 그러기를 바라지도 않아요. 당신은 베네치아에서 그 숨 막히는 화랑들로 날 끌고 다녔어요. 샌드위치에서 골프나 더 쳤더라면 좋았을 것을."

"알아."

"당신이 바라는 여자가 못 되었다면 미안해요. 하지만 불행히도 당신의 육체는 언제나 혐오스러웠어요. 그걸 두고 날 비난할 순 없어요."

"안 해."

키티는 이제 그가 흥분해 날뛴다고 해도 상황에 좀 더 쉽게 대처할 수 있었다. 난폭함에는 난폭함으로 맞서면 된다. 그의 초인적 자제심이라니, 그녀는 그가 그 어느 때보다 혐오스러웠다.

"당신은 남자도 아니에요. 내가 찰스와 함께 있다는 걸 알았을 때 왜 방으로 뛰어 들어오지 않았죠? 최소한 그를 때려 눕힐 수도 있었잖아요. 두려웠나요?"

하지만 그녀는 그 말을 내뱉은 순간 부끄러운 나머지 얼굴을 붉혔다. 창피했다. 그는 대답하지 않았지만 그녀는 그의 눈에서 얼음처럼 차가운 혐오감을 읽었다. 어두운 미소가 그림자처럼 그의 입가에 떠올랐다.

"역사 속의 주인공처럼 싸우기엔 난 너무 자존심이 강하거든."

키티는 대답할 말이 떠오르지 않아 어깨를 으쓱하고 말았다. 잠시 그는 그녀를 특유의 동요 없는 시선으로 묶어 두었다.

"할 말은 다 한 것 같소. 당신이 메이탄푸로 가기를 거부한다면 난 간통으로 고소하겠어."

"왜 그냥 이혼해 주지 않는 거죠?"

그는 마침내 그녀에게서 눈을 뗐다. 그러고는 의자에 등을 기대고서 담배에 불을 붙였다. 담배를 다 피울 동안 한 마디 말도 하지 않았다. 그는 꽁초를 던져 버리고 나서 살짝 미소를 지었다. 그는 다시 한번 그녀를 쳐다보았다.

"타운센드 부인이 그녀의 남편과 이혼하겠다는 확답을 내게 주고, 법원으로부터 두 사람의 이혼 확정 명령이 내려지고 나서 일주일 안에 그가 당신과 결혼하겠다고 내게 서면 동의를 한다면 그렇게 해주지."

그의 말 속에 뭔가 그녀를 불안하게 만드는 것이 있었다.

하지만 그녀의 자존심이 대범하게 그의 제안을 받아들이도록 유도했다.

"아주 관대하군요, 월터."

갑자기 그가 폭소를 터뜨리는 바람에 그녀는 깜짝 놀라고 말았다. 그녀는 화가 치밀어 벌겋게 달아올랐다.

"뭐가 그리 우습죠? 웃을 일이 뭐가 있다고."

"미안하오. 내 유머 감각이 좀 남달라서 말이지."

그녀는 찡그린 얼굴로 그를 쳐다보았다. 뭔가 신랄하고 독기 어린 말을 하고 싶었지만 받아칠 말이 떠오르지 않았다. 그가 자기 시계를 들여다보았다.

"타운센드를 그의 사무실에서 만나려면 몸치장을 해야 하지 않겠소? 나랑 같이 메이탄푸에 가기로 결정한다면 모레쯤 출발하면 될 거야."

"그에게 오늘 말하란 말인가요?"

"지금보다 더 좋은 때는 없다고들 하지 않소."

그녀의 심장 박동이 조금 더 빨라지기 시작했다. 불안감 때문이 아니었다. 그녀는 그 느낌의 정체를 알 수 없었다. 시간이 조금만 더 있었다면 좋을 텐데. 그녀는 찰스에게 준비할 여유를 주고 싶었다. 하지만 그녀는 그에 대해 자신이 있었다. 그는 내가 그를 사랑하는 만큼 나를 사랑해. 그가 그들 앞에 떨어진 불가피한 일들을 달가워하지 않을 거라는 생각을 단 한 순간이라도 마음에 품는 것은 불경한 짓이었다. 그녀는 월터를 향해 비장하게 돌아섰다.

"당신은 사랑이 뭔지 몰라. 찰스와 내가 서로를 얼마나 간절하게 사랑하는지 짐작조차 못 할걸. 중요한 건 바로 그것뿐이에요. 우리의 사랑을 위한 희생쯤은 식은 죽 먹기예요."

그는 살짝 목례를 했지만 아무 말도 하지 않았다. 그의 눈은 조심스러운 발걸음으로 방을 걸어 나가는 그녀의 뒤를 좇아 움직였다.

24

'만나야 해요. 급해요.' 키티는 찰스에게 이렇게 쓴 쪽지를 보냈다. 중국인 하인이 그녀에게 잠깐 기다리라고 하더니 타운센드 씨가 5분 후에 그녀를 만날 거라는 전갈을 가져왔다. 그녀는 이상하리만치 초조했다. 마침내 그녀는 그의 방으로 안내되었고 찰스가 그녀에게 다가와 악수를 했다. 하인이 문을 닫고 나가면서 단둘이 남겨지자마자 그는 정중한 예의범절을 벗어던졌다.

"이봐요, 근무 시간에 여기 오면 안 돼요. 할 일이 쌓여 있는 데다가 사람들이 수군거릴 빌미를 줘선 안 되잖아."

그녀는 아름다운 눈으로 그를 한참 응시하며 미소를 지으려고 했지만 입술이 뻣뻣하게 굳어 말을 듣지 않았다.

"할 수만 있다면 오지 않았을 거예요."

그는 미소를 지으며 그녀를 품에 안았다.

"기왕에 왔으니 앉도록 해요."

그곳은 휑하고 협소한 방으로 천장이 높았고 벽은 두 가지

황톳빛 색깔로 칠해져 있었다. 가구라고는 커다란 책상과 타운센드가 앉는 회전의자 하나, 방문객을 위한 가죽 팔걸이의자 하나가 전부였다. 키티는 위압감에 눌려 팔걸이의자에 앉았다. 그러자 그도 책상에 걸터앉았다. 그녀는 전에 그가 안경을 낀 모습을 본 적이 없었다. 그가 안경을 쓴다는 사실조차 모르고 있었다. 그는 그녀의 시선이 안경에 머무른 것을 느끼고 안경을 벗었다.

"뭘 읽을 때만 안경을 쓰지."

왜 눈물이 왈칵 솟구치는지 그 뚜렷한 이유를 알 수 없었지만 그녀는 울기 시작했다. 그를 속일 고의적인 의도는 없었고 오히려 그의 동정심을 자극하고 싶은 본능적 바람에 가까웠다. 그는 멍하니 그녀를 바라보았다.

"무슨 일이라도 있소? 오, 이런, 울지 마요."

그녀는 손수건을 꺼내 들고 터진 눈물보를 막아 보려고 했다. 그는 종을 울려 하인이 문을 열자 문 쪽으로 다가갔다.

"누가 나를 찾거든 외출했다고 해."

"알겠습니다, 나리."

하인이 문을 닫았다. 찰스는 의자의 팔걸이 위에 걸터앉아 키티의 어깨에 팔을 둘렀다.

"자, 키티, 다 털어놔 봐요."

"월터가 이혼을 원해요."

그녀의 어깨에 둘렀던 그의 팔에서 힘이 풀리는 것이 느껴졌다. 그의 몸이 뻣뻣하게 굳었다. 잠시 침묵이 맴돌았고, 타운센드는 일어나 자기 의자에 가서 앉았다.

"정확하게 무슨 말이오?"

그녀는 얼른 그를 쳐다보았다. 그는 쉰 목소리를 냈고 얼굴은 불쾌하게 상기되어 있었다.

"남편이랑 이야기를 했어요. 지금 집에서 곧장 오는 길이에요. 그가 필요한 모든 증거를 갖고 있다고 했어요."

"나 털어놓시는 않았겠지, 그렇지? 아무것도 인정하진 않았겠지?"

그녀의 심장이 내려앉았다.

"그래요."

그녀가 대답했다.

"확실하오?"

그가 그녀를 날카롭게 쳐다보면서 물었다.

"확실해요."

그녀가 다시 거짓말을 했다.

그는 의자 뒤로 몸을 기대고서 정면의 벽에 걸려 있는 중국 지도를 물끄러미 응시했다. 그녀는 그를 걱정스럽게 바라보았다. 새로운 소식을 받아들이는 그의 태도에 그녀는 다소 당황했다. 그녀는 그가 그녀를 품에 안고 감사하다고, 이제 그들은 언제나 함께할 거라고 말해 줄 거라 기대했다. 역시 남자들은 이상해. 그녀는 훌쩍거리며 계속 울었다. 이제는 동정심을 얻기 위해서가 아니라 그냥 자연스럽게 눈물이 나왔다.

그가 마침내 말했다.

"이거 정말 골치 아프게 됐군. 하지만 우리가 이성을 잃어서는 좋을 게 없어요. 울어 봤자 우리에게 이득 될 게 없단 말이오."

그녀는 그의 목소리에서 짜증이 묻어남을 느끼고 눈물을 닦았다.

"내 잘못이 아니에요, 찰스. 어쩔 수 없었다고요."

"물론 아니지. 그냥 빌어먹게도 재수가 없었을 뿐이야. 당신만큼이나 나도 책임이 있소. 이제 우리가 할 일은 어떻게 여기서 빠져나가느냐 하는 거야. 당신도 나처럼 이혼을 원치 않을 거라 생각하는데."

순간 그녀는 놀라 숨이 턱 막혔다. 그리고 그를 탐색하는 시선을 던졌다. 그는 전혀 그녀를 생각하지 않고 있었다.

"그 증거라는 게 대체 뭔지 궁금하군. 그날 방에 우리들이 함께 있었다는 걸 어떻게 증명하겠다는 건지 모르겠어. 대체적으로 우린 다른 사람에게 하듯 자연스럽게 어울렸으니까. 골동품 가게의 늙은이도 우릴 배신하진 않을 거야. 그가 우리가 함께 있는 걸 봤다고 해도 같이 골동품을 구경하지 말란 법은 없잖아."

그는 그녀에게가 아니라 혼잣말을 하고 있었다.

"혐의를 두긴 쉽지만 그걸 증명하기는 지독하게 어려운 법이야. 어떤 변호사라도 그렇게 말할걸. 우리의 작전은 모든 걸 부인하는 거야. 그가 간통으로 고소하겠다고 협박한다면 지옥에나 가라고 해. 맞서 싸울 테니까."

"전 법정에 못 서요, 찰스."

"왜 못 해? 안타깝지만 그래야 할걸. 정말이지 나도 소란을 피우고 싶진 않지만, 이렇게 가만히 앉아서 당할 수만은 없잖아."

"우리가 왜 부인해야 하죠?"

"무슨 그런 질문이 다 있나. 이건 당신만의 문제가 아니야. 내 문제이기도 하잖소. 하지만 사실 당신은 걱정할 필요가 없다고 생각해요. 어떻게든 당신 남편과 화해할 수 있을 거야. 오로지 걱정되는 건 가장 좋은 방법이 뭐냐는 거지."

어떤 생각이 그에게 떠오른 모양이었다. 그는 그녀를 향해 매력적인 미소를 지으며 돌아섰고 잠시 퉁명스럽고 사무적이었던 그의 어조가 사근사근해졌다.

"당신 굉장히 화가 났겠군, 불쌍한 여자 같으니. 가여워라."

그는 손을 뻗어 그녀의 손을 잡았다.

"우린 곤경에 빠졌지만 빠져나갈 거야. 전에도……"

그는 말을 멈추었다. 이런 곤경에서 빠져나가는 것이 처음이 아니라는 말을 하려고 했을까?

"우리가 냉정을 유지하는 게 가장 중요하오. 당신을 절대 실망시키지 않겠어."

"난 두렵지 않아요. 그가 무슨 짓을 하든 상관없어요."

그는 여전히 미소를 잃지 않았지만 그의 미소는 다소 작위적이었다.

"만약 최악의 사태가 벌어진다면 난 총독에게 이야기하겠어. 그는 내게 지독히 욕을 퍼붓겠지만 세상에 둘도 없는 좋은 사람이야. 그가 어떻게든 해결할 거요. 추문이 나 봤자 그도 얻을 게 없으니까."

"총독이 뭘 어떻게 한다는 거죠?"

키티가 물었다.

"월터에게 압력을 행사하겠지. 만약 그의 야심을 자극해 그를 붙잡지 못한다면 의무감을 이용해서라도 붙잡으면 돼."

키티는 약간 한기를 느꼈다. 사태가 얼마나 절박하고 심각한지 찰스가 깨닫도록 만들 수 없을 것 같았다. 그의 우쭐함에 그녀는 초조해졌다. 그녀는 서둘러 그의 사무실로 찾아온 게 후회가 되었다. 주위 환경에 위축된 그녀는 그의 목에 자신의 팔을 두른 채 그의 품속에 안겨 있다면 하고 싶은 말을 하기가 훨씬 쉬울 것 같았다.

"당신은 월터를 몰라요."

"모든 남자에게 자존심이 있다는 건 알지."

그녀는 온 마음을 다해 찰스를 사랑했지만 그의 대답에 당혹스러워졌다. 이렇게 똑똑한 남자의 입에서 이런 멍청한 말이 나오다니.

"월터가 얼마나 화가 났는지 당신은 모르는 것 같군요. 그의 얼굴, 눈에 담긴 표정을 못 봐서 그래요."

그는 잠시 대답을 망설이다가 슬쩍 미소를 지으며 그녀를 바라보았다. 그녀는 그가 무슨 생각을 하는지 알 수 있었다. 월터는 세균학자였고 낮은 지위의 사람이었다. 그가 식민지의 상위 공무원에게 골칫거리가 되는 무례를 범할 수는 없을 것이다.

"자신을 속여 봐야 소용없어요, 찰스." 그녀는 진심으로 말했다. "만약 월터가 고소를 하기로 작정했다면 당신이나 다른 누구도 그를 말리지 못할 거예요."

그의 얼굴에 다시 한번 무겁고 부루퉁한 표정이 떠올랐다.

"나를 간통으로 고소한다는 게 그의 생각 맞소?"

"처음에는 그게 그의 생각이었죠. 하지만 결국 내가 이혼에 동의하도록 그를 설득했어요."

"오, 그건, 최악은 아니군."

그의 태도가 다시 누그러졌고 그녀는 그의 눈에 안도감이 스치는 것을 보았다.

"내 생각엔 그게 빠져나가는 데 아주 좋은 방법인 것 같소. 남자가 할 짓은 못 되지만 유일하게 점잖은 방법이기도 하니까."

"하지만 그가 조건을 달았어요."

그는 궁금하다는 눈길을 그녀에게 던졌다. 그러다가 어떤 생각이 떠오른 모양이었다.

"물론 나는 갑부가 아니지만 내 능력 한도 내에서 무엇이든 하겠어."

키티는 말을 할 수가 없었다. 찰스는 그녀가 한 번도 예상치 못한 말들을 자꾸 내뱉었고 그것이 그녀의 말문을 막고 있었다. 할 말을 단숨에 쏟아 놓고 그의 사랑스러운 품에 안겨 상기된 얼굴을 그의 가슴에 묻을 생각이었는데.

"월터는 당신의 아내가 이혼한다는 확약을 주면 자기도 나와 이혼해 주겠다고 했어요."

"다른 건?"

키티의 목소리가 기어 들어갔다.

"그리고…… 말하기 끔찍하지만, 찰스, 정말 끔찍해요. 당신이 이혼 확정 명령이 내려지고 일주일 안에 나와 결혼하겠다는 약속을 해야 해요."

25

타운센드는 잠시 말이 없었다. 그러더니 그는 그녀의 손을 다시 잡고 살짝 힘을 가했다.

"알겠지만, 내 사랑. 무슨 일이 있어도 도로시를 이 일에 끌어들여서는 안 돼."

그녀는 그를 멍하니 바라보았다.

"하지만 이해가 안 돼요. 어떻게 그럴 수 있죠?"

"이 세상에 우리들 생각만 할 순 없잖소. 알다시피 같은 조건이라면 당신과 결혼하는 것만큼 내가 원하는 건 이 세상에 없어. 하지만 그건 불가능해. 나는 도로시를 잘 알아. 어떤 일이 있어도 그녀는 절대 나와 이혼 안 해."

키티는 공포로 파랗게 질려 가고 있었다. 그녀는 다시 울기 시작했다. 그가 일어나 그녀 옆에 앉아 팔을 그녀의 허리에 둘렀다.

"화내지 마요, 내 사랑. 우리는 이성을 지켜야 해."

"난 당신이 날 사랑하는 줄 알았어⋯⋯."

"물론 당신을 사랑하오. 그 점에는 한 치도 의심을 품어선 안 돼."

그는 다독거렸다.

"그녀가 당신과 이혼하지 않으면 월터가 당신을 간통으로 고소할 거예요."

그는 적당한 기회를 노렸다가 대답했다. 그의 어조는 건조했다.

"그렇게 된다면 물론 내 사회생활에 흠집이 날 거고 당신에게도 좋을 게 없어. 사태가 최악으로 흐른다면 니는 도로시에게 깨끗이 털어놔야겠지. 그녀는 엄청나게 상처 받고 비참해지겠지만 나를 용서할 거야."

그에게도 생각이 있었다.

"최선책은 모두 깨끗이 털어놓는 게 아닐까 싶어. 도로시가 당신 남편에게 간다면 입을 다물도록 그를 설득할 수 있을 거야."

"그 말은, 당신은 아내와 이혼하지 않기를 바란다는 뜻인가요?"

"글쎄, 나는 아이들 생각을 하지 않을 수 없어, 안 그렇소? 그리고 당연하지만 그녀를 불행하게 만들고 싶지도 않아. 우린 그동안 둘이 잘 지내 왔어. 알겠지만 그녀는 내게 정말 좋은 아내였으니까."

"그럼 왜 그녀가 당신에게 아무것도 아니라고 말했죠?"

"그런 적 없어. 그녀를 사랑하지 않는다고 말했을 뿐이지. 우린 벌써 수년째 잠자리를 하지 않고 있어. 아주 가끔을 제외하고는 말이지. 가령 크리스마스라든가, 그녀가 고국에 가기 전이나 돌아온 후 같은 날. 그녀는 그런 걸 별로 좋아하지 않아. 하지만 우린 늘 좋은 친구로 지내 왔소. 내가 다른 누구보다 그녀를 의지한다는 걸 당신에게 숨길 생각은 없어."

"나를 내버려 두었다면 좋았을 거라는 생각 안 들어요?"

공포가 그녀의 숨통을 죄고 있는데도 이렇게 침착하게 말을 할 수 있다니 이상했다.

"당신은 내가 몇 년 만에 만난 보기 드물게 사랑스러운 존재였어. 난 그냥 당신을 미친 듯이 사랑하게 됐소. 그렇다고 나를 비난할 순 없어."

"그렇다면 날 실망시키지 않겠다고 한 건 뭐죠?"

"이런, 세상에, 난 당신을 실망시키지 않겠어. 우린 끔찍한 곤경에 처한 거고 난 당신이 거기서 빠져나가도록 인간으로서 할 수 있는 모든 걸 다 하겠어."

"한 가지 분명하고 당연한 것만 제외하고 말이죠."

그는 일어나서 다시 자기 의자로 돌아갔다.

"이봐요, 이성적으로 생각해요. 우린 이 상황을 솔직하게 받아들여야 해. 당신 기분을 상하게 하고 싶진 않지만 사실을 말해야겠어. 난 내 일에 욕심이 아주 많소. 언젠가 내가 총독이 되지 말란 법이 없고 식민지 총독이란 자리는 아주 신선놀음이란 말이야. 이 일을 입막음하지 못한다면 그 가능성은 날아가 버리는 거지. 지금 자리에서 물러나야 할지도 모르고 늘 꼬리표가 따라다니겠지. 지금 자리에서 물러나야 한다면 내가 아는 사람들이 있는 중국 기업으로 들어가야겠지. 어떤 경우든 도로시가 내 곁에 있을 때만 내겐 승산이 있다고."

"그럼 이 세상에 오직 나 말고는 원하는 게 없다는 말은 왜 했죠?"

그의 입꼬리가 심술궂게 밑으로 처졌다.

"오, 이런, 사랑에 빠진 남자의 말을 곧이곧대로 믿기는 어려운 법이야."

"진심이 아니었나요?"

"그 당시에는 그랬지."

"그럼 월터가 나와 이혼하겠다면 나는 이렇게 되죠?"

"뾰족한 수가 없다면야 항변해도 소용이 없겠지. 소문도 그다지 떠들썩하게 나지 않을 거야. 요즘 사람들은 꽤 대범하니까."

처음으로 키티는 어머니를 떠올렸다. 몸이 부르르 떨렸다. 그리고 다시 타운센드를 쳐다보았다. 이제 그녀의 고통이 분노로 물들기 시작했다.

"내가 겪은 그 모든 고초가 당신에겐 그저 장난에 불과했군요."

"서로에게 탐탁지 않은 말을 해봐야 이득 될 게 없소."

그가 대답했다.

그녀는 절망의 울음을 터뜨렸다. 이 남자를 그토록 헌신적으로 사랑했다니, 그러고도 여전히 그 때문에 애간장을 태우고 있다니 끔찍했다. 그가 그녀에게 얼마나 큰 의미인지 그가 이해한다는 것은 불가능했다.

"오, 찰스, 내가 얼마나 당신을 사랑하는지 모르나요?"

"내 사랑, 나도 당신을 사랑하오. 다만 우리는 사막 한가운데 사는 게 아니고 우리에게 주어진 상황 속에서 최선을 다해야 해요. 제발 이성적으로 생각해요."

"내가 어떻게 이성적일 수 있나요? 나에게 우리의 사랑은 전부였고 당신은 내 삶이었어요. 그것이 당신에겐 한낱 일화에 불과하다는 걸 깨닫는 게 유쾌한 일은 못 돼요."

"물론 그건 일화가 아니야. 하지만 나더러 나와 아주 가까운 사람, 내 아내와 이혼하라고 요구한다면, 그리고 당신과 결혼함으로써 내 행적에 흠집을 내라고 한다면, 그건 무리한 요구야."

"난 당신을 위해 기꺼이 할 수 있는 일을, 당신은 못하는군요."

"상황이 다르잖소."

"차이는 당신이 나를 사랑하지 않는다는 것뿐이에요."

"남자는 평생을 같이 보내고 싶은 바람 없이도 한 여자를 아주 많이 사랑할 수 있어."

그녀는 그를 흘긋 쳐다보았지만 절망이 그녀를 사로잡았다. 굵은 눈물방울이 그녀의 볼을 타고 흘러내렸다.

"오, 너무 잔인해요! 어쩜 그렇게 잔인할 수가 있어요?"

그녀는 신경질적으로 흐느끼기 시작했다. 그는 걱정스러운 눈빛으로 문 쪽을 흘끔거렸다.

"이런, 제발 진정해요."

"당신은 내가 얼마나 당신을 사랑하는지 몰라요."

그녀가 숨을 들이켰다.

"난 당신 없인 못살아요. 이런 내가 가엾지도 않아요?"

그녀는 더 이상 말을 할 수 없었다. 걷잡을 수 없이 울음이 터져 나왔다.

"난 야멸차게 굴고 싶지 않아요. 당신에게 상처를 주고 싶은 마음이 없다는 걸 하늘은 알 거야. 하지만 진실은 말해야겠어."

"내 인생은 이제 끝장났어요. 왜 나를 내버려 두지 않았죠? 내가 당신에게 무슨 나쁜 짓을 했나요?"

"내게 모든 잘못을 덮어씌워서 당신 속이 풀린다면야."

키티는 갑작스러운 분노에 활활 불타올랐다.

"내가 당신에게 꼬리를 쳤군요. 나의 애원에 당신이 항복할 때까지 내가 당신을 몰아쳤어요."

"그런 말은 안 했어. 하지만 당신이 나와 잠자리를 하고 싶다는 의사표시가 명백하지 않았다면 나도 당신과 잘 생각은 분명 하지 않았겠지."

오, 이렇게 치욕적일 수가! 하지만 그의 말은 분명 사실이었다. 그의 얼굴에 시무룩하고 근심 어린 표정이 떠올랐고 그의 손은 불안한 듯 움직였다. 그는 때때로 성마른 눈길로 그녀를 힐끔거렸다.

"당신 남편이 당신을 용서하진 않을까?"

그가 잠시 후에 물었다.

"절대 빌진 않겠어요."

그는 자기도 모르게 주먹을 꽉 쥐었다. 그가 입에서 짜증이 섞인 욕설이 흘러나오려는 걸 꾹 참고 있는 모습이 보였다.

"월터에게 가서 자비를 구할 생각은 없나? 당신 말대로 그가 당신을 사랑한다면 당신을 용서할 마음이 생길 텐데."

"어쩌면 그를 이리도 모를까!"

26

키티는 눈가를 훔쳤다. 그리고 어떻게든 마음을 다잡으려고 노력했다.

"찰스, 당신이 날 버리면 난 죽어요."

이제 그녀는 그의 동정심에 호소해야 하는 지경까지 몰렸다. 진작에 이 말을 했어야 했다. 그녀 앞에 어떤 끔찍한 대안이 놓여 있는지 그가 깨닫는다면 그의 관대함과 정의감, 남자다움이 불길처럼 일어나서 오직 그녀의 위험에만 신경 쓰지 않을까? 오, 그의 사랑스럽고 든든한 팔에 안기기만을 그녀가 얼마나 간절히 원하는지!

"월터는 내가 메이탄푸에 가기를 바라요."

"이런, 거긴 콜레라가 발생한 곳 아닌가. 15년 만에 최악의 전염병이 창궐하고 있다던데. 여자가 갈 곳이 못 되오. 당신은 거기 가면 안 돼."

"당신이 날 실망시키면 난 갈 수밖에 없어요."

"무슨 말이오? 이해가 안 가는군."

"선교사로 파견된 의사가 죽었고 그 자리를 월터가 맡을 거예요. 그는 내가 같이 가길 바라요."

"언제?"

"지금. 당장."

타운센드는 의자 뒤로 몸을 기대고서 혼란스러운 눈길로 그녀를 바라보았다.

"내 머리가 영 안 돌아가는 건가? 당신이 지금 무슨 말을 하는지 앞뒤 분간을 못하겠군. 그가 당신이 같이 가길 바란다면 이혼 얘기는 뭐지?"

"월터는 내게 선택권을 줬어요. 내가 메이탄푸로 가지 않으면 간통죄로 고소하겠다고."

"오, 이제 알겠군."

타운센드의 말투가 약간 변했다.

"적절한 처사로군, 그렇지?"

"적절하다뇨?"

"글쎄, 월터에게 거기에 가는 건 시도할 만한 모험이야. 나한테 어울릴 만한 일은 아니겠지만. 물론 그는 돌아오면 CMG[7] 작위를 받겠지."

"하지만 나는요, 찰스?"

그녀가 고뇌에 찬 목소리로 소리쳤다.

"글쎄, 내 생각엔 그가 당신이 가길 바란다면, 이 상황에서 당신이 뭐라 딱히 거절할 방법이 없잖소."

"죽으란 거죠. 죽으란 말과 똑같아요."

"오, 이런 제길, 다 과장이야. 그런 생각이 들었다면 그가 당신을 데려갈 리 없지. 오히려 당신은 그보다 덜 위험해. 사실 조심하면 별 위험은 없어. 여기에서도 콜레라가 발생했지만 나는 멀쩡하기만 했다고. 제일 좋은 건 익히지 않은 음식은 생과일이든 샐러드든 뭐든 절대로 먹지 않고 물은 반드시 끓여

---

7) Companion of the Order of St. Michael and St. Geoge의 약자. 큰 공을 세운 사람에게 수여되는 문관 훈장 가운데 하나다.

마시는 거지."

갈수록 점점 자신감이 생긴 그는 말이 술술 쏟아져 나왔다. 풀이 죽어 있던 그에게 생기가 돌았다. 거의 신바람까지 났다.

"어쨌든, 그가 적임자 아니오? 그는 세균에 관심이 많잖소. 생각해 보면 알겠지만 이건 그에게 좋은 기회라고."

"하지만 나는요, 찰스?"

같은 말이었지만 이번에는 고뇌라기보다 경악에 가까웠다.

"남자를 이해하는 가장 좋은 방법은 그의 입장이 되는 것이오. 그의 시각에서 보면 말썽거리인 당신을 골치 아픈 상황 밖으로 몰아내고 싶은 거겠지. 그가 절대 당신과 이혼하지 않을 거라는 내 생각엔 변함이 없어. 그는 나에게 주먹을 휘둘러서 소동을 일으키지 않았잖소. 오히려 아주 관대한 제안을 했지만, 당신은 그걸 거절함으로써 그의 속을 박박 긁고 있구먼. 당신을 비난하고 싶진 않지만 정말 우리 모두를 위한다면 그건 당신이 어느 정도 고려할 만한 제안이라고 생각해."

"하지만 내가 죽을 수도 있다는 생각은 안 해요? 내가 죽을 수도 있다는 걸 알기 때문에 그가 나를 그곳에 데려간다는 생각은 안 드나요?"

"오, 이런, 그런 식으로 받아들이지 마시오. 우린 아주 난처한 입장에 빠졌고 지금은 멜로드라마를 쓸 때가 아니야."

"아예 듣지 않기로 작정을 했군요."

오, 그녀의 가슴을 후벼 파는 고통과 두려움이라니! 그녀는 비명이라도 지르고 싶었다.

"당신이 나를 죽음으로 내몰 순 없어요. 나에 대해 사랑이나 동정심이 없다고 해도, 그냥 평범한 인간으로서 감정이라는 걸 가져 봐요!"

"이런 식으로 말하는 나도 힘들어요. 내가 이해한 바로는 당신 남편은 아주 관대하게 행동하고 있어. 당신이 그를 받아들인다면 그는 기꺼이 당신을 용서할 거야. 그는 당신을 피난시키려는 거야. 이번 기회에 몇 달 동안 당신을 골치 아픈 상황 밖으로 데려가려는 거지. 메이탄푸가 휴양지라고 억지를 쓰거나 중국의 도시라고 말할 순 없겠지만 그렇다고 질겁할 이유는 없어. 그러면 당신은 크게 실수하는 거야. 사실 전염병에 감염되는 것만큼 순전히 그것에 대한 두려움 때문에 많은 사람들이 죽는다고 나는 믿소."

"하지만 난 두려워요. 월터가 그 말을 꺼내는데 거의 기절할 뻔했어요."

"처음에는 충격이었겠지만 곰곰이 생각해 보면 괜찮아질 거야."

"생각하고, 또 생각했어요……."

그녀는 고통에 몸을 앞뒤로 흔들었다. 그는 아무 말도 하지 않은 채 근래에 자주 짓지 않았던 시무룩한 표정을 다시 한번 지었다. 키티는 더 이상 울지 않았다. 그녀는 눈물이 마른 눈으로 잠자코 있었고 그녀의 목소리는 낮고 차분했다.

"내가 가길 바라요?"

"외통수잖소, 아닌가?"

"그런가요?"

"당신 남편이 이혼을 위해 소송을 해서 승소한다고 해도 나는 당신과 결혼할 처지가 못 된다는 걸 당신에게 말해 줘야 공평하겠군."

그녀의 대답을 기다리는 시간이 그에겐 한없이 길게 느껴지는 모양이었다.

"내 남편이 정말 소송할 거라고는 생각하지 않아요."

"그럼 대체 왜 당신은 오금이 저리도록 나를 겁주는 거요?"

그녀는 그를 차갑게 쳐다보았다.

"당신이 날 실망시킬 걸, 그는 알고 있었어."

그녀는 더 이상 말을 하지 않았다. 외국어를 처음 공부할 때 글을 읽으면 처음에는 도무지 이해가 가지 않다가 단어 하나, 문장 하나가 단서를 제공하면서 말이 되기 시작한다. 마찬가지로 갑자기 엉클어진 머리에 한 줄기 의심이 번쩍하고 스치며, 그녀는 월터의 속셈을 어렴풋이 들여다볼 수 있었다. 번쩍거리는 번갯불 아래 어둡고 음울한 풍경이 보이다가 곧 다시 밤의 어둠 속으로 묻혀 버렸다. 그녀는 자신이 본 것을 떠올리며 부르르 몸을 떨었다.

"그는 당신이 꽁무니를 뺄 걸 알고 있었기 때문에 그런 협박을 한 거예요, 찰스. 이상하리만큼 그는 당신을 정확하게 판단했어요. 나의 환상을 그토록 잔인하게 깨뜨려 버리다니, 그 사람다워요."

찰스는 앞에 놓인 압지를 내려다보고 있었다. 그는 약간 얼굴을 찌푸린 채 시무룩하게 입을 다물고 아무런 대답도 하지 않았다.

"그는 당신이 허영심이 많고 비겁하고 이기적이라는 걸 알고 있었어. 내가 내 눈으로 그걸 확인하길 바랐던 거지. 그리고 당신이 다가오는 위험에 산토끼처럼 달아날 것도 알았던 거야. 내가 당신이 나를 사랑한다고 착각하며 얼마나 철저하게 속고 있는지도 알고 있었어. 당신이 당신 자신밖에 사랑하지 못한다는 걸 알고 있었기 때문에. 당신이 자신의 화를 면하기 위해 거리낌 없이 나를 희생시킬 인간이라는 걸 그 사람은 알고 있었어."

"나에게 모진 말을 해서 당신이 만족스럽다면 난 불평할 권리가 없소. 여자들은 언제나 불공평하고 남자를 나쁘게만 보기 일쑤지. 하지만 다른 면에서 보면 할 말이 없는 것도 아니오."

그녀는 그가 끼어드는 것을 무시했다.

"나도 이제 그가 아는 것을 알겠어요. 당신이 냉정하고 무자비하다는 것도, 당신이 이기적이라는 걸, 표현 못할 정도로 이기적이라는 것도 알아요. 당신이 토끼만큼도 용기가 없다는 것도, 거짓말쟁이에다 허풍선이라는 것도, 비열하다는 것도 알아. 그리고 비극적인 건……."

그녀의 얼굴이 갑자기 고통으로 일그러졌다.

"비극적인 건 그럼에도 불구하고 내가 당신을 온 마음을 다해 사랑한다는 거예요."

"키티."

그녀는 쓰디쓴 웃음을 터트렸다. 그는 특유의 감미롭고 부드러운 어조로 그녀의 이름을 불렀다. 그에겐 너무나 자연스러운 행동이었지만 어떤 의미도 담고 있지 않았다.

"당신은 바보야."

그녀가 말했다.

그는 기분이 상해서 얼굴을 붉히며 재빨리 몸을 뒤로 뺐다. 그는 그녀를 이해할 수 없었다. 그를 쳐다보는 그녀의 시선에는 이제 즐기는 빛이 담겨 있었다.

"내가 싫어지기 시작했죠, 그렇죠? 그래요, 날 싫어하세요. 이제 난 아무래도 좋아요."

그녀는 장갑을 끼기 시작했다.

"어쩌려고 그러지?"

그가 물었다.

"오, 걱정 마요. 당신에겐 아무런 해도 끼치지 않을 테니까. 당신은 안전할 거예요."

"이런, 제발 그런 식으로 말하지 마요, 키티."

그의 깊은 목소리에 걱정이 담겨 있었다.

"당신과 관계된 모든 것이 나에게도 상관 있다는 걸 알아야 해. 무슨 일이 벌어질지 난 끔찍하게도 걱정된다고. 당신 남편에게 무슨 말을 할 작정이오?"

"난 그에게 같이 메이탄푸에 갈 준비가 되었다고 말할 거예요."

"당신이 동의한다면 그도 고집을 부리진 않겠지."

그렇게 말하는 그를 그녀가 왜 그렇게 이상하게 쳐다보는지, 그는 이유를 알 수 없었다.

"정말 무섭지 않겠소?"

그가 그녀에게 물었다.

"아뇨. 당신이 내게 용기를 북돋아 줬어요. 콜레라 전염병의 한가운데로 들어가는 것은 독특한 경험이 될 거예요. 그리고 죽으면 뭐, 죽는 거죠."

"난 최선을 다해서 당신에게 친절을 베풀었어."

그녀는 나시 그를 쳐나보았다. 눈물이 나시 솟구쳤고 가슴이 터질 것 같았다. 그의 품속으로 몸을 던지고 그의 입술에 입 맞추고픈 저항하기 힘든 충동이 밀려왔다. 그래 봤자 무슨 소용이란 말인가.

"당신이 알고 싶다면 알려 드리죠."

그녀는 목소리를 침착하게 유지하려고 애쓰면서 말했다.

"난 내 가슴속에 죽음을 품고 두려움과 함께 가요. 월터가 그의 어둡고 뒤틀린 마음속에 무슨 속셈을 갖고 있는지 모르겠지만 지금은 공포로 떨리는군요. 죽음이 진정한 해방일지도 모르겠어요."

그녀는 이제 한순간도 더 자제력을 발휘할 자신이 없었다. 그래서 그가 의자에서 미처 일어나기 전에 재빨리 문쪽으로 걸어가 밖으로 나갔다. 타운센드는 길고 긴 안도의 한숨을 내쉬었다. 브랜디소다 생각이 간절했다.

27

키티가 집에 돌아왔을 때 월터는 집에 있었다. 그녀는 곧장 자기 방으로 가고 싶었지만, 그가 아래층 홀에서 하인 중 하나에게 지시를 내리고 있었다. 그녀는 너무나 비참한 나머지 자신이 감당해야 할 모욕이 대수롭지 않게 느껴졌다. 그녀는 걸음을 멈추고 그와 마주 섰다.

"당신과 함께 그곳으로 가겠어요."

그녀가 말했다.

"아, 잘됐군."

"언제까지 준비할까요?"

"내일 밤."

이런 허세가 어디서 솟아났을까 하는 의문이 그녀에게 들었다. 그의 무관심이 창처럼 날아와 그녀에게 꽂혔다. 그러자 자신도 깜짝 놀랄 만한 말을 내뱉고 말았다.

"여름 용품 몇 개랑 덮개 하나면 될 것 같아요. 그렇죠?"

그를 쳐다보자 그녀는 자신의 경박함이 그를 화나게 했음을 깨달았다.

"당신 하녀에게 당신이 필요할 만한 것들을 이미 말해 두었어."

그녀는 고개를 끄덕이고는 방으로 올라갔다. 아주 창백한 얼굴로.

28

어쨌든 그들은 목적지에 점점 다가가고 있었다. 가마에 앉은 채 끝없이 펼쳐진 논 평야 사이의 좁은 길을 따라가다 보면 하루가 흘러가고 또 하루가 흘러갔다. 그들은 새벽에 출발해 길가 여관에서 한낮의 열기를 피하다가 다시 출발해 미리 정해 둔 마을에 도착하면 그곳에서 밤을 보내곤 했다. 키티의 가마가 맨 앞에 서고 월터가 그녀를 뒤따랐고 그 뒤로는 그들의 침구와 식량과 물품을 진 짐꾼들의 행렬이 이어졌다. 시골 풍경이 눈앞을 지나갔지만 키티의 관심을 끌지는 못했다. 기나긴 침묵의 시간이 계속되었고 이따금씩 짐꾼들 중 하나가 던지는 말이나 그들의 투박한 노래 한 소절이 정적을 깨트리곤 했다. 그녀는 갈가리 찢긴 가슴을 안고 찰스의 사무실에서 벌어졌던 가슴 아픈 장면들을 낱낱이 되새겨 보았다. 그리고 그가 그녀에게 한 말과 그녀가 그에게 한 말을 돌이켜 보면서 그들의 대화가 얼마나 건조하고 사무적이었는지 깨닫고는 낙담하고 말았다. 그녀는 하고픈 말을 하지 못했고 의도했던 대로 대화를 이끌지도 못했다. 그에게 그녀의 한없는 사랑과 가슴속의 열정, 그녀의 무기력함을 납득시켰다면, 그녀를 운명의 소용돌이 속에 내팽개칠 만큼 그가 그토록 비인간적으로 행동할 순 없었을 것이다. 도무지 이해할 수 없었다. 그가 그녀를 조금도 아끼지 않는다는, 굳이 말로 하지 않아도 너무나 확연한 그의 말들을 들으면서 그녀는 자신의 귀를 의심했다. 그것이 그때 그녀가 펑펑 눈물을 쏟지 못한 채 멍하기만 했던 이유였다. 그 순간이 지나고 나서야 그녀는 서럽게, 울고 또 울었다.

밤이면 여관의 특실에 남편과 같이 묵었다. 그녀로부터 몇 발짝 떨어진 곳 간이침대에 누워 있는 월터를 의식하면서 그녀는 조그만 소리도 흘러나가지 못하도록 베개 속으로 이를 앙다물었다. 하지만 낮 시간에는 가마의 휘장이 방패막이가 되었기 때문에 마음껏 자신을 풀어놓을 수 있었다. 그녀는 고통이 너무나 극심해서 목청껏 비명이라도 지르고 싶었다. 인간이 이렇게까지 고통 받을 수 있을까, 전에는 미처 알지 못했다. 그녀가 대체 무슨 잘못을 했기에 이런 일을 겪어야 하는지 스스로에게 절박한 질문을 던졌다. 그녀는 왜 찰스가 그녀를 사랑하지 않았는지 이유를 알 수 없었다. 아마도 그녀의 잘못일 거라는 추측이 들었지만 그녀는 그의 사랑을 얻기 위해 그녀가 할 수 있는 모든 것을 다 했다. 그들은 언제나 잘 지냈고 함께 있을 땐 웃음이 끊이질 않아서 그들은 연인일 뿐 아니라 좋은 친구이기도 했다. 그녀는 이해할 수가 없었다. 그리고 무너져 내렸다. 그가 밉고 그를 경멸하자고 스스로에게 다짐했지만, 그를 다시 보지 못한다니 어떻게 살아가야 할지 막막했다. 월터가 그녀를 단죄하기 위해 메이탄푸로 데려가는 것이라면 그건 그가 스스로를 바보로 만드는 짓이었다. 그녀는 자신이 어떻게 되든 아무래도 좋았기 때문이다. 더 이상 살아갈 이유가 있을까? 하지만 스물일곱 살에 생을 마감하는 일도 쉽지는 않았다.

29

서쪽 강을 거슬러 올라가는 증기선 위에서 월터는 줄곧 책을 읽고 있었지만 식사 시간에는 대화를 좀 하려고 시도했다. 월터는 그녀가 여행길에 우연히 동행하게 된 낯선 사람인 양 무관심한 것들을 화제 삼아 그녀에게 밀을 건넸다. 키티는 그가 예의를 차리려고 그런다는 생각이 들었지만, 그들 사이에 거대한 강이 가로놓여 있다는 것을 더욱 분명히 하려는 것일 수도 있었다.

월터는 그녀가 자기를 따라 위험 지역으로 가지 않으면 이혼소송을 하겠다고 협박함으로써 그녀를 찰스에게 보내 찰스가 얼마나 무심하고 비겁하며 이기적인지 직접 확인하게 했다는 생각을, 그녀가 언뜻 떠올리고 찰스에게 말했었다. 그것은 사실이었다. 그것은 그의 냉소적인 유머 감각과도 잘 어울리는 속임수였다. 그는 어떤 일이 일어날지 정확하게 예측하고서 그녀가 돌아오기 전 하녀에게 필요한 지시를 내리기까지 했다. 그녀는 그의 눈에서 그녀 자신뿐 아니라 그녀의 애인을 향한 경멸의 빛을 보았다. 그는 아마도 자신이 타운센드의 입장이라면 아무리 하찮은 것일지라도 그녀의 소망을 충족시켜 주기 위해 어떤 희생도 감수했을 거라는 말을 스스로에게 했으리라. 그녀는 그것이 사실이라는 것도 알았다. 하지만 그녀가 무지에서 깨어났는데도 왜 그는 그녀가 심히 두려움에 떠는 것을 알면서도 그녀에게 그토록 위험한 일을 강요할 수 있었을까? 처음에 그녀는 그가 단지 그녀를 상대로 장난치는 것만 같았다. 그리고 막상 그들이 실제로 출발할 때도, 아니, 그 후에 그들이 강을 벗어나 국토를 횡단하는 길을 떠나기 위해 가마에 오를 때까지도 그가 특유의 작은 웃음을 터뜨리면서 그녀는 갈 필요가 없다고 말할 것만 같았다. 그의 속셈이 무엇인지 그녀는 짐작도 할 수 없었다. 그녀가 죽기를 바라다니 그가 그럴 리 없었다. 그는 그녀를 너무나도 절실하게 사랑했다. 사랑이 무엇인지 깨닫고 난 지금, 그가 보여 줬던 수많은 애정 표현이 그녀에게 새록새록 다가왔다. 프랑스식 표현대로 말하자면 그의 하루 날씨가 좋고 나쁨은 전적으로 그녀의 손에 달려 있었던 것이다. 그가 더 이상 그녀를 사랑하지 않는다는 건 불가능했다. 잔인한 대우를 받았다고 사랑을 멈출 수 있을까? 그녀는 찰스가 그녀를 고통스럽게 한 만큼 월터를 고통스럽게 하지는 않았다고 생각했다. 그녀는 찰스의 정체가 다 드러난 지금도 이 모든 상황에도 불구하고 만약 찰스에게서 작은 희망이라도 발견한다면 이 세상 모든 걸 다 준다 해도 그의 품으로 달려가기 위해 아낄 것이 없었다. 그가 그녀를 희생시켰고 그녀를 전혀 배려하지 않았다 해도, 그가 아무리 무심하고 못되게 굴었다 해도 그녀는 그를 사랑했다.

처음에 그녀는 참고 때를 기다리면 머지않아 월터가 그녀를 용서하리라고 생각했다. 그녀는 그를 장악한 자신의 힘을 과신한 나머지 이대로 끝이라는 생각을 받아들일 수 없었다. 사랑의 갈증은 아무리 채워도 해소되지 않는 법이다. 그가 여전히 그녀를 사랑한다면 그는 약자이며 그녀에 대한 사랑을 어쩔 수 없이 받아들이지 않을까? 하지만 이제는 그녀도 확신이 서질 않았다. 저녁이 되자 그녀는 여관의 꼿꼿한 등받이의 블랙우드 의자에 앉아 책을 읽는 그의 얼굴에 허리케인 램프의 불빛이 어른거리는 모습을 침착하게 바라보았다. 그녀는 어둠 속에 묻혀 자신의 잠자리로 꾸며질 침상 요 위에 누워 있었다. 반듯하고 평범한 그의 이목구비는 그의 얼굴에 매우 내몰찬 인상을 주었다. 이들이 때때로 그토록 달콤한 미소를 주고받은 사이였다는 것을 누가 상상이나 하겠는가. 그는 그녀를 수천 킬로미터 밖에 존재하는 사람처럼 취급하며 조용히 책만 읽었다. 그는 간간이 책장을 넘겼고 그의 시선이 규칙적으로 행간을 왔다 갔다 움직였다. 그는 전혀 그녀 생각을 하지 않았다. 그러다가 식탁이 차려지고 음식이 들어오면 그는 책을 옆으로 치우고(그의 얼굴에 비친 불빛이 얼마나 그의 표정을 적나라하게 드러내는지도 모른 채) 그녀를 흘끔 쳐다보았다. 그녀는 그의 눈 속에서 일렁이는 역겨운 표정을 발견하고 소스라치게 놀랐다. 그렇다, 그것은 그녀를 소스라치게 만들었다. 사랑이 그에게서 영원히 떠나 버렸다는 게 정말 가능할까? 그가 정말로 그녀의 죽음을 계획했단 말인가? 어처구니가 없었다. 그건 미친 사람의 행동이었다. 월터가 제정신이 아닐지도 모른다는 생각이 들자, 이상한 작은 전율이 그녀의 몸을 훑고 지나갔다.

30

오랫동안 잠자코 있던 그녀의 짐꾼들이 갑자기 수군거리기 시작하더니 그들 중 하나가 몸을 돌려 그녀에게 알아들을 수 없는 말을 쏟아 냈다. 그의 몸짓으로 보아 그녀의 주의를 끌려고 하는 것 같았다. 그가 가리키는 방향을 쳐다보자 언덕 꼭대기에 아치 모양의 문이 하나 보였다. 이제까지의 경험으로 미루어 보아 그것이 저명한 학자나 열녀를 기리기 위한 기념물이라는 것을 그녀는 알 수 있었다. 그들은 강에서 내린 후부터 그런 것들을 많이 지나쳐 왔다. 하지만 이것은 서쪽으로 넘어가는 해를 배경으로 유달리 환상적으로 보였고 그녀가 이제까지 본 그 어느 것보다도 아름다웠다. 하지만 왠지 모르게 그것이 그녀를 불안하게 만들었다. 그녀는 뭐라 형언할 수 없는 의미심장함을 느꼈다. 그것은 그녀가 어렴풋이 감지한 위압감이었을까, 아니면 모멸감이었을까? 그녀는 도중에 대나무 숲을 지나왔는데 나무들이 마치 그녀를 붙잡으려는 듯 이상하게 길 위쪽으로 비스듬히 기울어 자라 있었다. 바람 한 점 없는 여름날 저녁이었지만 좁고 길쭉한 초록색 나뭇잎들이 미세하게 떨렸다. 누군가 나무 뒤에 숨어서 지나가는 그녀를 지켜보고 있는 것만 같았다. 이제 그들은 논이 끝나는 언덕의 발치에 도달했다. 짐꾼들이 휘청거리며 성큼 발걸음을 내디뎠다. 언덕에는 초록색의 작은 봉분들이 빽빽이 들어차 있어서 조수가 밀려 나간 후의 바닷가 모래처럼 땅이 울룩불룩했다. 그녀는 인구가 밀집된 지역에 도착했다가 떠날 때마다 이런 장소를 지나쳐 왔기 때문에 이것 또한 익숙한 풍경이었다. 그곳은 무덤 터였다. 왜 짐꾼들이 그녀에게 언덕 정상에 서 있는 아치문을 가리켰는지 알 만했다. 그들은 여정의 막바지에 도달한 것이다.

그들은 아치문을 통과했고 가마꾼들이 가마를 한쪽 어깨에서 다른 쪽 어깨로 바꿔 맸다. 그들 중 하나가 땀이 흥건한 얼굴을 더러운 수건으로 닦았다. 길이 아래로 구불구불 계속되는 가운데 길 양편으로 지저분한 집들이 늘어서 있었다. 밤이 내려앉고 있었다. 갑자기 가마꾼들이 흥분해서 뭐라 지껄이며 펄쩍 물러나 벽 쪽으로 붙는 바람에 그녀의 가마가 흔들렸다. 순간 그녀는 무엇이 그들을 놀라게 했는지 알았다. 그들이 거기 서서 잡담을 나누는 동안 네 명의 농부들이 말없이 관을 짊어진 채 재빨리 길을 지나갔다. 칠을 하지 않고 갓 베어낸 나무로 만든 새 관이 밀려오는 어둠 속에서 허옇게 빛났다. 키티는 심장이 가슴속에서 공포로 미친 듯이 뛰는 것을 느꼈다. 관은 지나가고 없었지만 가마꾼들은 그대로 가만히 서 있었다. 길을 계속 갈 의지를 끌어모을 수가 없는 것 같았다. 하지만 뒤쪽에서 누군가 소리를 쳤고 그들은 다시 출발했다. 이제 아무도 입을 열지 않았다.

그들은 몇 분을 더 걸어가다가 급하게 방향을 틀어 활짝 열린 대문 안으로 들어갔다. 가마가 땅에 내려졌다. 마침내 도착한 것이다.

31

방갈로로 된 집이었다. 키티가 거실로 들어갔다. 그녀가 앉아 있는 동안 짐꾼들이 짐을 하나씩 여기저기에 들여놓았다. 월터는 마당에서 이런저런 지시를 내리고 있었다. 키티는 너무나 피곤했다. 그때 낯선 목소리에 그녀는 깜짝 놀랐다.

"들어가도 되겠습니까?"

그녀의 얼굴이 붉어졌다가 다시 창백해졌다. 너무 무리를 한 터라 낯선 사람을 만나기엔 신경이 날카로웠다. 한 남자가 어둠 속에서 나타났다. 천장이 낮은 긴 방에 빛이라고는 희미한 등불 빛이 전부였다. 그가 손을 내밀었다.

"제 이름은 워딩턴입니다. 저는 행정 부관입니다."

"아, 그 세관원. 저도 알아요. 당신이 여기 있다는 말을 들었어요."

희미한 불빛 아래서 그녀는 그가 왜소하고 마른 남자이며 그녀보다 키가 크지 않고 대머리에 얼굴이 작고 수염이 없다는 걸 알 수 있었다.

"전 언덕 밑에 삽니다만, 부인께서 제 집을 못 보셨을 것 같아 이렇게 왔습니다. 부군과 부인께서 제 집에서 식사를 하시기엔 녹초가 되셨으리라는 생각이 들어 식사를 여기로 가져오라고 했습니다. 스스로 절 초대한 셈이지요."

"그 말을 들으니 기쁘군요."

"요리사가 마음에 드실 겁니다. 왓슨의 하인들을 준비해두었습니다."

"왓슨이라면 여기 있던 선교사 말인가요?"

"네. 아주 좋은 친구였죠. 원하신다면 내일 그의 무덤을 보여 드리죠."

"친절하시군요."

키티가 미소를 지으며 말했다.

그때 월디가 들어왔다. 워딩턴은 기티를 보러 오기 진 그에게 자신을 소개한 모양이어서 이렇게 말했다.

"막 부인께 제가 여러분과 식사를 같이할 거라는 말을 전했습니다. 왓슨이 죽은 후로 수녀들 외에는 마땅한 이야기 상대가 없었는 데다가 제 프랑스 말은 신통치 못해서요. 게다가 그들과는 화젯거리도 한정돼 있으니까요."

"지금 막 하인에게 마실 거리를 가져오라고 했습니다."

월터가 말했다.

하인이 위스키소다를 가져왔고 워딩턴이 그것을 마음껏 들이켜는 것을 키티는 지켜보았다. 말하는 태도나 툭하면 껄껄거리는 모양새로 보아 방에 들어왔을 때부터 이미 얼큰하게 취한 상태였던 것 같았다.

"잘 오셨습니다."

그가 말했다. 그러고는 월터를 향해 말했다.

"여기 일이 당신에겐 제격이지요. 사람들이 파리처럼 죽어 나가니까요. 태수(太守)는 우왕좌왕하고 군대를 통솔하는 유대령도 병사들이 약탈을 일삼지 못하도록 통솔하느라 애를 먹고 있습니다. 조만간 무슨 조처가 취해지지 않는다면 우린 모두 침대에서 살해당할 겁니다. 저는 수녀들에게 떠나라고 말했지만 물론 그들은 말을 안 듣습니다. 모두 순교자가 되고 싶은가 봅니다, 젠장."

그가 덤덤하게 말을 하는 데다가 말투에 웃음기마저 묻어나서 그의 말에 미소가 절로 지어졌다.

"당신은 왜 안 떠났습니까?"

월터가 물었다.

"글쎄요, 제 부하들을 절반이나 잃었고 나머지도 몸져 누워서 언제 죽을지 모릅니다. 누군가는 여기 남아서 수습해야 하지 않겠습니까."

"당신 백신은 맞았습니까?"

"네. 왓슨이 해 줬죠. 하지만 정작 본인은 백신을 맞고서도 별로 효과를 못 봤지요, 불쌍한 친구 같으니."

그러고는 살짝 찌푸린 작고 우스운 얼굴로 키티에게 말했다.

"부인께선 미리 조심만 하신다면 별 위험은 없을 거라 생각합니다. 우유와 물은 끓여서 드시고 생과일이나 익히지 않은 채소는 먹지 마세요. 혹시 축음기 음반 가져오신 것 있나요?"

"아뇨, 없는데요."

"아쉽군요. 가져오시길 바랐는데. 오랫동안 새것을 듣지 못해 놔서요. 제가 가진 것들은 싫증이 나 버렸습니다."

하인이 들어와서 식사를 하겠느냐고 물었다.

"오늘 밤은 성장(盛裝)을 하지 않으시겠죠?"

워딩턴이 물었다.

"제 하인이 지난주에 죽었는데 지금 데리고 있는 아이는 멍청해 놔서요. 그래서 전 오늘 저녁은 성장하지 않았습니다."

"가서 모자를 벗고 오겠어요."

키티가 말했다.

그녀의 방은 그들이 앉아 있던 방 옆이었다. 가구가 거의 없는 방에서 하녀 하나가 바닥에 무릎을 꿇고 앉아 옆에 놓인 등불 빛에 의지해서 키티의 물건을 풀고 있었다.

32

식당은 작았는데 그나마 공간의 대부분을 커다란 식탁이 차지하고 있었다. 성경의 장면을 묘사한 판화와 장식된 성경 구절이 벽에 붙어 있었다.

워딩턴이 설명했다.

"선교사들의 식탁은 늘 큼지막하답니다. 1년 남짓마다 아이들이 태어나기 때문에 결혼할 때부터 아예 큰 식탁을 사야 꼬마들에게 돌아갈 자리가 충분하죠."

천장에 매달린 커다란 파라핀 등불 빛에 키티는 워딩턴을 찬찬히 뜯어볼 수 있었다. 벗겨진 머리 때문에 자칫 젊지 않다고 생각되기 쉬웠지만 이제 보니 마흔에 훨씬 못 미쳐 보였다. 그의 얼굴은 높고 둥근 이마 아래 팽팽하고 혈색이 좋았다. 원숭이처럼 못생긴 얼굴이었지만 그렇다고 매력이 전혀 없는 추한 얼굴도 아니었다. 그의 이목구비, 그의 코와 입은 크기가 애들과 별반 다르지 않았고 눈도 작았지만 아주 밝고 파랬으며 눈썹은 옅은 색깔에 숱이 얼마 없었다. 웃기게 생긴 애늙은

이 같은 인상이었다. 그는 마음껏 술을 들이켰고 식사가 진행될수록 그가 맨 정신이 아니라는 것이 역력했다. 하지만 잠든 목동의 술부대를 훔친 사티로스처럼 그는 취중에도 시비를 걸지 않고 쾌활했다.

워딩턴은 홍콩에 대해 이야기했다. 그곳에 친구들이 많이 있어서 그들에 대해 알고 싶어 했다. 예전에는 1년에 한 번은 경마 때문에 홍콩에 갔다면서 경주마들과 마주들에 대해 많은 이야기를 했다.

"그런데 타운센드는 어떻게 지냅니까? 총독부 총리가 될 것 같습니까?"

별안간 그가 물었다.

키티는 얼굴이 붉어지는 것을 느꼈지만 남편은 그녀를 쳐다보지 않았다.

"안 될 이유가 없지요."

그가 대답했다.

"출세할 타입이긴 합니다만."

"그를 아시오?"

월터가 물었다.

"네. 매우 잘 알죠. 전에 한 번 고국에서 나올 때 같이 여행을 했습니다."

강 건너편에서 징 소리와 폭죽 터지는 소리가 들려왔다. 거기, 그들과 아주 가까운 그곳에 공포에 휩싸인 도시가 자리 잡고 있었다. 죽음이, 갑작스럽고 무자비하게, 구불구불한 거리 곳곳을 덮쳤던 것이다. 하지만 워딩턴은 런던에 대해 이야기하기 시작했다. 극장 얘기를 했는데 현재 무대에 오른 작품들이 무엇인지 훤히 꿰뚫고 있었고 지난번 휴가 때 고국에서 봤던 연극들에 대해서도 빠뜨리지 않았다. 그는 코미디언의 저급한 유머를 떠올리며 웃음을 터뜨렸다가 뮤지컬 코미디에 등장한 주인공의 아름다움을 생각하면서 한숨을 토해 내기도 했다. 그리고 그의 사촌 중 하나가 인기 절정의 유명 여배우와 결혼했다는 걸 자랑할 수 있어서 기쁜 모양이었다. 그는 그 여배우와 같이 점심을 먹은 적이 있었는데 그때 그녀가 그에게 자기 사진을 주었다고 했다. 그들이 세관 사무소를 방문해서 그와 함께 식사한다면 그것을 볼 수 있을 터였다.

월터는 그의 손님을 향해 차갑고 냉소적인 시선을 던질 뿐 그로 인해 조금도 즐겁다는 기색은 보이지 않았다. 그는 키티가 잘 아는 얘깃거리도 아는 것이 전혀 없어서 예의상의 관심을 표현하는 정도에만 그쳤다. 그의 입가에 걸린 희미한 미소라니. 키티는 정체불명의 두려움에 휩싸였다. 출입이 통제된 도시 건너편 죽은 선교사의 집에서 그들은 세상과 한없이 동떨어진 것만 같았다. 세 명의 외로운 인간들, 그들은 서로에게 이방인이었다.

저녁식사가 끝나자 그녀는 자리에서 일어섰다.

"실례가 안 된다면 이만 인사를 드려도 될까요? 자러 가야겠어요."

"저도 가 보겠습니다. 의사 선생님도 잠자리에 드셔야겠군요. 우린 내일 일찍부터 나가 봐야 합니다."

워딩턴이 대답했다.

그는 키티와 악수를 나누었다. 그는 비틀거리지는 않았지만 눈만은 어느 때보다 반짝거렸다.

그가 월터에게 말했다.

"제가 모시러 오겠습니다. 태수와 유 대령을 만나 보신 후 수녀원에 가 보도록 하죠. 선생이야말로 여기 적임자이십니다."

33

이상한 꿈들이 밤새 그녀를 괴롭혔다. 그녀는 가마를 탄 것 같았고 가마꾼들이 일정하지 않은 보폭으로 성큼성큼 걷는 통에 몸이 이리저리 흔들렸다. 크고 어둑한 도시들로 들어가자 호기심 어린 눈의 군중이 그녀에게 우르르 몰려들었다. 좁고 구불거리는 거리, 이상한 물품들을 파는 노점들, 그녀가 가는 곳마다 사람들이 멈춰 섰다. 물건을 사는 사람이나 파는 사람 모두 동작을 멈췄다. 그러다가 그녀는 아치 모양의 기념문에 도착했는데 환상적으로 아름답던 형체가 갑자기 흉측한 괴물체로 변했다. 마치 힌두교 신의 움직이는 팔들처럼 윤곽선이 자유자재로 변했다. 그녀가 그 밑을 통과할 때 비웃는 웃음소리가 쩌렁쩌렁 울려퍼졌다. 그때 찰스 타운센드가 그녀 앞으로 다가와 그녀를 팔로 끌어안고 가마에서 그녀를 안아 내리고는 모든 게 실수였다고 말했다. 그녀를 그런 식으로 대할 생각은 없었다고, 그녀를 사랑한다고, 그녀 없이는 살 수 없노라고. 그녀는 그가 입술에 키스하는 걸 느끼며 기쁨에 흐느끼면서 왜 그렇게 잔인했냐고 물었지만 그것이 중요하지 않다는 걸 알고 있었다. 그때 갑자기 거친 목소리의 외침이 터져 나와 그들을 갈라 놓았다. 푸른 누더기를 걸친 짐꾼들이 관을 지고 조용히 그들 사이를 뚫고 서둘러 지나갔다.

그녀는 깜짝 놀라 잠에서 깨어났다.

방갈로는 경사가 급한 언덕 중턱에 자리 잡고 있었는데, 창문 밖 아래쪽으로 좁은 강과 강 건너편의 그 도시가 보였다. 동이 터 오는 새벽, 강에서 허옇게 피어오르는 안개 속에 고래 떼처럼 옹기종기 붙어 모여 있는 세대박이들이 보였다. 수백 척은 족히 되는 배들이 아련한 여명 속에 고요하고 신비로운 느낌을 자아내서, 배의 선원들이 단체로 주문에 걸려 누워 있을 것만 같은 분위기를 풍겼다. 그들은 잠든 것이 아니라 뭔가 이상하고 끔찍한 것에 의해 정적과 침묵 속에 빠진 것 같았다.

새벽 이슬이 내리고 있었다. 물안개 속으로 태양의 손길이 미치자 죽어 가는 별 표면에 피어오르는 눈의 망령처럼 안개가 하얗게 빛났다. 강 위에 드리운 빛에 줄지어 선 배들과 울창한 숲을 이룬 돛대들이 희미하나마 구분되었지만 앞쪽으로 사람의 시선을 허락지 않는 반짝거리는 장막이 쳐져 있었다. 갑자기 그 하얀 구름 속에서 높고 견고하며 당당한 성채가 솟아올랐다. 그것은 태양이 발견의 대가다운 솜씨로 세상에 모습을 공개한 것 같기도 했지만 그보다는 마법의 지팡이가 한 번 까딱하는 순간에 별안간 허공에서 등장한 것 같았다. 강을 굽어보며 우뚝 선 요새, 잔인하고 야만적인 종족의 본거지. 하지만 그것을 세운 마법사가 다시 한번 재빨리 손을 쓰자 형형색색의 장막이 성채의 꼭대기에 걸쳐졌다. 그때, 노란 햇빛이 안개를 뚫고 여기저기 광대한 손길을 뻗쳤고, 초록색과 노란색 지붕들의 군락이 보였다. 그것은 거대했지만 어떤 유형이나 질서가 없었다. 질서가 존재한다고 해도 그것을 헤아릴 수는 없으리라. 그리고 종잡을 수 없고 방대하며 상상을 초월하는 풍부함을 지니고 있었다. 그것은 요새도 아니요 사원도 아닌, 인간의 출입을 허용치 않는 신들의 황제가 세운 마법의 궁전이었다. 인간의 손으로 지어졌다고 하기엔 너무나 몽환적이고 환상적이며 비물질적이었다. 마치 꿈결처럼.

눈물이 키티의 얼굴을 타고 흘러내렸다. 그녀는 입을 약간 벌리고 숨을 멈춘 채 손으로 가슴과 입을 감싸 쥐고서 앞을 응시했다. 이렇게 마음이 가벼워 보기는 처음이었고 마치 몸을 허물처럼 발치에 벗어던지고 순수한 영혼이 된 것만 같았다. 아름다움이 다가왔다. 그녀는 신자가 신을 받아들이며 먹는 제병처럼 그것을 받아 먹었다.

34

월터는 아침 일찍 나갔다가 점심을 먹으러 돌아와 고작 30분을 머물렀을 뿐 저녁식사가 준비될 때까지 돌아오지 않았기 때문에 키티는 하루 종일 거의 혼자 지냈다. 그로부터 며칠 동안 그녀는 방갈로에서 한 걸음도 나가지 않았다. 너무 더워서 열린 창가의 긴 의자에 누워 책을 읽으며 대부분의 시간을 보냈다. 한낮의 땡볕이 신비로움을 앗아간 마법의 궁전은 도시의 성벽 위에 세워진 울긋불긋하고 허름한 사원에 불과했다. 하지만 극치의 황홀경 속에 목격했던 그곳이 절대 평범한 곳이 될 순 없었다. 새벽녘이나 황혼 무렵에 때때로, 그리고 밤에 또다시, 그녀는 그날의 아름다움을 비슷하게나마 포착할 수 있었다. 견고한 성채처럼 보였던 것은 도시의 성곽이었는데, 그 거대하고 어두운 곳에서 그녀는 눈을 뗄 수 없었다. 성벽의 총안 너머에 역병의 무시무시한 손아귀에서 신음하는 도시가 쓰러져 있는 것이다.

그곳에서 끔찍한 일들이 벌어지고 있다는 것을 그녀도 희미하게 감지할 수 있었다. 그녀가 물어볼 때마다(그러지 않으면 그는 그녀에게 거의 말을 걸지 않았기 때문에) 비웃음이 섞인 냉담함으로 그녀의 등골을 오싹하게 만드는 월터에게서가 아니라, 워딩턴과 하녀에게서 들은 바에 의하면 그랬다. 하루에도 백 명은 좋이 사람들이 죽어 나갔고 한번 병마에게 덜미가 잡히면 회복되는 사람이 거의 없다고 했다. 버려진 사원들로부터 신상들이 거리로 옮겨져 나왔다. 그것들 앞에 제물이 바쳐지고 제사가 올려졌지만 그렇다고 역병을 잠재우진 못했다. 사람들이 어찌나 빨리 죽어 나가는지 시체를 다 묻기도 벅찰 지경이었다. 어떤 집은 전 가족이 몰살당해서 아무도 장례를 치를 사람이 없었다. 그나마 도시가 폭동이나 방화에 휘말리지 않는 것은 군대를 통솔하는 장교가 노련한 사람이어서 순전히 그의 결단력 덕분이었다. 그는 아무도 시체를 묻을 사람이 없는 경우에 병사들에게 뒤처리를 시켰고 역병이 발생한 집에 들어가기를 거부하는 병사가 있으면 직접 총살했다.

가끔 키티는 너무나 무서운 나머지 심장이 덜컥 내려앉고 사지가 부들부들 떨리곤 했다. 적절한 예방 조치를 취하면 별로 위험하지 않다는 건 말뿐이지 않은가. 공포가 그녀를 덮쳤다. 그녀는 도망을 칠까 하는 정신 나간 계획까지 면밀히 따져 보았다. 도망치자, 그냥 도망치는 거야. 그녀는 즉각 행동에 옮길 준비가 되어 있었다. 나는 혼자다. 혼자 떠나면 된다. 몸에 걸친 옷 이외에 무엇이 더 필요할까? 안전한 곳이면 어디든 좋았다. 그녀는 워딩턴에게 모든 사실을 털어놓고 홍콩으로 돌아갈 수 있도록 도와달라고 간청하며 그의 자비에 의탁해 볼까 하는 생각도 했다. 혹시 남편 앞에 무릎을 꿇고 매달리며 무섭다고, 무서워 죽겠다고 고백한다면 이제는 그가 아무리 그녀를 미워한들 그녀를 불쌍히 여기는 인간적인 감정이 조금은 남아 있지 않을까?

하지만 불가능했다. 그녀가 간다면 어디로 간단 말인가? 어머니한테는 갈 수 없었다. 단순히 그녀의 어머니가 그녀를 결혼시켜 치워 버린 것만 봐도 그녀를 쫓아낼 게 자명했다. 게다가 그녀 자신이 어머니에게 가기를 원치 않았다. 그녀는 찰스에게 가고 싶었지만 그는 그녀를 원하지 않았다. 그녀가 갑자기 그 앞에 나타난다면 그가 뭐라고 할지 뻔했다. 그의 시무룩한 표정과 매력적인 눈 뒤에 감추어진 매서움, 그 가혹함. 그에게서 듣기 좋은 말을 기대하기란 어려울 것이다. 그녀는 주먹을 꽉 쥐었다. 그에게 받은 모욕을 되돌려줄 수만 있다면 무엇이든 아까울 것이 없었다. 때때로 그녀는 월터가 이혼소송을 하도록 놔두지 못한 것이 못내 한스럽고 화가 불쑥 치밀었다. 찰스를 파멸시킬 수만 있다면 그녀 자신도 기꺼이 파멸시킬 수 있을 것 같았다. 그가 그녀에게 한 말들이 떠오르자 그녀는 얼굴을 월칵 붉히고 말았다.

35

처음으로 워딩턴과 단둘이 있게 되자 키티는 화제를 찰스에게로 돌렸다. 워딩턴은 그들이 도착한 날 저녁에 그에 대해 이야기했다. 그녀는 찰스가 그녀의 남편과 구면인 사이 이상은 아닌 것처럼 꾸몄다.

워딩턴이 말했다.

"전 그 사람을 좋아하지 않습니다. 지루한 친구라고 늘 생각했죠."

"후하지 못한 분이군요." 키티가 알 만하다는 듯 밝게 농담조로 대답했다. "그는 홍콩에서 단연 최고의 인기를 누리고 있는 사람인데요."

"압니다. 그게 그의 수완이랍니다. 그는 인기의 속성을 이용하거든요. 만나는 사람들마다 이 세상에서 그가 만나고 싶었던 유일한 사람인 것처럼 구는 재주가 있으니까요. 언제나 별로 어렵지 않은 일이라면 기꺼이 해 주고 해 주지 못할 경우에는 인간의 힘으로는 불가능한 일을 하려고 노력하는 것 같은 인상을 주거든요."

"분명 매력적인 특성이군요."

"매력, 그 매력이란 놈은 결국 성가신 존재로 변하고 말죠. 별로 재미는 없지만 조금은 진실한 사람을 대한다면 더 좋지 않을까요? 전 찰스 타운센드를 오랫동안 알고 지내면서 가면을 벗은 그를 한두 번 본 적이 있습니다. 알다시피 전 대단한 인사도 못 되고 그저 세관의 하급 관리에 불과합니다만, 제가 알기론 그는 이 세상에 자신 말고는 어느 누구에게도 진심으로 손톱만큼도 신경을 쓰는 위인이 아닙니다."

키티는 의자에 편안히 몸을 기댄 채 웃는 눈으로 그를 바라보았다. 그녀는 손가락에 낀 결혼반지를 빙빙 돌렸다.

"물론 그는 성공할 겁니다. 모든 연줄을 꿰차고 있으니까요. 내가 죽기 전에 그를 각하라고 부르며 그가 방에 들어오면 일어설 때가 오리라는 걸 충분히 예상하고 있습니다."

"대부분의 사람들이 그를 성공할 사람이라고 여겨요. 그가 유능하다는 게 일반적인 의견이지요."

"유능해요? 말도 안 됩니다! 그는 아주 아둔한 남자입니다. 그는 일을 단숨에 해치우고 순전히 자신의 총명함으로 그것을 해냈다는 인상을 준답니다. 사실은 그게 아니죠. 단지 그는 유라시아인 점원처럼 근면한 것뿐입니다."

"그럼 그가 그토록 똑똑하다는 명성은 어떻게 얻었을까요?"

"세상에는 바보 같은 사람들이 많고 어느 정도 높은 지위의 사람이 우쭐거리지 않고 등을 툭툭 두드리면서 당신을 위해 서라면 이 세상에 못할 게 없다고 말해 준다면 십중팔구 그를 똑똑하다고 생각하게 마련입니다. 게다가 물론, 그의 아내가 있죠. 능력 있는 여자랍니다. 그녀는 지각 있는 여자고 그녀의 충고는 언제나 새겨들을 가치가 있죠. 찰스 타운센드가 그녀에게 의지하고 사는 한, 바보 같은 짓을 저지를 일 없이 안전할 겁니다. 그게 정부 기관에서 성공하는 남자의 필수 요건이죠. 똑똑한 사람은 필요치 않습니다. 똑똑한 사람은 생각이 있고 생각은 문제를 일으키죠. 매력 있고 수완이 있지만 중대한 실수를 저지르지 않을 것으로 믿을 만한 그런 남자를 원하죠. 오, 맞습니다. 찰스 타운센드는 정상까지 올라갈 겁니다."

"왜 그를 싫어하시나요?"

"그를 싫어하진 않습니다."

"하지만 그의 아내를 더 좋아하시잖아요?"

키티가 미소를 지었다.

"저는 구식 남자라서 잘 자란 여자가 좋습니다."

"그녀가 잘 자란 만큼 옷도 잘 차려입었으면 좋겠어요."

"그녀가 옷을 잘 못 입나요? 몰랐군요."

"그들이 서로에게 충실한 부부라고, 그렇게 들었어요."

키티가 속눈썹 사이로 그를 바라보았다.

"그는 아내를 무척 좋아합니다. 그런 면에서 그에게 점수를 주고 싶군요. 그게 그가 가진 가장 훌륭한 점일 겁니다."

"냉정한 칭찬이네요."

"그는 소소하게 바람을 피우지만 심각하게 만들진 않습니다. 너무 교활해서 곤란한 지경까지 몰고 가진 않죠. 게다가 그는 열정적인 남자도 아니랍니다. 그저 허영심이 많을 뿐이에요. 그는 찬사를 좋아합니다. 그리고 이제 뚱뚱한 사십 대가 되었고 너무 사치스럽습니다. 하지만 그가 처음 식민지에 왔을 때만 해도 대단한 미남이었죠. 그의 아내가 그의 여성 편력에 대해서 농담하는 것을 가끔 들은 적이 있습니다."

"그녀는 남편이 바람 피우는 것을 심각하게 생각하지 않는 모양이죠?"

"아, 그럼요. 그리 깊은 관계로 발전하지 않는다는 걸 그녀도 잘 알고 있습니다. 찰스에게 빠진 불쌍한 여자들과 친구라도 되고 싶다고 말할 정도니까요. 그런데 언제나 그 여자들이 너무 평범하다는 겁니다. 남편에게 빠진 여자들이 어쩌면 그렇게 하나같이 싸구려 같은지 썩 자랑할 만한 일은 못 된다나요."

36

워딩턴이 가고 나서 키티는 그가 거침없이 한 말들에 대해서 찬찬히 생각해 보았다. 듣기에 썩 유쾌한 말들이 아니어서 그녀는 신경 쓰지 말자고 애써 다짐했다. 하지만 그의 말이 모두 사실이라는 것을 생각하면 땅을 치고 싶었다. 찰스가 멍청하고 허영심이 많으며 칭찬에 목말라한다는 것은 그녀가 봐도 분명했다. 그녀는 그가 자기만족감에 취해 자신의 총명함을 자랑하려 소소한 일화들을 늘어놓던 것이 기억났다. 그는 저급한 술수를 자랑스러워 했다. 그런 남자에게 그토록 열과 성의를 다해 마음을 바쳤다니 자신이 한심스럽기 그지없었다. 단지 그가 멋진 눈과 훌륭한 몸을 가졌다는 이유만으로! 차라리 그를 경멸하고 싶었다. 그를 미워하는 한 그를 사랑할 때와 비슷한 마음일 수 있었기 때문이다. 하지만 그가 그녀를 이렇게 취급했던가 생각하면 눈을 뜨지 않을 수 없었다. 월터는 늘 그를 경멸하곤 했었다. 아, 그를 마음속에서 완전히 몰아낼 수만 있다면! 그의 아내는 내가 그에게 품었던 연정을 두고 그를 놀리겠지? 도로시는 그녀와 친구가 되고 싶다면서 그녀를 싸구려 취급할 것이다. 키티는 피식 웃음이 나왔다. 그녀의 어머니가 딸이 그런 취급을 받는다는 걸 알면 얼마나 펄펄 뛰겠는가!

하지만 밤이 되자 그녀는 또다시 그의 꿈을 꾸었다. 그녀를 단단히 끌어안는 그의 팔과 입술에 와 닿는 그의 키스에서 뜨거운 열정이 일었다. 그가 뚱뚱하고 마흔 살이면 어때? 그녀는 부드러운 애정을 음미하며 웃음을 터트렸다. 그가 너무나 순순히 굴었던 것이다. 그녀는 그의 천진한 허영심 때문에 그가 더욱 사랑스럽고 불쌍했다. 그를 감싸 주고 싶었다. 그녀가 잠에서 깨어났을 때 눈에서 눈물이 흘러내리고 있었다.

무엇이 그토록 비통하기에 자면서도 울음이 멈추지 않는지 그녀는 이해할 수 없었다.

37

키티는 매일 워딩턴을 만났다. 워딩턴이 하루 일과를 끝내고 언덕을 어슬렁거리며 올라와 페인 부부의 방갈로를 찾았던 것이다. 그렇게 일주일이 흐르자 다른 상황에서라면 1년은 걸려야 생겼을 친밀감이 그들 사이에 싹텄다. 한번은 키티가 그가 없으면 어떻게 지내야 할지 막막할 거라고 말하자 그가 웃음을 터트리며 말했다.

"현실의 땅 위에 조용하고도 평화롭게 걸어다니는 사람은 부인과 내가 유일합니다. 수녀들은 하늘 위를 걷고 당신 남편은…… 암흑 속을 걷죠."

그녀는 너털웃음을 터트렸지만 한편으로 그 말이 무슨 뜻일까 하는 생각이 들었다. 그의 명랑하고 작고 푸른 눈이 온화하지만 복잡한 시선으로 그녀의 얼굴을 탐색했다. 그가 얼마나 예리한지 그녀는 이미 알고 있었고 그녀와 월터의 관계가 그의 냉소적인 호기심을 자극했다는 느낌이 들었다. 어리둥절한 그를 보니 그녀는 은근히 재미가 있었다. 그녀는 그가 좋았고 그가 그녀에게 호감을 품고 있다는 것도 알고 있었다. 그는 재치 있는 것도 명석한 것도 아니었지만, 사물을 적나라하고 통렬하게 표현하여 주의를 환기시키는 재주가 있어서 대머리 아래 드러난 그의 우습고 소년 같은 얼굴이 웃음으로 일그러질 때면 가끔 그의 말이 배꼽 빠지게 웃기다고 생각되곤 했다. 그는 오랫동안 외진 항구에서 살아왔고 어떤 때는 이야기를 나눌 같은 피부색의 사람이 전혀 없었던 터라 기묘한 자유로움이 그의 성품 속에 자리를 잡았다. 그에게서는 변덕과 괴팍함이 넘쳐났고 그의 솔직함은 신선했다. 그는 삶을 철저히 '농담의 정신'으로 관조하는 것 같았고 홍콩 식민지에 대한 그의 비꼼은 신랄했다. 게다가 메이탄푸의 중국 관리들과 심지어 도시를 학살하고 있는 콜레라를 놓고도 웃음을 터트렸나. 비극적인 이야기나 영웅담도 살짝 비틀어 놓지 않고서는 말을 하지 못할 정도였다. 20년이란 세월을 중국에 살면서 그가 겪은 갖은 우여곡절은, 세상이 아주 괴상하고 기괴하며 우스꽝스러운 요지경 속이라는 결론에나 걸맞은 것이었다.

그는 중국학을 날뛰는 산토끼처럼 미친 학문이라고 욕하며 자신은 중국어 학자가 아니라고 부인했지만, 중국말을 자유자재로 구사했다. 글은 거의 읽지 못했지만 일상 대화 속에서 말을 배웠다. 그래서 가끔 키티에게 중국 소설이나 중국 역사 속의 이야기를 들려주었는데, 다소 우쭐대는 농담조로 말하긴 했어도 그것들은 꽤나 재미있고 애정이 담겨 있었다. 아마도 그는 유럽인들이 야만인이고 그들의 삶은 어리석다고 여기는 중국인의 시각을 무의식적으로 차용한 듯했다. 현명한 사람이라면 그 어리석음 속에서 진실을 구분해 낼 수 있다는, 중국에서나 통할 법한 생각이었다. 한번 눈여겨볼 가치가 있는 생각이었다. 키티는 중국인들에 대해서라면 퇴폐적이고 더럽고 입에 담기도 싫은 족속이라는 말 빼고는 들은 적이 없었다. 그녀는 마치 커튼의 한쪽 끝이 잠시 들어 올려진 틈새로 꿈에서도 본 적 없는 다채롭고 장대한 세상을 언뜻 본 것만 같았다.

그는 그렇게 앉아서 이야기하고, 웃고, 술을 마셨다.

"술을 너무 많이 마신다고 생각 안 하세요?"

키티가 그에게 대담한 질문을 던졌다.

"제 삶의 커다란 기쁨인걸요. 게다가 콜레라를 몰아내 준답니다."

그가 대답했다.

집으로 돌아갈 때쯤이면 보통 그는 술에 취한 상태였지만 술기운을 잘 다스렸다. 술로 기분이 고무되었지만 그렇다고 주사를 부리지는 않았다.

어느 날 저녁, 평소보다 일찍 돌아온 월터가 그에게 저녁을 함께 들자고 청했다. 그때 흥미로운 사건이 일어났다. 그들이 수프와 생선을 먹은 후 하인이 닭고기를 곁들인 야채 샐러드를 그녀에게 내왔다.

"하느님 맙소사, 그거 먹지 마세요."

키티가 먹는 걸 보더니 워딩턴이 소리쳤다.

"우린 이걸 매일 밤 먹는걸요."

"아내가 좋아합니다."

월터가 말했다.

같은 음식이 워딩턴에게도 건네졌지만 그는 고개를 절레절레 흔들었다.

"감사합니다만, 전 자살하고픈 생각이 없습니다."

월터가 음울하게 미소를 짓더니 먹기 시작했다. 워딩턴은 더 이상 아무 말도 하지 않았고 이상하리만치 과묵해져서 저녁식사가 끝나자마자 돌아갔다.

그들이 매일 밤 샐러드를 먹는 것은 사실이었다. 그들이 도착한 날로부터 이틀 후 중국인 특유의 대범함을 자랑하는 요리사가 만들어 내온 샐러드를 키티는 아무 생각 없이 맛보았다. 월터가 얼른 몸을 앞으로 내밀었다.

"그걸 먹으면 안 돼. 이런 걸 가져오다니 미쳤나 보군."

"왜 안 돼요?"

키티가 그의 얼굴을 빤히 쳐다보면서 물었다.

"위험하단 말이오. 이건 미친 짓이야. 자살 행위라고."

"그래서 먹는 거예요."

키티가 말했다.

그녀는 아무렇지 않게 샐러드를 먹기 시작했다. 자신을 사로잡은 게 허세와 거리가 멀다는 걸 그녀 스스로 알고 있었다. 그녀는 비웃는 눈으로 월터를 바라보았다. 약간 창백해지는 것 같더니 그도 자기 몫으로 나온 샐러드를 먹기 시작했다. 그들에게서 싫다는 말이 없자 요리사는 샐러드를 매일 내놓았고 그들은 매일 죽음을 유혹하면서 그것을 먹었다. 그렇게 위험과 힘겨루기를 하자니 기괴한 느낌이 들었다. 질병에 대한 공포에 사로잡힌 채 그것을 먹는 키티의 마음속에는 월터에게 복수하겠다는 악의뿐만 아니라 자신의 절망적인 두려움을 비웃는 조롱이 도사리고 있었다.

38

다음 날 오후, 워딩턴이 방갈로로 찾아와서 잠시 앉아 있다가 함께 산책을 나가지 않겠냐고 키티에게 물었다. 그녀는 그곳에 도착한 이후 거주지 밖으로 나가 본 적이 없었던 터라 그의 제안이 반가웠다.

"유감스럽게도 산책할 곳이 별로 많진 않습니다. 하지만 언덕 꼭대기로 가 보도록 하죠."

"오, 좋아요. 아치문이 있는 곳이군요. 테라스에서 가끔 보곤 해요."

하인 하나가 육중한 대문을 열어 주었고 그들은 흙먼지가 날리는 길로 걸어 나갔다. 그들이 몇 미터 못 갔을 때 키티는 깜짝 놀라 워딩턴의 팔을 잡으며 소리쳤다.

"봐요!"

"무슨 일이죠?"

거주지를 둘러싼 벽 밑 쪽에 어떤 남자가 두 다리를 쭉 뻗고 팔로 얼굴을 감싸 쥔 채 등을 대고 바닥에 누워 있었다. 그는 여기저기 기운 푸른색 누더기를 걸치고 머리를 산발한 중국인 거지였다.

"죽은 것처럼 보이네요."

키티가 숨을 몰아쉬며 말했다.

"죽었습니다. 따라오세요. 다른 길로 가는 게 좋겠군요. 저 사람은 돌아와서 제가 치우라고 지시하죠."

하지만 키티는 몸이 너무 부들부들 떨려서 꼼짝할 수 없었다.

"전에 죽은 사람을 본 적이 없어요."

"그럼 얼른 익숙해지는 게 좋겠군요. 이 재미나는 지역을 미처 벗어나기 전에 같은 장면을 많이 보게 될 테니까요."

그는 그녀의 손을 잡고 그의 팔에 끼었다. 그들은 잠시 잠자코 걸었다.

"콜레라로 죽은 건가요?"

그녀가 마침내 입을 열었다.

"그런 것 같습니다."

그들은 언덕을 올라가 아치문에 도달했다. 문양이 풍부하게 아로새겨진 문이었다. 주변의 시골 풍경 속에 마천루처럼 보란 듯이 서 있는 그 모습이 환상적이면서도 역설적이었다. 그들은 넓은 평원을 마주하고 받침대 위에 앉았다. 언덕은 죽은 자들의 작은 녹색 봉분들로 빽빽이 수놓여 있었는데, 무덤들이 일정한 선을 이루지 못하고 불규칙하게 흩어진 모양이 망자들이 땅 밑에서 힘겨루기를 하고 있을 것만 같은 인상을 주었다. 초록의 논 사이를 구불구불 뻗어 나간 좁은 길이 보였다. 소년 하나가 물소의 목 위에 타고 앉아 어슬렁어슬렁 집으로 돌아가는 중이었고, 커다란 밀짚모자를 쓴 농부 셋이 무거운 짐을 지고서 나란히 보조를 맞추어 터벅터벅 걷고 있었다. 한낮의 열기가 한풀 꺾인 시각, 그곳에 앉아서 저녁의 산들바람을 맞으니 기분이 상쾌했다. 전원의 장대함이 상처로 얼룩진 가슴에 평온한 애수의 느낌을 불어넣었다. 하지만 키티는 머릿속에서 죽은 거지를 몰아낼 수 없었다.

"사방에서 사람들이 죽어 가는데, 어떻게 당신은 위스키를 마시며 웃고 떠들 수 있나요?"

그녀가 갑자기 물었다.

워딩턴은 대답하지 않았다. 그는 고개를 돌려 그녀를 보다가 그의 손을 그녀의 팔에 얹었다.

"아시겠지만 여긴 여자들이 있을 곳이 못 됩니다. 떠나시는 게 어때요?"

그가 음울하게 말했다.

그녀는 기다란 속눈썹 사이로 그를 흘겨보았다. 그녀의 입가에 희미한 미소가 나타났다.

"아내의 자리는 남편의 옆자리라는 통념을 따라야 했어요."

"당신이 페인 박사와 함께 온다는 전보를 받았을 때 전 깜짝 놀랐답니다. 하지만 당신이 간호사일 거라는 생각이 들었고 그럴 수 있겠다고 납득했죠. 그리고 아파서 입원한 병원에서 흔히 만날 수 있는, 고통스러운 병상 생활을 상징하는, 딱딱한 얼굴의 그렇고 그런 여자들 중 하나일 거라고 예상했습니다. 방갈로에 가서 당신이 앉아 쉬고 있는 것을 보았을 때 놀라서 기겁했다니까요. 당신은 너무나 연약하고 창백하고 피곤해 보이더군요."

"아흐레나 여행한 제게서 최상의 모습을 기대하셔서는 안 되죠."

"연약하고 창백하고 피곤해 보이기는 지금도 마찬가집니다. 이렇게 말해도 될지 모르겠지만, 절망적이고 불행해 보입니다."

키티는 어쩔 수 없이 얼굴을 붉혔지만 유쾌하게 들릴 만한 웃음을 터트릴 수는 있었다.

"내 표정이 좋아 보이지 않는다니 안됐네요. 내가 불행해 보인다면 그 이유는 단 하나, 열두 살 때 내 코가 너무 길다는 걸 알아 버렸기 때문이겠죠. 하지만 은밀한 슬픔에 젖어 있는 것만큼 효과가 좋은 것도 없답니다. 덕분에 얼마나 많은 청년들이 저를 위로하려고 했는지 아마 모르실 거예요."

워딩턴의 파랗게 반짝이는 눈이 키티에게 머물렀다. 그녀는 그가 그녀의 말을 한마디도 믿지 않는다는 것을 알고 있었다. 그가 믿는 척을 하기만 한다면 그건 아무래도 좋았다.

"당신이 결혼을 늦게 하셨다고 하기에 당신과 당신 남편이 미친 듯이 사랑에 빠져서 결혼했다는 결론이 나오더군요. 당신이 여기에 오길 그가 원했다니 믿기지 않지만 아마도 당신이 뒤에 남아 있기를 완강히 거부했다 이거겠지요."

"그럴싸한 설명이군요."

그녀가 가볍게 말했다.

"네, 하지만 맞는 설명은 아니지요."

그가 무슨 말을 하려는 걸까? 그녀는 그의 날카로움을 충분히 깨닫고 있었고 자기 생각을 말하는 데 거침없다는 것도 알고 있었기 때문에 두려웠지만 그가 계속하기를 기다렸다. 그녀에 대해 그가 무슨 말을 할지 듣고 싶은 욕망을 누를 길이 없었다.

"당신이 남편을 사랑한다고는 잠시도 생각해 본 적 없습니다. 당신은 그를 싫어하는 것 같습니다. 당신이 그를 미워한다고 해도 놀랄 일이 아니죠. 하지만 확실히 그를 두려워하기도 하죠."

잠시 그녀는 딴 곳으로 시선을 돌렸다. 그가 한 말에 그녀가 동요한다는 사실을 들키고 싶지 않았다.

"당신이 제 남편을 별로 좋아하지 않는다는 의심이 드네요."

그녀가 차갑게 비꼬며 말했다.

"전 그를 존경합니다. 그는 두뇌와 인격을 갖추었죠. 그리고 그건 매우 비범한 조합이라고 말씀드리고 싶습니다. 그가 당신에게 터놓고 지내는 것 같지 않기 때문에 그가 여기서 무슨 일을 하는지 당신이 안다고는 생각지 않습니다. 이 무시무시한 전염병에 종지부를 찍을 사람이 단 한 명 존재한다면 그건 그가 될 겁니다. 그는 병자들을 돌보고 도시를 청소하며 식수를 정화하려고 애쓰고 있습니다. 어디를 가든, 무엇을 하든 그는 개의치 않습니다. 하루에도 수십 번씩 생명의 위협을 마다하지 않습니다. 그는 유 대령을 손아귀에 넣었고 대령을 움직여 군대를 좌지우지합니다. 심지어 태수에게까지 손을 뻗쳐서 그 늙은이가 어떤 조치든 취해 보려고 노력하게 되었답니다. 수녀원의 수녀들은 그를 신뢰합니다. 그들에게 그는 영웅입니다."

"그래요?"

"이게 모두 그의 공로입니다, 안 그렇습니까? 그는 세균학자입니다. 굳이 여기에 올 필요가 없었죠. 죽어 가는 중국인들이 그의 마음을 움직였다는 인상은 받지 못했습니다. 왓슨은 달랐습니다. 그는 인류를 사랑했습니다. 그는 선교사였지만 그에게 사람들이 기독교도냐 불교 신자냐 유교 신자냐 하는 것은 중요치 않았습니다. 그에게 그들은 그냥 인간일 뿐이었죠. 하지만 당신 남편은 수백 수천 명씩 죽어 가는 중국인들이 걱정돼서 여기 온 것이 아닙니다. 과학적 관심 때문도 아닙니다. 도대체 왜 여기 왔죠?"

"그에게 물어보세요."

"당신이 같이 온 것도 흥미롭습니다. 전 가끔 당신이 혼자일 때 어떻게 행동할지 궁금합니다. 나와 같이 있을 때 당신은 연기를 합니다. 두 사람 모두, 정말이지! 철저하게 연기를 합니다. 최선을 다해 노력한다면 당신들 모두 극단에서 주당 30실링은 최소한 받을 수 있을 겁니다."

"무슨 말씀을 하시는지 모르겠네요."

키티는 미소를 지으며 웃어넘기는 척하려고 했지만 그를 속일 수 없다는 것은 분명했다.

"당신은 매우 아름다운 여자입니다. 당신 남편이 당신을 쳐다보지도 않는다는 건 이상하지 않습니까? 그가 당신에게 말할 때 그의 목소리는 그의 것이 아니라 다른 사람의 것 같습니다."

"그가 절 사랑하지 않는다고 생각하세요?"

키티가 낮고 거친 목소리로 물었다. 경쾌함 따위일랑 집어치워 버렸다.

"모르겠습니다, 당신 곁에 다가가는 것이 소름 끼칠 만큼 당신이 그를 반감으로 가득 채웠는지, 그가 사랑에 불타오르면서도 어떤 이유 때문에 그것을 내색하지 않기로 작정했는지. 당신들이 이곳에 자살하러 왔나 하는 생각까지 했다니까요."

키티는 샐러드 사건 때 그들을 향한 워딩턴의 깜짝 놀란 시선과 파고드는 표정을 떠올렸다.

"상추 몇 잎을 너무 과대평가하시는군요."

그녀가 경박하게 말했다. 그녀가 일어섰다.

"집으로 돌아갈까요? 위스키소다가 간절하실 테니."

"여하튼 당신은 영웅이 아닙니다. 죽을 만큼 겁에 질렸으니까요. 떠나고 싶지 않은 거 확실합니까?"

"그게 당신과 무슨 상관이죠?"

"제가 도와드리죠."

"제 은밀한 슬픔에 함락되신 건가요? 제 옆얼굴을 보시고 제 코가 그리 길지 않다고 부디 말씀해 주세요."

그는 생각에 잠겨 그녀를 응시했다. 그의 파란 눈 속에 심술궂고 비꼬는 표정이 떠올랐지만 강가에 서 있는 나무가 수면에 그림자를 비추듯이 그 속에는 온정이 담겨 있었다. 그것이 키티의 눈에 눈물이 핑 돌게 했다.

"여기 머물러야 합니까?"

"네."

그들은 위용이 당당한 아치문 밑을 통과해 언덕을 내려왔다. 그들이 거주 지역으로 돌아왔을 때 죽은 거지의 시체가 보였다. 그녀의 팔을 잡는 그의 손을 그녀는 마다하지 않았다. 그녀는 우뚝 멈춰 섰다.

"끔찍하지 않나요?"

"뭐가요? 죽음이?"

"네. 죽음은 모든 걸 무서우리만치 시시하게 만들어 버려요. 저이는 인간 같지가 않군요. 그를 보세요. 살아 숨쉰 적이 있다고는 믿기지 않아요. 한때는 그도 언덕을 달려 내려오며 연을 날리던 어린 소년이었을 텐데, 그렇게 생각하기 힘들군요."

그녀는 참을 수 없이 터져 나오는 울음에 목이 메었다.

39

며칠 후 워딩턴은 다량의 위스키소다가 담긴 기다란 잔을 들고 키티와 함께 앉아 있다가 그녀에게 수녀원 이야기를 꺼냈다.

"원장 수녀님은 아주 탁월한 여성입니다. 수녀들 말로는 그녀가 프랑스의 손꼽히는 명문가 출신이랍니다. 하지만 어느 집안인지는 말해 주지 않더군요. 그들 말이 원장 수녀가 그런 말이 거론되는 걸 원치 않는다고 합니다."

"궁금하면 직접 물어보지 그래요?"

키티가 미소를 지었다.

"그녀를 아신다면 그런 분별 없는 질문을 한다는 건 불가능하다는 걸 알게 될 겁니다."

"당신에게 경외감을 심어 주었다면 그녀는 분명 대단히 탁월한 사람이겠지요."

"제가 그녀의 전갈을 가져왔습니다. 물론 전염병의 심장부로 들어가는 모험이 그리 달갑지 않겠지만, 그것이 상관없다면 당신이 수녀원을 방문해 주시면 대단한 기쁨이 될 거라고 저에게 전해 달라고 하시더군요."

"친절한 분이군요. 그녀가 제 존재를 알고 있다고는 생각 못했어요."

"제가 당신 이야기를 했습니다. 도울 일이 있을까 하고 일주일에 두세 번 그곳에 갑니다. 그리고 당신 남편도 당신에 대해서 이야기를 했어요. 당신 남편을 향한 그들의 한없는 존경심을 미리 알고 가시는 게 좋을 겁니다."

"당신은 가톨릭 신자인가요?"

그가 심술궂게 눈을 반짝거리면서 웃음을 터트리자 우스꽝스럽고 작은 얼굴에 주름이 잡혔다.

"왜 저를 보고 웃으시는 거죠?"

키티가 물었다.

"갈릴리에서 어떤 선(善)이 나올 수 있을까요? 전 제 자신을 영국국교회의 일원이라고 표현하지만, 그것은 그 무엇도 별로 믿지 않는다는 말의 완곡한 표현일 뿐입니다. ……10년 전 원장 수녀님이 처음 이곳에 올 때 일곱 명의 수녀들을 데리고 왔지만 셋만 남고 모두 죽었습니다. 알다시피 메이탄푸는 호시절이라고 해도 휴양지라 불릴 수 없는 곳입니다. 주민들은 가장 가난한 지역의 도시 한복판에 살면서 죽어라 일만 하고 휴가라고는 없죠."

"그럼 현재 수녀님 셋하고 원장 수녀님만 있는 건가요?"

"오, 아뇨. 빈자리를 채웠죠. 지금은 모두 여섯 명입니다. 전염병 발생 초기에 그들 중 하나가 콜레라로 죽자 광둥에서 다른 두 명이 왔죠."

키티는 몸을 약간 부르르 떨었다.

"춥습니까?"

"아뇨, 간담이 서늘해져서 그래요."

"그들은 한번 프랑스를 떠나면 영원히 떠납니다. 때때로 안식년을 갖는 개신교 선교사들과는 다르죠. 그게 가장 힘든 점이 아닐까 하고 전 늘 생각한답니다. 우리 영국인들은 고향 땅에 대한 강한 애착이 없어서 세계 어느 곳에서나 고향처럼 지낼 수 있지만, 제 생각에, 프랑스인들은 거의 육체적인 끈이라고 해도 좋을 애착을 고국에 갖고 있습니다. 고향을 떠나서는 절대 편안할 수 없죠. 이 여성들이 그런 희생을 감수했다고 생각하면 언제나 가슴 뭉클합니다. 제가 만약 가톨릭 신자였다면 저에게도 아주 자연스러운 일이었겠지만요."

키티는 냉정한 시선을 그에게 던졌다. 이 남자가 어떤 감정을 가지고 이런 말을 하는지 잘 이해가 되질 않았다. 혹시 연기가 아닐까 하는 의문이 들었다. 그는 위스키를 꽤 많이 마셨고 아마 제정신이 아닐지도 모른다.

"가서 직접 만나 보십시오."

그가 짓궂은 미소를 던지며 재빨리 그녀의 생각을 읽었다.

"토마토를 먹는 것만큼이나 위험하지 않습니다."

"당신이 두려워하지 않는데 나만 두려워할 이유는 없겠지요."

"재미있을 겁니다. 왠지 프랑스에 간 것 같다니까요."

40

그들은 삼판선[8]을 타고 강을 건넜다. 부잔교에 키티를 위한 가마가 한 대 대기하고 있어서 그녀는 가마를 타고 수로로 통하는 문을 향해 언덕을 오르기 시작했다. 그곳은 짐꾼들이 강에서 물을 긷기 위해 지나다니는 길이었다. 그들이 커다란 물동이가 이리저리 흔들리는 물지게를 어깨에 지고 바삐 물을 튀기며 가는 통에 통행로는 비가 한바탕 쏟아진 것처럼 축축이 젖어 있었다. 키티의 가마꾼들이 길을 비키라며 짧고 날카롭게 소리를 질렀다.

"역시 모든 상거래가 멈춘 상태군요."

워딩턴이 그녀 옆에서 걸으며 말했다.

"평상시라면 배에서 짐을 싣고 내리는 짐꾼들을 뚫고 가느라고 애를 먹거든요."

거리는 좁고 구불구불해서 키티는 어디로 가고 있는지 방향감각을 잃고 말았다. 많은 상점들이 문을 닫은 상태였다. 그녀는 복잡한 중국 시가지를 다니는 데 익숙해져 있었지만 생활 쓰레기와 오물의 흔적이 여기저기 보였다. 악취가 너무 역겨워서 그녀는 손수건으로 얼굴을 막아야 했다. 그동안 중국의 도시들을 지나가면 으레 군중의 노골적인 시선이 부담스러웠는데, 지금은 그녀를 별 관심 없이 스쳐 지나가는 시선들뿐이었다. 보통 떼를 지어 우글거렸던 행인들도 드문드문 흩어져

---

8) 배와 배, 또는 배와 육지를 오가는 갑판 없는 작은 거룻배다.

서 자기 일을 보기에 바쁜 것 같았다. 그들은 겁에 질려 풀이 죽어 있었다. 가끔씩 지나치는 집 안에서 징 소리와 새되고 길게 이어지는 구슬픈 정체불명의 악기 소리가 들려왔다. 그 닫혀 있는 문 뒤로 죽은 이가 누워 있을 것이다.

"다 왔군요."

마침내 워딩턴이 말했다.

가마가 작은 출입구 앞에 멈춰 섰다. 출입구 위 기다랗게 솟은 흰 벽 꼭대기에 걸린 십자가가 보였다. 키티가 가마에서 내렸고 워딩턴이 벨을 눌렀다.

"환대를 기대하시면 안 됩니다. 이들은 비참할 정도로 가난하답니다."

문이 열리고 중국인 소녀가 나타났다. 그녀는 워딩턴과 한 두 마디를 나눈 후 그들을 복도 측면의 작은 방으로 안내했다. 체크무늬 방수포가 깔린 커다란 탁자 하나와 딱딱한 의자들이 벽을 따라 빙 둘러 놓여 있었다. 방 한쪽 끝에 성모마리아 석고상이 있었다. 즉시 키가 작고 토실토실한 수녀 하나가 소박한 얼굴에 붉은 뺨과 명랑한 눈빛을 하고 다가왔다. 워딩턴은 키티를 소개하면서 그녀를 조제프 수녀라고 불렀다.

"C'est la dame du docteur(의사 선생님 부인이시죠)?"

조제프 수녀가 활짝 웃으며 묻고는 원장 수녀가 곧 나올 거라고 덧붙였다.

조제프 수녀는 영어를 한마디도 하지 않았고 키티는 프랑스어를 떠듬떠듬 하는 정도였다. 하지만 워딩턴은 정확하지는 않지만 유창한 프랑스어 실력으로 익살스러운 말을 줄줄 쏟아 놓아서 유머 감각이 풍부한 수녀를 포복절도하게 만들었다. 그녀의 쾌활함과 툭하면 터져 나오는 웃음이 키티에겐 여간 놀라운 일이 아닐 수 없었다. 종교인들은 언제나 근엄하다고 생각했는데 이렇게 귀엽고 천진하고 명랑하다니, 키티는 감동할 수밖에 없었다.

41

문이 열렸다. 하지만 경첩에 매달린 문이 이상하게 다시 휙 닫히는 것 같더니 원장 수녀가 작은 방으로 들어왔다. 그녀는 입가에 근엄한 미소를 띤 채 문간에 잠시 서 있다가 웃고 있는 수녀와 워딩턴의 주름 지고 광대 같은 얼굴을 쳐다보았다. 그러고는 앞으로 나와 키티에게 손을 내밀었다.

"페인 부인?"

그녀의 영어는 모국어의 억양이 강했지만 발음은 정확했다. 그녀는 살짝 고개를 숙여 인사했다.

"우리의 훌륭하시고 용감한 의사 선생님의 아내를 만나 뵙게 되어서 대단히 기쁘군요."

원장 수녀의 시선이 자연스럽게 피어오른 찬탄의 표정을 숨김없이 드러내며 키티를 사로잡았다. 너무나 솔직해서 예의에 어긋난다고 할 수 없었다. 다른 사람에 대한 의견을 표출하는 것이 자신의 임무이고 거기에 어떤 꾸밈이 필요하다는 생각은 꿈에도 하지 않는 그런 여성이 등장한 것만 같았다. 위엄이 서린 상냥함으로 그녀는 방문객들에게 의자에 앉으라는 손짓을 하고는 자신도 자리에 앉았다. 조제프 수녀는 여전히 미소를 머금은 채 원장 수녀의 조금 뒤쪽 옆에 조용히 서 있었다.

원장 수녀가 말했다.

"영국인들은 차를 좋아한다고 알고 있습니다. 그래서 차를 준비시켰습니다. 하지만 중국식으로 나올지도 모르니 양해를 구하겠습니다. 워딩턴 씨는 위스키가 더 좋겠지만, 유감스럽게도 대접할 수가 없군요."

그녀가 미소를 지었다. 그녀의 근엄한 눈빛 속에 장난기가 반짝거렸다.

"오, 이런, ma mère(수녀님), 절 완전히 주정뱅이 취급하시는군요."

"당신에게서 술은 입에도 못 댄다는 말을 언제쯤 듣게 될까요, 워딩턴 씨."

원장 수녀는 웃음을 터뜨리고는 조제프 수녀에게 그녀의 농담을 통역해 주었다. 그녀는 장난기가 아직 가시지 않은 다정한 눈으로 그를 바라보았다.

"워딩턴 씨에게만 예외를 두어야겠습니다. 우리가 빈털터리가 돼서 우리 고아들을 어떻게 먹여 살려야 할지 막막할 때 두세 번 워딩턴 씨가 구세주처럼 나타나셨으니까요."

그들에게 문을 열어 주었던 가톨릭으로 개종한 신자가 쟁반에 중국 찻잔과 찻주전자, 마들렌이라고 하는 프랑스 케이크를 담은 작은 접시를 들고 들어왔다.

원장 수녀가 말했다.

"마들렌을 꼭 드셔 보셔야 해요. 조제프 수녀가 오늘 아침 여러분을 위해 특별히 만들었으니까요."

그들은 소소한 것들에 대해 이야기를 나누었다. 원장 수녀는 키티에게 중국에서 지낸 지 얼마나 되었는지, 홍콩에서 오는 여행길에 많이 지치지는 않았는지 물었다. 그리고 프랑스에 가 본 적이 있는지, 홍콩의 기후가 성가시지는 않은지도 물었다. 사소했지만 다정한 대화가 암울한 분위기 속에 그들을 구원하는 독특한 역할을 했다. 응접실이 매우 조용해서 북적거리는 도시의 한복판에 있다고는 믿기지 않을 정도였다. 그곳엔 평화가 존재했다. 하지만 사방에서 전염병이 맹위를 떨치고 사람들은 공포에 질려 불안에 떨며 약탈자에 가까운 병사들의 거센 무력에 통제되고 있었다. 수녀원 담 안쪽에 차려진 진료실은 병들고 죽어 가는 병사들로 붐볐고 수녀들이 돌보는 고아들은 4분의 1이 죽었다.

키티는 왠지 모르게 밀려온 감동 속에서 자신에게 다정한 질문을 던지는 이 준엄한 여인을 찬찬히 뜯어보았다. 순백색 수녀복에서 유일하게 색깔이 있는 부분은 가슴 위에서 붉게 타오르는 하트 무늬뿐이었다. 그녀는 언뜻 사오십 대의 중년 여인으로 보였지만 나이를 장담하기는 불가능했다. 매끄럽고 하얀 얼굴에 주름이라고는 거의 없는데도 그녀의 인내심과 그녀의 결연함, 강인하지만 아름다운 여윈 손에서 풍겨 나오는 위엄이 그녀에게서 젊은 인상을 앗아가 버렸기 때문이다. 긴 얼굴에 커다란 입과 심지어 치아까지도 커다랬다. 작지 않은 코는 세련되고 섬세했다. 하지만 가늘고 검은 눈썹 아래의 두 눈은 그녀의 얼굴에 강렬하고 비극적인 요소를 심어 주었다. 아주 커다랗고 검은 눈은 차갑다기보다는 고요하고 침착한 것이 이상하게 위압적이었다. 원장 수녀를 처음 보고는 그녀가 소녀였을 때 아름다웠겠구나 생각했다가 곧 나이 들면서 품성에 의해 아름다워진 여인이라는 것을 깨닫게 되었다. 그녀는 깊고 낮고 절제가 밴 목소리로 영어든 프랑스 어든 천천히 말했다. 하지만 그녀에게서 가장 인상적인 점은 기독교적인 인간애로 인해 완화된 그녀의 근엄한 자태였다. 그녀는 명령이 몸에 밴 분위기를 풍겼다. 그녀는 복종받는 것을 당연하지만 겸손하게 받아들였다. 그녀가 자신을 높이 세우는 교회의 권위를 깊이 의식하고 있음은 분명했다. 하지만 그녀의 엄숙한 몸가짐에도 불구하고 그녀가 인간의 나약함에 대한 인간적 포용성을 지니고 있다고 키티는 짐작했다. 또한 그녀가 근엄한 미소를 지은 채 태연하게 워딩턴과 시시껄렁한 이야기를 주고받는 광경은 그녀가 익살에 대한 생생한 감각을 지니고 있다는 확신을 심어 주었다.

하지만 그녀에게는 키티가 희미하게 감지한 뭐라 꼬집어 규정 지을 수 없는 다른 특성이 있었다. 원장 수녀는 키티를 서툰 여학생처럼 느끼게 할 만큼 다정하고 우아했지만 거기엔 자기 자신을 먼 곳에 있는 사람처럼 느끼게 만드는 뭔가가 존재했다.

42

"Monsieur ne mange rien(선생님이 도통 드시질 않네요)."

조제프 수녀가 말했다.

"만주 음식이 선생의 미각을 망쳤군요."

원장 수녀가 대답했다.

조제프 수녀가 미소를 거두더니 짐짓 새침한 표정을 지었다. 워딩턴은 짓궂은 눈빛으로 케이크를 한 조각 더 먹었다. 키티는 무슨 일인지 이해할 수 없었다.

"수녀님 말씀이 얼마나 부당한지 증명하기 위해서라도, 수녀님, 대기 중인 훌륭한 저녁식사를 얼마든지 상대해 드리죠."

"페인 부인께서 수녀원을 둘러보고 싶으시다면 제가 기꺼이 안내해 드리죠."

원장 수녀는 키티를 향해서 말했다. 그녀의 미소가 잦아들었다.

"현재 모든 게 무질서하다는 걸 용서해 주세요. 할 일이 너무나 많은데 일해 줄 수녀들이 충분치 않거든요. 유 대령이 우리의 진료실을 아픈 병사들이 사용하도록 고집하고 있어서 우리 고아들을 위한 진료실은 식당을 개조해서 만들어야 했답니다."

그녀는 문가에 서서 키티를 기다렸다가 함께 밖으로 나갔고 그 뒤를 조제프 수녀와 워딩턴이 따랐다. 그들은 서늘하고 하얀 복도를 따라 걷다가 커다랗고 가구가 없는 방으로 들어갔는데, 그곳에는 몇 명의 중국인 소녀들이 정교한 수를 놓고 있었다. 방문객들이 들어오자 그들이 일어섰고 원장 수녀는 키티에게 그들이 만든 작품들을 견본 삼아 보여 주었다.

"전염병이 돌고 있지만 우린 이 일을 멈추지 않을 겁니다. 이게 이들의 마음속에서 두려움을 쫓아 주니까요."

그들이 들어간 두 번째 방은 더 어린 소녀들이 박거나 감치는 바느질과 수놓기를 하고 있었고, 세 번째 방에서는 어린아이들이 중국인 개종 신자들의 보살핌을 받고 있었다. 아이들은 소란스럽게 놀고 있다가 원장 수녀가 들어가자 그녀를 둘러쌌다. 두세 살쯤 되는 어린 꼬마도 있었는데, 까만 중국인의 눈과 까만 머리카락을 가진 아이들은 그녀의 손을 잡고 그녀의 커다란 치맛자락을 파고들었다. 그녀는 매혹적인 미소로 근엄한 얼굴을 환히 밝히며 아이들을 쓰다듬었다. 그녀는 놀리는 듯한 말을 했는데 키티는 중국말을 몰랐지만 그것이 아이들을 어르는 말이란 걸 알 수 있었다. 키티의 몸이 살짝 떨렸다. 모두 똑같은 옷을 입고 누렇게 뜬 피부에 발육이 나쁜 납작한 코의 아이들이 그녀에겐 인간 같지 않았다. 역겨웠다. 하지만 원장 수녀는 그들 한가운데 자비의 화신처럼 서 있었다. 원장 수녀가 방을 나가려는데 아이들이 매달리며 놔주지 않자 그녀는 미소를 지은 채 그들을 다독이며 부드럽게 떼어 냈다. 아이들은 이 위대한 여인에게서 두려움이라고는 조금도 느끼지 않는 모양이었다.

그들이 다른 복도를 걸어갈 때 원장 수녀가 말했다.

"부인도 물론 아시겠지만, 그 아이들은 부모들이 버려서 고아가 되었습니다. 우리는 그들에게서 아이들을 데려올 때마다

돈을 몇 푼씩 주었는데, 그러지 않았다면 아이들을 키울 엄두를 못 내고 죽여 버렸을 거예요."

그녀는 조제프 수녀를 향해 물었다.

"오늘 들어온 아이는 없나요?"

"네 명입니다."

"콜레라 때문에 사람들은 쓸모없는 여자애들을 떠맡지 않으려고 그 어느 때보다 혈안이 되어 있어요."

원장 수녀는 키티에게 기숙사를 보여 주었다. 그들은 'infirmerie(진료실)'이라고 적힌 문을 지나갔다. 안에서 신음과 외침 소리가 들려왔는데 인간이 아닌 생물체가 고통에 몸부림을 치는 것 같았다.

"부인께 진료실을 보여 드리진 않겠습니다. 보기 좋은 광경이 아니라서요."

원장 수녀가 담담한 어조로 말했다. 그때 어떤 생각이 별안간 그녀의 머릿속을 스친 모양이었다.

"페인 박사가 안에 계실까?"

원장 수녀가 궁금한 표정으로 조제프 수녀를 쳐다보자 그녀는 특유의 명랑한 미소를 지으며 문을 열고 살짝 들어갔다. 열린 문 사이로 안의 무시무시한 아우성이 더 뚜렷하게 들려오자 키티는 움츠러들며 물러섰다. 조제프 수녀가 돌아왔다.

"안 계세요. 박사님은 오셨더랬는데 나중에 다시 들르실 겁니다."

"여섯 번째 환자는?"

"Pauvre garçon(불쌍한 청년), 그는 죽었어요."

원장 수녀는 성호를 긋고 입술을 우물거리며 짧고 조용히 기도를 올렸다.

그들은 마당을 가로질러 갔다. 키티는 푸른 면직물을 덮고 땅바닥에 나란히 누워 있는 두 개의 기다란 형체에 시선이 갔다. 원장 수녀는 워딩턴을 향해 말했다.

"침상이 모자라서 환자 둘을 한곳에 눕혔는데 아프던 남자가 죽었으니 그를 싸서 내보내고 다른 사람에게 그의 자리를 내줘야겠습니다."

그녀는 키티에게 미소를 지어 보였다.

"이제 예배당을 보여 드리죠. 우리의 자랑거리랍니다. 프랑스에 있는 우리 친구 한 분이 얼마 전에 실물 크기의 성모마리아 상을 보내 주었어요."

43

예배당은 석회를 바른 벽에 소나무 널빤지로 만든 벤치가 줄지어 있는 길고 천장이 낮은 방에 불과했다. 안쪽 제단 위에 조상 하나가 놓여 있었다. 촌스러운 색깔이 칠해진 석고상이었는데 새것이라서 매우 선명한 빛깔이 번쩍거렸다. 그 뒤에 십자가 밑에서 비탄에 빠져 과장된 몸짓을 하는 두 명의 마리아를 그린 유화 한 점이 있었다. 소묘 실력이 형편없었고 색의 아름다움에 대한 안목이 전혀 없는 듯 짙은 색 안료를 눈에 발라 놓았다. 그리고 벽에도 같은 불운한 자의 솜씨가 다시 한번 발휘되어 「십자가의 길」[9]이 빙 둘러 그려져 있었다. 예배당은 섬뜩했고 저속한 느낌마저 주었다.

수녀들은 들어가자마자 무릎 꿇고 기도를 올리고 일어섰고, 원장 수녀는 다시 키티에게 이야기를 시작했다.

"부서질 수 있는 건 여기 오는 동안 모조리 부서진답니다. 하지만 우리 후원자가 보낸 저 조상은 파리에서 왔는데도 흠집 하나 나지 않고 멀쩡하지 뭡니까. 기적이라는 데 의심의 여지가 없지요."

워딩턴의 심술궂은 눈이 반짝거렸지만 입은 다물고 있었다.

"제단 뒤의 장식과 「십자가의 길」은 우리 수녀님들 중 성(聖) 앙셀름 수녀가 그렸습니다."

원장 수녀는 성호를 그었다.

"그녀는 진정한 예술가였죠. 불행히도 그녀는 역병에 희생되었답니다. 저것들 정말 아름답지 않습니까?"

키티는 긍정하는 말을 중얼거렸다. 제단 위에 종이꽃 뭉치가 놓여 있고 촛대들은 현란하게 장식되어 있었다.

"이곳에서 성찬식을 계속할 수 있다니 영광일 따름이지요."

"네?"

키티가 이해를 못하고 물었다.

"그것은 너무나 끔찍한 역경의 시기에 우리에겐 크나큰 위안입니다."

---

9) 예수의 재판에서 매장까지 수난의 과정을 14개의 장면으로 나누어 묘사한 성당화다.

그들은 예배당을 떠나 그들이 처음 만나 자리했던 응접실로 되돌아갔다.

"가시기 전에 오늘 아침 들어온 아기들을 만나 보시겠어요?"

"그러죠."

키티가 말했다.

원장 수녀는 복도 다른 쪽에 있는 협소한 방으로 그들을 안내했다. 탁자 위에 천에 싸인 물체가 꿈틀거렸다. 수녀가 천을 열어젖히자 작고 벌거벗은 갓난아기 넷이 드러났다. 아직 핏덩이들이 팔다리를 끊임없이 꼼지락거렸다. 그 기묘하고 작은 중국인의 얼굴들이 뒤틀리며 괴상하게 찌푸려졌다. 인간의 형상이라고는 보이지 않았다. 알려지지 않은 종의 괴상한 동물, 시야에서 꿈틀거리는 물체. 원장 수녀는 그것들을 즐거운 미소로 바라보았다.

"아주 생기가 넘치네요. 가끔 이곳에 들어온 아기들이 죽어 버립니다. 물론 우리는 아기들이 들어오는 즉시 세례를 줍니다."

"부인의 남편께서 기뻐하실 겁니다." 조제프 수녀가 말했다. "선생님은 아기들과 몇 시간이라도 함께 놀 수 있을 것 같아요. 아기들이 울면 선생님은 아기들을 안아 올려 팔로 감싸 안고는 달래신답니다. 그러면 아기들이 좋아서 웃지요."

이윽고 키티와 워딩턴은 현관문 앞에 당도했다. 키티는 원장 수녀에게 그녀의 수고에 대해 정중하게 감사를 표했다. 원장 수녀는 즉시 위엄과 상냥함을 갖춘 목례로 겸손하게 답례

했다.

"크나큰 영광이었습니다. 부인의 남편이 저희에게 얼마나 친절하고 의지가 되는지 부인께선 알지 못하실 겁니다. 하늘이 저희에게 선생님을 보내셨습니다. 부인께서 선생님과 같이 오셔서 기쁩니다. 선생님이 집에 돌아갈 때면 부인의 사랑과 부인의…… 부인의 어여쁜 얼굴이 거기 있다는 게 커다란 위안이 될 테니까요. 선생님을 잘 돌봐 주시고 그분이 과로하지 않도록 해 주세요. 저희 모두를 위해서라도 선생님을 돌봐 주세요."

조제프 수녀가 돌아서서 문을 닫았고 키티는 가마에 올랐다. 그들은 좁고 구불거리는 거리를 되돌아갔다. 워딩턴이 일상적인 말을 건넸지만 키티는 대답하지 않았다. 그는 고개를 돌렸지만 가마의 휘장이 내려져 있어서 그녀의 얼굴이 보이지 않았다. 그는 침묵 속에 걸음을 옮겼다. 하지만 그들이 강에 도착해 그녀가 가마에서 내렸을 때 그는 그녀의 눈에서 눈물이 흘러내리는 것을 보고 깜짝 놀랐다.

"무슨 일입니까?"

그의 얼굴에 주름이 지면서 놀란 표정이 떠올랐다.

"아무것도."

그녀가 미소를 지으려고 애썼다.

"어리석음 때문이에요."

　죽은 선교사 집의 칙칙한 응접실, 창문을 마주하고 긴 의자에 누운 키티는 다시 혼자가 되었다. 키티는 강 건너편, 저녁이 다가오면서 다시 한번 몽환적이고 황홀한 광경을 자아내는 사원에 밍한 시선을 던진 채 가슴속의 감정들을 정리하려고 애썼다. 수녀원 방문이 이토록 그녀의 마음을 흔들어 놓을 줄 꿈에나 생각했을까? 호기심에서 갔던 것뿐이고, 어차피 다른 할 일도 없었으므로 도시의 담장 안에서 많은 날들을 보내고 나니 강 건너 으스스한 거리를 슬쩍 구경이나 할까 하는 생각에 꺼림칙한 마음이 누그러졌던 것이다.

　하지만 일단 수녀원 안으로 들어가자 그녀는 시간과 공간을 초월한 전혀 다른 세상으로 이동한 것만 같았다. 휑한 방들과 흰 복도들, 그 엄숙함과 소박함은 뭔가 동떨어지고 신비한 정신을 소유한 듯했다. 작은 예배당은 너무나 촌스럽고 저속했고 그 조악함이 애처로울 정도였다. 하지만 그곳은 스테인드글라스와 성화와 함께 성당의 고귀함에 요구되는 것들을 갖추고 있었다. 그곳은 매우 검소했고 장식 속에 드러난 믿음과 그것을 소중히 여기는 애정이 영혼의 섬세한 아름다움을 그곳에 부여했다. 역병의 한가운데서도 질서 정연하게 돌아가는 수녀원의 일들은 위험에 맞선 냉철함과 현실감각을 보여 주었고 아이로니컬할 정도로 대단히 근사하기까지 했다. 조제프 수녀가 진료실의 문을 잠시 열었을 때 들리던 무시무시한 소리가 아직 키티의 귓전에 생생했다.

그들이 월터에 대해 말하던 태도도 예상 밖의 일이었다. 우선 조제프 수녀도 그랬고 원장 수녀까지도 아주 부드러운 어조로 그를 칭송하지 않던가. 그들이 월터를 그토록 높이 평가한다는 사실을 알자 그녀의 자존심에 야릇한 전율이 흘렀다. 워딩턴 역시 월터가 하는 일에 대해 조금 이야기했었다. 하지만 수녀들은 그의 능력에만 국한하지 않고(홍콩에서 남편의 명석함에 대한 명성은 그녀도 이미 느낀 바였다.) 그의 사려 깊음과 다정함을 칭찬했다. 물론 그는 매우 다정할 수 있는 사람이었다. 그는 아픈 사람에게 최선을 다했다. 벌컥 화를 내기엔 그는 너무 지적이었고 그의 손길도 유쾌하고 깔끔하고 부드러웠다. 그는 마법을 부리는 것처럼 곁에 있기만 해도 고통을 완화시키는 능력이 있는 것 같았다. 하지만 그녀는 예전에 그토록 익숙하게 받아들이면서도 짜증스럽게만 느꼈던 그의 애정 어린 눈빛을 그에게서 다시 발견하지 못하리라. 이제 그녀는 그의 애정의 도량이 얼마나 큰지 깨달았다. 그는 그것을 자신이 아니면 돌볼 사람이 없는 이 불쌍한 환자들에게 쏟아붓는 다소 이상한 방식을 택하고 있었다. 질투심이 생기지는 않았지만 공허함이 느껴졌다. 너무나 익숙해서 그 존재 가치를 몰랐던 그의 지원이 갑자기 그녀에게서 빠져나가자 그녀는 머리가 비대한 가분수처럼 이리저리 비틀거렸다.

월터를 경멸했던 자신이 이제 경멸스러웠다. 그는 그녀가 자신을 어떻게 취급했는지 분명 알면서도 자신에 대한 그녀의 평가를 비통함 없이 받아들인 사람이었다. 바보는 그녀였다. 그는 그것을 알면서도 그녀를 사랑했기 때문에 개의치 않았다. 이제 그녀는 그를 혐오하지도 그에게 분노를 느끼지도 않았지만 약간의 두려움과 당혹감을 느꼈다. 그가 뛰어난 자질을 지녔다는 것을 인정할 수밖에 없었고, 그에게 이상하고도 거북스러운 위대함이 존재한다는 생각이 가끔 들곤 했다. 그래도 그녀는 그를 사랑할 수 없었고, 무가치한 인간임이 명백하게 밝혀진 다른 남자를 여전히 사랑한다는 사실이 이상힐 따름이었다. 기나긴 날들을 생각하고 또 생각한 결과, 그녀는 찰스 타운센드의 가치를 정확하게 매길 수 있었다. 그는 평범한 남자였고 그의 자질은 저급했다. 그녀의 가슴속에 아직 잔존하는 그 사랑을 산산조각 낼 수만 있다면! 그녀는 그를 생각하지 않으려고 노력했다.

워딩턴 또한 월터를 높이 평가했다. 키티만이 유일하게 그의 장점을 알아보지 못했다. 왜일까? 왜냐하면 그는 그녀를 사랑했지만 그녀는 그를 사랑하지 않았기 때문이다. 나를 사랑한다는 이유만으로 나를 사랑하는 사람을 경멸하도록 만드는, 인간의 가슴에 존재하는 그것의 정체는 무엇이란 말인가? 하지만 워딩턴도 월터를 좋아하지 않는다고 고백했다. 남자들은 그랬다. 하지만 두 수녀가 월터에게 품은 감정은 애정에 아주 가까웠다. 그는 여자들에겐 달랐다. 그에게선 수줍음 속에서도 섬세한 친절함이 풍겨 나왔다.

45

하지만 결국 키티를 가슴 깊이 감동시킨 것은 수녀들이었다. 명랑한 얼굴과 사과처럼 빨간 볼의 조제프 수녀는 10년 전 원장 수녀와 함께 중국에 온 일행의 일원이었는데, 동료들이 질병과 빈곤과 향수병으로 하나둘 죽어 가는 것을 지켜보았지만 여전히 쾌활하고 행복했다. 무엇이 그녀에게 그런 순진무구함과 매력적인 재치를 주었을까? 원장 수녀는 또 어떤가! 키티는 원장 수녀 앞에 서 있는 자신의 모습을 머릿속에 떠올리고는 다시 한번 초라함과 부끄러움을 느꼈다. 그녀는 너무나 단순하고 순수했지만 타고난 위엄으로 경외감을 자아내서 그녀를 존경심 없이 대한다는 것은 상상도 할 수 없었다. 조제프 수녀의 일어나는 몸가짐과 모든 작은 몸짓, 대답하는 억양 하나하나에 원장 수녀에 대한 깊은 복종이 배어 있었다. 경박하고 뻔뻔한 워딩턴조차 마음대로 행동하지 못한다는 것은 그의 말투가 증명했다. 원장 수녀가 프랑스의 명문가 출신이라는 사실은 두말할 필요가 없다고 키티는 생각했다. 그녀의 태도에서 그녀의 조상에 대한 암시가 풍겼기 때문이다. 그녀는 불복종이란 것이 가능하다고는 한 번도 생각해 보지 않은 사람의 위엄을 지니고 있었다. 그녀는 위대한 여성의 겸손함과 성인(聖人)의 겸양을 갖추었다. 그녀의 강인하고 반듯하지만 수척한 얼굴에는 강렬한 준엄함이 어려 있었다. 동시에 그녀의 깊은 애정을 확신한 아이들이 그녀 주위에 모여들어 걱정 없이 떠들어 댈 수 있도록 만드는 동정심과 다정함도 그녀에겐 있었다. 갓난아기 넷을 보았을 때 그녀에게 떠오른 다정하지만 심오한 미소는 거칠고 쓸쓸한 황무지에 비추는 한 줄기 햇빛 같았다. 키티는 조제프 수녀가 월터에 대해 무심코 한 말이 이상하게 마음에 걸렸다. 그녀의 임신을 간절히 바라는 그의 마음은 알고 있었지만 과묵한 그가 아기들 앞에서 수줍어하지 않고 매력적이고 장난스럽고 다정한 태도를 보일 줄은 몰랐던 것이다. 대부분의 남자는 아기를 다루는 데 서투르고 어색하게 굴기 마련인데 말이다. 이렇게 이상한 남자가 또 있을까!

하지만 그 모든 감동적인 경험에 그림자 하나가 드리워져 분명하고도 집요하게 키티의 마음을 불편하게 만들었다. 그녀는 조제프 수녀의 쾌활함 속에서, 그리고 원장 수녀의 아름다운 호의 속에서는 특히 더, 그녀를 짓누르는 무관심을 느꼈다. 그들은 친절하고 심지어 진실했지만 동시에 뭔가를 뒤로 숨기고 있었다. 그녀는 그것의 정체를 알 수 없었기 때문에 스스로가 무심한 이방인에 지나지 않는다는 느낌을 받았다. 그녀와 그들 사이에는 장벽이 존재했다. 그들은 서로 입의 언어뿐 아니라 가슴의 언어도 달랐던 것이다. 그리고 문이 그녀 앞에서 닫혔을 때 그들은 그녀를 그들의 마음속에서 완전히 추방하고 손을 놓았던 일거리로 지체 없이 되돌아갔다는 생각이 들었다. 그녀가 전혀 존재하지 않았던 것처럼. 그녀는 그 영세한 수녀원에서뿐 아니라 그녀가 온 마음을 다해 그토록 갈망했던 신비한 영혼의 정원으로부터 내몰렸다는 느낌이 들었다. 갑자기 외로움이 이보다 더 절절한 적이 없었던 것처럼 밀려왔다. 그것이 그날 그녀가 운 이유였다.

힘없이 고개를 젖히면서 그녀는 한숨을 쉬었다.

"아, 난 너무 무가치하구나."

46

그날 저녁 월터가 평소보다 좀 이른 시각에 방갈로로 돌아왔다. 키티는 열린 창가의 긴 의자에 누워 있었다.

"등불을 켤까?"

그가 물었다.

"저녁이 준비되면 하인들이 불을 가져오겠죠."

그는 언제나 사소한 일들에 대해 아무렇지 않게 그녀에게 말을 건넸다. 그들이 친밀하게 알고 지내는 사이인 양 그의 태도에는 가슴에 악의를 품었다는 흔적이 없었다. 그는 그녀와 눈을 맞추지 않았고 웃지도 않았다. 하지만 철저하게 예의를 지켰다.

"월터, 만약 우리가 전염병을 이겨 낸다면 그다음엔 뭘 어떻게 해야 하죠?"

그녀가 물었다.

그는 잠시 대답을 망설였다. 그녀는 그의 얼굴을 볼 수가 없었다.

"생각 안 해봤소."

예전에 그녀는 머릿속에 떠오른 생각이면 무엇이든 부주의하게 내뱉곤 했다. 말하기 전에 생각해야 한다는 생각은 절대 하지 못했다. 하지만 이제 그녀는 월터가 두려웠다. 그녀는 입술이 파르르 떨리고 심장이 고통스럽게 고동치는 것을 느꼈다.

"오늘 오후에 수녀원에 갔었소."

"저도 그렇게 들었어요."

말이 제대로 안 나와 그녀는 말을 억지로 짜내야 했다.

"날 여기 처음 데려왔을 때 정말 내가 죽기를 바랐나요?"

"내가 당신이라면 그냥 덮고 가겠소, 키티. 우리가 뭘 어째야 한다는 이야기를 한다고 좋을 게 있을까? 그냥 잊는 게 좋아."

"하지만 당신은 잊지 못해요. 나도 마찬가지고요. 여기 온 후로 많은 생각을 했어요. 내가 하는 말 좀 들어 주실래요?"

"그러지."

"난 당신에게 심하게 굴었어요. 부정한 짓도 저질렀고요."

그는 선 채 꼼짝도 하지 않았다. 미동도 하지 않는 그가 이상하게 무시무시했다.

"내가 하는 말을 당신이 이해할지 모르겠어요. 그런 일은 끝나고 나면 여자에겐 별 의미가 없어요. 여자들은 남자들이 취하는 행동을 절대 이해할 수 없을 거예요."

그녀는 자기도 무슨 말을 하고 있는지 잘 모르겠다는 어조로 불쑥 말을 꺼냈다.

"당신은 찰스가 어떤 남자인지, 그가 어떻게 나올지 알고 있었어요. 그러니까 당신이 옳았어요. 그는 무가치한 인간이에요. 나도 그처럼 무가치하지 않다면 그런 사람에게 마음을 빼앗기지 말았어야 했겠죠. 당신에게 용서를 구하진 않겠어요. 당신이 예전에 나를 사랑했던 것처럼 나를 사랑해 달라고도 하지 않겠어요. 하지만 우리 친구가 될 순 없을까요? 사방에서 사람들이 수천 명씩 죽어 나가는 상황이고 수녀들은 수녀원에서……."

"그들이 우리와 무슨 상관이지?"

그가 끼어들었다.

"설명하기 힘드네요. 오늘 수녀원에 갔을 때 그런 생각이 들었어요. 그곳의 모든 일들이 대단한 의미가 있는 것처럼. 너무나 끔찍했고 수녀들의 자기희생이 너무나 경이로워요. 어리석은 여자가 당신에게 부정을 저질렀다고 해서 당신이 괴로워한다는 건, 당신이 내 말을 이해해 주면 좋으련만, 부질없다는 생각, 쓸데없다는 생각이, 어쩔 수 없이 드는걸요. 당신이 조금이라도 내 생각을 하기엔 난 너무나 무가치하고 하찮아요."

그는 대답하지도 움직이지도 않았다. 그녀가 계속하기를 기다리는 것 같았다.

"워딩턴 씨와 수녀들이 당신에 대한 놀라운 이야기들을 해 주었어요. 당신이 자랑스러워요, 월터."

"전에 없던 일이군. 나를 경멸하지 않았나? 여전히 그렇지 않은가?"

"내가 당신을 두려워하는 걸 당신도 알죠?"

다시 그가 입을 다물었다.

"무슨 말인지 모르겠어." 그가 마침내 말했다. "당신이 뭘 원하는지도 모르겠고."

"원하는 거 없어요. 당신이 조금은 덜 불행했으면 하는 바람뿐이에요."

그녀는 그가 경직되는 걸 느꼈다. 대답하는 그의 목소리가 매우 차가웠다.

"내가 불행하다니 착각이야. 당신 생각을 자주 하기엔 할 일이 너무 많아."

"나도 수녀원에서 일하고 싶은데 그분들이 허락할지 모르겠어요. 일손이 많이 부족하니 내가 조금이라도 도움이 될 수 있다면 마다하지 않을 거예요."

"쉬운 일도 아니고 즐거운 일도 아니야. 당신이 오래 버틸 수 있을지 의문이오."

"나를 경멸하나요, 월터?"

"아니." 망설이는 그의 목소리가 이상했다. "나 자신을 경멸해."

47

저녁식사가 끝난 시각. 월터는 평소처럼 등불 곁에 앉아 책을 읽었다. 그는 매일 저녁 키티가 잠자리에 들 때까지 계속 책을 읽다가 방갈로의 빈 방들 중 하나에 차려 놓은 실험실로 갔다. 그곳에서 그는 밤늦게까지 일했다. 잠도 거의 없었다. 그가 어떤 실험에 몰두하는지 그녀는 알지 못했다. 그는 늘 그랬던 것처럼 자신의 일에 대해 그녀에게 굳게 입을 다물었다. 그는 원래 속을 터놓고 지내는 성격이 아니었다. 그녀는 그가 방금 자기에게 한 말을 곰곰이 되새겨 보았다. 대화는 결실을 이루지 못했다. 그에 대해서 이토록 아는 게 없다니, 그가 진실을 말한 건지 아닌지 그녀는 확신할 수 없었다. 아무리 그의 존재가 그녀에게 어두운 암운에 불과하다고는 하지만 그가 자신에게서 그녀의 존재를 완전히 지웠다는 게 가능하단 말인가? 그렇다면 그녀와의 대화는 그가 그녀를 사랑했던 때나 즐거웠지 더 이상 그녀를 사랑하지 않는 지금 그에게 귀찮은 일에 지나지 않을지도 모른다. 그 생각은 그녀에게 굴욕감을 주었다.

그녀는 그를 빤히 보았다. 등불 빛에 드러난 그의 옆얼굴이 카메오[10]처럼 보였다. 그의 평범하면서도 반듯한 이목구비는 매우 두드러졌지만 엄격하다 못해 음울해 보였다. 장마다 꼼꼼히 읽어 내려가는 그의 눈을 제외하고는 꼼짝도 하지 않는 그의 얼굴이 섬뜩했다. 그렇게 냉혹한 얼굴이 애정으로 녹아 내리며 다정한 표정을 지을 수 있다는 걸 누가 상상이나 하겠는가? 그런 생각이 들자 속에서 한 줄기 반감이 일어나 그녀를 흔들었다. 이상했다. 그는 정직하게 말해서 잘생기고 믿음직스럽고 유능한 남자였다. 왜 그녀는 그를 사랑할 수 없었을까? 다시는 그의 애무에 몸을 맡기지 않아도 된다니 다행이었다.

---

10) 조개껍데기나 마노 따위의 재료를 써서 어두운 바탕에 밝은색의 인물 초상을 양각으로 새긴 장신구다.

그녀를 죽이려고 이곳에 강제로 데려왔느냐는 질문에 그는 대답하지 않았다. 풀리지 않는 수수께끼가 그녀를 매혹과 공포로 사로잡았다. 그는 정말이지 별종이었다. 그렇게 사악한 의도를 품다니 경악스러웠다. 처음에는 그녀를 겁주고 찰스에게 복수하기 위한 한 편의 냉소적인 풍자극 같은 제안이었겠지만, 나중에는 아집 때문에 또는 바보 같아 보일까 봐 두려운 마음에 그는 그녀가 이 수난을 겪도록 고집했을 것이다.

그렇다. 그는 자신을 경멸한다고 말했다. 무슨 뜻일까? 키티는 다시 한번 그의 침착하고 차가운 얼굴을 바라보았다. 그녀가 그 방에 존재하지 않는 것처럼 그는 그녀를 의식조차 하지 않았다.

"왜 스스로를 경멸하죠?"

그녀가 자기도 모르게 아까 하다 만 대화를 계속하려는 듯 물었다.

그는 책을 내려놓고 생각에 잠긴 듯 그녀를 주시했다. 먼 곳에서부터 생각을 끌어모으기라도 하는 것처럼.

"당신을 사랑했으니까."

그녀는 얼굴을 붉히고 고개를 돌렸다. 그의 차갑고 흔들리지 않는 꿰뚫는 시선을 감당할 수 없었다. 그의 말이 무슨 뜻인지 이해가 갔다. 그녀는 잠시 뜸을 들였다가 대답했다.

"그건 부당해요. 내가 어리석고 경박하고 천박하다고 해서 날 비난하는 건 공평하지 않아요. 난 그렇게 자랐어요. 내가 아는 모든 여자들은 다 그래요. ……교향곡 연주회가 지루하다는 사람에게 음악에 대한 기호가 없다고 힐책하는 것과 같아요. 내가 갖지 못한 품성을 내 탓으로 돌리고 나를 비난하는 게 공평한가요? 난 내가 아닌 존재인 척하면서 당신을 속이려고 한 적 없어요. 난 그냥 예쁘고 명랑해요. 장터 노점에서 진주 목걸이나 담비 외투를 찾지 마요. 주석 트럼펫이나 장난감 풍선을 찾으라고요."

"난 당신을 비난하지 않아."

그의 목소리에 힘이 없었다. 그녀는 그가 다소 짜증스럽게 느껴지기 시작했다. 그들의 머리 위에 드리운 암울한 죽음의 공포에 비하면, 그날 그녀가 언뜻 엿본 숭고한 아름다움에 비하면 그들의 문제는 하찮다는 것이 그녀에게는 돌연 이토록 명백하게 다가왔는데, 그는 어째서 깨닫지 못하는 것일까? 어리석은 여자가 부정을 저질렀다고 해서 무엇이 그토록 중요하단 말인가? 왜 그녀의 남편은 숭고함과 마주하고서도 그 생각에서 벗어나지 못할까? 월터가 그의 모든 명석함에도 불구하고 그렇게 균형 감각이 없다니 이상했다. 인형에게 근사한 드레스를 입혀 놓고 그것을 숭배하려고 신전에 세워 놓았는데 인형 속에 톱밥이 가득 찬 것을 발견하고 자신이나 인형을 용서할 수 없다고 하는 꼴이었다. 그의 영혼은 갈가리 찢겼다. 그가 잘 버텨 왔다는 것은 모두 위장이었다. 진실이 그것을 산산이 부숴 놓았을 때 그는 현실 자체가 산산조각 났다고 생각한 것이다. 그가 그녀를 용서하지 않으리라는 것은 사실이었다. 그 자신을 용서하지 못할 것이기 때문이었다.

그의 나지막한 한숨 소리가 들렸고 그녀는 그를 흘끔 쳐다보았다. 어떤 생각이 그녀의 머리를 스치자 그녀는 그만 숨이 막히고 말았다. 그리고 울음이 터져 나오려는 것을 간신히 억눌렀다.

그의 고통은 이른바 상처 받은 가슴…… 바로 그것 때문이었을까?

48

다음 날 키티의 머릿속에는 온통 수녀원 생각뿐이었다. 그 이튿날 아침 일찍 월터가 나가고 난 직후 키티는 하녀를 대동하고 가마에 올라 강을 건넜다. 동이 틀 무렵이었고 거룻배는 중국인들로 북적였다. 농부들은 푸른 면직물을 입고 다른 사람들은 높은 신분의 검은 망토를 입고 있었는데, 모두들 물속에서 어둠의 육지로 걸어 나온 망자들처럼 이상한 표정을 하고 있었다. 사람들은 육지에 발을 딛은 후 어디로 가야 할지 모르는 것처럼 어정쩡하게 부잔교 옆에 잠시 서 있다가 더 마음이 약해지기 전에 두셋씩 짝을 지어 어슬렁어슬렁 언덕을 올라갔다.

그 시각 도시의 거리들은 아주 한산해서 그 어느 때보다도 죽은 자들의 도시 같은 냄새를 풍겼다. 행인들의 멍한 분위기는 그들을 유령으로 착각하기에 딱 좋았다. 하늘은 구름 한 점 없이 맑고 이른 아침 햇살이 천상의 부드러움을 사방에 쏟아 놓고 있었다. 여명이 이토록 상쾌하고 신선한 미소를 짓는데, 미치광이의 손에 목 졸려 숨이 넘어가는 사람처럼 그 도시가 역병의 어두운 손아귀에서 헐떡거리며 누워 있다는 게 믿기 힘들었다. 인간이 공포와 고통에 몸부림치며 죽음 앞에 내몰리는데, 자연은(저 파란 하늘이 아이의 마음처럼 청명한데도) 어찌 그리 무심할 수 있을까? 가마가 수녀원 문 앞에 내려졌을 때 거지 하나가 땅바닥에서 일어나 키티에게 자비를 구했다. 그는 쓰레기 더미를 헤쳐 구한 듯한 다 해어지고 형태가 없는 누더기를 걸치고 있었는데, 터진 구멍 사이로 보이는 피부가 딱딱하고 거칠고 그을린 염소 가죽 같았다. 벌거벗은 다리는 비쩍 말랐고, 마구 헝클어지고 떡진 거친 잿빛 머리카락이(움푹 팬 볼에 야성적인 눈 때문에 더욱) 광인의 머리를 연상시켰다. 키티는 공포에 휩싸여 그 거지로부터 돌아섰고, 가마꾼들이 퉁명스러운 말투로 꺼지라고 소리쳤지만 그가 끈질기게 조르자 키티는 덜덜 떨며 그 거지로부터 벗어나기 위해 돈을 몇 푼 주었다.

문이 열리자 키티는 하녀에게 원장 수녀를 만나기를 청했다. 그녀는 다시 한 번 창문을 한 번도 연 적이 없는 것 같은 딱딱한 응접실로 안내되었다. 그곳에 앉아 있다 보니 그녀의 전갈이 닿지 못한 것은 아닌가 하는 생각이 들 정도로 시간이 흘렀다. 마침내 원장 수녀가 들어왔다.

"오래 기다리시게 해서 죄송하단 말씀을 드려야겠군요. 부인이 오실 줄 몰랐기 때문에 일에서 손을 뗄 수가 없었습니다."

"방해해서 죄송합니다. 유감스럽게도 제가 불편한 시간에 찾아온 모양이군요."

원장 수녀는 그녀에게 위엄 어린 상냥한 미소를 지으며 앉
으라고 했다. 하지만 키티는 그녀의 눈이 부은 것을 보았다.
그녀는 울고 있었던 것이다. 키티는 원장 수녀가 세속적인 골
칫거리에 흔들리지 않는 여성이라는 인상을 받았던 터라 깜
짝 놀라고 말았다.

"무슨 일이 있으시군요." 그녀가 말을 더듬었다. "그만 갈까
요? 나중에 다시 올 수 있습니다."

"아뇨, 아뇨. 제가 도와드릴 일이 무엇인지 말씀하세요. 그
냥…… 그냥 우리 수녀님들 중 한 분이 어젯밤에 돌아가셔서
그렇답니다."

그녀의 목소리는 억양을 잃었고 눈에는 눈물이 가득했다.

"슬퍼하는 제 자신이 사악합니다. 그녀의 선하고 소박한 영
혼은 곧바로 천국으로 날아갔으니까요. 그녀는 성인이었어요.
하지만 인간의 나약함을 통제하기란 늘 어렵습니다. 유감스럽
게도 나 또한 언제나 이성적일 수는 없습니다."

"안됐군요. 정말 안됐어요."

키티가 말했다.

울컥 치솟은 동정심에 그녀의 목소리가 울먹였다.

"그녀는 10년 전 나와 같이 프랑스에서 건너온 수녀님들 중
한 분이었습니다. 이제 그들 중 셋만 남았군요. 우리가 선미에
작은 무리를 이루고 서 있고 배가 증기를 내뿜으며 마르세유
항구를 빠져나가던 장면이 기억납니다. 우린 성모마리아 상을
보고 함께 기도를 올렸지요. 종교에 귀의한 후부터 줄곧 중국
에 가는 것이 나의 간절한 소망이었지만 고국 땅이 멀어지는

것을 보니 주체할 수 없이 울음이 터지더군요. 나는 그들의 우두머리였습니다. 우리 자매들에게 보여 줄 만한 좋은 본보기는 아니었지요. 그때 어젯밤에 죽은 성 프랑시스 자비에 수녀가 내 손을 잡더니 슬퍼하지 말라고 하더군요. 우리가 어디에 있든 프랑스와 주님은 존재한다면서요."

그렇게 엄격하고 반듯하던 얼굴이, 인간의 본성이 그녀에게서 쥐어짜 낸 슬픔으로 인해, 그리고 이성과 신앙으로 눈물을 억제하려는 안간힘으로 인해 뒤틀렸다. 키티는 다른 곳으로 눈을 돌렸다. 그런 그녀의 투쟁을 몰래 엿보다니 주제넘은 짓 같았다.

"나는 그녀의 아버지에게 편지를 썼습니다. 그녀도 나처럼 그녀의 어머니에겐 유일한 딸이었습니다. 그들은 브르타뉴의 어부랍니다. 이번 일이 그들에겐 시련이 되겠지요. 아, 이 끔찍한 전염병이 언제쯤 끝날까요? 오늘 아침에도 여자애 둘이 쓰러졌고 오직 기적만이 그들을 구할 수 있답니다. 여기 중국인들은 아무런 저항력이 없어요. 성 프랑시스 수녀를 잃다니 타격이 큽니다. 할 일은 너무나 많은데 이제 일손이 더 달리게 되었군요. 중국의 다른 수녀원에서 기꺼이 오겠다는 수녀들이 있어서 우리가 요청하기만 하면 세상 무슨 일이 있어도 여기로 오려고 하겠지만 그 또한 죽음을 의미하지 않겠습니까? 내가 여기 수녀님들과 어떻게든 헤쳐 나갈 수 있는 한은 다른 이를 희생시키고 싶지 않아요."

"저한테는 용기가 생기는군요, 수녀님. 제가 슬픈 때에 찾아왔다는 생각이 드네요. 저번에 수녀님들이 감당할 수 있는 것보다 일이 더 많다고 하셨죠. 제가 와서 도와드려도 좋을지 궁금하네요. 도움이 된다면 무슨 일이든 상관없습니다. 바닥 청소를 시키시더라도 전 감사할 따름입니다."

원장 수녀가 기쁨의 미소를 지었다. 키티는 원장 수녀의 기분이 그토록 쉽게 돌변하는 것을 보고 놀랐다.

"바닥을 닦을 필요는 없습니다. 그건 바느질이 끝나면 고아들이 하니까요."

그녀는 말을 멈추고 키티를 다정하게 바라보았다.

"남편을 따라 이곳에 온 것으로 할 만큼 했다고 생각하지 않나요? 보통 아낙들이 가질 만한 용기 이상이군요. 그가 일을 끝내고 귀가했을 때 그에게 평안과 안식을 주는 것보다 더 전념해야 할 일이 뭐가 있겠어요? 내 말을 믿어요. 그는 당신의 모든 사랑과 모든 배려를 필요로 한다는 걸."

키티는 초연한 통찰력과 역설적인 다정함으로 자신에게 머무른 원장 수녀의 눈길을 도무지 마주할 수가 없었다.

키티는 말했다.

"아침부터 밤까지 할 일이 없어요. 그런데 여긴 할 일이 너무 많아서 내가 게으르다는 생각에 도저히 견딜 수 없어요. 귀찮게 해 드리고 싶진 않아요. 수녀님의 친절이나 시간을 요구할 권리도 없고요. 하지만 진심으로 드리는 말씀입니다. 제가 원장 수녀님에게 조금이라도 도움이 될 수 있도록 자비를 베풀어 주세요."

"강건해 보이지 않는군요. 부인이 그저께 우리를 보러 오셨을 때도 아주 창백했어요. 조제프 수녀는 부인께서 임신하신

게 아닌가 생각했답니다."

원장 수녀는 낮고 희미한 웃음을 터뜨렸다.

"부끄러워할 일이 아닙니다, 터무니없는 추측도 아니고요. 결혼한 시 얼마나 됐쇼?"

"제가 창백한 건 원래부터 창백하기 때문이에요. 그래도 매우 강하답니다. 어떤 일이든 마다하지 않겠다고 약속드리죠."

이제 원장 수녀는 완전히 본모습을 회복한 상태였다. 그녀는 무의식적으로 스스로에게 익숙한 권위의 빛을 발산하며 꿰뚫는 듯한 통찰력으로 키티를 사로잡았다. 키티는 왠지 모르게 초조해졌다.

"중국말 할 줄 아세요?"

"유감스럽게도 못합니다."

키티가 대답했다.

"아, 안타깝네요. 부인께 소녀 애들의 감독을 맡길 수 있었을 텐데. 아주 힘든 일이지요. 이런 말 하기 좀 민망하지만 그 애들은…… 뭐라고 표현할까요, 두 손 두 발 다 들었다?"

그녀는 말끝을 흐렸다.

"간호 일을 한다면 수녀님들에게 도움이 되지 않을까요? 전 콜레라가 두렵지 않아요. 소녀들이나 병사들도 돌볼 수 있어요."

원장 수녀는 이제 미소를 거두고 생각하는 표정을 짓더니 고개를 가로저었다.

"콜레라가 어떤 놈인지 아직 모르십니다. 차마 눈 뜨고는 못 볼 만큼 무시무시하답니다. 진료실 일은 병사들이 하고 있고 감독할 수녀 한 사람이면 족합니다. 그리고 소녀들 문제라면……. 아뇨, 아뇨, 당신 남편이 원치 않을 거라고 난 확신해요. 끔찍하고 두려운 광경이에요."

"익숙해질 거예요."

"아뇨, 재고의 여지가 없습니다. 그런 일을 하는 건 우리의 소임이고 우리의 특권이지, 당신이 받들어야 할 소명이 아닙니다."

"제 자신을 아주 쓸모없고 무기력하게 느끼도록 하시는군요. 내가 할 수 있는 일이 아무것도 없다니 믿기지가 않아요."

"부인의 소망을 남편과 의논해 보셨나요?"

"네."

원장 수녀는 가슴속에 간직한 비밀을 파고드는 듯 키티를 바라보았지만 키티의 열망과 호소가 가득한 표정을 보고 미소를 지었다.

"물론 부인은 개신교도겠지요?"

그녀가 물었다.

"네."

"상관없습니다. 죽은 선교사 왓슨 선생도 개신교도였지만 아무 문제 없었어요. 그분은 우리에게 대단히 상냥했습니다. 우린 그에게 커다란 감사의 빚을 졌습니다."

이제 키티의 얼굴에 웃음기가 스쳤지만 그녀는 아무 말도 하지 않았다. 원장 수녀는 추억에 잠긴 듯했다가 일어섰다.

"친절하시군요. 부인께서 할 일을 찾아보겠어요. 성 프란시스 수녀가 우리 곁을 떠났으니 우리만으로 일을 감당하기엔 벅찰 겁니다. 언제부터 시작할 수 있나요?"

"지금 당장."

"A la bonne heure(잘됐군요). 그 말씀을 들으니 흡족합니다."

"죄선을 다하겠다고 약속드리겠습니다. 저에게 기회를 주시
다니 정말 감사합니다."

원장 수녀는 응접실 문을 열었지만 나가기를 망설였다. 그
녀는 다시 한번 키티에게 길고 탐색하는 영민한 시선을 던졌
다. 그러고는 손을 부드럽게 키티의 팔에 얹었다.

"알겠지만, 평화는 일이나 쾌락, 이 세상이나 수녀원이 아닌
자신의 영혼 속에서만 찾을 수 있답니다."

키티는 움찔했지만 원장 수녀는 밖으로 나가 버렸다.

49

키티는 봉사하는 일에서 영혼을 재충전하는 길을 발견했
다. 그녀는 매일 아침 동이 트자마자 수녀원으로 갔다가 서쪽
으로 넘어가는 해가 좁은 강과 북적거리는 거룻배 위에 황금
물결을 쏟아낼 때가 돼서야 방갈로로 돌아왔다. 원장 수녀는
그녀에게 어린아이들을 보호하도록 맡겼다. 키티의 어머니는
고향 리버풀에서 런던으로 올 때 실질적으로 유용한 가사의
지혜도 가져왔기 때문에, 키티는 덜렁거리는 감이 없진 않았
지만 스스로도 농담처럼 일컫곤 했던 살림 솜씨를 늘 발휘하
곤 했다. 그녀는 요리도 꽤 잘했고 바느질도 훌륭했다. 그녀의

이러한 재능이 썩고 있던 참에 어린 소녀들이 박고 감치는 바느질을 감독하는 일이 그녀에게 맡겨진 것이다. 아이들이 프랑스어를 약간 아는 데다가 그녀가 매일 중국어 단어를 몇 개씩 주워들어 익혔기 때문에 그럭저럭 해 나가는 데 어려움은 없었다. 다른 시간에는 더 어린 아이들이 장난을 치지 못하도록 돌보는 일을 해야 했다. 아이들의 옷을 입히고 벗기며 휴식이 필요할 때 아이들이 쉬도록 돌봐 주었다. 갓난아기들이 많았지만 그들을 돌보는 것은 하녀들의 몫이었고 그녀는 그들을 잘 감독하라는 지시를 받았다. 그 모든 일들이 아주 중요한 일은 아니었기 때문에 그녀는 더 고된 일을 하고 싶었다. 하지만 원장 수녀가 그녀의 간청에 주의를 기울이지 않는 바람에 키티는 원장 수녀를 행여 귀찮게 할까 봐 걱정하며 오래도록 서 있곤 했다.

처음 며칠간은 여자애들에 대한 희미한 반감을 극복하기 위해 무던히 노력해야 했다. 추한 제복, 뻣뻣한 검은 머리카락, 둥글고 노란 얼굴, 빤히 쳐다보는 눈빛, 검푸른 눈동자. 하지만 그녀는 너무나 아름답게 변모하던 원장 수녀의 부드러운 얼굴을, 키티가 수녀원을 처음 방문하던 날 원장 수녀가 이 추한 어린것들에게 둘러싸여 지었던 그 표정을 기억하며 절대 본능에 항복하지 않겠다고 다짐해야 했다. 하지만 이제 그녀는 새로 이가 나거나 이갈이를 하느라 울고 있는 어린것을 팔에 안고서 부드러운 몇 마디 말로 아이를 어르고, 말을 알아듣지 못하면서도 그녀의 팔에서 느껴지는 압력과 눈물 젖은 노란 얼굴에 닿는 그녀의 부드러운 뺨의 감촉을 느낀 아이가 편안함과 위안을 얻는 모습을 보면서 그 모든 이질감을 떨쳐 버리기 시작했다. 꼬맹이들이 그녀에 대한 두려움 없이 아이다운 몸짓으로 힘겹게 그녀에게 다가오면 그녀는 아이들의 신뢰를 느끼며 독특한 행복감을 맛보았다. 그녀가 바느질을 가르치는 좀 더 나이 든 소녀들도 마찬가지였다. 소녀들의 밝고 영리한 웃음과 그녀가 던지는 칭찬 한마디에 그들이 느끼는 기쁨이 그녀를 감동시켰다. 그들이 그녀를 좋아하고 찬미하고 자랑스러워한다는 걸 느끼면서 그녀도 보답으로 그들을 좋아하게 되었다.

그런데 그녀가 도저히 적응할 수 없는 아이가 하나 있었다. 여섯 살짜리 계집애로 뇌수종을 앓고 있는 커다란 머리는 작게 쪼그라든 몸 위에서 가분수처럼 흔들거렸고 크고 공허한 눈에 침을 질질 흘리는 바보였다. 목쉰 소리로 몇 마디 말을 웅얼거리는 그 생물체가 역겹고 소름 끼쳤다. 그런데 고것이 키티에게 바보들 특유의 집착을 품고서 그녀가 큰 방에서 다른 곳으로 자리를 옮길 때는 물론이고 어디를 가든 졸졸 따라다녔다. 그녀의 치마에 매달리고 그녀의 무릎에 얼굴을 부벼 댔다. 그리고 그녀의 손을 만지작거리려고 했다. 그녀는 역겨움에 몸을 떨었다. 계집애가 그녀의 손길을 애타게 갈망한다는 걸 그녀도 알고 있었지만 도저히 만질 마음이 나지 않았다.

그녀는 한번 조제프 수녀에게 그 아이에 대해 이야기하면서 살아 있는 게 딱한 노릇이라고 말했다. 조제프 수녀는 미소를 지으며 그 기형 생물체에게 손을 내밀었다. 그러자 그것이 수녀의 손에 툭 불거진 이마를 문질렀다.

수녀가 말했다.

"불쌍한 것 같으니. 얘는 반쯤 죽어서 여기 왔어요. 신의 가호로 그때 마침 제가 문 앞에 서 있었죠. 한시도 지체할 수 없다고 생각하고 전 즉시 이 애에게 세례를 했답니다. 이 애를 우리 옆에 두기 위해 어떤 고난을 겪었는지 믿지 못하실 거예요. 이 작은 영혼이 천국으로 도망치지 않을까 생각한 게 서너 번은 된다니까요."

키티는 말문이 막혔다. 조제프 수녀는 특유의 수다스러운 말씨로 다른 잡담을 늘어놓기 시작했다. 그리고 다음 날 바보 아이가 그녀에게 다가와 또 그녀의 손을 만지작거릴 때 키티는 용기를 내서 그 커다란 민둥 두개골에 손을 얹고 쓰다듬어 보았다. 그러자 갑자기 바보의 괴팍함이 발동했는지 아이가 그녀를 떠났다. 아이는 그녀에게 흥미를 잃었는지 그날 내내 그리고 그 뒤로도 더 이상 관심을 보이지 않았다. 키티는 자기가 뭘 잘못한 건지 어리둥절하기만 해서 미소와 손짓으로 아이를 꼬드겨 보려고 했지만 아이는 고개를 돌리고 그녀를 못 본 체했다.

50

수녀들이 수백 가지의 일로 아침부터 밤까지 눈코 뜰 새가 없었기 때문에 키티는 그들을 거의 만나지 못했지만 초라하고 썰렁한 예배당에서 미사가 열릴 때만큼은 예외였다. 그녀가 처음 일하러 온 날이었다. 나이순에 따라 소녀들 뒤편 끝의 벤치에 앉으려는데 원장 수녀가 그녀를 발견하고는 걸음을 멈추고 말을 걸었다.

"우리를 따라서 예배낭에 올 필요는 없습니다. 당신은 개신교도이고, 각자의 신앙이 있으니까요."

"하지만 오고 싶어요, 수녀님. 여기가 나를 쉬게 하는군요."

원장 수녀는 잠시 그녀를 쳐다보고는 엄숙한 고개를 조금 갸웃했다.

"물론 좋을 대로 하세요. 다만 그럴 의무가 없다는 걸 알려드리고 싶었을 뿐입니다."

얼마 안 가서 키티는 조제프 수녀와 친밀하지는 않지만 익숙한 관계가 되었다. 조제프 수녀는 수녀원의 살림을 맡고 있던 터라 그 거대한 식구들의 물질적인 안위를 위해 하루 종일 다리품을 팔아야 했다. 그녀는 유일하게 쉴 수 있는 시간이 기도에 바치는 때라고 말했다. 하지만 키티가 수녀원에서 소녀들과 작업해야 하는 저녁 시간이 다가올수록 즐겁다고 했다. 예전에는 녹초가 되도록 잠시도 쉴 틈이 없었지만 이제는 몇 분이고 앉아서 잡담을 나눌 수 있다는 것이었다. 그녀는 원장 수녀가 없는 자리에서는 수다스럽고 명랑한 여인이었고 농담도 좋아해서 약간의 추문도 마다하지 않았다. 키티는 조제프 수녀와 그녀의 수녀복 앞에서 주눅 들지 않았기 때문에 조제프 수녀는 사람 좋고 수더분한 기질을 유감없이 발휘하며 키티와 흥겹게 환담을 나누었다. 키티가 형편없는 프랑스어 실력을 마음껏 발휘하는 바람에 그 실수를 놓고 그들은 나란히 웃음을 터트리기도 했다. 수녀는 키티에게 매일 유용한 중국 말을 몇 마디씩 가르쳐 주었다. 그녀는 농부의 딸이었고 가슴 속에는 여전히 농부의 피가 흘렀다.

그녀가 말했다.

"꼬마였을 때 난 암소들을 돌봤답니다. 잔 다르크처럼요. 하지만 너무나 악동이라 앞날이 어두웠죠. 아버지가 확실히 매질을 해서라도 나를 가르친 건 내게 행운이었다고 생각해요. 아버진 호인이었지만 내가 너무 심술궂은 여자애였기 때문에 가끔 매를 드셨어요. 그때 벌였던 장난들을 생각하면 지금도 가끔 부끄럽답니다."

키티는 이 통통한 중년의 수녀가 한때 제멋대로인 아이였다는 생각에 웃음이 나왔다. 그 천진한 동심이 여전히 이 수녀에게 남아서 사람의 마음을 끄는 요소로 작용했던 것이다. 그녀는 사과나무에 열매가 주렁주렁 열리고 수확한 농작물이 집 안 가득 안전하게 쌓인 가을날의 시골 냄새를 풍겼다. 그리고 원장 수녀처럼 비극적이고 엄격한 성스러움은 없었지만 단순하고 행복한 쾌활함이 흘렀다.

"고향에 돌아가고 싶은 생각 없으세요, 수녀님?"

키티가 물었다.

"오, 아뇨. 돌아가기는 어려워요. 전 여기가 좋고 또 고아들 속에 있을 때만큼 행복한 적도 없답니다. 아이들은 아주 착하고 아주 고마워해요. 수녀가 되는 건 행복한 일이긴 하지만, 누구에게나 어머니가 있고 어머니의 젖을 먹은 걸 잊을 수는 없겠지요. 늙은 어머니를 다시는 볼 수 없다는 게 힘들어요.

하지만 어머니가 며느리를 좋아하시고 제 남동생이 어머니께 잘한답니다. 조카가 이제 쑥쑥 자라서 농장 일을 거들 튼튼한 일손이 늘어난다면 가족들이 더 기뻐하겠죠. 조카는 내가 프랑스를 떠나올 때 어린애에 불과했지만 황소도 때려잡을 만한 주먹이 되겠다고 제게 약속했답니다.”

조용한 방에 앉아서 수녀의 이야기를 듣고 있자니 벽 너머 사방에 콜레라가 기승을 떨치고 있다는 사실이 믿기지 않았다. 조제프 수녀의 태평함이 키티에게 전염된 까닭이었다.

수녀에게는 이 세상과 그곳에 사는 사람들에 대한 순진무구한 호기심이 있었다. 그녀는 런던이 안개가 너무 짙어서 한낮에도 자기 손조차 보이지 않느냐며 런던과 영국과 시골에 대해서 키티에게 온갖 질문을 던졌다. 키티가 무도회에 갔는지, 그녀가 화려한 집에 살았는지, 형제자매는 몇 명인지도 알고 싶어 했다. 가끔 월터 이야기도 했다. 원장 수녀는 그가 대단한 사람이라고 매일 그를 칭찬한다고 말했다. 그렇게 착하고 그렇게 용감하고 그렇게 똑똑한 남자가 남편이라니 키티는 얼마나 행운아냐면서.

51

하지만 곧 조제프 수녀는 원장 수녀의 이야기로 돌아갔다. 키티는 처음부터 이 여성의 존재가 수녀원을 장악했다는 걸 의식하고 있었다. 원장 수녀는 그곳에 사는 모든 사람들에게서 확실한 사랑과 존경을 받았고 단순히 어려운 대상이 아니라 경외의 대상이었다. 원장 수녀의 친절한 태도에도 불구하고 키티는 그녀 앞에서는 여학생이 된 것 같은 기분을 느꼈다. 그녀와 함께 있으면 도무지 편하지가 않았는데 너무나 생소해서 당혹스럽기까지 한 느낌에 휩싸였기 때문이다. 그것은 외경심이었다. 조제프 수녀는 키티를 감동시키고자 하는 순전한 욕심에 원장 수녀의 집안이 얼마나 대단한지 말했다. 그녀의 조상 중에는 역사적으로 중요한 인물이 많고 그녀 자신도 반은 유럽 왕가의 혈통이라고 했다. 스페인의 알폰소 국왕도 그녀 아버지의 저택에서 사냥을 할 정도로 원장 수녀네 집안은 프랑스 전역에 성을 소유하고 있다고 했다. 그녀가 그런 화려한 생활을 포기하기가 쉽지 않았을 것이 분명했다. 키티는 미소를 지으며 이야기를 들었지만 조금도 감동받지 않았다.

수녀가 프랑스어를 섞어 가며 말했다.

"게다가 원장님을 보세요. 그분의 가문처럼 최고랍니다."

"여태껏 한 번도 보지 못한 아름다운 손을 가졌더군요."

키티가 말했다.

"하지만 그 손을 어떻게 쓰는지 보세요. 어떤 일도 마다하지 않는답니다, 우리의 좋으신 원장님은."

그들이 이곳에 처음 왔을 당시엔 아무것도 없었다고 했다. 하지만 그들은 수녀원을 세웠다. 원장 수녀가 설계하고 작업을 감독했다. 그들은 도착한 순간부터 부모가 원치 않는 불쌍한 어린 소녀들을 아기들의 무덤과 산파들의 잔인한 손으로부터 구해 냈다. 처음에는 잘 침대도 밤공기를 막아 줄 유리창도 없었고("아무것도 없으니 건강에 좋을 리가 있겠어요."라고 조제프 수녀가 말했다.) 어떨 때는 공사를 한 인부들에게 줄 돈뿐 아니라 먹을 거리를 살 돈마저 탈탈 바닥이 났다. 그들은 농부처럼 살았다고 했다. 뭐라더라? 프랑스어로 농부를 뜻하는 '트니(tenez)', 즉 그녀 아버지의 일꾼들이 돼지에게나 던져 주는 찌꺼기를 먹고 살았다는 것이다. 그때 원장 수녀가 수녀들을 주위로 불러 모았고 그들은 무릎 꿇고 기도를 올렸다고 한다. "성모님 돈을 보내 주세요. 내일이면 천 프랑짜리가 우편으로 배달되고 낯선 사람이든 영국인(원한다면 개신교도로 생각하시길)이든 심지어 중국인 할 것 없이 무릎을 꿇고 있는 우리들의 문을 두드리고 선물을 가져오도록……. 우리는 그렇게 궁핍에 신음하게 되었고 성모께 우리를 구원해 달라며 성모님을 칭송하는 9일 기도를 올리자고 결의했지요. 그런데 그다음 날 워딩턴 씨라는 재미난 양반이 우리를 찾아와 우리 얼굴에 구운 쇠고기를 먹고 싶소 하는 말이 씌어 있다면서 백 달러를 성큼 내밀었다면 믿을 수 있겠어요?

"참 재미난 양반도 다 있지요. 그 벗겨진 머리하며 작고 날카로운 눈, 그 농담은 또 어떻고. 하느님 맙소사, 그 양반이 결딴낸 프랑스어를 보세요. 아직도 워딩턴 씨를 보면 웃음이 터져 나온답니다. 그는 늘 훌륭한 유머 감각을 발휘하지요. 이 끔찍한 전염병 중에도 휴가를 즐기듯 살아간답니다. 프랑스인의 심장과 기지를 지닌 그가 영국인이라는 것이 믿기지 않을 정도예요, 억양은 그렇지 않지만……."

하지만 가끔 조제프 수녀도 워딩턴이 사람들을 웃기려고

고의로 나쁜 말을 한다고 생각했다. 물론 그의 도덕성이 모든 사람의 귀감이 될 정도는 아니다, 다만 그건 그의 문제(그녀는 한숨 쉬고 어깨를 으쓱하고는 고개를 절레절레 흔들었다.)라고 했다. 그는 독신남에 젊은 남자 아닌가.

"그의 도덕성에 무슨 문제가 있나요, 자매님?"

키티가 미소를 지으며 물었다.

"어떻게 그걸 모를 수 있나요? 제가 그런 이야기를 하는 건 옳지 못해요. 그런 일을 말씀드리는 것은 제 본분이 아니지요. 그러니까 그는 중국 여성과 살고 있는데, 말하자면 중국 여성이 아니라 만주 여성이지요. 그녀는 공주인 것 같아요. 그녀는 그를 미친 듯이 사랑한답니다."

"말도 안 돼요."

키티가 소리쳤다.

"아뇨, 아뇨, 내 약속드리지만 대부분이 사실이랍니다. 그는 아주 사악하답니다. 그런 일은 벌어져서는 안 될 일이니까요. 부인께서 처음 수녀원에 오셨을 때 그가 제가 열심히 만든 마들렌을 먹지 않겠다고 하는 거 듣지 못하셨나요? 그러자 우리 좋으신 수녀님께서 그의 위장이 만주 음식 때문에 엉망이 되었다고 했죠? 진심으로 하신 말씀이었어요. 그리고 그의 얼버무린 행동을 보셨을 거예요. 정말 흥미로운 이야기지요. 그가 혁명 당시 한커우에 주둔할 때 만주인들이 학살당했는데 이 친절한 워딩턴 선생께서 그곳 명문가의 가족들을 구해 주었나 봅니다. 그들은 황실의 친척이었지요. 그때 그 아가씨는 그에 대한 격정적인 사랑에 빠졌고 나머지는, 흠, 상상하시는 대로예요. 그후 그가 한커우를 떠나자 그녀는 도망쳐 나와 그를 쫓아갔대요. 이제는 그가 가는 곳이면 어디나 쫓아와서 그도 단념하고 그녀를 데리고 있을 수밖에 없답니다. 불쌍한 양반 같으니. 감히 말하건대 그도 그녀를 아주 좋아해요. 간혹 그들은 아주 매력적이지요, 만주 여자들 말이에요. 내가 지금 무슨 생각을 하는 거지? 할 일이 태산인데 여기 앉아만 있다니. 난 나쁜 수녀랍니다. 내 자신이 부끄럽군요.”

52

키티는 자신이 성장하고 있다는 기묘한 느낌에 사로잡혔다. 지속적인 일은 그녀의 마음을 분산시켰고 다른 사람들의 삶을 들여다보고 다른 시각을 접하는 것이 그녀의 상상력을 일깨웠다. 그녀는 자신의 영혼을 되찾기 시작했다. 기분이 한결 나아지고 굳건해졌다. 눈물을 쏟는 것밖에 할 일이 없던 그녀가, 놀랍게도 일말의 혼란스러움 없이 이런저런 일에 웃음을 터트리는 자신을 발견하게 되었다. 끔찍한 전염병의 한가운데서도 살아가는 것이 아주 당연하게 여겨지기 시작했다. 사람들이 이쪽저쪽에서 죽어 가고 있음을 알았지만 그것에 대해 심각하게 생각하지 않았다. 원장 수녀가 그녀가 진료실에 들어가는 것을 금지했기 때문에 닫힌 문은 그녀의 호기심을 자극했다. 몰래 엿보고 싶었지만 들키지 않을 자신이 없었고 원장 수녀가 내릴 벌이 무엇일지도 알 수 없었다. 쫓겨나면 비참할 것이다. 이제 그녀는 아이들에게 혼신의 힘을 다했기 때문에 그녀가 떠날 때면 아이들이 놓아주려고 하질 않았다. 그녀가 없다면 그들이 어떻게 버텨 나갈지 알 수 없을 정도였다.

어느 날 문득, 그녀는 일주일 동안 한 번도 찰스 타운센드에 대한 생각을 하거나 꿈을 꾸지 않았다는 것을 깨달았다. 갑자기 그녀의 심상이 쿵쿵 두방망이질했다. 그녀가 치료된 것이다! 이젠 찰스를 생각해도 아무렇지 않았다. 더 이상 그를 사랑하지 않아. 아, 이 평안과 자유스러움이여! 돌이켜 보니 이상했다. 그토록 열정적으로 그를 열망했다니. 그가 그녀를 버리면 죽어 버리겠다고 생각했는데. 그후의 삶은 절망일 뿐 아무런 의미도 없다고 생각했는데. 그런데 지금 그녀가 웃고 있다. 스스로를 무가치한 바보로 만들다니! 이제 와서 차분히 그를 평가해 보니 그에게서 무얼 보았던 것인지 의구심마저 들었다. 워딩턴이 아무것도 몰라서 다행이었다. 그렇지 않았다면 그의 짓궂은 시선과 냉소적인 빈정거림을 힘겹게 견뎌야 했을 것이다. 자유, 자유, 마침내 자유였다! 그녀는 큰 소리로 웃음이 터져 나오려는 것을 간신히 참았다.

아이들이 뛰어놀며 장난치고 있었다. 그녀는 이제 몸에 밴 관대한 미소를 지은 채 아이들이 너무 소란스럽지 않도록 하면서 과격한 행동으로 다치지 않게 다스렸다. 하지만 한껏 고양된 기분에 그들처럼 아이가 된 것만 같아 함께 놀이에 끼어들고 말았다. 꼬마 여자애들이 기뻐하며 그녀를 받아들였다. 그들은 방을 오르락내리락하며 야만인에 가까운 환호성과 비명을 목청껏 질러 댔다. 지나치게 흥분한 나머지 그들은 기쁨에 싸여 공중으로 펄쩍펄쩍 뛰어올랐다. 엄청난 소음을 만들어 내며.

갑자기 문이 벌컥 열리며 원장 수녀가 문간에 나타났다. 키티는 기겁을 하고서 미친 듯이 비명을 질러 대며 붙잡고 늘어지는 꼬마 여자애들을 떼어냈다.

원장 수녀가 입가에 미소 띠며 물었다.

"이게 부인이 아이들을 착하고 조용히 하도록 하는 방법인가요?"

"우린 놀이를 했습니다, 수녀님. 아이들이 너무 흥분해서. 제 탓이에요, 제가 그냥 놔두었어요."

원장 수녀가 앞으로 나오자 평소처럼 아이들이 그녀를 둘러쌌다. 그녀는 아이들의 둥글고 좁은 어깨에 손을 얹더니 장난스럽게 그들의 작고 노란 귀를 잡아당겼다. 그러고는 부드러운 눈으로 키티를 빤히 쳐다보았다. 키티는 얼굴을 붉힌 채 숨을 몰아쉬었다. 그녀의 촉촉한 눈이 반짝였고 예쁜 머리카락은 뒤잡이와 폭소 속에 사랑스러울 만큼 흐트러져 있었다.

원장 수녀가 말했다.

"Que vous êtes belle, ma chère enfant(어쩜 이렇게 예쁠까, 내 소중한 아이들). 부인을 보면 힘이 솟아요. 이 애들이 부인을 사랑하는 것도 놀랄 일이 아니네요."

키티의 얼굴이 더 새빨개졌고 왠지 모르게 눈물이 핑 돌았다. 그녀는 손으로 얼굴을 가렸다.

"오, 수녀님, 절 부끄럽게 만드시는군요."

"이런, 바보같이. 아름다움 또한 신의 선물이랍니다. 가장

귀하고 값진 것 중 하나죠. 그것을 소유했다면 그 행복에 감사하고, 그렇지 못하다 해도 우리의 즐거움을 위해 다른 사람이 그것을 가졌다는 데 감사해야 합니다."

수녀는 다시 미소를 지으며 키티 역시 어린애인 양 그녀의 보드라운 뺨을 부드럽게 다독였다.

53

키티는 수녀원에서 일을 시작한 후로 워딩턴을 거의 보지 못했다. 두세 번 그가 키티를 만나러 강둑으로 내려왔고 그들은 함께 언덕을 올라갔다. 그는 위스키소다를 마시러 집에 들어왔지만 저녁때까지 머무르는 일은 거의 없었다. 그런데 어느 일요일 점심을 싸서 가마를 타고 불교 사원으로 가 보자고 그가 제안했다. 도시로부터 15킬로미터 떨어진 곳인데 명승지로 유명하다고 했다. 원장 수녀는 키티가 하루쯤은 쉬어야 한다고 주장하며 일요일에는 일을 하지 못하도록 했고 월터는 평소처럼 그날 역시 바빴다.

그들은 한낮의 열기를 만나기 전에 도착하려고 일찍부터 출발해서 논 사이로 난 좁은 길을 따라갔다. 이따금 대나무 숲 사이로 주변 경관과 잘 어울리게 둥지를 튼 안락한 농가들을 지나쳤다. 키티는 그런 한가로움을 만끽했다. 도시 안에만 틀어박혀 있다가 사방의 광활한 자연 풍경을 바라보자니 즐거웠다. 그들은 사원에 도착했다. 강가에 낮은 건물들이 점점이 흩어져 있고 나무 그늘이 시원했다. 미소를 띤 승려들의 인도로 적막감이 맴도는 텅 빈 마당을 지나 인상을 잔뜩 찌푸린 신상들을 모신 사원으로 안내되었다. 성소에는 부처가 생각에 잠긴 듯이 추상적이고 희미한 미소를 지으며 외따로 슬프게 앉아 있었다. 낙심한 마음이 어떤 것인지 그곳보다 더 잘 표현한 곳은 없었다. 웅장함은 파괴되어 초라함이 되었고 신상들은 더럽혀져서 그것들이 빚어내는 신앙도 함께 죽어 가고 있었다. 승려들은 고행을 계속하면서도 이제나저제나 중단하라는 통지를 기다리는 듯 보였다. 그들의 깍듯한 정중함에도 불구하고 미소 속에 체념이 역설적으로 묻어났다. 근래에는 승려들이 그늘지고 쾌적한 목조 건물에서 벗어나 밖으로 떠돌아 다니는 터라 건물들은 허물어지고 방치된 채 맹렬한 폭풍우에 얻어맞고 주변 자연의 포위 공격에 시달렸다. 야생 덩굴식물들이 한데 뒤엉켜 자라는 꼴이 죽음의 이미지를 연상시켰고 나무들이 안마당에까지 진입하여 자라고 있었다. 신은 그곳에 더 이상 살지 않았고 오히려 어둠의 악령들만이 존재했다.

54

그들은 작은 건물의 계단 위에 앉아서(옻칠을 한 네 개의 기둥과 높은 기와지붕 아래 커다란 청동 종이 매달려 있다.) 넘실대는 강물과 병마에 시달리는 도시를 향해 구불구불 뻗어 난 길을 바라보았다. 총안이 뚫린 성벽이 보였다. 후끈거리는 열기가 그 위를 관 덮개처럼 덮고 있었다. 아주 천천히 흘러가는 강물의 모습에서 사물의 무상함과 애수가 밀려왔다. 모든 것이 흘러갔지만 그것들이 지나간 흔적은 어디에 남아 있단 말인가? 키티는 모든 인류가 저 강물의 물방울들처럼 어디론가 흘러가는 것만 같았다. 서로에게 너무나 가까우면서도 여전히 머나먼 타인처럼, 이름 없는 강줄기를 이루어, 그렇게 계속 흘러흘러, 바다로 가는구나. 모든 것이 덧없고 아무것도 그다지 중요하지 않을 때 사소한 문제에 터무니없이 집착하고 그 자신과 다른 사람까지 불행하게 만드는 인간이 너무나 딱했다.

"해링턴 가든스라고 아세요?"

키티가 아름다운 두 눈에 미소를 머금고 워딩턴에게 물었다.

"아뇨. 왜요?"

"그냥요. 여기에서 아주 먼 거리죠. 제 가족이 사는 곳이에요."

"고향으로 돌아갈 생각이십니까?"

"아뇨."

"부인은 몇 달 내에 이곳을 떠날 것 같은 생각이 듭니다. 전염병이 한풀 꺾인 것 같기도 하고 좋은 날씨도 결국 끝장을 볼 테니까요."

"떠나면 섭섭할 것 같아요."

잠시 그녀는 미래에 대해 생각했다. 월터가 어떤 계획을 가지고 있는지 그녀는 알지 못했다. 월터는 그녀에게 아무 말도 하지 않았다. 깔끔하고 점잖고 조용하고 속을 통 알 수 없는 남자다. 강물 속의 물방울 두 개가 미지의 곳으로 묵묵히 흘러간다. 그 두 개의 물방울은 스스로에게는 뚜렷한 개별성을 띠었지만 보는 사람에게는 특징 없는 강물의 일부에 지나지 않는다.

"수녀들이 부인을 개종시키려 들지 않게 조심하세요."

워딩턴이 심술궂은 미소를 슬쩍 지으며 말했다.

"그러기엔 너무 바쁜 사람들이에요. 신경도 쓰지 않는걸요. 그들은 놀라운 사람들이고 너무나 친절해요. 그런데 이걸 어떻게 설명해야 할지 난감하지만 그들과 나 사이에는 장벽이 존재해요. 그게 뭔지 잘 모르겠어요. 마치 그들끼리는 비밀 하나를 지니고 있는데 그것이 그들의 삶에 모든 변화를 가져오지만 난 그것을 공유할 가치가 없는 존재 같아요. 신앙은 아니에요. 더 깊고 더…… 더 중대한 뭔가예요. 그들은 우리와 다른 세상을 걷고 있어서 우린 항상 그들에게 이방인이죠. 매일 등 뒤로 수녀원 문이 닫힐 때마다 그들에게 난 더 이상 존재하지 않는다는 느낌이 들어요."

"부인의 허영심에 타격이 되었으리라는 생각이 드는군요."

그가 빈정대며 대답했다.

"내 허영심이라."

키티는 어깨를 으쓱했다. 그러고는 한 번 더 미소를 짓고는 그에게 유유히 고개를 돌렸다.

"왜 만주족 공주와 산다는 말을 내게 하지 않았나요?"

"수다스러운 노파들이 당신에게 무슨 말을 어떻게 했나요? 수녀들이 세관 관리의 사생활 따위를 이야기하는 건 옳지 못

해요."

"왜 그렇게 민감하게 반응하세요?"

워딩턴의 시선은 아래로, 다시 양옆으로 움직여서 그가 부끄러워한다는 느낌을 주었다. 그가 어깨를 살짝 으쓱거렸다.

"떠벌릴 만한 일은 아니죠. 승진에 큰 보탬이 될지 아직 확신할 수 없습니다."

"그녀를 많이 좋아하세요?"

그는 이제 시선을 위로 향했는데, 그의 못생긴 작은 얼굴에 장난꾸러기 학생의 표정이 떠올랐다.

"그녀는 나를 위해 모든 걸 버렸어요. 집, 가족, 안정, 자존심까지. 그녀가 나와 함께 있으려고 모든 걸 바람결에 내던진 지 꽤 많은 해가 지났습니다. 난 그녀를 두세 번 돌려보냈지만 그녀는 늘 다시 돌아왔어요. 그녀로부터 도망도 쳐 보았지만 그녀는 항상 날 쫓아오더군요. 이제는 두 손 두 발 다 들었어요. 내 남은 평생 그녀를 견뎌야 하겠지요."

"그녀가 당신을 미친 듯이 사랑하는 게 틀림없군요."

"좀 이상한 느낌이 들어요."

그가 당황한 기색이 역력한 앞이마에 주름을 지으며 대답했다.

"내가 그녀를 정말 떠나면, 결단코, 그녀가 자살할 거라는 데 추호도 의심이 없어요. 나에 대한 원망 때문이 아니라 그녀는 나 없이는 살 의지가 없기 때문입니다. 그런 것을 알게 되면 흥미로운 느낌이 들게 마련이죠. 어쩔 수 없이 어떤 의미가 생긴다고나 할까요."

"하지만 중요한 것은 사랑받는 것보다 사랑하는 거예요. 자기를 사랑해 주는 사람에게는 고마움조차 모를 수도 있어요. 상대방은 나를 사랑하는데 나는 상대방을 사랑하지 않는다면 지루함만 느낄 테니까요."

"쌍방간의 사랑에 대한 경험이 없어 놔서요. 제게 사랑은 오직 단수로만 존재합니다."

그가 대답했다.

"그녀가 정말 황녀예요?"

"아뇨. 그건 수녀들이 지어낸 낭만적인 과장이랍니다. 그녀는 만주족 명문가의 일원이었지만 물론 혁명이 일어나면서 멸망했지요. 고상한 숙녀에 다름없죠."

그의 말투에 자랑스러움이 묻어나서 키티의 눈이 미소로 반짝였다.

"그럼 남은 평생을 여기서 보낼 생각이세요?"

"중국에서요? 네. 그녀가 달리 어디를 갈 수 있겠어요? 은퇴하면 베이징에 작은 중국식 주택을 사서 그곳에서 평생을 보내야죠."

"아이들은 있나요?"

"아뇨."

키티는 그를 흥미롭게 바라보았다. 이 대머리에 원숭이 얼굴을 한 왜소한 남자가 이방 여인에게 치명적인 열정의 불꽃을 댕겼다니 이상한 일이었다. 그가 그녀에 대해 말하는 태도에서 허물없는 태도와 경박한 말투에도 불구하고 왠지 모르게 그 여인에 대한 강하고 독특한 애정이 물씬 풍겼고 그것이 키티를 조금 곤혹스럽게 만들었다.

"해링턴 가든스까지 아주 멀겠죠."

"왜 그런 말을 하십니까?"

"아무것도 모르겠어요. 인생은 너무나 이상해요. 평생 오리 연못 근처에서 산 사람이 갑자기 바다를 구경한 것 같은 느낌이 들어요. 그래서 약간 숨이 차지만 사기가 충전해 있죠. 난 죽고 싶지 않아요, 살고 싶어요. 새로운 용기가 솟아나는 걸 느껴요. 미지의 바다를 향해 출항하는 늙은 선원이 된 것만 같아요. 내 영혼이 미지의 세계를 동경하는 것 같아요."

워딩턴은 생각에 잠겨 그녀를 바라보았다. 그녀의 추상적인 시선이 부드러운 강물 표면에 머물렀다. 두 개의 작은 물방울이 어둡고 무한한 바다를 향해 묵묵히, 묵묵히 흘러갔다.

"내가 가서 만주 부인을 만나도 될까요?"

키티가 갑자기 고개를 들며 물었다.

"그녀는 영어를 한마디도 못합니다."

"당신은 제게 무척 친절하시고 저를 위해 많은 일을 하셨어요. 아마 제 태도를 통해서 제가 그녀에게 호감을 가졌다는 걸 보여 줄 수 있겠지요."

워딩턴은 슬쩍 냉소를 머금었지만 유머 감각을 발휘해 대답하지는 않았다.

"언제 한번 부인을 모시고 가죠. 그녀가 재스민 차를 한 잔 대접할 겁니다."

그에게 말한 적은 없지만 이 이방인의 사랑 이야기는 처음부터 그녀의 상상력을 자극했다. 이제 그 만주족 공주는 어떤 상징으로 형상화되어 키티에게 희미하지만 집요하게 손짓했다. 그녀의 손끝은 불가사의한 영적 땅을 신비롭게 가리키고 있었다.

55

그런데 하루이틀 후 키티는 예상치 못한 일에 직면했다.

그녀는 평소처럼 수녀원으로 갔고 아이들이 씻고 옷을 입는 걸 돌보는 첫 번째 일을 시작했다. 밤공기가 해롭다는 수녀들의 굳은 믿음 때문에 밀폐된 기숙사 안에서는 냄새가 났다. 그래서 신선한 아침의 공기를 맡은 후에는 언제나 약간 불편한 느낌이 들었지만 키티는 늘 하던 것처럼 서둘러 창문을 열어젖혔다. 그런데 오늘은 달랐다. 별안간 지독한 메스꺼움이 솟구치고 머리가 빙빙 도는 바람에 그녀는 몸을 추스르려고 애쓰면서 창가에 서 있었다. 이렇게 심한 적은 처음이었다. 그때 역겨움이 와락 그녀를 덮쳤고 그녀는 토하고 말았다. 그녀가 흐느끼자 아이들이 겁에 질렸고 그녀를 도와주던 나이든 여자애들은 밖으로 달려 나가거나 하얗게 질린 키티가 덜덜 떠는 것을 지켜보다가 갑자기 얼어붙으면서 소리쳤다. 콜레라! 같은 생각이 키티의 머리를 스치자 죽음의 냄새가 몰려왔다. 그녀는 공포에 사로잡힌 채 잠시 자신의 혈관을 고통스럽게 질주하는 망령에 맞서 버텼다. 몸이 지독하게 괴로웠다. 그리고 어둠이 그녀를 덮쳤다.

처음 눈을 떴을 때 그녀는 그곳이 어디인지 알 수 없었다. 바닥에 누워 있는 것만 같아서 머리를 살짝 움직여 보았더니 머리 밑에 베개가 있다는 생각이 들었다. 기억이 전혀 나질 않았다. 원장 수녀가 그녀 옆에 무릎을 꿇고 앉아서 냄새 나는 소금을 그녀의 코에 대고 있었고 조제프 수녀도 그녀를 바라보며 서 있었다. 그리고 다시 떠오른 생각. 콜레라! 그녀는 수녀들의 얼굴에 떠오른 아연실색한 표정을 보았다. 조제프 수녀의 거대한 몸집이 부옇게 흐려 보였다. 다시 한번 공포가 그녀를 덮쳤다.

그녀가 흐느꼈다.

"오, 수녀님, 수녀님. 전 죽나요? 죽고 싶지 않아요."

"물론 부인은 죽지 않아요."

원장 수녀가 말했다.

그녀는 상당히 침착했고 눈빛에 웃음기마저 어렸다.

"하지만 이건 콜레라예요. 월터는 어딨나요? 그를 부르러 사람이 갔나요? 오, 수녀님, 수녀님."

그녀는 눈물을 흘리며 흐느꼈다. 원장 수녀가 손을 내밀었고 키티는 삶이 손아귀를 빠져나갈까 봐 두려운 것처럼 그것을 잡았다.

"이런이런, 아기 같으니. 이리도 어리석다니오. 콜레라나 그런 종류가 아니랍니다."

"월터 어딨어요?"

"당신 남편은 지금 너무 바빠서 신경 쓸 틈이 없어요. 5분 후면 부인은 깨끗이 나을 겁니다."

키티는 상처 받은 눈으로 그녀를 빤히 쳐다보았다. 왜 이렇게 차분하지? 너무 잔인해.

"잠시만 가만히 있어요. 걱정할 일은 아무것도 없으니까."

원장 수녀가 말했다.

키티는 심장이 미친 듯이 뛰는 걸 느꼈다. 콜레라에 대한 생각에 너무나 익숙해진 나머지 콜레라에 덜미가 잡힐 수 있다는 가능성에 무감각해져 있었다. 아, 그녀는 얼마나 바보였던가! 이젠 꼼짝없이 죽었구나. 그녀는 겁에 질렸다. 여자애들이 긴 등나무 의자를 가져와 창문 곁에 놓았다.

원장 수녀가 말했다.

"자, 부축할 테니 일어나세요. chaise longue(긴 의자)에 앉으면 더 편안할 거예요. 일어설 수 있나요?"

원장 수녀가 키티의 팔 밑에 손을 넣었고 조제프 수녀도 키티가 일어나도록 도왔다. 키티는 지친 몸으로 의자에 풀썩 주저앉았다.

조제프 수녀가 말했다.

"창문을 닫는 게 좋겠어요. 이른 아침 공기가 부인께 좋지 않을 거예요."

"아뇨, 아뇨. 제발 열어 두세요."

키티가 말했다.

파란 하늘을 보면 자신감이 생겼다. 몸이 부들부들 떨렸지만 확실히 기분이 점점 나아지고 있었다. 두 명의 수녀들은 그녀를 잠자코 바라보다가 조제프 수녀가 원장 수녀에게 뭐라 알아들을 수 없는 말을 속삭였다. 그러자 원장 수녀는 의자의 한쪽 옆에 앉아 그녀의 손을 잡았다.

"들어 봐요."

원장 수녀는 키티에게 한두 가지 질문을 던졌다. 키티는 영문도 모르고 질문에 답했다. 입술이 자꾸만 바르르 떨려서 말을 제대로 하기가 힘들었다.

조제프 수녀가 말했다.

"의심의 여지가 없군요. 이런 일에 관해서라면 제 눈은 못 속여요."

그녀는 작은 웃음을 터뜨렸는데, 키티는 그 속에서 애정의 흔적이 아닌 어떤 흥분을 감지했다.

원장 수녀가 여전히 키티의 손을 잡은 채로 부드럽고 다정한 미소를 지었다.

"조제프 수녀가 이 방면에서는 저보다 더 경험이 많답니다, 부인. 당신에게 무슨 일이 일어났는지 그녀가 즉시 말하더군요. 그녀 말이 분명히 맞아요."

"무슨 말씀이세요?"

키티가 걱정스럽게 물었다.

"분명해요. 이런 일이 부인께 일어나리라고 생각 안 해보셨나요? 부인은 아기를 가졌어요."

키티는 머리끝에서부터 발끝까지 충격에 휩싸였다. 그녀는 당장이라도 벌떡 일어날 것처럼 발을 바닥에 디뎠다.

"그냥 누워 있어요, 그냥 누워 있어요."

원장 수녀가 말했다.

키티는 걷잡을 수 없이 얼굴이 붉어지는 것을 느끼며 양손을 가슴께에 얹었다.

"불가능해요. 사실이 아니에요."

"Qu'est ce qu'elle dit(그녀가 뭐라고 말했나요)?"

조제프 수녀가 말했다.

원장 수녀가 통역했다. 조제프 수녀의 붉은 뺨과 넓적하고 소박한 얼굴에 함박웃음이 피었다.

"잘못 짚을 수 없지요. 내 말을 믿어도 좋아요."

"결혼한 지 얼마나 되었지요, 부인?"

원장 수녀가 물었다.

"그러니까, 나의 올케는 부인만큼 결혼생활을 했을 때쯤 이미 아기가 둘이나 생겼답니다."

키티는 맥이 풀려 의자 속으로 가라앉았다. 그녀의 가슴속에 죽음이 자리를 잡았다.

"너무나 부끄러워요."

그녀가 속삭였다.

"아기가 생긴다는 것 때문에 그러나요? 이런, 이보다 더 자연스러운 일이 어딨나요?"

"Quelle joie pour le docteur(의사 선생님이 얼마나 기뻐하실까)."

조제프 수녀가 말했다.

"그래요. 당신 남편의 행복이 어떨지 생각해 봐요. 기쁨에 주체를 못할걸요. 그가 아기들과 함께 있는 걸 봤어야 해요. 아기들과 놀 때 그의 표정도요. 자신의 아기를 갖게 되면 얼마나 황홀해 할지 짐작이 가요."

잠시 키티는 침묵에 잠겼다. 수녀들은 부드러운 관심으로 그녀를 지켜보았고 원장 수녀는 그녀의 손을 쓰다듬었다.

키티가 말했다.

"이런 일을 예상치 못했다니 내가 바보였어요. 어쨌든 콜레라가 아니어서 다행이에요. 기분이 한결 낫군요. 다시 일하러 가야겠어요."

"오늘은 안 돼요, 부인. 충격을 받으셨기 때문에 집에 가서 쉬는 게 좋겠어요."

"아뇨, 아뇨. 여기 남아서 일하는 게 훨씬 좋아요."

"제 말 들어요. 제가 부인의 부주의함을 방치한다면 우리의 훌륭한 의사 선생님께서 뭐라고 하시겠어요? 원하시면 내일 오세요. 아니면 모레나. 하지만 오늘은 안정을 취해야 해요. 가마를 부를게요. 우리 여자애들 가운데 하나를 딸려 보낼까요?"

"오, 아니에요. 혼자 가도 괜찮아요."

56

키티는 덧창이 닫힌 방 안 침대에 누워 있었다. 점심시간이 지나서 하인들이 낮잠을 자는 시각이었다. 그날 아침에 알게 된(이제는 스스로도 사실로 확신하게 된) 것 때문에 그녀는 경악에 빠져 있었다. 집에 돌아온 후로 생각을 하려고 애를 썼지만 머릿속이 텅 비어서 생각을 끌어모을 수가 없었다. 그때 갑자기 발소리가 들렸다. 장화 소리였으므로 남자 하인들 중 하나였다. 그런데 그것이 그녀의 남편임을 깨닫자 두려움으로 숨이 막힐 것만 같았다. 그가 거실에 있었다. 그녀의 이름을 부르는 소리가 들렸다. 하지만 그녀는 대답하지 않았다. 잠시 침묵의 순간이 흐르고 그녀의 방문을 두드리는 소리가 났다.

"네?"

"들어가도 되겠소?"

키티는 침대에서 일어나 가운을 걸쳤다.

"네."

그가 들어왔다. 그녀는 덧창이 닫힌 덕분에 자신의 얼굴에 드리워진 그늘이 고마웠다.

"당신을 깨운 게 아니면 좋겠는데. 아주, 아주 가만히 문을 두드렸거든."

"잠들지 않았어요."

그는 창가로 다가가서 덧창 하나를 열었다. 부드러운 햇살이 방 안으로 쏟아져 들어왔다.

"무슨 일이에요? 왜 이렇게 일찍 돌아왔나요?"

그녀가 물었다.

"수녀님들이 당신 몸이 좋지 않다고 일러 줬소. 돌아와서 무슨 일인지 알아보는 게 좋다고 생각했지."

그녀에게 한 줄기 분노가 치밀어 올랐다.

"만약 콜레라였다면 무슨 말을 할 참이었죠?"

"만약 그랬다면 당신은 오늘 아침 집으로 돌아오지 않았겠지."

그녀는 화장대로 가서 빗으로 단발머리를 빗어 내렸다. 시간을 벌고 싶었다. 그러고는 앉아서 담배에 불을 붙였다.

"오늘 아침에 몸이 좋지 않아서 원장 수녀님이 돌아가는게 좋겠다고 하셨어요. 하지만 지금은 완전히 나았어요. 내일 평소처럼 수녀원에 가겠어요."

"무슨 일이오?"

"수녀님들이 말하지 않던가요?"

"아니. 원장 수녀님은 당신이 직접 나에게 말해야 한다더군."

그는 지금 전에 거의 보이지 않던 행동을 하고 있었다. 그녀의 얼굴을 빤히 들여다보았던 것이다. 개인적인 감정보다 직업적인 본능이 더 강하게 발휘된 결과였다. 그녀는 망설였다. 그러다가 그녀는 자신을 다그쳐 그의 눈과 마주쳤다.

"아기를 가졌어요."

그녀가 말했다.

누구나 자연스럽게 감탄할 만한 발언에도 침묵으로 반응하는 그의 습관에 그녀가 아무리 길들었다 해도 이번만큼 절망적인 때는 없었다. 그는 아무 말도 하지 않았다. 꼼짝도 하지 않았다. 동요하지 않는 얼굴, 표정의 변화가 없는 그의 짙은 색 눈은 그가 그녀의 말을 들었다는 것을 입증하고 있었다. 그녀는 갑자기 울고 싶은 충동을 느꼈다. 남자가 자기 아내를 사랑하고 그의 아내도 남편을 사랑한다면 이런 경우에 그들은 절절한 감정에 휩싸여 서로 부둥켜안아야 한다. 침묵을 견딜 수 없어 그녀가 먼저 침묵을 깨 버렸다.

"진작 왜 이런 생각을 못했는지 모르겠어요. 내가 어리석었어요, 하지만…… 이런저런 일로……."

"얼마나…… 언제 출산 예정이지?"

그의 입에서 어렵게 나온 말 같았다. 그의 목도 그녀만큼 타는지 바싹 말라 있었다. 성가시게 입술이 바르르 떨리는 바람에 간신히 만들어 낸 그녀의 대답은 그가 목석이 아니라면 동정심을 자극할 만한 것이었다.

"두 달에서 세 달 정도 된 것 같아요."

"내가 아이 아버지인가?"

그녀는 숨을 들이켰다. 그의 목소리에 파르르 떨리는 전율의 그림자가 느껴졌다. 일말의 감정의 동요도 허락하지 않는 그의 냉철한 자제력이 그토록 흔들리다니 두려운 일이었다. 이유는 모르겠지만 갑자기 홍콩에서 보았던, 바늘이 진동하는 어떤 기계가 생각났다. 수천 킬로미터 밖에서도 수천 명의 생명을 앗아 갈 수 있는 지진을 감지한다고 했다. 그녀는 그를 쳐다보았다. 그는 유령처럼 창백했다. 그렇게 낯빛이 해쓱한 것은 전에도 한두 번밖에 보지 못했다. 그의 시선이 아래로 양옆으로 흔들렸다.

"그래?"

그녀는 양손을 깍지 꼈다. 그에게 그렇다고 대답할 수만 있다면 이것은 그에게 세상에서 가장 중요한 일이 될 것이다. 그는 그녀의 말을 믿을 것이다. 기꺼이 그녀의 말을 믿을 것이다. 믿고 싶을 테니까. 그리고 그녀를 용서할 것이다. 그녀는 그의 애정이 얼마나 깊은지 알고 있었고 그가 수줍음을 무릅쓰고 그 애정을 기꺼이 베푸는 사람이라는 것도 알고 있었다. 그는 앙심을 품는 사람이 아니었다. 다만 그녀가 그에게 용서할 구실을 줄 수 있다면. 그것이 그의 마음을 움직일 만한 것이라면 그는 깨끗이 용서할 게 분명했다. 그가 과거를 들먹이며 그녀를 괴롭히는 일도 없을 것 같았다. 그는 잔인하고 냉혹하고 병적일지는 몰라도 야비하거나 속이 좁지는 않았다. 그녀가 그렇다는 말만 한다면 모든 것이 바뀔 것이다.

게다가 그녀는 동정심에 목이 말랐다. 그녀가 아기를 가졌다는 뜻밖의 사실에 이상한 희망과 예측 불가능한 욕망이 걷잡을 수 없이 밀려왔다. 그녀는 무기력함과 약간의 두려움, 외로움, 친구들이 천 리 밖에 있다는 느낌이 들었다. 그날 아침까지만 해도 어머니는 아무래도 좋았지만 갑자기 어머니와 함께 있고 싶은 열망이 생겼다. 도움과 위안이 필요했다. 그녀는 월터를 사랑하지 않았고 그럴 수 없다는 것도 알았지만 지금 이 순간만큼은 그가 그녀를 품에 안아 주기를, 그래서 그녀가 그의 가슴에 머리를 기댈 수 있기를 온 마음을 다해 갈망했다. 그에게 매달려서 행복한 울음을 터트릴 수 있다면. 그가 그녀에게 입 맞추고 그녀가 그의 목에 팔을 두를 수 있다면.

그녀는 눈물을 뚝뚝 흘리기 시작했다. 전에도 거짓말을 수없이 했고 지금도 쉽게 거짓말을 할 수 있었다. 좋은 뜻인데 거짓말이면 어떤가? 거짓말, 거짓말, 무엇이 거짓말인가? 그에게 그렇다고 말하기는 너무나 쉬웠다. 월터의 눈빛이 녹아들면서 그녀를 향해 양팔을 뻗은 모습이 보였다. 말을 할 수가 없었다. 이유는 모르겠지만, 그냥 할 수가 없었다. 최근 몇 주

동안 그녀가 겪은 그 모든 일들, 찰스와 그의 냉정함, 콜레라와 죽어 가는 모든 사람들, 수녀들, 정말 괴상하고 웃기는 주정뱅이 워딩턴까지, 그 모든 게 그녀를 변화시켰고 그래서 그녀는 자기 자신을 알 수 없었다. 그녀가 크게 동요하고 있는데도 그녀 영혼 속의 어떤 구경꾼 하나가 공포와 놀람 속에서 그녀를 지켜보는 것 같았다. 그녀는 진실을 말해야 했다. 거짓말을 하는 것은 무가치했다. 그런데도 그녀의 생각은 이상하게 방황을 거듭했다. 갑자기 거주지 담벼락에 있던 죽은 거지가 떠올랐다. 왜 그가 생각난 걸까? 그녀는 소리 내어 흐느끼지 않았다. 그저 눈물이 커다란 눈에서 펑펑 솟아 나와 얼굴을 타고 흘러내릴 뿐이었다. 마침내 그녀가 질문에 대답했다. 그는 그가 아이의 아버지냐고 물었더랬다.

"모르겠어요."

그가 희미하게 킥킥거렸다. 그것이 키티를 떨게 만들었다.

"좀 어색하네, 그렇지?"

그다운 대답이었고, 그에게서 기대한 말과 정확히 일치했지만, 그녀의 가슴은 철렁 무너져 내렸다. 그녀가 얼마나 힘들여 진실을 말했는지 그가 과연 짐작이나 할까 하는 의문이(동시에 그것이 조금도 힘들지 않았고 달리 어쩔 수 없었다는 깨달음이) 들었다. 그런데 그가 그녀의 말을 믿어 주기나 할까? 모르겠어요, 모르겠어요 하는 그녀의 대답이 그녀의 머릿속을 쿵쿵 울렸다. 다시 주워 담기는 불가능했다. 그녀는 가방에서 손수건을 꺼내 눈가를 훔쳤다. 그들은 아무 말도 하지 않았다. 침대 옆 탁자 위에 탄산수 컵이 있었고 그가 물을 한 잔 따라다 주었다. 그는 그것을 그녀에게 건네주고는 그녀가 물을 마시는 동안 잔을 잡고 있었다. 새삼스럽게 그의 손이 얼마나 야위었는지 두드러져 보였는데, 긴 손가락에 날씬했던 고상한 손이 이제는 뼈와 가죽밖에 남아 있지 않았다. 바르르 떨고 있는 그의 손. 그는 표정을 관리할 수는 있었지만 손은 그의 뜻대로 따라 주시 않았다.

그녀가 말했다.

"내가 우는 건 신경 쓰지 마요. 아무것도 아니에요. 눈에서 눈물이 흘러나오는 걸 어쩔 수 없을 뿐이에요."

그녀가 물을 마시고 나자 그가 잔을 도로 가져다 놓았다. 그러고는 의자에 앉아 담배에 불을 붙였다. 그가 작은 한숨을 토해 냈다. 그녀는 예전에도 한두 번 그가 그런 한숨을 쉬는 걸 들은 적이 있었는데 그럴 때마다 그녀의 가슴이 무겁게 내려앉았다. 그를 쳐다보니 그는 공허한 시선으로 창밖을 응시하고 있었다. 지난 몇 주 동안 그가 얼마나 비참할 정도로 야위었는지 전혀 눈치 채지 못했다는 사실에 그녀는 깜짝 놀랐다. 관자놀이 부위가 푹 꺼지고 얼굴의 뼈가 피부 밑에서 두드러져 보였다. 그의 옷이 몸 위에서 흐느적거리는 모양이 그보다 몸집이 큰 사람을 위해 지은 것 같았다. 햇볕에 그을린 얼굴은 푸르스름하고 창백한 빛을 띠었다. 녹초가 된 것 같았다. 그는 일을 너무 많이 하고 잠을 거의 자지 않았으며 먹지도 않았다. 그녀의 마음속을 차지한 슬픔과 동요의 공간에 그에 대한 안타까움이 자라났다. 그를 위해 아무것도 할 수 없다는 것이 잔혹하다는 생각이 들었다.

그는 머리가 아프기라도 한 것처럼 손을 이마 위에 얹었다. 그의 머릿속에 같은 말이 미친 듯이 고동치고 있으리라. 모르겠어요. 모르겠어요. 이렇게 음울하고 차갑고 수줍음을 타는 남자가 조그만 아기들에게 자연스러운 애정을 품을 수 있다는 게 이상했다. 대부분의 남자는 심지어 자기 자식에게도 별다른 신경을 쓰지 않는다. 수녀들은 감동받고 다소 기쁜 표정으로 유별난 그에 대해 다들 한 번 이상 언급했다. 그가 이상한 중국 아기들에게조차 그런 느낌을 가졌다면 자신의 자식에게는 오죽하겠는가? 키티는 다시 터지려는 울음을 막으려고 입술을 깨물었다.

그가 자기 시계를 들여다보았다.

"도시로 돌아가 봐야겠군. 오늘 할 일이 너무 많아서. 당신 괜찮겠지?"

"오, 그럼요. 나는 신경 쓰지 마요."

"오늘 저녁은 기다리지 마요. 아주 늦을 테니까. 음식은 유 대령에게서 구할 수 있을 거야."

"알겠어요." 그가 일어섰다. "내가 당신이라면 오늘은 아무것도 하지 않을 거야. 쉬는 게 좋아. 내가 가기 전에 뭐 필요한 거 없어요?"

"아뇨. 고마워요. 난 괜찮을 거예요."

그가 갈피를 잡지 못하는 것처럼 잠시 망설이다가 그녀를 쳐다보지 않은 채 불쑥 모자를 집어 들고는 휙 방을 걸어 나갔다. 그가 거주지를 통과하는 소리가 들려왔다. 그녀는 끔찍하게도 외로웠다. 자제할 필요가 없는 순간이 오자 그녀는 폭

포처럼 눈물을 쏟아 내었다.

57

그닐 밤은 후텁지근했다. 기디가 창가에 앉아서 별이 총총한 밤하늘에 대비되어 어두운 중국 사원의 환상적인 지붕들을 바라보고 있을 때 월터가 들어왔다. 그녀는 울어서 눈가가 무거웠지만 평정을 되찾은 상태였다. 그녀를 괴롭힐 만한 그 모든 것들에도 불구하고 너무 지쳐서 그런지 이상하게 평화로웠다.

"당신이 이미 잠자리에 든 줄 알았어."

월터가 들어오면서 말했다.

"졸리지 않아요. 앉아 있는 게 더 시원할 것 같아서요. 저녁은 먹었어요?"

"필요할 만큼."

그가 긴 방 안을 왔다 갔다 했다. 그녀에게 뭔가 할 말이 있는 것 같았다. 그녀는 그가 당황하고 있음을 느끼면서 그가 결심을 굳히기를 참고 기다렸다. 그가 불쑥 말을 꺼냈다.

"당신이 오늘 오후에 한 말에 대해서 생각해 봤어. 당신이 여길 떠났으면 좋겠다고 생각하오. 유 대령에게 이야기했더니 그가 당신을 호송해 주겠다더군. 하녀를 데려가요. 당신은 안전할 거야."

"어디로 가라는 거죠?"

"당신 어머니한테 가요."

"어머니가 나를 보면 기뻐할 거라 생각해요?"

그가 생각에 잠긴 듯 잠시 망설였다.

"그럼 홍콩으로 가시오."

"거기서 제가 뭘 하죠?"

"당신은 보살핌과 관심이 필요해. 당신더러 여기 머무르라고 하는 건 공평치 못하다는 생각이 드는군."

그녀는 비통함이 아닌 순수한 즐거움에서 비롯된 미소가 얼굴에 떠오르는 것을 막을 수 없었다. 그를 슬쩍 쳐다보고는 거의 웃음을 터뜨릴 뻔했다.

"내 건강에 대해서 왜 그렇게 신경 쓰는지 이해할 수가 없어요."

그는 창가로 다가가 밖의 밤을 응시했다. 청명한 하늘에 그토록 별이 빛나기는 처음이었다.

"여긴 당신 같은 상태의 여자가 머무를 곳이 아니야."

그녀는 그를 쳐다보았다. 어둠 속에서 얇은 옷을 입은 그가 허옇게 빛났다. 그의 섬세한 이목구비에 뭔가 사악한 것이 있었다. 이상하게도 그 순간 그것이 그녀에게서 두려움을 앗아 갔다.

"나를 여기 끌고 왔을 때 당신은 내가 병으로 죽기를 바랐죠?"

그녀가 갑자기 물었다.

그가 오랫동안 대답하지 않아서 그녀는 그가 듣지 못한 줄 알았다.

"처음에는."

그녀는 몸을 부르르 떨었다. 그가 처음으로 그의 속마음을 인정했기 때문이다. 하지만 그렇다고 해도 그에 대한 악감정은 없었다. 그런 자신의 마음에 그녀 스스로도 놀랐다. 그 속에는 어떤 경탄과 희미한 즐거움마저 존재했다. 이유는 잘 모르겠지만 갑자기 찰스 디 오 센드기 머릿속에 떠오르며 그가 비참한 바보같이 느껴졌다.

그녀가 대답했다.

"쓸데없이 터무니없는 위험을 감수하려고 했군요. 만약 내가 죽었다면 당신의 그 예민한 양심이 당신 자신을 용서했을까 하는 의문이 드네요."

"글쎄, 당신은 안 죽었어. 보란 듯이 잘 이겨 냈지."

"지금처럼 행복한 적은 내 생애에 없었어요."

그녀는 그의 인간성에 몸을 던지고 자비를 구하고 싶은 본능이 일었다. 어쨌든 그들이 그 모든 일을 극복하고 공포와 절망의 무대 한복판에서 살아 있는 마당에 간통 같은 어리석은 짓거리에 연연해 한다는 것 자체가 터무니없어 보였다. 모퉁이하나만 돌면 죽음이란 놈이 감자를 땅에서 캐내듯 인명을 앗아 가며 활개를 치는 이때에 누가 몸뚱이를 더럽혔네 어쩌네하는 것에 신경을 쓰다니 바보 같은 짓이었다. 찰스가 그녀에게 얼마나 하찮은 존재인지, 그래서 그의 모습을 머릿속에 떠올리는 일조차 얼마나 힘겨운지, 그에 대한 사랑이 그녀의 가슴에서 완전히 빠져나가 말라 버렸다는 걸 그에게 납득시킬 수만 있다면! 그녀는 타운센드에 대해 아무런 감정도 느낄 수

없었기 때문에 그녀가 그와 벌인 갖가지 행동들은 이제 중요
성을 잃어버렸다. 그녀는 이제 심장을 되찾았고 자신의 몸을
바쳤던 사실은 조금도 중요치 않았다. 그녀는 월터에게 이렇
게 소리지고 싶었다. '이봐요. 우리 바보짓은 이제 할 만큼 하
지 않았나요? 우린 서로에게 애들처럼 부루퉁해 있어요. 입맞
춤하고 친구가 되는 게 어때요? 우리가 연인이 아니라고 해서
친구가 되지 말란 법은 없잖아요?'

그가 아주 조용히 일어섰다. 그의 무표정하고 창백한 얼굴
이 섬뜩했다. 그녀는 그를 믿지 않았다. 그녀가 잘못 말한다면
그는 그녀에게 얼음장 같은 가혹함으로 응수할 터였다. 이제
그녀는 그가 가진 극도의 민감함을 절감했다. 그의 통렬한 냉
소는 그것에 대한 보호막이라는 것도, 그가 상처 받으면 얼마
나 빨리 가슴을 닫아 버리는지도. 그의 어리석음에 일순간 화
가 치밀었다. 그를 가장 괴롭힌 것은 그의 허영심에 난 상처가
분명했다. 그리고 그것이 가장 치료하기 어려운 상처임을 어렴
풋이 깨달았다. 남자가 아내의 정조를 아무리 중요하게 여긴
다 해도 이건 도에 지나쳤다. 처음 찰스와 잤을 때 그녀는 자
신이 완전히 다른 여자로 다시 태어나기라도 할 것 같았다. 하
지만 자신의 모습은 전과 다름없었고 오직 행복과 크나큰 활
력을 경험했다. 월터의 아이라고 말했더라면 하는 아쉬움이
생겨났다. 그 거짓말은 그녀에겐 아무 의미도 없지만, 그녀가
그렇게 확신만 주었다면 그에겐 커다란 위안이 되었을 것이다.
게다가 그것은 거짓말이 아닐 수도 있었다. 하지만 아까는 가
슴속에 존재하는 이상한 훼방꾼이 나서서 상황을 그녀에게

유리하게 해석할 수 없도록 방해했다. 남자들이란 얼마나 어리석은지! 생식에서 그들의 역할은 너무나 사소했다. 기나긴 달들을 힘들게 아이를 품고 있다가 고통 속에 출산하는 것은 여자였지만 남자는 잠깐 관여했다는 이유만으로 그런 터무니없는 요구들을 했다. 그것이 어째서 아이에 대한 그의 감정에 차이점을 만들어야 하나? 그러자 키티의 생각이 그녀가 품고 있는 아이에게로 흘러갔다. 그것에게 어떤 감정도 열광적인 모성애도 느끼지 못했지만 왠지 모를 호기심이 생겼다.

"생각 좀 해봐요."

월터가 기나긴 침묵을 깼다.

"뭘 생각해요?"

그가 놀랐다는 듯이 약간 돌아섰다.

"언제 떠날지 말이오."

"하지만 난 가고 싶지 않아요."

"왜지?"

"난 수녀원에서 일하는 게 좋아요. 나도 쓸모가 있다는 생각이 드니까요. 당신이 여기 있는 동안은 나도 여기 있고 싶어요."

"현재의 당신 상태로서는 감염에 더 취약하다는 사실을 말해 줘야겠군."

"당신의 신중한 태도가 마음에 드네요."

그녀가 쓴웃음을 지었다.

"나를 위해 머무르는 것은 아니지?"

그녀는 망설였다. 현재 그가 그녀의 마음속에 일깨운 가장 강하고 가장 예상치 못했던 감정은 동정심이라는 걸 그가 알 턱이 없었다.

"아뇨. 당신은 날 사랑하지 않잖아요. 어떤 때 당신은 나를 지겨워하는 것 같아요."

"난 당신이 꽉 막힌 수녀 몇 명과 한 떼의 중국 악동들 때문에 자신을 내놓을 수 있는 사람이라고는 생각하지 못했어."

그녀의 입술에 미소가 번졌다.

"나에 대한 당신의 평가에 실수가 있었다고 해서 나를 그토록 깔보다니 불공평하다고 생각해요. 당신이 바보 멍텅구리였다고 해서 그게 내 잘못은 아니죠."

"남기로 했다면 물론 그건 당신 자유야."

"당신에게 아량을 베풀 기회를 주지 못해서 미안하군요."

이상하게 그를 진지하게 대하기가 힘들었다.

"사실 당신이 옳아요. 내가 여기 남으려는 건 고아들 때문만은 아니죠. 알다시피, 난 이 세상에 찾아가 의탁할 만한 영혼은 단 하나도 없는 특수한 입장에 처해 있어요. 날 귀찮게 여기지 않을 사람이 내겐 없어요. 내가 죽었든 살았든 눈 하나 깜짝할 사람이 어디 있겠어요."

그가 얼굴을 찌푸렸다. 하지만 화가 나서 찌푸린 것은 아니었다.

"우리가 일을 완전 엉망진창으로 만들었군. 안 그렇소?"

"아직도 나와 이혼하고 싶나요? 난 이제 아무래도 상관없어요."

"당신을 이곳에 데려옴으로써 난 그 죄를 용인했다는 걸 알아 돼요."

"난 몰랐어요. 알다시피 내가 부정에 대해 머리를 싸매고 연구한 것도 아니니까. 그럼 여기를 떠날 때 우린 어떻게 되나요? 같이 살게 될까요?"

"아, 그건 미래가 알아서 처리하도록 놔둬야 할 문제라고 생각하지 않소?"

그의 목소리에서 죽음의 노곤함이 묻어났다.

58

이삼 일 후, 워딩턴이 수녀원으로 찾아와(키티는 불안함에서 벗어나려고 즉시 일을 재개했다.) 약속대로 그의 애인과 차를 마시러 가자며 키티를 데리고 나갔다. 키티는 워딩턴의 집에서 식사를 한 적이 한두 번 있었다. 그곳은 관리들을 위해 중국 전역에 설치된 여느 세관 건물과 다를 바 없이 네모난 모양에 당당한 하얀색 건물이었다. 그들이 식사했던 식당과 앉아 있던 응접실은 깔끔하고 견고한 가구로 장식되어 있었다. 어떤 부분은 사무실 같기도 하고 또 어떤 부분은 호텔같이 보였고 가정집 같은 느낌은 아무 데도 없어서 척 보기에도 되는 대로 머무르다가 후임 거주인에게 내주는 임시 체류지 티가 역력했다. 그래서 위층에 혹여 미스터리나 로맨스가 베일에 싸여 존재할지도 모른다는 생각은 좀처럼 들지 않았다. 그들은 계단을 올라갔고 워딩턴이 문을 열었다. 키티는 크고 휑한 방으로 들어갔는데, 하얗게 칠한 벽면에 다양한 서예 족자들이 걸려 있었다. 갖가지 모양이 조각된 블랙우드 재질의 네모난 탁자와 딱딱한 팔걸이의자에 만주족 여인이 앉아 있었다. 그녀는 키티와 워딩턴이 들어가자 일어섰지만 앞으로 나오지는 않았다.

"여기 있군요."

워딩턴이 이렇게 말한 후 중국말로 몇 마디 덧붙였다.

키티는 그녀와 악수했다. 수를 놓은 긴 덧옷을 걸친 그녀는 키티보다 다소 키가 컸는데, 남부 지방 사람들에게 익숙한 키티의 눈에는 생소했다. 그녀는 좁은 소매가 손목을 덮은 밝은 초록색 비단 상의를 입고 우아하게 손질된 검은 머리에 만주족 여인들의 머리 장식을 쓰고 있었다. 그리고 얼굴에는 분을 바르고 뺨에는 눈에서 입에 이르기까지 두껍게 볼연지를 칠했다. 눈썹을 다 뽑은 자리에 가늘고 짙은 선이 그려져 있고 입술은 진홍색이었다. 한 꺼풀 덮어쓴 가면 속에서 살짝 치켜 올라간 검고 큰 그녀의 두 눈이 칠흑의 호수처럼 불타올랐다. 여자라기보다는 우상에 가까웠다. 그녀의 동작은 느리지만 단호했다. 그녀는 수줍어하면서도 호기심을 보이는 것 같았다. 그녀는 워딩턴이 자기에게 말하는 동안 키티를 보면서 두세 번 머리를 끄덕거렸다. 그녀의 손이 키티의 눈에 띄었다. 신비하리만치 길쭉하고 매우 날씬하며 상아색을 띤 손과 색칠한 고상한 손톱. 키티는 그렇게 아름다우면서도 나른하고 우아한 손은 한 번도 본 적이 없다는 생각이 들었다. 그것은 수세기에 걸쳐 이어진 혈통을 암시했다.

그녀는 과수원에서 짹짹거리는 새들처럼 고음으로 몇 마디 말을 했는데, 키티를 만나서 반갑다는 뜻이라고 워딩턴이 통역해 주었다. 그녀는 몇 살이고 아이는 몇 명을 낳았을까? 그들은 네모난 탁자 주위에 세 개의 딱딱한 의자에 앉았고 하인이 은은한 재스민 향기가 풍기는 찻주전자를 가져왔다. 만주족 여인은 스리캐슬스 담배가 담긴 초록색 양철통을 키티에게 건넸다. 탁자와 의자 옆에 작은 가구들이 있었고 틀이 없는 커다란 침대 하나와 그 위에 수놓인 베개 하나, 그리고 백단 서랍장 두 개가 있었다.

"저분은 하루 종일 혼자 뭘 하죠?"

키티가 물었다.

"그림 약간, 그리고 가끔은 시를 쓰기도 합니다. 하지만 대부분 앉아 있죠. 담배도 피우는데 적당히 피워서 다행입니다. 제 임무 중 하나가 마약 거래를 단속하는 일이니까요."

"당신은 담배 피우세요?"

키티가 물었다.

"거의 안 피우죠. 사실을 말씀드리자면 전 위스키를 더 좋아합니다."

방 안에서는 희미하게 매캐한 냄새가 났다. 불쾌하지만 독특하고 이국적이었다.

"내가 그녀에게 직접 말하지 못해 미안하다고 전해 주세요. 우린 분명 서로에게 할 말이 아주 많을 텐데요."

이 말이 통역되자 만주 여인은 미소를 머금은 시선으로 키티를 흘끔 쳐다보았다. 아름다운 옷을 입고 당황한 기색 없이 앉아 있는 그녀의 자태가 인상적이었다. 그리고 화장한 얼굴에서 조심스럽고 침착하지만 불가사의한 시선이 흘러나왔다. 그녀는 그림처럼 비현실적이었지만 키티를 어쩔 줄 모르게 만드는 우아함이 있었다. 이제껏 운명에 의해 내쳐져 들어온 중국에 대해 다소 깔보는 관점과 일시적인 관심에서 벗어나 본 적이 없었다. 하지만 그것은 그녀의 마음에서 비롯한 것이 아니었다. 이제 그녀는 갑자기 먼 곳에 존재하는 신비로운 뭔가에 대한 막연한 암시를 받은 것 같았다. 불가사의하고 암흑에 싸인 고대의 동방. 스치듯 그녀의 눈에 언뜻 들어온 이 고상한 존재의 이상과 믿음 앞에서 서양의 믿음과 이상은 조악하게만 보였다. 여기에는 다른 삶, 다른 차원의 삶이 존재했다. 화장한 얼굴과 치켜 올라간 조심스러운 눈을 가진 우상을 바라보고 있자니 키티는 아등바등하는 일상사가 어쩐지 덧없어 보여 이상한 느낌이 들었다. 색칠한 가면 아래 풍부하고 심오하며 중대한 경험의 비밀이 숨겨진 것만 같았다. 끝이 뾰족한 손가락이 달린 그 길쭉하고 섬세한 손이 가늠할 수 없는 수수께끼의 열쇠를 쥔 것이다.

"저분은 하루 종일 무슨 생각을 하나요?"

키티가 물었다.

"아무것도."

워딩턴이 미소를 지었다.

"저분은 경이로워요. 그렇게 아름다운 손은 본 적이 없다고 말해 주세요. 저분이 당신에게서 뭘 봤는지 모르겠네요."

워딩턴이 미소를 지으면서 통역했다.

"그녀 말이 내가 착하답니다."

"언제부터 여자들이 남자들의 미덕 때문에 그들을 사랑했나요?"

키티가 짓궂게 웃었다.

만주 여인이 풉 하고 웃었다. 그때 키티가 그녀가 차고 있는 옥팔찌를 칭찬하자 그것을 벗어 주었다. 키티는 팔찌를 차 보려고 했지만 손이 작아서 충분히 봉과할 것 같은데도 손가락의 맨 밑 관절을 통과시킬 수가 없었다. 그러자 만주 여인이 아이처럼 웃음을 터뜨렸다. 그녀가 뭐라고 워딩턴에게 말을 하고는 하녀를 불렀다. 그리고 하녀에게 어떤 지시를 내리자 하녀가 즉시 매우 아름다운 만주 신발 한 켤레를 가져왔다.

워딩턴이 말했다.

"부인 발에 맞기만 한다면 이것을 드리겠답니다. 침실 슬리퍼로 꽤 쓸 만할 겁니다."

"꼭 맞아요."

키티가 만족스러워 하며 말했다.

워딩턴의 얼굴에 악당 같은 미소가 떠오르는 것이 보였다.

"이거 저분에게 너무 크지 않던가요?"

그녀가 재빨리 물었다.

"아주 많이요."

키티가 소리 내어 웃자 워딩턴이 통역했고 만주 여인과 하녀도 따라 웃었다.

잠시 후 키티와 워딩턴이 함께 언덕을 올라갈 때 그녀는 그를 향해 다정한 미소를 보였다.

"그녀에게 커다란 애정을 품고 있다는 말씀을 제게 안 하셨군요."

"왜 그렇게 생각합니까?"

"당신 눈 속에서 그걸 봤으니까요. 이상하지만 마치 유령이나 꿈을 사랑하는 것 같더군요. 남자들은 속을 알 수가 없어요. 난 당신이 다른 사람과 다를 바 없다고 생각했는데 이제 당신에 대해서 손톱만큼도 아는 것이 없었다는 생각이 드네요."

그들이 방갈로에 도착했을 때 워딩턴이 뜬금없이 물었다.

"왜 그녀를 보고 싶어 했나요?"

키티는 잠시 망설이다가 대답했다.

"난 뭔가를 찾고 있지만 그게 뭔지는 잘 몰라요. 하지만 그걸 아는 건 내게 무척이나 중요한 일이에요. 그리고 내가 그걸 알아내면 모든 게 달라질 거예요. 아마 수녀들은 그걸 알겠죠. 그들과 함께 있을 때면 난 그들이 나와 공유하지 않는 비밀을 갖고 있다고 느껴요. 왠지 모르게 그 만주 여인을 보면 내가 찾고 있는 것에 대한 단서를 발견할 것만 같은 생각이 들었어요. 아마 그녀가 할 수 있었다면 내게 말했을 거예요."

"왜 그녀가 알고 있다고 생각합니까?"

키티는 그를 곁눈질로 흘끔 보았지만 대답하지 않았다. 대신 그에게 질문을 던졌다.

"당신은 그걸 알고 있나요?"

그가 미소를 짓더니 어깨를 으쓱 올렸다.

"도(道). 우리들 중 누구는 아편에서 그 '길'을 찾기도 하고 누구는 신에게서 찾고, 누구는 위스키에서, 누구는 사랑에

서 그걸 찾죠. 모두 같은 길이면서도 아무 곳으로도 통하지
않아요."

59

키티는 다시 편안한 일상으로 빠져들었고 이른 아침에는
몸 상태가 그다지 좋지 않았지만 그것으로 흔들리지 않을 만
큼 활력이 흘렀다. 수녀들은 키티에게 놀라운 관심을 보였다.
복도에서 그녀를 만나도 아침 인사 이상의 행동을 보이지 않
던 그들이 이제는 얄팍한 구실을 내세워 그녀가 있는 방 안으
로 들어와서는 그녀를 들여다보며 천진난만하게 흥분해서 재
잘거리곤 했다. 조제프 수녀는 자기가 전에 뭐라더냐 하면서
그 당시 그녀가 했다는 "내 생각엔 혹시" 아니면 "내 생각엔
당연히" 하는 말을 어떤 때는 지겨울 정도로 되풀이했다. 키티
가 기절했을 때의 레퍼토리는 "의심의 여지가 없다, 불을 보듯
뻔하다."였다. 조제프 수녀는 키티에게 자기 올케가 해산하던
이야기를 장황하게 들려주었는데, 키티가 재빠른 재치를 발휘
하지 않았더라면 전혀 신기할 게 하나도 없는 이야기였다. 조
제프 수녀는 자신의 성장 과정(그녀 아버지의 농장 목초지를 굽
이쳐 흐르는 강물과 보드라운 산들바람에 바스락거리던 강둑의 미
루나무들)에 대한 현실적 관점에다 친숙한 종교적인 것들을 가
미해 유쾌한 방식으로 풀어냈다. 어느 날은 키티에게 이교도
들은 짐작도 못할 거라면서 수태고지에 대해 확신에 찬 어조

로 말했다.

"성경을 읽을 때마다 눈물을 참을 수 없답니다. 이유는 모르겠지만 그때마다 이상한 느낌이 들어요."

그러고는 키티에게 익숙하지 않은 말인 프랑스어로 성경 구절을 다소 엄숙하고 세심하게 인용했다.

"천사는 마리아의 집으로 들어가 '은총을 가득 받은 이여, 기뻐하여라. 주께서 너와 함께 계신다.' 하고 인사하였다."

탄생의 신비로움은 과수원의 흰 꽃송이들을 간질이는 변덕스러운 바람처럼 수녀원 전체에 몰아닥쳤다. 키티가 아이를 가졌다는 생각이 이 불모의 여인들의 마음을 들쑤시고 흥분시키는 모양이었다. 그들에게 그녀는 다소 두렵지만 매혹적인 존재였다. 그들은 농부나 어부의 딸들이었기 때문에 그녀가 처한 신체적 상황을 건전한 상식선에서 바라보았지만 그들의 어린애 같은 마음속에는 임신에 대한 경외감이 자리하고 있었다. 그녀가 짊어져야 할 부담을 생각하고 곤혹스러워 하면서도 여전히 행복하고 이상하리만치 고양된 것이다. 조제프 수녀는 키티에게 그들 모두가 그녀를 위해 기도한다며 그녀가 가톨릭 신자가 아닌 것이 유감스럽다고 말했다. 그러자 원장 수녀가 그녀를 나무랐다. 개신교도도 좋은 여자(그녀의 표현대로라면 "une brave femme")가 될 수 있고 "le Bon Dieu(좋으신 주님)"이 어떤 식으로든 모든 걸 주관한다고 하면서.

키티는 그녀가 일으킨 관심에 감동받기도 하고 기분 전환이 되기도 했지만 성스러움 자체인 근엄한 원장 수녀까지 전에 없던 나긋함으로 자신을 대하는 통에 깜짝 놀라고 말았다.

원장 수녀는 언제나 키티에게 친절했지만 거리감을 두었더랬다. 하지만 이제 그녀의 부드러움은 모성적인 면을 풍겼다. 목소리는 새롭고 상냥한 어조를 띠었으며 키티가 영리하고 기특한 일을 해낸 어린애인 양 눈에는 갑작스러운 즐거움이 감돌았다. 이상한 변화였다. 조용하지만 웅장하게 넘실대는 회색바다저림 암울한 장중함 속에서 경외심을 유발하는 그녀의 영혼이 갑자기 한 줄기 서광이 비추면서 잠에서 깨어나 다정하고 명랑하게 변한 것이다. 원장 수녀는 이제 저녁때 가끔 찾아와 키티와 함께 앉아 있곤 했다.

"부인이 피로하지 않도록 제가 돌봐야겠어요."

원장 수녀는 스스로를 위해 노골적인 구실을 만들어 내며 말했다.

"아니면 페인 박사님께서 절 용서하지 않을 거예요. 오, 영국인의 자제심이라니! 박사님은 한없이 기쁘면서도 부인이 그에게 그 사실을 말했을 때 더 얼굴빛이 창백해지는 사람이죠."

그녀는 키티의 손을 잡고 다독거렸다.

"페인 박사님은 부인이 여길 떠나길 바랐지만 부인이 우릴 차마 떠날 수 없어서 가지 않았다고 말씀하셨어요. 부인은 정말 친절하세요. 부인이 우리에게 베푼 친절에 우리가 감사한다는 걸 알아주셨으면 해요. 하지만 부인은 남편 곁도 떠나기 싫었겠지요. 그의 옆이 부인의 자리죠. ……그게 더 낫지요. 그도 부인이 필요할 것이고. 아, 그렇게 존경스러운 분 없이 우리가 무얼 할 수 있을까요?"

"그가 여러분을 위해 뭔가 할 수 있다고 생각하니 기뻐요."
키티가 말했다.

"그를 온 마음을 다해 사랑해 주세요. 그는 성자예요."

키티는 미소를 지었지만 가슴속으로는 한숨을 쉬었다. 그녀가 월터를 위해 할 수 있는 일은 단 한 가지였지만 그녀는 그 방법을 몰랐다. 그녀는 그가 용서해 주기를 바랐다. 더 이상 그녀를 위해서가 아니라 그 자신을 위해서. 그것만이 유일하게 그에게 마음의 평안을 가져다주리라. 그에게 용서를 구해 봤자 소용없는 노릇이었고 그녀가 그녀를 위해서가 아니라 그를 위해서 그것을 바란다는 의심을 그가 품게 된다면 그의 고집스러운 허영심(흥미롭게도 그의 허영심이 이제는 그녀의 화를 돋우지 않았고 자연스럽다 못해 그에 대한 동정심이 일게 만들었다.)이 필사적으로 거부감을 일으킬 게 자명했다. 이제 유일한 기회는 어떤 예기치 못한 사건이 그를 무장해제시킬 때였다. 그렇게 되면 그는 자신을 분노의 악몽으로부터 해방시켜 줄 감정의 분출을 환영할 것이라고 그녀는 생각했다. 하지만 그의 딱한 어리석음 때문에 그는 온 힘을 다해 그것에 맞서 싸울 것이라는 생각도 들었다.

고통으로 가득한 세상에 잠깐 머물렀다 가는 신세로도 모자라 자신을 고문하다니 인간은 얼마나 딱한 존재인가?

60

원장 수녀가 키티와 이야기를 나눈 것은 서너 번뿐이고 한두 번은 10분 정도에 그쳤지만 그녀는 키티에게 깊은 인상을 남겼다. 처음 얼굴을 대했을 때 그녀의 인물됨은 장엄하지만 호락호락하시 않은 산과 같았다. 하지만 지금은 그 깅 중한 첩첩산중에 과일나무들이 우거진 사이로 친근한 작은 마을들이 보이고 파릇파릇한 목초지를 뚫고 시원한 강물이 유유히 흘렀다. 그러나 이런 평온한 장면들이 경이롭고 심지어 용기를 북돋기도 했지만 황갈색의 고지대와 바람이 몰아치는 벌판 위에서 아늑함을 느끼기는 어려운 일이었다. 원장 수녀와 친밀해진다는 것은 불가능할 터였다. 다른 수녀들을 비롯해 심지어 재치 있고 수다스러운 조제프 수녀마저도 비인간적인 면모를 풍겼지만, 원장 수녀의 경우는 거의 가시적인 장벽에 가까웠다. 그녀는 보통 사람과 같이 땅 위를 걸으며 평범한 일상 속에 묻혀 지내면서도 정작 그녀가 속한 곳은 분명 손에 닿을 수 없는 다른 차원의 세계였다. 그녀를 보면 그런 생각이 들면서 그에 따른 흥미로운 느낌과 전율, 경외감이 솟아올랐다. 한 번은 원장 수녀가 키티에게 이렇게 말했다.

"우리 수녀들은 지속적으로 예수님께 탄원 기도를 올려야 하는 것만으로는 충분할 수 없어요. 자기 자신이 직접 하나님께 기도하는 사람이 되어야 합니다."

원장 수녀와의 대화는 그녀의 종교와 한몸처럼 엮여 있었지만 그것은 그녀에게 너무나 당연한 일이라서 오히려 이교도에게 영향을 주려는 노력이 결여되었다는 생각이 키티에게 들었다. 그토록 깊은 인간애를 보유한 원장 수녀가 그녀의 눈에 죄악으로 가득 차고 무지로 비칠 것이 분명한 상황 속에 키티를 방치하고도 전혀 개의치 않다니 이상하지 않은가.

어느 저녁 무렵 둘은 함께 앉아 있었다. 이제 낮의 길이가 점점 짧아지면서 저녁 나절의 은은한 햇빛은 온화하고 살짝 애수의 분위기를 자아내기까지 했다. 원장 수녀는 매우 피곤해 보였다. 그녀의 비극적인 얼굴은 시무룩하고 창백했으며 아름다운 짙은 색 눈동자에서는 불꽃이 자취를 감추었다. 노곤함이 그녀를 자신감이 빈약한 상태로 몰고 간 것 같았다.

그녀가 기나긴 꿈에서 깨어나며 말했다.

"오늘은 추억이 깃든 날입니다. 내가 마침내 종교에 귀의한 기념일이기 때문입니다. 그때 나는 2년을 꼬박 고민하고도 내 소명에 대한 두려움과 세속적인 마음에 다시 포로가 될까 봐 두려웠지요. 하지만 그날 아침 성찬식을 치를 때 땅거미가 지기 전 어머니에게 내 소망을 선언하기로 난 결심했답니다. 영성체를 받은 후 주님께 마음의 평화를 달라고 간청했을 때 내게 대답이 내려온 것 같았어요. 오직 갈망하기를 그칠 때 네가 그것을 소유하리라 하는."

원장 수녀는 과거의 추억에 몰입한 것 같았다.

"그날, 내 친구 중 하나인 비에르노 부인이 친척들 누구에게도 알리지 않고 카르멜 수도원을 향해 떠났습니다. 그들이 그녀의 발길을 붙잡으리라는 걸 알고 있었기 때문이죠. 하지만 그녀는 과부였고 그런 만큼 자신의 선택대로 행동할 권리가 있다고 생각한 겁니다. 내 사촌들 중 하나가 친애하는 그 도망자에게 작별 인사를 고하려고 나갔다가 저녁때가 지나서 돌아왔습니다. 사촌은 무척이나 감동을 받았더군요. 그때 난 아직 어머니에게 말을 꺼내지 않은 상태였기 때문에 가슴에 품은 말을 어머니에게 털어놓을 생각을 하자 덜덜 떨렸어요. 하지만 영성체에서 내가 한 결심을 시키고 싶었습니다. 난 내 사촌에게 온갖 질문을 퍼부었어요. 나의 어머니는 작업 중이던 태피스트리 속에 빨려 들어간 것처럼 하고 계셨지만, 한 마디도 빼놓지 않고 듣고 계셨죠. 나는 겉으로 다른 사람과 말하고 있는 와중에도 마음속으론 나 스스로에게 말했습니다. 오늘 말을 하려거든 더 이상 망설일 시간이 없다고.

"그 장면이 어쩜 그리 생생하게 기억나는지 참 이상하지요. 우린 둥그런 탁자에 둘러앉아 있었어요. 빨간 천이 덮인 둥근 탁자였지요. 어슴푸레한 어둠 속에서 등불 빛에 의지해 일을 하고 있었어요. 그 당시 사촌 둘이 우리 집에서 지내는 중이어서 우리는 모두 함께 응접실 의자를 새로 씌울 태피스트리 작업을 하고 있었지요. 생각해 보세요, 그것들은 루이 14세 때 구입한 이래 천갈이를 하지 않았으니 얼마나 낡고 닳았겠는가를. 어머니는 불명예스럽다고까지 말씀하셨죠.

"난 말을 꺼내려고 했지만 입술이 움질이질 않았어요. 그랬는데 갑자기 어머니가 몇 분간의 침묵을 깨고 내게 말씀하셨어요. '네 친구의 행동이 잘 이해되지 않는구나. 그 애를 아꼈던 모든 사람들에게 한마디 말도 없이 떠난 것이 마음에 안 들어. 극적인 행동이었지만 내 성미에는 맞지 않아. 제대로 자란 여성이라면 남들의 입에 오르내릴 짓은 하지 않는 법 아니냐. 만약 네가 우리 곁을 떠나 커다란 슬픔을 우리에게 안겨주는 일이 생긴다 해도 범죄를 저지른 것처럼 도주하진 마라.'

"막 말을 꺼내려던 참이었는데, 내 나약함이 너무나 커서 이렇게 말하고 말았답니다. '마음 편히 가지세요, 어머니, 난 그런 배짱도 없는걸요.'

"어머니는 대답하지 않으셨고, 변명을 하지 못한 내 자신이 후회스러웠어요. 난 주님이 성 베드로에게 하신 말씀을 들은 것 같았어요. '베드로야, 너는 나를 사랑하느냐?'[11] 내가 얼마나 나약한지, 얼마나 배은망덕한지! 난 내 안락과 내 삶의 방식과 내 가족과 내 장난감을 사랑했답니다. 잠시 후 그런 비통한 생각에 빠져 있는데, 어머니는 대화가 끊어지지 않은 것처럼 말씀을 계속하셨어요. '하지만, 나의 오데트, 난 네가 죽기 전에 뭔가 인내하는 일을 하지 않고는 못 배기리라 생각한단다.'

"난 여전히 내 걱정과 생각 속에 빠져 두근거리는 내 심장 소리도 전혀 의식하지 못하고 작업에 열중한 사촌들 곁에 그렇게 앉아 있었는데, 갑자기 어머니가 당신의 태피스트리를 내려놓으시고 나를 주의 깊게 바라보며 말씀하셨어요. '아, 얘야, 넌 종교인으로 생을 마감할 거라는 확신이 드는구나.'

"'진심으로 하는 말씀이세요, 어머니?' 하고 내가 대답했죠.

---

11) 예수는 자신을 세 번이나 부인한 베드로에게 "너는 나를 사랑하느냐?" 하고 세 번 묻는다. 예수를 사랑한다는 베드로의 고백을 듣고 나서 예수는 그에게 사역의 임무를 맡긴다.

'어머닌 내 가슴속의 진의와 소망을 드러내셨어요.'

"'Mais oui(그렇지만요)!' 사촌들이 내가 말을 끝낼 틈도 주지 않고 소리치더군요. '2년 동안 오데트는 그것 말고는 아무것도 생각하지 않았어요. 하지만 허락해 주지 않으실 거죠, 아주머니, 허락하시면 안 돼요.'

"'애들아, 무슨 권리로 우리가 그걸 거부한단 말이냐. 그것이 주님의 뜻이라면?' 어머니가 말씀하셨죠.

"그러자 내 사촌들이 우리의 대화를 장난으로 치부하려는 듯 내가 소유한 물건들은 어떻게 할 셈이냐고 물으면서, 이건 누가 갖고 저건 누가 갖고 하는 말다툼을 농담처럼 하기 시작했어요. 하지만 그런 명랑함은 금방 사라지고 우린 모두 울기 시작했죠. 그러다가 아버지가 계단을 올라오는 소리가 들렸지요."

원장 수녀는 잠시 말을 멈추고 한숨을 내쉬었다.

"아버지는 아주 많이 힘들어하셨어요. 난 아버지의 유일한 딸이었고 남자들은 가끔 아들보다 딸에게 더 애착을 갖기도 하잖아요."

"우리에게 마음이 있다는 게 대단한 불행이군요."

키티가 미소를 지으며 말했다.

"그 마음을 예수 그리스도에 대한 사랑에 봉헌하는 건 대단히 훌륭한 행운입니다."

그 순간 꼬마 여자애가 원장 수녀에게 다가와 확신에 찬 태도로 자신이 꼭 쥐고 다니던 멋진 인형 하나를 보여 주었다. 원장 수녀는 아름답고 섬세한 손을 아이의 어깨에 얹었고 아이는 그녀의 품에 안겼다. 키티는 그녀의 미소가 얼마나 다정한지 그러면서도 여전히 얼마나 비인간적인지를 지켜보면서 감동받았다.

그녀가 말했다.

"모든 고아들이 당신께 품고 있는 애정을 보면 너무나 놀라워요, 수녀님. 그렇게 크나큰 애착을 일깨울 수 있다면 난 정말이지 뿌듯할 거예요."

원장 수녀는 다시 한번 초연하면서도 여전히 아름다운 미소를 지었다.

"마음을 얻는 방법은 딱 하나입니다. 자신이 사랑을 주고 싶은 대상처럼 자신을 만들면 되지요."

61

그날 저녁 월터는 저녁을 먹으러 집에 돌아오지 않았다. 그는 도시에 발이 묶일 때면 늘 그녀에게 전갈을 보냈기 때문에 키티는 그를 얼마간 기다리다가 식탁에 앉고 말았다. 하지만 중국인 요리사가 역병과 음식 조달의 어려움에도 굴하지 않고 그녀 앞에 변함없이 용케 차려 낸 많은 요리들을 예의상 먹는 척하다 말았다. 그러고는 열린 창가 옆에 놓인 긴 등나무 의자에 털썩 주저앉아서 별이 총총한 밤의 아름다움에 스스로 포로가 되었다. 침묵이 안식처럼 그녀에게 다가왔다.

책을 읽을 마음이 나지 않았다. 여러 생각들이 고요한 호수

위에 반사된 흰 구름처럼 그녀 마음의 표면 위를 흘러 다녔다. 그것들 중 하나를 움켜잡고 싶었지만 너무 피곤해 그것을 따라가며 꼬리를 물고 이어지는 그 행렬에 열중할 수 없었다. 그녀가 수녀들과 대화하면서 받은 다양한 인상들 중 무엇이 그녀에게 의미 있을까 하는 의문이 스쳤다. 그녀는 그들의 삶의 방식에 아주 심오한 감동을 받았지만 그들의 삶을 이끄는 신앙에는 무덤덤했다. 언제고 자신이 신앙의 열정에 사로잡히는 때가 올 수 있다는 가능성이 도무지 그려지지 않았다. 그녀는 나지막이 한숨을 쉬었다. 그 위대한 하얀 빛이 그녀의 영혼을 비춘다면 차라리 모든 게 쉬워지지 않을까 싶었다. 한두 번 그녀는 자신의 불행과 그 원인을 원장 수녀에게 털어놓고 싶은 충동을 느끼기도 했다. 하지만 감히 그럴 수가 없었다. 그 준엄한 여인이 자신을 나쁘게 생각하는 것은 견딜 수가 없었다. 그녀가 한 짓은 스스로에게 애통한 잘못처럼 느껴질 뿐이었다. 이상한 것은 그것이 멍청하고 불쾌한 짓으로 생각된 만큼 사악한 짓으로는 생각되질 않는다는 것이었다.

그녀가 타운센드와의 관계를 후회스럽고 충격적으로 여기면서도 뼈저린 회개가 아닌 잊어버려야 할 대상으로 여긴 것은 아마도 그녀 안의 우둔함을 탓했기 때문일 수도 있다. 그 사건은 그저 연회장에서 저지른 큰 실수 같았다. 끔찍하리만큼 분하지만 당시의 그녀로서는 저항할 수 없는 사건이었기에 지나치게 큰 중요성을 부여하는 것은 분별없는 짓이었다. 그녀는 큰 체격에 잘 차려입고 턱이 좁은 찰스가 나온 배를 가리려는 듯 가슴을 쭉 내밀고 있는 모습을 떠올리고는 몸을 부르르 떨었다. 그의 의기양양한 기질은 작고 붉은 혈관을 타고 이동해 그의 붉은 뺨에서 그 정체를 드러냈다. 그녀는 그의 무성한 눈썹을 좋아했지만 이제 그것은 짐승처럼 반감을 일으키는 것에 불과했다.

그나저나 앞으로 어떻게 되는 것일까? 미래가 얼마나 무심하게 종적을 감추었는지 생각하면 신기할 정도였다. 그녀는 아기를 낳다가 죽을 수도 있었다. 동생 도리스는 언제나 그녀보다 튼튼했지만 도리스도 거의 죽을 뻔하지 않았는가.(동생은 새로운 준남작의 지위를 물려받을 후계자를 낳아서 자신의 의무를 다했다.) 미래가 이처럼 불투명하다면 그것을 결코 볼 수 없는 것이 그녀의 운명인지 모른다. 월터는 그녀의 어머니에게 아이를 돌봐 달라고 부탁할 수도 있었다. 물론 아이가 살아남는다면 말이다. 월터를 충분히 잘 알고 있는 그녀로서는 그가 그렇게 행동하리라고 예측할 수 있었지만 그의 부성애에 대해선 확신하지 못하는 이상 그가 아이를 친절하게 맡을 가능성을 배제할 수 없었다. 월터가 어떤 상황에서든 존경스럽게 행동할 것이라는 점은 믿을 만했다. 이타성과 신의, 지성과 감성 등 위대한 품성을 갖춘 그를 사랑하지 못한다니 안타까운 일이었다. 그녀는 이제 그가 조금도 두렵지 않았다. 오히려 그가 안타깝고 다른 한편으로는 그가 살짝 어리석다는 생각을 떨쳐 버릴 수 없었다. 그의 강한 감수성이 그를 취약하게 만들었으니 언젠가는 그것에 호소해서 그녀를 용서하도록 그를 유도할 수 있으리라는 느낌이 들었다. 그렇게 그에게 마음의 평화를 주었을 때만이 그녀로 인해 그가 받았던 고통을 치유할 수 있으리라는 생각이 머릿속을 맴돌았다. 그는 어쩌면 그렇게 유머 감각이 없을까, 딱한 노릇이었다. 언젠가는 둘이서 그들이 스스로를 고문했던 일들을 두고 함께 한바탕 웃을 날이 눈에 보이지 않는 걸까?

피곤이 몰려왔다. 그녀는 등불을 들고 그녀의 방으로 가서 옷을 벗었다. 그러고는 잠자리에 늘었고 곧 잠 속으로 빠져들었다.

62

키티는 거세게 문을 두드리는 소리에 잠에서 깼다. 잠에서 완전히 깨기 전까지만 해도 그 소리가 꿈과 뒤엉켜서 들렸기 때문에 처음에 그녀는 그것을 현실과 구분할 수 없었다. 문 두드리는 소리가 계속되었다. 거주지의 정문에서 나는 소리 같았다. 깜깜한 어둠의 세상. 그녀가 가지고 있던 야광 시계로 확인해 보니 새벽 2시 30분을 넘긴 시각이었다. 월터가 돌아온 게 틀림없어. 왜 이렇게 늦었지. 하인을 깨우지 못했나 보군. 문 두드리는 소리가 갈수록 커져서 밤의 정적 속에 여간 가슴을 철렁하게 만드는 게 아니었다. 그러다가 문 두드리는 소리가 멈추었고 육중한 자물쇠를 여는 소리가 들려왔다. 월터가 이렇게 늦게 귀가한 적은 없었다. 불쌍한 양반 같으니, 틀림없이 녹초가 되었겠군! 그녀는 그가 평소처럼 실험실에서 일을 시작하는 대신 곧장 침대로 직행하는 분별력을 발휘하기를 바랐다.

　말소리가 들리더니 사람들이 거주지 내로 들어왔다. 이상
했다. 월터는 늦게 돌아올 땐 그녀를 깨우지 않기 위해 조용
히 하려고 무던히 애쓰는 사람이었다. 두세 명의 사람들이 신
속하게 나무 계단을 올라오더니 그녀의 옆방으로 들어왔다.
키티는 약간 무서워졌다. 반외국인 폭동에 대한 두려움이 그
녀의 마음 한구석에 늘 자리하고 있었기 때문이다. 무슨 일이
라도 터졌나? 심장이 빠르게 고동치기 시작했다. 하지만 그녀
의 막연한 걱정이 구체화되기도 전에 누군가 방을 가로질러
와서 그녀의 방문을 두드렸다.

　"페인 부인."

　그녀는 그것이 워딩턴의 목소리라는 것을 알아차렸다.

　"네. 무슨 일이죠?"

　"어서 일어나세요. 부인께 드릴 말씀이 있습니다."

　그녀는 자리에서 일어나 가운을 걸쳤다. 그리고 잠금 장치
를 풀고 문을 열었다. 그녀의 시선이 중국식 바지와 황갈색 외
투를 걸친 워딩턴에게서 휴대용 랜턴을 든 하인에게로, 다시
조금 떨어진 곳에 황갈색 옷을 입은 세 명의 중국인 군인들에
게로 옮아갔다. 그녀는 워딩턴의 얼굴에 떠오른 경악의 표정
을 보고 소스라치게 놀라고 말았다. 머리카락을 산발한 꼴이
침대에서 막 뛰쳐나온 사람 같았다.

　"무슨 일이에요?"

　그녀가 숨을 죽이며 말했다.

　"침착하세요. 잠시도 지체할 시간이 없습니다. 당장 옷을 걸

치고 저를 따라오세요."

"하지만 무슨 일이죠? 도시에서 무슨 일이라도 났나요?"

군인들을 보니 폭동이 일어나 그녀를 보호하기 위해 왔다는 추측이 언뜻 들었던 것이다.

"부군께서 아픕니다. 부인은 즉시 가셔야겠어요."

"월터가요?"

그녀가 소리쳤다.

"진정하셔야 해요. 나도 무슨 일인지 정확히 모릅니다. 유 대령이 장교를 보내서 제게 부인을 관사로 즉시 모셔 오십사 요청했습니다."

키티는 잠시 그를 응시했다. 갑자기 그녀의 가슴에 냉기가 스며들었다. 그녀가 돌아섰다.

"2분 내로 준비할게요."

"난 그대로 나왔습니다. 잠자던 차림으로 외투를 걸치고 신발만 신었어요."

그가 대답했다.

그녀는 그가 하는 말이 들리지 않았다. 그녀는 별빛에 의지해 손에 잡히는 대로 옷을 입었다. 그녀의 손가락이 갑자기 헤매는 통에 드레스를 여미는 작은 고리들을 찾는 데 한참이나 걸렸다. 그녀는 저녁때 사용하는 광둥 지방의 숄을 어깨에 둘렀다.

"모자는 안 썼어요. 그럴 필요 없겠죠, 그죠?"

"네."

하인이 등을 들고 앞장섰고 그들은 서둘러 계단을 내려가 거주지 정문을 빠져나갔다.

"넘어지지 않게 조심하세요. 내 팔을 잡으세요."

워딩턴이 말했다.

군인들이 그들 뒤를 바짝 쫓았다.

"유 대령이 가마를 보냈습니다. 강 건너편에 대기하고 있을 겁니다."

그들은 재빨리 언덕을 걸어 내려갔다. 키티는 떨리는 입술 속에서 맴도는 질문을 감히 입 밖으로 꺼낼 용기가 없었다. 어떤 대답이 나올까 두려웠기 때문이다. 그들은 강둑으로 내려갔다. 그곳에 뱃머리에서 실낱같은 불빛이 흘러나오는 삼판 한 척이 그들을 기다리고 있었다.

그녀가 그때 물었다.

"콜레라인가요?"

"유감스럽게도 그렇습니다."

그녀는 흑 울음을 터뜨리며 즉시 걸음을 멈추었다.

"부인께서는 최대한 빨리 가셔야 해요."

그가 손을 내밀어 그녀가 배에 올라타도록 부축했다. 뱃길은 짧았고 강물은 거의 멈춘 것 같았다. 아이를 옆구리에 묶어 업은 여인이 노를 저어 삼판을 전진시키는 동안 그들은 뱃머리에 한데 모여 서 있었다.

"오늘 오후에, 그러니까 어제 오후죠, 병세가 나타났답니다."

워딩턴이 말했다.

"왜 즉시 저를 부르지 않았나요?"

그들은 굳이 그럴 필요가 없는데도 속삭이며 대화를 나누었다. 키티는 그녀의 친구가 얼마나 근심에 싸여 있는지 어둠 속에서도 느낄 수 있었다.

"유 대령이 그러려고 했지만 박사님이 대령을 말렸답니다. 유 대령은 그와 항상 함께 지내니까요."

"그래도 저를 불렀어야 했어요. 너무 무자비하군요."

"부인의 남편은 당신이 콜레라에 걸린 사람을 만난 적이 없다는 걸 알고 있었어요. 그건 끔찍하고 역겨운 광경입니다. 박사님은 부인이 그걸 보는 걸 원하지 않았어요."

"어쨌든 그는 제 남편이란 말이에요."

그녀가 목멘 소리로 말했다.

워딩턴은 대답하지 않았다.

"왜 지금은 가도 되는 거죠?"

워딩턴이 그녀의 팔을 잡았다.

"부인, 용기를 내셔야 합니다. 최악의 상황에 대비하셔야 해요."

그녀는 고통으로 울부짖었다. 중국인 군인 셋이 그녀를 쳐다보는 모습에 고개를 약간 돌렸다. 그들이 이상하게 눈의 흰자위를 보이며 갑자기 그녀를 흘끔거렸던 것이다.

"그가 죽어 가나요?"

"유 대령이 나를 데려오라고 보낸 장교로부터 소식을 전해 들었을 뿐입니다. 내 판단으로는 위독한 것 같습니다."

"희망이 전혀 없나요?"

"굉장히 유감스럽지만 우리가 빨리 그곳에 도착하지 않으면 그가 살아 있는 모습을 보지 못할 것 같군요."

그녀는 몸을 부들부들 떨었다. 눈물이 뺨을 타고 흘러내렸다.

"알다시피 그는 과로했어요. 이겨 낼 힘이 없다고요."

그녀는 성가시다는 듯 그녀의 팔에 가해지는 힘을 뿌리쳤다. 그토록 침통하고 고뇌에 찬 그의 목소리에 그녀는 분통이 터졌다.

그들은 강가에 도착했고 중국인 가마꾼 두 명이 강둑 위에서 그녀가 내리도록 도와주었다. 가마가 대기하고 있었다. 그녀가 가마에 올라타자 워딩턴이 그녀에게 말했다.

"정신 바짝 차리도록 노력하세요. 자제력이 필요한 때입니다."

"가마꾼들에게 서두르라고 말해 주세요."

"저들은 최대한 빨리 오라는 명령을 이미 받았습니다."

가마에 올라탄 장교가 지나가면서 키티의 가마꾼들에게 소리쳤다. 그들은 가뿐하게 키티의 가마를 들어 올리고는 어깨에 얹힌 봉을 조절한 다음 빠른 걸음으로 출발했다. 그 뒤를 워딩턴이 바짝 쫓았다. 그들은 달려서 언덕을 올라갔다. 등불을 든 남자가 앞장서서 가마를 이끌었다. 그들이 수로로 통하는 문에 도착했을 때 문지기가 횃불을 들고 보초를 서고 있었다. 그들이 가까이 다가가면서 장교가 문지기에게 소리치자 그가 한쪽 문을 활짝 열어 그들에게 길을 내주었다. 그들이 지나가는 동안 그가 무슨 말을 불쑥 던지자 가마꾼들이 뭐라고 대꾸했다. 밤이 절정에 달한 시각에 이상한 말을 하는 목쉰 소리들이 불가사의하고 섬뜩하게 들렸다. 그들은 축축하고 미끄러운 조약돌이 깔린 골목길을 미끄러지듯 나아갔다. 장교의 가마꾼 중 하나가 휘청거리자 장교가 언성을 높이며 가마꾼을 호되게 질책하는 소리가 키티의 귀에 들려왔다. 그러자 앞의 가마가 다시 속력을 냈다. 비좁고 구불거리는 길이 이어졌다. 깊은 밤이 내려앉은 도시. 그곳은 죽은 자들의 도시였다. 그들은 좁은 길을 따라 걸음을 재촉했고 모퉁이를 돌아 다시 날듯이 달려갔다. 가마꾼들이 헐떡이며 거친 숨을 내뿜기 시작했다. 그들은 성큼성큼 빠른 걸음으로 말없이 걸었다. 가마꾼 하나가 걸으면서 기운 손수건을 꺼내 이마에서 흘러 내려 눈 속을 파고드는 땀방울을 닦아 냈다. 하도 이쪽저쪽으로 돌아가는 통에 미로 속을 달리는 것만 같았다. 문이 닫힌 가게들의 사이사이로 어둠 속에 가끔씩 누워 있는 형체들이 보였지만 그것이 동틀 녘 잠에서 깨어날 사람인지 다시는 깨어나지 못할 잠에 빠진 사람인지 알 수 없었다. 비좁은 길은 침묵의 공허함 속에 유령처럼 희미했다. 갑자기 개 한 마리가 큰 소리로 짖는 바람에 이미 타격을 입은 키티의 신경 속으로 공포의 충격이 파고들었다. 그들이 어디로 가는지 그녀는 알 수 없었다. 길은 끝이 없는 것 같았다. 더 빨리 갈 순 없을까? 더 빨리. 더 빨리. 시간은 계속 흐르는데 꾸물거리다간 너무 늦을지도 몰랐다.

63

그들은 기나긴 밋밋한 벽을 따라갔다. 갑자기 양옆에 초소가 세워진 줄입구 앞에 도달하자 가마꾼들이 가마를 내려놓았다. 워딩턴이 서둘러 키티에게 다가왔다. 그녀는 이미 가마에서 뛰어나온 상태였다. 장교가 문을 쾅쾅 두드리며 고함을 쳤다. 샛문이 열리자 그들은 마당으로 들어갔다. 커다랗고 네모난 마당이었다. 불쑥 튀어나온 지붕의 처마 밑으로 담요를 뒤집어쓴 병사들이 서로 뒤엉켜 벽에 바짝 붙어 누워 있었다. 장교가 보초를 선 하사관으로 보이는 병사에게 말하는 동안 그들은 잠시 가만히 있었다. 장교가 돌아서더니 워딩턴에게 뭐라고 말했다.

"그가 아직 살아 있답니다. 발밑을 조심하세요."

워딩턴이 낮은 목소리로 말했다.

등불 든 사람들을 앞세우고 그들은 마당을 가로질러 계단을 올라가 출입구를 통과한 뒤 널찍한 마당으로 내려갔다. 한편에 불이 밝혀진 기다란 독채가 하나 있었다. 창호지 안쪽에서 흘러나오는 불빛에 격자창의 우아한 무늬의 윤곽이 드러났다. 등불을 든 사람들의 안내에 따라 그들은 마당을 가로질러 방 앞으로 갔다. 장교가 문을 두드렸다. 문이 즉시 열리자 장교가 흘끔 키티를 쳐다보더니 뒤로 물러났다.

"들어가십시오."

워딩턴이 말했다.

천장이 낮은 긴 방이었는데 연기를 내며 타는 등불 빛이 음울하고 불길한 분위기를 자아냈다. 당번병 두셋이 서성거렸고 문 맞은편 벽에 붙여 놓여진 침상 위에 남자 하나가 이불을 덮고 웅크린 채 누워 있었다. 그 발치에 장교 한 명이 꼼짝 않고 서 있었다.

키티는 서둘러 다가가서 침상 위로 몸을 굽혔다. 월터가 눈을 감고 누워 있있는데 흐릿한 불빛 아래 그의 얼굴에는 죽음의 암운이 드리워진 상태였다. 그는 꼼짝도 하지 않았다.

"월터, 월터."

그녀가 낮고 두려움에 찬 어조로 숨죽여 말했다.

그의 몸에서 경미한 움직임이 일어났다. 아니, 그것은 움직임의 흔적에 가까웠다. 너무나 미묘해서 느낄 수 없지만 즉시 고요한 수면에 잔물살을 일으키는 숨결 같았다.

"월터, 월터, 내게 말 좀 해봐요."

눈꺼풀이 천근만근인 듯 무던히 애를 쓰는 것처럼 눈이 천천히 떠졌지만 그는 그녀를 보지 않았다. 그는 그의 얼굴에서 몇 센티미터 떨어진 곳의 벽을 응시했다. 그가 말했다. 그의 목소리는 낮고 미약했지만 미소가 어려 있었다.

"냄비 속에 갇힌 물고기 꼴이야."

그가 말했다.

키티는 숨이 턱 막혔다. 그는 더 이상 어떤 말도 몸짓도 하지 않았고 그의 눈은, 그 짙고 차가운 그의 눈은 회칠한 벽을 응시했다. 키티는 몸을 일으켜 세웠다. 그녀는 매서운 눈초리로 옆에 서 있는 남자를 똑바로 바라보았다.

"어떻게 좀 해보세요. 거기 그렇게 손 놓고 서 있을 셈인가요?"

그녀는 주먹을 불끈 쥐었다. 워딩턴이 침상 끝에 서 있는 장교에게 말했다.

"유감스럽게도 이들은 할 만한 일은 모두 해본 모양입니다. 연대(聯隊) 외과의가 그를 치료하고 있습니다. 당신 남편이 그를 훈련시켰죠. 그는 부인의 남편이라면 취했을 모든 수단을 다 동원한 모양입니다."

"저 사람이 그 외과의인가요?"

"아뇨, 그는 유 대령입니다. 그는 부군 곁을 한시도 떠나지 않았습니다."

정신이 산란해진 키티는 그를 흘긋 쳐다보았다. 그는 키가 크고 체격이 단단한 남자였는데 황갈색 군복을 입은 모습이 어쩐지 아파 보였다. 그는 월터를 쳐다보고 있었다. 그의 눈가가 눈물로 젖어 있었다. 그녀는 가슴이 미어지는 것 같았다. 노랗고 평편한 얼굴의 저 남자가 왜 눈물을 흘려야 한단 말인가? 그러자 그녀는 화가 치밀었다.

"아무것도 할 수 없다니 끔찍해요."

"어쨌든 그는 더 이상 고통이 없습니다."

워딩턴이 말했다.

그녀는 다시 한번 남편을 굽어보았다. 꼼짝도 하지 않고 앞을 멍하니 응시하는 공허한 눈길. 그녀는 그가 그들을 볼 수 있는지 판단이 서질 않았다. 말을 들을 수 있는지도 확실하지 않았다. 그녀는 입을 그의 귓가에 갖다 대었다.

"월터, 우리가 할 수 있는 일이 없나요?"

꺼져 가는 그의 생명을 붙잡아 두도록 그에게 줄 수 있는 약이 틀림없이 있을 거라는 생각이 들었다. 그녀를 공포로 몰아넣었던 그의 희미한 얼굴이 이제는 그녀의 눈에 익숙하게 다가왔다. 처음에 그녀는 그를 거의 못 알아볼 뻔했다. 단 몇 시간 만에 그가 완전히 다른 사람처럼 보이다니 상상조차 힘든 일이있다. 그는 심지어 사림처럼 보이지도 않았다. 주검처럼 보였다.

그가 말하려고 애쓴다는 생각이 들어 그녀는 귀를 가까이 댔다.

"소란 떨지 마요. 난 험한 길을 걸어왔지만, 이젠 괜찮아."

키티는 잠시 기다렸지만 그는 조용했다. 그가 움직이지 않자 그녀의 가슴은 번민으로 가득 찼다. 그가 이렇게 가만히 누워 있다니 두려웠다. 그는 무덤의 정적을 받아들일 준비가 이미 된 것 같았다. 누군가, 외과의인지 아니면 조수인지 앞으로 나와 어떤 몸짓을 하더니 그녀 옆에 앉았다. 그는 죽어 가는 남자를 굽어보며 더러운 수건으로 그의 입술을 적셨다. 키티는 다시 한번 일어서서는 워딩턴을 향해 절망적으로 몸을 돌렸다.

"희망이 전혀 없나요?"

그녀가 속삭였다.

그가 고개를 저었다.

"얼마나 더 살 수 있나요?"

"아무도 모르죠. 한 시간쯤."

휑한 방을 돌아보던 키티의 시선이 큼직한 체격의 유 대령에게 잠시 머물렀다.

"잠깐만 저이와 단둘이 있게 해 주실래요? 1분만요."

그녀가 물었다.

워딩턴이 대령에게 다가가서 뭐라고 말했다. 대령은 약간 고개를 숙이더니 낮은 어조로 지시를 내렸다.

워딩턴이 그들과 같이 나가면서 말했다.

"우린 계단에서 기다리겠습니다. 부르기만 하십시오."

믿지 못할 사태가 그녀의 의식을 강타하며 약 기운이 혈관을 뚫고 전신에 퍼지듯 그녀를 압도했다. 월터가 죽는다. 그녀가 딱 한번 품었던, 생각에만 그쳤던 그 일이 현실로 다가온 것이다. 차라리 그편이 그가 그의 영혼에 자리한 증오를 쉽게 떨쳐 낼 수 있을지도 모른다. 그가 그녀와 화해하고 죽는다면 그 자신과도 화해하고 죽을 수 있을 것만 같았다. 이제 그녀의 마음속에 그녀는 조금도 없었고 오직 그만 존재했다.

"월터, 제발 날 용서해 줘요."

그녀가 그 위로 몸을 기울이며 말했다. 그녀는 그가 부담감을 견딜 수 없을까 봐 두려워 그를 동요시키지 않으려고 조심했다.

"너무나 미안해요, 당신에게 잘못을 저질렀어요. 뼈저리게 후회해요."

그는 아무 말도 하지 않았다. 들리지 않는 것 같았다. 하지만 그녀는 계속하지 않을 수 없었다. 날개에 증오의 짐을 짊어지고 파드닥거리는 나방 같은 그의 영혼을 위해.

"내 사랑."

그의 핏기 없고 수척한 얼굴에 어떤 기색이 비쳤다. 그것은 움직임이라고 하기엔 미약했지만 무시무시한 발작에 버금가는 파장을 일으켰다. 그녀는 그에게 그 단어를 한 번도 사용한 적이 없었다. 그녀가 그런 표현을 빈번하게 사용한 것은 개들과 아기들과 자동차뿐이었다는 혼란스럽고 믿기 힘든 생각이 죽어 가는 그의 머릿속에 스친 모양이었다. 그때 뭔가 가슴 아픈 일이 일어났다. 그녀는 주먹을 꽉 쥐고서 자신을 억제하려고 안간힘을 썼다. 그의 야윈 뺨에 두 줄기 눈물이 천천히 흘러내리는 것을 보았던 것이다.

"오, 소중한 사람, 여보, 당신이 나를 사랑했다면…… 당신이 날 사랑했다는 걸 알아요. 내 자신이 증오스러워요…… 부디 나를 용서해 줘요. 이제 나에겐 더 이상 참회할 기회가 없잖아요. 내게 자비를 베풀어 줘요. 제발 날 용서해요."

그녀는 말을 멈추었다. 숨을 멈춘 채 그를 바라보며 어떤 대답이 나오길 간절히 기다렸다. 그가 말을 하려고 애쓰는 것이 보였다. 그녀의 심장이 쿵쾅거렸다. 이 마지막 순간에 그녀가 비통의 바다에서 그를 구출하는 효과를 발휘할 수만 있다면 그녀가 그에게 안겨 주었던 고통에 대한 보상이 되리라. 그의 입술이 꿈틀거렸다. 그는 그녀를 쳐다보지 않았다. 그의 눈은 의식 없이 회칠한 벽을 응시했다. 그녀는 그 위로 몸을 굽히고서 그의 말을 들으려고 했다. 그때 그가 또박또박 말했다.

"죽은 건 개였어."

그녀는 돌로 굳어 버린 것처럼 꼼짝도 하지 않았다. 그녀는 납득이 가지 않아서 두렵고 혼란스러운 시선을 그에게 던졌다. 무의미한 말. 정신착란 상태. 그는 그녀의 말을 한마디도 이해하지 못한 것일까?

그렇게 꼼짝도 하지 않으면서 아직 살아 있다니 믿기 어려웠다. 그녀는 그를 뚫어지게 응시했다. 그는 눈을 뜬 상태였다. 그가 숨을 쉬는 걸까? 그녀는 구분이 되질 않아 겁나기 시작했다.

"월터."

그녀가 속삭였다.

"월터."

마침내 그녀가 벌떡 일어섰다. 두려움이 돌연 그녀를 사로잡았던 것이다. 그녀는 몸을 돌려 문 쪽으로 갔다.

"들어오세요. 그가 아마……."

그들이 들어왔다. 중국인 외과의가 침상으로 갔다. 그는 전기등을 손에 들고 있었는데, 그것을 켜고는 월터의 눈을 들여다보았다. 그러고는 그의 눈을 감겼다. 그가 중국말로 뭐라 이야기했다. 워딩턴이 팔로 키티를 감쌌다.

"임종했습니다."

키티가 깊은 한숨을 토해 냈다. 눈물방울이 그녀의 눈에서 뚝뚝 떨어졌다. 그녀는 무기력하다 못해 어지러움을 느꼈다. 중국인들이 이제 뭘 어떻게 해야 할지 모르겠다는 듯 침대를 둘러싼 채 무기력하게 서 있었다. 워딩턴도 침묵했다. 잠시 후 중국인들이 낮은 목소리로 말하기 시작했다.

"부인을 방갈로로 모셔다 드리는 게 좋겠군요. 그도 그곳으로 데려갈 겁니다."

워딩턴이 말했다.

키티는 힘없이 손을 이마로 가져갔다. 그녀는 침대로 다가가서 아래를 내려다보았다. 그녀는 월터의 입술에 부드럽게 입을 맞췄다. 더 이상 울음은 나지 않았다.

"당신을 그토록 괴롭혀서 미안해요."

그녀가 지나갈 때 상교들이 서수경례를 했고 그녀도 엄숙하게 고개를 숙였다. 그들은 마당을 다시 가로질러 가마에 올랐다. 그녀는 워딩턴이 담배에 불을 붙이는 걸 보았다. 한 줄기 연기가 공중으로 날아올랐다. 인간의 생명처럼.

64

동이 트고 있었다. 여기저기서 중국인들이 가게의 덧문을 열었다. 어둠이 물러가는 가운데 가녀린 촛불에 의지해 어떤 여자가 손과 얼굴을 씻고 있었다. 한 모퉁이의 찻집에서 사람들이 무리를 지어 이른 아침을 먹었다. 떠오르는 하루의 차가운 회색 빛이 도둑처럼 비좁은 골목을 따라 스멀스멀 기어들어 왔다. 강 위에 긴 부연 안개 속으로 옹기종기 모인 삼대선들의 돛대가 유령 군대의 창처럼 어렴풋이 드러났다. 쌀쌀한 날씨를 뚫고 그들은 강을 건넜다. 키티는 화사한 색깔의 숄 속에 몸을 웅크렸다. 그들이 언덕을 걸어 올랐을 때 안개가 그들 밑에 펼쳐졌다. 구름 한 점 없는 하늘에서 태양이 화창하게 빛났다. 마치 여느 때와 다름없는 하루가 시작된 것처럼 다른 날과 구분될 만한 일은 아무것도 일어나지 않은 것 같았다.

"자리에 누우시겠어요?"

그들이 방갈로로 들어갔을 때 워딩턴이 말했다.

"아뇨, 창가에 앉을래요."

그녀는 지난 한 주 동안 틈만 나면 앉아서 오랫동안 시간을 보냈던 창가에 앉았다. 이제는 친근해진 환상적이고 화사하며 아름답고도 신비스러운 성벽 위의 사원을 보며 그녀의 영혼을 쉬게 했다. 그것은 너무나 비현실적이어서 심지어 한낮의 강렬한 햇살 속에서도 그녀를 삶의 현실로부터 멀리 데려가곤 했다.

"하인에게 부인께 차를 내오라고 하겠습니다. 제겐 오늘 아침 그를 묻는 일이 남았군요. 제가 모든 걸 처리하죠."

"고마워요."

65

세 시간 후 그들은 월터를 관에 넣었다. 월터를 중국식 관에 넣어야 한다니 키티는 너무나 끔찍했다. 그렇게 이상한 침대에선 그가 마음 편히 쉴 수 없을 것 같았지만 달리 어쩔 도리가 없었다. 도시에서 일어나는 일들을 훤히 꿰고 있는 수녀들이 월터가 죽었다는 것을 알고는 전령을 통해 달리아로 만든 십자가를 보냈다. 그것은 뻣뻣하고 형식적이었지만 꽃 장수의 익숙한 손길이 묻어났다. 중국식 관 위에 꽃 십자가가 덩그러니 놓인 모습이 기괴하고 어색하게 보였다. 모든 준비가 끝나자 그들은 워딩턴에게 장례식에 참석하고 싶다는 전갈을 보낸 유 대령을 기다렸다. 그는 부관 한 명을 대동하고 나타났다. 그들은 대여섯 명의 짐꾼들에게 관을 지우고 언덕을 걸어 올라가 월터가 자리를 대신했던 선교사가 묻힌 자그마한 구역에 도달했다. 선교사들이 남긴 물건 중에서 영문 기도서를 찾아 가지고 온 워딩턴이 낮은 목소리로 그답지 않게 당황한 기색을 보이며 매장식을 위한 기도문을 읽었다. 엄숙하지만 비통한 말들을 읊는 동안 그의 머릿속에는 자신이 역병의 다음번 희생양이 된다면 아무도 자기를 위해 그런 말들을 읊어 줄 사람이 없을 거라는 생각이 맴돌았는지도 모른다. 관이 무덤 속으로 내려졌고 무덤을 팠던 일꾼들이 그 위로 흙을 덮기 시작했다.

유 대령은 무덤가에 모자를 벗고 서 있다가 모자를 눌러 쓴 후 키티에게 엄숙하게 거수경례를 하고 워딩턴에게 한두 마디 말을 건네고는 부관을 데리고 가 버렸다. 기독교식 장례가 흥미로운지 주위를 어슬렁거리며 지켜보던 짐꾼들도 손에 멜대를 질질 끌며 터덜터덜 가 버렸다. 키티와 워딩턴은 신선한 흙 냄새와 수녀들의 깔끔한 달리아 향기를 맡으며 구덩이에 흙이 채워지고 봉분이 올려지는 모습을 지켜보았다. 그녀는 눈물을 흘리지 않았지만 관 위에 첫 삽의 흙이 흩어지는 순간 가슴에 극심한 통증을 느꼈다.

워딩턴은 그녀가 돌아갈 때를 기다리는 것 같았다.

그녀가 물었다.

"급한가요? 지금은 방갈로로 돌아가고 싶지 않아요."

"저도 할 일이 없습니다. 부인의 손에 저를 온전히 맡기지요."

66

그들은 길을 따라 슬슬 걸어 올라가 언덕 꼭대기에 다다랐다. 키티가 그곳에서 받은 인상 중에서 덕망 있는 과부를 추모하는 그 아치문이 차지하는 비중은 너무나 컸다. 그것은 뭔가를 상징했지만 그것의 정체를 좀처럼 짐작할 수 없었고 왜 그렇게 조롱하는 듯 모순적인 분위기를 풍기는지도 가늠할 수 없었다.

"우리 잠깐 앉을까요? 한참 동안 여기에 앉아 보지 못했군요."

그녀의 눈앞에 광활한 평원이 펼쳐져 있었다. 아침 햇살 아래 그 모습은 고요하고 평화로웠다.

"여기 온 게 겨우 몇 주 전인데, 마치 한평생이 흐른 것 같네요."

그는 대답하지 않았고 잠시 그녀는 이런저런 생각에 방황했다. 그녀가 한숨을 내쉬었다.

"영혼이 불멸한다고 생각하세요?"

그녀가 물었다.

그는 그 질문에 놀란 기색을 보이지 않았다.

"제가 그걸 어떻게 알 수 있겠습니까?"

"방금 전 그들이 월터를 관에 넣기 전에 씻길 때, 그를 봤어요. 그는 아주 젊어 보이더군요. 죽기엔 너무 젊은 나이죠. 당신이 나를 처음 산책에 데리고 나갔을 때 우리가 봤던 거지를 기억하세요? 내가 겁에 질렸던 건 그가 죽었기 때문이 아니라 그가 조금도 인간처럼 보이지 않았기 때문이었어요. 그는 그저 죽은 동물이었어요. 그리고 이번에 월터도 마찬가지로 멈춰 버린 기계와 너무나 흡사했죠. 그게 너무나 두려워요. 그것이 단지 기계일 뿐이라면 그 모든 고통과 가슴의 상처와 불행은 얼마나 부질없을까요."

그는 대답하지 않았지만 그의 눈은 그들 발밑의 풍경 위를 떠돌고 있었다. 청명하고 햇살 가득한 아침에 그 탁 트인 광경은 가슴을 온통 환희로 가득 채울 만했다. 정리된 논들이 시야가 닿는 곳까지 죽 펼쳐졌고 상당수의 논 안에는 파란 옷을 입은 농부들이 소를 데리고 부지런히 일하고 있었다. 평화롭고 행복한 광경이었다. 키티가 침묵을 깼다.

"수녀원에서 그 모든 것들을 목격하면서 얼마나 깊은 깨달음을 얻었는지 이루 다 말할 수 없어요. 그들은 놀라워요. 수녀들, 그들은 내가 완전히 무가치하다고 느끼도록 만들었어요. 그들은 모든 걸 포기했어요, 집도 나라도 사랑도 아이들도 자유도. 그리고 내가 가끔 여전히 포기하기 힘든 그 모든 소소한 것들, 꽃과 초원, 가을날의 산책, 책과 음악, 안락함, 그 모든 것도 그들은 포기했어요, 모든 걸. 그렇게 함으로써 그들은 희생과 가난과 살인적인 노동과 기도의 삶 속으로 자신을 내던질 수 있었겠죠. 그들 모두에게 이 세상은 실제로 진정한 유배지예요. 삶은 그들이 기꺼이 짊어져야 할 십자가지만 그들의 가슴속엔 언제나 욕망이…… 오, 욕망보다 더 강한 것이 가득하죠. 그건 열망이자, 갈망이에요. 영원한 삶으로 그들을 이끌어 줄 죽음에 대한 열렬한 열망이에요."

키티는 양손을 맞잡고 고통에 젖어 그를 바라보았다.

"그래서요?"

"영원한 삶이 없다고 생각하세요? 죽음이 진정 모든 것의 끝을 의미한다고 생각해 보세요. 사람들은 무(無)를 위해 모든 걸 포기하는 거예요. 속아 넘어가는 거죠. 얼간이들처럼."

워딩턴은 잠시 생각하다가 대답했다.

"난 이런 의문이 듭니다. 사람들이 추구하는 것들이 한갓 환영은 아닐까 하는 의문이. 그들의 삶은 그 자체로 아름답습니다. 우리가 살고 있는 이 세상을 역겨움 없이 바라볼 수 있도록 만드는 유일한 것은 인간이 이따금씩 혼돈 속에서 창조한 아름다움이라는 생각이 들어요. 그들이 그린 그림, 그들이 지은 음악, 그들이 쓴 책, 그들이 엮은 삶. 이 모든 아름다움 중에서 가장 다채로운 것은 아름다운 삶이죠. 그건 완벽한 예술 작품입니다."

키티는 한숨을 쉬었다. 그의 말이 어렵게 들렸다. 그녀는 더 듣고 싶었다.

그가 말을 이었다.

"교향곡 연주회에 가 본 적 있습니까?"

그녀가 미소를 지었다.

"네. 난 음악은 아무것도 모르지만 좋아해요."

"관현악단의 각 단원들이 자신의 작은 악기를 연주할 때 허공 속으로 퍼져 나가는 복잡한 하모니에 대해 어떤 생각을 할까요? 그들은 오직 그들 자신의 작은 역할에만 신경 씁니다. 하지만 그들도 교향곡이 아름답다는 걸 압니다. 듣는 사람이 없어도 그것은 여전히 아름답고 그들도 자신의 역할에 만족합니다."

키티가 잠시 후에 말했다.

"저번에 말했던 그 도를 말씀하시는군요. 그게 뭔지 말씀해 보세요."

워딩턴은 그녀를 슬쩍 쳐다보고는 잠시 망설이다가 그의 희극적인 얼굴에 희미한 미소를 띠며 대답했다.

"그것은 '길'과 '길을 가는 자'입니다. 그것은 모든 존재가 걸어가는 영원한 길이지만, 어떤 존재도 그것을 만들지는 못합니다. 그것 자체가 존재니까요. 그것은 만물과 무(無)지요. 그것으로부터 모든 것들이 자라나고, 모든 것들이 그것을 따르며, 마침내 그것으로 모든 것들이 돌아갑니다. 각이 없는 네모고, 귀로 들을 수 없는 소리며, 형태 없는 상(像)이랍니다. 그것은 거대한 그물이고, 그물코는 바다처럼 넓지만 아무것도 통과하지 못합니다. 그리고 모든 것들의 피난처가 되는 성소입니다. 그것은 아무 곳도 아니지만 창문 밖을 내다보지 않아도 그것을 볼 수 있습니다. 소망하지 않기를 소망하라고 그것은 가르칩니다. 그리고 모든 것을 흘러가도록 내버려 두라고 합니다. 겸손한 사람이 온전히 지속됩니다. 굽히는 사람은 똑바로 섭니다. 실패는 성공의 밑거름이고 성공은 실패가 도사린 함정입니다. 그런데 어느 누가 언제 전환점이 나타날지 짐작할 수 있을까요? 부드러움을 추구한 사람은 심지어 어린애처럼 될 수 있습니다. 부드러움은 공격한 자에게 승리를 불러오고 방어한 자에게 안전을 가져다줍니다. 위대함은 스스로를 극복한 자의 것입니다."

"그게 어떤 의미를 지니고 있을까요?"

"가끔은, 위스키를 대여섯 잔 들이켜고 나서 별을 바라볼 때, 난 아마도 그럴 거라고 생각합니다."

침묵이 그들을 감쌌고 키티가 또다시 그것을 깨트렸다.

"말씀해 보세요. '죽은 건 개였다.' 이게 인용구인가요?"

워딩턴의 입술에 미소가 떠올랐고 그는 대답할 준비가 되어 있었다. 하지만 그 순간 그의 직감이 비범하고 예리하게 번뜩였다. 키티는 그를 쳐다보지 않았지만 그녀의 표정 속의 무언가가 그의 마음을 돌려놓았다.

"그렇다고 해도 난 모르는 말입니다."

그가 신중하게 대답했다.

"왜 그러시죠?"

"아무것도. 그냥 생각났어요. 익숙한 느낌이 드네요."

또다시 침묵이 흘렀다.

워딩턴이 상냥하게 말했다.

"당신이 부군과 단둘이 있을 때 난 연대 외과의와 대화를 나눴습니다. 자세히 이야기를 들어 볼 필요가 있다는 생각이 들었지요."

"그래서요?"

"그는 매우 신경이 날카로운 상태였습니다. 그가 무슨 말을 하는지 잘 이해할 수 없더군요. 내가 이해한 바로 부군은 그가 하던 실험 중에 감염되었더군요."

"그는 언제나 실험을 했어요. 그는 의사라기보다는 세균 학사였으니까요. 그가 여기로 오고 싶어 했던 게 그 때문이었죠."

"하지만 난 도대체 이해할 수 없습니다. 그 외과의 말이, 그가 실수로 감염된 것이 아니라면 그가 스스로를 실험 대상으로 삼았을 수도 있다고 하더군요."

키티가 하얗게 질렸다. 그 말에 키티는 몸이 부들부들 떨렸다. 워딩턴이 그녀의 손을 잡았다.

그가 예의 바르게 말했다.

"이 말을 다시 꺼내는 절 용서하세요. 하지만 이게 당신을 편안하게 해 줄 수도 있다는 생각을 했습니다. 이제 와서 가슴 아픈 이야기를 꺼내는 것이 쓸데없다는 건 잘 압니다만, 월터가 과학과 자신의 책무를 위해 순교했다는 사실이 부인에게 어떤 의미가 될 수도 있겠다는 생각을 했지요."

키티는 조급한 기색을 보이며 어깨를 으쓱했다.

"월터는 상처 받은 가슴 때문에 죽었어요."

그녀가 말했다.

워딩턴은 대답하지 않았다. 그녀는 고개를 돌려서 그를 천천히 바라보았다. 그녀의 얼굴은 창백했지만 단호했다.

"'죽은 건 개였다.' 그가 무슨 뜻에서 그런 말을 했을까요?

그게 뭐죠?"

"그건 「골드스미스 애가」[12]의 마지막 구절입니다."

67

다음 날 키티는 수녀원으로 갔다. 문을 연 소녀가 그녀를 보고 깜짝 놀랐다. 키티가 일거리를 잡은 지 몇 분이 지났을 때 원장 수녀가 들어왔다. 그녀는 키티에게로 가서 그녀의 손을 잡았다.

"부인을 보니 기쁩니다. 크나큰 슬픔을 겪고도 곧장 여기로 오다니 용기가 대단하세요. 그리고 그 지혜도요. 소소한 일거리가 생각에 휩쓸리지 않도록 해 줄 거라 확신해요."

키티는 눈을 내리깔고 얼굴을 살짝 붉혔다. 그녀는 원장 수녀에게 마음을 들키고 싶지 않았다.

"이곳 사람들 모두가 얼마나 진심으로 부인과 한마음인지 말할 필요는 없겠지요."

"친절하신 말씀이에요."

키티가 속삭였다.

---

12) 18세기 영국 작가 올리버 골드스미스의 시 「미친 개의 죽음에 관한 애가(Elegy On the Death of a Mad Dog)」를 일컫는다. 어떤 마을에 사는 남자가 잡종개를 만나 친구가 되었는데 어느 날 그 개가 남자를 물자 사람들이 미친 개에 물린 남자가 죽을 거라고 법석을 떨지만, 남자는 상처가 낫고 정작 개가 죽었다는 내용이다.

"우리 모두가 지속적으로 부인을 위해 그리고 부인 곁을 떠나간 그분의 영혼을 위해 기도한답니다."

키티는 대답하지 않았다. 원장 수녀는 그녀의 손을 놓아주더니 특유의 냉정하고 권위적인 어조로 그녀에게 이것저것 일을 맡겼다. 그러고는 두세 명 아이들의 머리를 다독거리고 그들에게 초연하지만 마음을 끄는 미소를 보내고서 더 급한 일들을 보러 나갔다.

68

한 주가 흘렀다. 키티가 바느질을 하고 있는데 원장 수녀가 방에 들어와 그녀 옆에 앉았다. 그녀는 키티의 일감을 예리한 눈으로 슬쩍 쳐다보았다.

"부인은 바느질을 참 잘하세요. 요즘 세상의 젊은 여자들에게 보기 드문 솜씨지요."

"제 어머니 덕분입니다."

"부인 어머니께서 부인을 다시 보면 매우 기뻐하시리라 확신해요."

키티는 고개를 들었다. 예의상 하는 말로 듣기에는 원장 수녀의 태도가 뭔가 심상치 않았다. 원장 수녀가 말을 이었다.

"부군께서 돌아가신 후 제가 부인을 여기 오도록 한 것은 일거리가 부인의 마음을 분산시킬 것이라 생각했기 때문입니다. 그 당시에 부인은 홀로 홍콩으로 기나긴 여행을 떠나기에 적합지 않다는 생각이 들었어요. 그리고 부인이 집에 혼자 넋 놓고 앉아 상실감에 젖는 것도 바라지 않았고요. 하지만 이제 여드레가 지났습니다. 부인이 떠날 때가 되었어요."

"전 가고 싶지 않아요, 수녀님. 여기 머물고 싶어요."

"부인이 여기 남을 이유가 없습니다. 부인은 남편과 함께 이곳에 왔어요. 부군은 돌아가셨고요. 부인은 곧 보살핌과 관심을 필요로 할 상황에 처해 있지만 여기서는 그게 불가능합니다. 부인의 의무는 주님께서 부인의 보호 아래 맡기신 존재의 안녕을 위해 사력을 다하는 것이랍니다."

키티는 잠시 침묵했다. 그녀는 고개를 떨어뜨렸다.

"여기서는 제가 쓸모 있다는 생각이 들었어요. 나에 대해서 그런 생각을 한다는 건 대단한 기쁨이었어요. 전염병이 끝날 때까지만이라도 제 일을 계속하도록 허락해 주시면 좋겠어요."

"우리 모두 부인이 우리를 위해 하신 일들에 깊이 감사하고 있어요."

원장 수녀가 살짝 미소를 지으며 대답했다.

"하지만 이제 전염병의 기세가 한풀 꺾였고 여기 오는 길도 그다지 위험하지 않게 되어서 광둥에서 수녀님 두 분이 오시기로 했답니다. 그분들이 곧 여기 도착하실 텐데, 그렇게 되면 부인의 도움이 필요하다고는 생각지 않아요."

키티의 가슴이 무너졌다. 원장 수녀의 말투에는 반론의 여지가 없었다. 그녀는 이제 원장 수녀를 알 만큼 알았고 간청해 봤자 부질없는 짓이었다. 원장 수녀는 키티를 설득해야 한다고 생각했는지 목소리에 성가시다는 기색은 없었지만 어쨌든 지엄한 어조를 띠고 있었다.

"워딩턴 씨가 친절하게도 제게 조언을 구했습니다."

"그 사람은 자기 일에나 신경 썼으면 좋았을 것을."

키티가 끼어들었다.

"그가 그러시 않았다면 나야말로 그에게 조언힐 작정이었딥니다."

원장 수녀가 점잖게 말했다.

"지금 부인이 계실 곳은 여기가 아니라 부인 어머니의 곁입니다. 워딩턴 씨가 유 대령과 함께 부인을 충실히 호위하도록 조처를 취해 놓았으니 부인의 여행길은 안전할 겁니다. 그가 가마꾼이니 짐꾼까지 다 마련해 놨어요. 하녀가 부인을 따라갈 거고 부인이 통과할 도시들에도 다 조처를 취했습니다. 사실, 부인의 안전을 위해 가능한 모든 것이 완비되었어요."

키티는 입을 꽉 다물었다. 그들이 결정은 키티에게 달렸다는 태도로 그녀와 상의할 수는 없었을까? 그녀는 날카롭게 대꾸하지 않으려고 자제력을 발휘해야 했다.

"그럼 언제 출발하죠?"

원장 수녀는 침착한 상태를 유지했다.

"부인이 홍콩에 도착하는 대로 영국행 배를 타시는 게 좋겠어요. 우리 생각엔 모레 새벽에 출발하는 게 좋을 것 같아요."

"그렇게 빨리."

키티는 울고만 싶었다. 그럴 만도 했다. 그곳에도 그녀의 자리는 없었다.

"모두들 나를 내쫓지 못해 안달이군요."

그녀가 서글프게 말했다.

키티는 원장 수녀의 태도에서 느긋함을 감지했다. 원장은 키티가 항복하려는 기색을 느끼고는 무의식적으로 더욱 자비로운 어조를 띠었던 것이다. 이 너그러운 양반들도 나름의 방식이 있구나 하는 생각이 들자 키티는 유머 감각이 발동하면서 눈을 반짝거렸다.

"내가 부인 마음속의 선함을 보지 못했다고 생각진 마세요. 스스로 짊어진 의무를 버리려 하지 않는 존경스러운 인간애도 잘 알고 있어요."

키티는 앞을 똑바로 응시했다. 그녀는 어깨를 살짝 으쓱하고 말았다. 그렇게 고매한 미덕은 그녀의 몫이 아님을 스스로 잘 알고 있었다. 그녀가 남으려는 이유는 달리 갈 곳이 없기 때문이있다. 이 세상에 내가 죽든지 살든지 눈곱만큼도 신경 쓸 사람이 없다고 하면 흥미로운 화젯거리가 되겠지.

원장 수녀가 상냥하게 말을 이었다.

"집에 돌아가기를 주저하다니 이해할 수 없네요. 이 나라의 많은 외국인들이 큰 희생을 감수하고서라도 부인이 가진 기회를 잡으려고 할 텐데요!"

"하지만 당신은 아니죠, 수녀님?"

"오, 우리 경우는 달라요. 우린 고국을 영원히 떠난다고 생각하고 여기 왔어요."

키티의 상처 입은 감정들 중 하나가 마음속에 어떤 욕망의 불을 댕겼다. 수녀들이 모든 자연스러운 감정에 그토록 초연

할 수 있는 비결에서 그리고 그들 신앙의 갑옷에서 약점을 찾고 싶은 심술일 수도 있었다. 원장 수녀에게 인간의 약점이 조금이라도 남아 있는지 그녀는 알고 싶었다.

"수녀님이 아끼시는 것들과 자라 온 환경을 다시는 못 보신다니 수녀님도 가끔은 힘드실 거라는 생각이 들더군요."

원장 수녀는 잠시 망설였다. 하지만 키티는 원장 수녀의 아름답고 근엄한 얼굴을 아무리 뜯어보아도 그녀의 평정에 변화의 흔적은 찾아볼 수 없었다.

"이제는 늙으신 내 어머니께는 힘든 일이지요. 나는 어머니께 하나밖에 없는 딸이니까요. 어머니는 돌아가시기 전에 나를 한 번이라도 더 보고 싶으실 겁니다. 하지만 그건 이루어질 수 없어요, 우리가 천국에서 만나기 전까지는."

"누구나 자신을 아끼는 이들을 생각할 때면 그들과 단절된 채 살아가는 것이 과연 옳은 일인가 하는 자문을 피하기는 힘들어요."

"지금 내가 택한 길에 대해 후회한 적이 있냐고 물어보시는 거죠?"

갑자기 원장 수녀의 얼굴에서 광채가 흘렀다.

"전혀요, 전혀. 난 사소하고 무가치한 삶을 희생과 기도의 삶으로 교환했습니다."

잠시 침묵이 흐르다가 원장 수녀가 한층 더 경쾌한 태도로 미소를 지으며 말했다.

"부인께서 작은 꾸러미를 가지고 가셨다가 마르세유에 도착하시면 우편으로 부쳐 주십사 청하고 싶네요. 중국 우체국에 맡기고 싶진 않거든요. 그걸 곧 가져오죠."

"내일 주셔도 돼요."

키티가 말했다.

"부인께서 내일 여기 오시기엔 너무 바쁠 거예요. 우리와의 작별 인사는 오늘 밤 하는 게 더 편하실 겁니다."

그녀는 일어나 풍성한 수녀복으로도 가릴 수 없는 넉넉한 위엄을 내보이며 방을 나갔다. 곧바로 조제프 수녀가 들어왔다. 작별 인사를 하러 온 것이었다. 그녀는 키티에게 편안한 여행이 되길 바란다고 말했다. 유 대령이 그녀를 단단히 호위할 것이니 절대 안전할 것이며 수녀들은 늘 혼자 여행을 하지만 아무 해도 입지 않는다고 말했다. 바다를 좋아하냐는 질문에는 "오 주여! 부인!"을 연발하며 인도양에서 폭풍우가 몰아칠 때 뱃멀미로 얼마나 고생했는지 말도 못한다고 했다. 키티의 어머니가 딸을 보면 얼마나 기뻐하겠냐, 그녀는 이제 스스로를 돌봐야 한다, 어쨌든 그녀는 이제 작은 영혼을 그녀의 보호 아래 두지 않았느냐, 그들은 모두 그녀를 위해 기도할 것이다, 자기도 그녀와 그녀의 작은 아기와 불쌍하고 용감한 의사 선생의 영혼을 위해 계속 기도할 것이라고 했다. 조제프 수녀는 언변이 좋고 친절하고 애정이 많았지만 키티는 자신이 그 수녀(그리고 영원에 몰두한 수녀의 시선)에게 육체나 실체가 없는 유령에 불과하다는 걸 의식하고 있었다. 키티는 그 땅딸막하고 사람 좋은 수녀의 어깨를 움켜잡고 마구 흔들고 싶은 거센 충동을 느꼈다. 이렇게 외치고 싶었다. "내가 인간인 걸 모르나요? 불행하고 외로운 인간? 난 평안과 위로와 용기를 원해요. 오, 잠시라도 신에게서 눈을 돌려 내게 작은 연민의 감정을 느낄 순 없나요? 모든 고통 받는 것들에 대해 품는 기독교적인 연민 말고, 단지 나를 위한 인간적인 연민은 없나요?" 그런 생각이 키티의 입술에 미소로 번져 나왔다. 그러면 조제프 수녀가 얼마나 기겁하고 놀라겠는가! 그리고 모든 영국인들은 미치광이라는 그녀의 추측이 난숨에 확신으로 바뀌겠지.

키티가 대답했다.

"다행히 저는 배를 아주 잘 탄답니다. 한 번도 뱃멀미를 한 적이 없어요."

그때 원장 수녀가 작고 말끔한 꾸러미를 들고 돌아왔다.

"이건 어머니의 영명축일[13]을 위해 내가 만든 손수건들입니다. 이름의 머리글자는 우리 여자애들이 수를 놓았지요."

조제프 수녀가 그것이 얼마나 아름다운 작품인지 키티도 보고 싶을 거라고 말하자 원장 수녀가 그런 말 마라는 순박한 미소를 지으면서 꾸러미를 끌렀다. 그 손수건들은 얇은 면직물로 만들어진 것이었는데, 수놓인 머리글자는 글자에 딸기잎의 왕관을 씌운 복잡한 모양이었다. 키티가 그 솜씨에 적당히 찬사를 보내고 나자 손수건은 다시 포장되어 꾸러미로 키티에게 넘겨졌다. 조제프 수녀는 "Eh bien, Madame, je vous quitte(그럼, 부인, 전 이만 가 볼게요)." 하는 말과 함께 예의 바르고 사적인 인사를 되풀이한 다음 가 버렸다. 키티는 이제 원장 수녀에게 작별을 고할 때가 왔다고 생각했다. 그녀는 원장

---

13) 자신의 세례명을 따온 성인의 축일이다.

수녀가 보여 준 친절에 감사를 표했다. 그들은 회칠한 썰렁한 복도를 함께 걸었다.

"마르세유에서 그 꾸러미를 부쳐 달라는 게 너무 무리한 부탁이 아닐는지요?"

원장 수녀가 말했다.

"기꺼이 해 드릴게요."

키티가 말했다.

그녀는 주소를 흘끔 보았다. 매우 고상한 이름이었는데 장소가 그녀의 주목을 끌었다.

"이건 내가 본 적이 있는 성이군요. 친구들과 함께 프랑스에서 자동차를 타고 간 적이 있어요."

"그럴 만도 해요. 일주일에 이틀은 외부인에게 공개하니까."

원장 수녀가 대답했다.

"내가 그렇게 아름다운 곳에서 살았다면 그곳을 떠날 용기를 감히 내지 못했을 거예요."

"그곳은 유서 깊은 곳이랍니다. 하지만 좀처럼 친밀감이 들지 않죠. 내가 그리워하는 게 있다면 그곳이 아니라 어릴 적 우리 가족이 살았던 작은 성이랍니다. 피레네 산맥에 있어요. 난 바닷소리가 들리는 곳에서 태어났습니다. 가끔 바위에 부딪치는 그 파도 소리가 그리워지는 건 나도 어쩔 수 없지요."

키티는 원장 수녀가 키티의 생각과 발언에 대한 이유를 짐작하기 위해 슬쩍 자기 자신을 놀리고 있다는 생각이 들었다. 그들은 작고 꾸밈 없는 수녀원의 문에 당도했다. 원장 수녀가 그녀를 팔에 안고 입 맞추는 바람에 키티는 깜짝 놀랐다. 키티의 뺨에 창백한 입술의 감촉이 느껴졌다. 그녀는 처음엔 이쪽에 그다음엔 저쪽에 번갈아 가며 키스했는데, 너무 뜻밖의 일이라 키티는 얼굴이 빨개지면서 울고 싶은 충동을 느꼈다.

"안녕, 주님의 축복이 있기를."

그녀는 잠시 키티를 팔에 안고 있었다.

"의무를 이행하는 건 아무것도 아니라는 걸, 하지만 그게 당신이 해야 할 일이라는 걸 명심하세요. 그리고 손이 더러워지면 반드시 씻는 것보다 더 기특한 일은 없다는 것도요. 단 한 가지 중요한 것은 의무에 대한 사랑입니다. 사랑과 의무가 하나면 은총이 당신 안에 머물 거예요. 그리고 당신은 모든 이해를 초월하는 행복을 맛볼 겁니다."

수녀원 문이 마지막으로 그녀 뒤에서 닫혔다.

69

워딩턴은 키티와 함께 언덕을 올라갔다. 그들은 옆으로 방향을 틀어 잠시 월터의 무덤을 보고는 다시 위로 올라갔고 열녀문 앞에 도달했을 때 그가 작별 인사를 했다. 그녀는 마지막으로 열녀문을 보면서 그 외관에서 풍기는 불가사의한 모순과 그에 버금가는 자기 자신의 모순에 이제는 답을 할 수 있을 것 같은 느낌이 들었다. 그녀는 가마에 올랐다.

하루가 가고 또 하루가 갔다. 길가의 풍경들을 배경 삼아 그녀의 머릿속에 여러 생각들이 피어올랐다. 풍경들은 그녀의 눈에 판박이처럼 똑같기도 하고, 입체경 속처럼 둥글게도 보였다. 불과 몇 주 전 같은 길을 반대 방향으로 갈 때 보았던 장면들이 현재 보이는 광경들과 겹쳐 떠오르자 한층 더 의미심장한 느낌이 들었다. 짐꾼들은 짐을 진 채 무질서하게 흩어져서 두셋씩 짝을 지어 가기도 하고 그 뒤에 100미터씩 떨어져 혼자 걸어가는가 하면 그 뒤로 두셋 이상씩 무리를 짓기도 했다. 호위 군인들은 터벅 걸음으로 하루에 10킬로미터 이상 소화해 냈다. 하녀의 가마는 두 명의 가마꾼이 멨고 키티는 하녀보다 더 무겁지는 않았지만 그녀의 체면을 고려해서 가마꾼이 넷이었다. 때때로 무거운 짐을 지고 줄줄이 터덜터덜 걸어가는 짐꾼의 행렬을 만나기도 했고 이따금 의자식 가마에 탄 중국인 관리가 백인 여자에게 호기심 어린 시선을 던지기도 했다. 빛바랜 푸른 옷에 커다란 모자를 쓰고 시장으로 향하는 농부들을 추월하기도 하고 늙었는지 젊은지 구분이 안되는 어떤 여자가 전족으로 종종걸음을 치며 가기도 했다. 그들은 작은 언덕들을 오르내리고 손질된 논과 대나무 숲 사이로 아늑하게 둥지를 튼 농가들을 지나쳐 갔다. 그리고 허름한 마을들과 인구가 밀집된 도시들을 통과했는데, 『미사 전서』 속에 나오는 성벽의 도시들과 비슷했다. 초가을의 태양이 따사로웠다. 동틀 무렵 은은하게 반짝이는 새벽이 말끔한 평원에 동화 속의 황홀경을 자아낼 때면 제법 쌀쌀해서 후에 찾아드는 온기가 아주 반가울 정도였다. 키티는 그 온기를 만끽하며 지극한 행복감을 맛보았다.

그 생생한 풍경들, 우아한 색감, 뜻밖의 탁월함, 생소함은,

무늬가 아름다운 아라스 천과 그 앞에서 신비롭고 모호한 형태로 어른거리는 키티의 공상 속의 유령들 같았다. 도무지 현실 같지 않았다. 총안이 뚫린 성벽의 메이탄푸는 무대 위에 세워진 채색된 캔버스처럼 옛날 연극 속의 도시를 나타내는 배경처럼 보였다. 그리고 수녀들, 워딩턴, 그를 사랑한 만주 여인은 그 가면극 속의 환상적인 등장인물들이었다. 그리고 나머지들, 즉 학대받은 거리를 따라 어슬렁거리는 사람들과 죽은 자들은 무명의 엑스트라였다. 물론 그들 모두는 각자 어떤 의의를 지니고 있겠지만, 그게 과연 무엇일까? 마치 그들은 어떤 의식의 춤을, 정교한 고대의 춤을 추고 있는 것 같았고 그 복잡한 기교들이 반드시 알아야 할 어떤 의미를 지녔다는 건 확실하지만 그 정체는 오리무중, 도무지 오리무중이었다.

키티에게 경이로운 사실 한 가지는 그녀와 월터가 그 이상하고 비현실적인 춤의 공연에서 역할을 맡았다는 것이다.(한 노파가 푸른색의 옷을 입고 길을 따라 지나가고 있었는데, 그 파란색은 햇빛 속에서 군청색처럼 보였다. 수천 개의 잔주름이 난 얼굴은 마치 오래 묵은 상앗빛 가면 같았고 노파는 기다란 검은 막대기에 몸을 의지해 작은 발로 걸어가고 있었다.) 그것도 중요한 역할을. 그녀는 쉽사리 목숨을 잃을 수도 있었다. 월터처럼. 한편의 코미디였을까? 어쩌면 갑자기 깨어나 안도의 한숨을 내쉬면 그만일 한낱 꿈일지도 모른다. 아주 오래전 머나먼 곳에서 벌어진 일 같기도 했다. 기묘하게도 햇살이 눈부신 현실을 배경으로 연극의 인물들은 그림자처럼 희미했다. 이제 그 이야기는 키티가 읽고 있는 책에 불과했고 놀랍게도 자기와 그다지 관계없는 일 같기도 했다. 그토록 익숙했던 워딩턴의 얼굴과 그 특징이 떠오르지도 않았다.

오늘 저녁이면 그들은 서쪽 강에 면한 도시에 도착할 터였고 그곳에서 그녀는 증기선을 탈 예정이었다. 그곳에서 밤새 달리면 홍콩이었다.

70

월터가 죽고 나서 눈물이 나지 않았다는 사실이 키티는 처음엔 수치스러웠다. 목석 같은 짓이었다. 심지어 중국인 장교 유 대령의 눈가도 눈물로 젖었었다. 키티는 남편의 죽음에 그저 멍할 뿐이었다. 월터가 방갈로로 다시는 돌아오지 않는다는 것이, 아침에 일어나 쑤저우(蘇州) 산 욕조에서 그가 목욕하는 소리를 들을 수 없다는 것이 실감나지 않았다. 살아 있던 그가 지금은 죽었다니. 수녀들은 그녀의 기독교적 순종에 놀라고 사별 앞에서 보인 용기에 찬사를 보냈다. 하지만 워딩턴은 날카로웠다. 그는 진심으로 그녀를 동정하면서도, 뭐랄까…… 한편으로는 빈정댄다는 느낌을 키티는 떨쳐 버릴 수가 없었다. 물론 월터의 죽음은 그녀에게 충격이었다. 그녀는 월터가 죽기를 바라지 않았다. 하지만 어쨌든 그녀는 그를 사랑하지 않았고 사랑한 적도 없었다. 그래도 슬픔에 젖는 것이 그녀에게 합당한 행동이었다. 아무에게나 그녀의 마음을 들킨다면 추하고 천박하게 보일 터였다. 하지만 가면을 쓰기에 그녀는 너무 많은 일을 겪었다. 지난 몇 주 동안 그녀가 깨달은 것은 남에게 거짓말하는 것이 때론 필요하지만 스스로를 기만하는 행위는 언제나 비열한 짓이라는 점이었다. 월터가 그렇게 비극적인 방식으로 죽었다는 게 그녀도 안타깝기는 했지만 그것은 그가 단지 알고 지내던 사람이었다고 해도 느꼈을 법한 순전히 인간적 차원의 슬픔이었다. 월터가 존경받을 만한 자질을 지녔다는 건 그녀도 인정하는 바다. 하지만 공교롭게도 그녀는 그를 좋아하지 않았고 그가 따분하기만 했다. 그의 죽음이 그녀에게 안식을 가져왔다고 한다면 억지겠고, 그녀의 말 한마디에 그가 다시 살아 돌아온다면 얼마나 좋겠나마는 그것도 아닌 바에야 그의 죽음이 그녀의 길을 어느 정도는 수월한 쪽으로 돌려놓았다는 느낌이 어쩔 수 없이 드는 게 그녀의 솔직한 심정이었다. 그들은 함께 있어서 행복한 적이 없었고 헤어짐조차 끔찍하고 어려웠다. 그녀는 이런 생각을 하는 자신이 놀라웠다. 사람들이 실상을 안다면 나를 무자비하고 잔인하다고 생각하겠지. 글쎄, 그들이 어떻게 알겠나. 그녀는 다른 친구들도 각자의 가슴에 수치스러운 비밀을 품고서 호기심 어린 시선들을 피해 평생을 살아가지는 않을까 하는 생각이 들었다.

앞날은 매우 불투명했고 키티에겐 계획도 없었다. 한 가지 분명한 건 홍콩에 되도록 짧게 체류하고 싶다는 것이었다. 그곳에 도착한다고 생각하니 두려움이 앞섰다. 그녀는 등나무 의자에 앉아서 미소의 나라, 호의의 나라를 영원히 떠돌고 싶었고 일련의 환영 같은 인생의 무관심한 방관자로 매일 밤 다른 지붕 아래서 보내고 싶었다. 하지만 코앞에 직면한 미래와 맞서야 할 것은 분명했다. 홍콩에 도착하면 호텔로 가서 집을 처분하고 가구들을 팔아 치울 작정이었다. 타운센드를 볼 필요는 없다. 그가 그녀 근처에 얼씬거리지 않는 미덕을 보여 준다면 좋으련만. 그러면서도 그를 다시 한번 만나 그녀가 그를 얼마나 치사한 인간으로 취급하는지 말해 주고 싶은 마음도 들었다.

하지만 찰스 타운센드 따위가 무슨 상관이람?

교향곡의 복잡한 하모니를 뚫고 들려오는 의기양양한 아르페지오의 풍부한 하프 선율처럼 어떤 생각이 그녀의 마음을 계속 두드렸다. 그 생각은 그녀에게 논 평야의 이국적인 아름다움을 선사한 장본인이었다. 그리고 깨끗이 면도한 청년이 대범한 눈빛으로 우쭐거리며 마을 시장을 향해 마차를 타고 그녀 옆을 휙 지나갔을 때 그녀의 창백한 입술에 작은 미소가 번지게 한 주역이었으며, 그녀가 지나온 도시들에 생기발랄한 인생의 마법을 부리도록 만든 마법사이기도 했다. 역병의 도시는 그녀가 탈출한 감옥이었다. 파란 하늘이 얼마나 절묘하고 아름다운 것인지 전에는 결코 몰랐다. 길 위로 너무나 예쁘고 우아하게 기운 대나무 숲에서 또 얼마나 즐거웠던가. 자유! 그게 바로 그녀의 가슴속에서 울려 퍼지는 생각이었고, 비록 미래는 아주 희미했지만 아침 햇살이 드리운 안개 긴 강물처럼 다채롭게 빛났다. 자유! 답답한 속박으로부터의 자유일 뿐 아니라 그녀를 짓눌렀던 애증 관계로부터의 자유였다. 자유, 위협적인 죽음으로부터의 자유, 그녀를 땅으로 끌어

내렸던 사랑으로부터의 자유. 모든 정신적 속박으로부터의 자유, 유체 이탈된 한 영혼의 자유. 그리고 자유, 용기, 무슨 일이 생기든 개의치 않는 씩씩함이 그녀와 함께했다.

71

배가 홍콩에 정박했을 때 키티는 갑판에 서서 다채롭고 활기차게 넘실대는 강물의 흐름을 바라보다가 하녀가 흘린 물건이 없는지 확인하러 선실로 갔다. 그녀는 거울 속 자기 모습을 흘끔 쳐다보았다. 수녀들이 그녀를 위해 염색한 검은 드레스를 입었지만 슬픔 때문은 아니었다. 하지만 제일 먼저 해야 할 일은 그것을 입는 것이라고 그녀는 생각했다. 상복은 사람들의 기대에 어긋나는 그녀의 감정들을 위장하는 데 효과적인 수단이 될 것이다. 누가 선실 문을 두드렸다. 하녀가 문을 열었다.

"페인 부인."

돌아선 키티의 눈에 어떤 얼굴이 들어왔는데, 그게 누구인지 그녀는 단번에 알아보지 못했다. 그러다가 갑자기 그녀의 심장이 뜀박질을 하면서 얼굴이 벌게졌다. 도로시 타운센드였다. 키티는 그녀를 만날 거라고는 전혀 예상하지 못했기 때문에 어떻게 해야 할지 무슨 말을 해야 할지 알 수 없었다. 그런데 타운센드 부인이 선실로 들어와 충동적인 몸짓으로 키티를 팔로 끌어안았다.

"오, 이런이런, 정말 안됐어요."

키티는 그녀가 입 맞추도록 내버려 두었다. 늘 차갑고 멀게만 느껴졌던 여인이 이처럼 감정을 분출하다니 놀라웠다.

"친절하시군요."

키티가 중얼거렸다.

"갑판으로 나가요. 부인 물건은 하녀에게 맡겨 둬요. 여기 내 하인들도 있으니까."

타운센드 부인은 키티의 손을 잡았고 키티는 그녀가 이끄는 대로 내버려 두었다. 마음씨 고운 그녀의 그을은 얼굴에 진심 어린 걱정의 표정이 나타났다.

타운센드 부인이 말했다.

"배가 일찍 도착한 통에 간신히 시간을 맞췄지 뭐예요. 부인을 놓쳤더라면 많이 속상했을 거예요."

"설마 저를 만나러 오신 건가요?"

키티의 입에서 탄성이 흘러나왔다.

"물론이죠."

"하지만 제가 온다는 걸 어떻게 아셨어요?"

"워딩턴 씨가 내게 전보를 보냈어요."

키티는 고개를 돌렸다. 왈칵 목이 메었다. 뜻밖의 작은 호의가 이토록 그녀의 마음을 움직이다니 이상했다. 울고 싶진 않았다. 도로시 타운센드가 가 버리기를 바랐다. 하지만 도로시는 키티의 옆구리에 늘어진 그녀의 손을 붙잡고서 꼭 쥐었다. 이 수줍은 여인이 너무나 적극적 공세를 펴자 키티는 당황스러웠다.

"내 부탁을 하나만 들어주세요. 찰스와 나는 부인이 홍콩에 머무르는 동안 우리와 함께 있었으면 해요."

키티는 손을 뺐다.

"정말 친절하신 처사지만 전 그럴 수 없어요."

"하지만 그러셔야 해요. 부인 집에 혼자 있어서는 안 돼요. 끔찍할 거예요. 내가 모든 걸 준비해 뒀어요. 부인의 방을 따로 마련했거든요. 우리와 같이 식사하길 원치 않으면 방에서 혼자 드셔도 돼요. 우리 둘 다 부인이 우리에게 왔으면 해요."

"집에 갈 생각은 아니었어요. 홍콩 호텔에 방을 하나 얻을 작정이었죠. 부인께 그렇게 폐를 끼칠 순 없어요."

그 제안은 키티를 깜짝 놀라게 만들었다. 그녀는 혼란스럽고 마음이 내키질 않았다. 아내가 그런 초대를 하도록 허락하다니 찰스는 대체 지각이 있는 걸까? 그녀는 그 두 사람에게 신세 지고 싶은 마음이 없었다.

"오, 하지만 부인이 호텔에 계시다니 생각만 해도 참을 수 없어요. 그리고 지금 홍콩 호텔은 부인께 불편할 거예요. 사람들로 어수선하기도 하고 재즈 밴드로 늘 북적이잖아요. 제발 우리 집으로 간다고 말씀하세요. 찰스와 내가 부인을 방해하지 않겠다고 약속할게요."

"왜 제게 이토록 친절하신지 잘 모르겠어요."

키티는 이렇다 할 변명 거리가 없었다. 딱 잘라 안 된다고 말할 명분도 마찬가지였다.

"전 지금 낯선 사람들 틈 속에서 잘 어울려 지낼 상황이 아니에요."

"하지만 우리가 부인에게 낯선 사람은 아니잖아요? 오, 난 그건 원치 않아요. 부인이 날 친구로 생각해 주었으면 좋겠어요."

도로시는 자신의 양손을 맞잡으며 신중하고 독특한 그녀 특유의 멋진 목소리를 떨며 울먹이고 있었다.

"난 부인이 꼭 오셨으면 해요. 부인에게 보답하고 싶어요."

키티는 이해할 수 없었다. 찰스의 아내가 그녀에게 빚이며 보답이라니 대체 무슨 소리를 하는 걸까?

"유감스럽게도 난 처음에 부인을 그다지 좋아하지 않았어요. 부인이 좀 약삭빠른 여자라고 생각했죠. 난 구닥다리인데다가 참을성도 없는 것 같아요."

키티는 그녀를 한번 슬쩍 쳐다보았다. 처음에 키티를 속물로 보았다니 무슨 뜻일까? 하지만 키티는 그런 기색을 조금도 나타내지 않았다. 다만 속으로 피식 웃음이 터져 나왔다. 누가 그녀를 어떻게 생각하든 무슨 상관이람!

"하지만 부인이 남편을 따라 죽음의 소굴 속으로 조금도 망설이지 않고 들어갔다는 소식을 들었을 때 내 자신이 어처구니없고 비열했음을 느꼈어요. 너무나 부끄러웠죠. 부인은 너무나 대단하고, 너무나 용감하고, 우리 모두를 형편없이 저급한 부류로 보이게 만들었어요."

이제 그녀의 친절하고 다정한 얼굴에서는 눈물이 펑펑 쏟아져 나왔다.

"내가 얼마나 부인을 칭송하는지, 부인에 대해 어떤 존경심을 갖고 있는지 이루 다 말할 수가 없어요. 부인이 겪은 끔찍한 이별을 보상하기 위해 내가 할 수 있는 일은 없지만 부인에 대한 내 마음이 얼마나 깊고 얼마나 진실한지 알아주셨으면 해요. 부인을 위해 조그만 일을 하도록 허락해 주신다면 내겐 큰 영광일 거예요. 내가 부인을 잘못 판단했다는 유감을 계속 안고 살아가지 않게 해 줘요. 부인은 영웅이고 난 한갓 어리석은 여자랍니다."

키티는 갑판을 내려다보았다. 아주 창백한 얼굴로. 도로시가 그렇게 주체하지 못할 감정을 내보이지 않았으면 좋으련만. 감동적이었다. 그렇긴 했지만 이 단순한 여자가 분명 거짓을 믿고 있다는 초조한 감정이 살짝 고개를 드는 것도 어쩔 수 없었다.

"부인께서 정말 제가 갔으면 하고 바라신다면, 물론, 기꺼이 가지요."

그녀가 한숨을 쉬었다.

72

타운센드 부부는 피크 거리의 바다가 훤히 내려다보이는 집에 살고 있었다. 찰스는 보통 점심을 먹으러 집에 들르지 않지만 키티가 도착한 날만큼은 그녀가 그를 만나고 싶다면 기꺼이 와서 환영할 거라고 도로시(이제 그들은 서로를 "키티" "도로시" 이렇게 불렀다.)가 말했다. 키티는 어차피 그와 부딪혀야 한다면 빠를수록 좋을 것 같다는 생각이 들었고 그녀 때문에 그가 당황해 하는 꼴을 어서 보고 싶은 잔혹한 즐거움마저 들었다. 이 초대는 그의 아내의 생각에서 나왔으며 그는 불편한 기분을 숨기고 즉시 허락했음이 분명했다. 키티는 언제나 도의에 맞게 살려는 그의 욕망이 얼마나 큰지 잘 알고 있었고 그녀에게 은혜로운 환대를 베푸는 것은 분명 그 도의에 해당될 터였다. 하지만 그가 그들의 마지막 만남에 대한 기억을 치욕스럽게 생각하지 않을 리는 만무했다. 타운센드같이 허영기 많은 남자에게 그것은 치유될 수 없는 속병처럼 분통 터지는 일이었을 것이다. 그녀는 그가 그녀에게 상처를 준 만큼 그녀도 그에게 상처를 주었기를 바랐다. 그는 이제 그녀를 증오할 게 분명했다. 하지만 정작 그녀는 더 이상 그를 증오하지 않는다고 생각하자 마음이 한결 가벼웠다. 다만 경멸할 뿐이었다. 그의 감정이 어떻든 그가 그녀를 떠받들어야 한다고 생각하니 잔혹한 만족감이 들었다. 그날 오후 그녀가 그의 사무실을 떠나갈 때 그녀가 다시는 자기 눈에 띄지 않기를 그는 온 마음을 다해 기도했으리라.

그녀는 도로시와 함께 앉아서 그가 돌아오기를 기다렸다. 응접실의 절제된 사치스러움이 만족스럽게 다가왔다. 팔걸이의자에 앉아 여기저기를 장식한 예쁜 꽃들과 벽에 걸린 보기 좋은 그림들을 감상했다. 그늘지고 시원한 그 방은 안락하고 집 같은 느낌을 주었다. 그녀는 선교사의 방갈로와 그 썰렁하고 텅 빈 응접실을 떠올리고는 살짝 진저리를 쳤다. 등나무 의자들과 면직물이 덮인 식탁, 염가판 소설들이 가득한 때 묻은 선반들, 작고 빈약한 붉은색 커튼은 너무나 지저분한 인상을

292

풍겼다. 오, 얼마나 불쾌했던지! 도로시는 그런 건 꿈에도 모를 것이다.

자동차가 들어오는 소리가 들리더니 찰스가 방으로 성큼 걸어 들어왔다.

"내가 늦었나? 기다리게 한 게 아니었으면 좋겠구려. 총독을 만날 일이 생겼는데 빠져나올 수가 있어야 말이지."

그는 키티에게 다가가서 그녀의 양손을 잡았다.

"이렇게 와 주셔서 정말, 정말 기쁩니다. 부인이 원하는 만큼 부인의 집처럼 여기며 머물기를 바라는 마음을 도로시가 전했으리라 믿어요. 그건 내 마음이기도 합니다. 내가 해 드릴 일이 있으면 좋겠습니다."

진지하고 매력적인 표정을 띤 눈빛이었다. 그녀의 눈에 어린 냉소를 그가 보았을까?

"나는 이런 말을 하는 데 몹시 어리석고 또한 서투른 바보처럼 보이고 싶진 않지만, 부군의 죽음에 내가 얼마나 애석해하는지 알아주셨으면 합니다. 그는 대단히 훌륭한 친구였고 말로 다 못할 정도로 여기 사람들은 그를 그리워할 겁니다."

"그만해요, 찰스. 키티도 알아들었을 거예요. ……여기 칵테일이 오는군요."

그의 아내가 말했다.

중국에 사는 외국인들의 사치스러운 전통에 따라 제복을 입은 하인 둘이 세이보리 샐러드와 칵테일을 내왔다. 키티는 그것을 사양했다.

"오, 드셔 보세요."

타운센드가 특유의 상냥하고 따뜻한 어조로 권했다.

"몸에 좋을 겁니다. 홍콩을 떠난 후로 칵테일 같은 건 드셔보지 못했으리라 생각되네요. 내가 틀리지 않다면 메이탄푸에선 얼음을 못 드셨겠죠."

"틀린 말씀은 아니에요."

키티가 말했다.

잠시 그녀의 눈앞에 그 거지의 모습이 아른거렸다. 머리를 산발한 채 푸른 누더기 틈새로 비쩍 마른 사지를 내보이며 거주지 벽에 기대어 죽어 있던 그 모습이.

73

그들은 점심을 먹으러 들어갔다. 찰스는 식탁 머리에 앉아 쉽사리 대화를 주도해 나갔다. 그가 키티를 예우하기 위해 했던 애도의 말들 이후, 그녀는 자신이 참담한 경험을 힘들게 헤쳐 나온 것이 아니라 맹장염 수술을 하고 기분 전환을 위해 상하이에서 놀러 온 사람처럼 느껴졌다. 키티는 격려가 필요했고 찰스는 그녀를 격려할 준비가 되어 있었다. 그녀의 기분을 편안하게 하는 최선의 방법은 그녀를 가족의 일원처럼 대하는 것이었다. 찰스는 넉살이 좋은 남자였다. 가을 경마 회합이며 살을 빼지 않는다면 폴로를 포기해야 할 거라는 이야기로 시작해서 그날 아침 총독과 나눈 이야기까지 빠트리지 않았다. 제독의 기함에서 열린 선상 파티며 광둥 지방의 통치 상태, 뤼순의 골프 코스에 대해서 이야기했다. 몇 분 내로 키티는 자신이 고작 한 주 동안 그곳을 떠나 있었던 것 같은 착각이 들었다. 저기 저편, 위쪽 지방에, 고작 1,000킬로미터 떨어진 곳(런던에서 에든버러까지의 거리 아닌가?)에서 남자건 여자건 어린애들이건 파리처럼 죽어 간다는 사실이 믿기지 않았다. 곧 그녀는 누가 폴로를 하다가 쇄골뼈가 부러졌고 누구의 부인이 고국으로 돌아갔으며 누구의 부인은 테니스 토너먼트 경기에 진출했냐 하는 이런저런 질문을 던지게 되었다. 찰스가 던지는 농담에 미소를 짓기도 했다. 도로시는 슬그머니 우쭐거리는 기색을 띠고서(키티도 그 분위기에 동참한지라 기분이 상하지는 않았고 유대감만 느꼈다.) 식민지의 다양한 사람들을 점잖게 야유하기도 했다. 키티는 정신이 점점 또렷해지기 시작했다.

"이런, 부인 얼굴이 이제야 좀 나아 보이는군." 찰스가 아내에게 말했다. "점심 전에는 안색이 너무 창백해서 깜짝 놀랐다니까. 이제 뺨에 화색이 도는군요."

하지만 키티는 대화에 동참하는 동안 (도로시도 찰스도 그들의 고상한 예의범절에 의거해 승인하지 않을) 쾌활함까지는 아니지만 최소한 밝은 태도로 이 집의 바깥주인을 면밀히 관찰했다. 머릿속이 그에 대한 복수심으로 온통 가득 차 있던 지난 몇 주 동안 그의 모습은 너무도 생생하게 떠올랐더랬다. 하지만 그의 굵고 곱슬거리는 머리카락은 이제 너무 길게 자라 있었고 너무 조심스럽게 빗질되어 있었는데, 백발이 되어 간다는 사실을 숨기느라 기름을 지나치게 많이 바른 상태였다. 그

의 얼굴은 너무 붉고 뺨에는 자줏빛 혈관이 비쳐 보이는 데다
가 턱살은 몹시 거대했다. 그것을 숨기기 위해 그가 고개를 쳐
들지 않으면 이중턱이 그대로 드러났다. 게다가 그 무성하고
희끗희끗한 눈썹이 어쩐지 원숭이 같아서 그녀의 비위를 살
짝 거슬렀다. 그는 움직임도 무거웠다. 다이어트에 쏟아붓는
그 모든 노력과 운동량도 비만을 쫓아내지 못한 것이다. 뼈를
덮은 살은 두툼해지고 관절들은 노인처럼 삐그덕거렸다. 이제
그의 멋쟁이 의복은 다소 끼어서 그가 입기엔 너무 젊은 남자
의 것이 되어 버렸다.

그래서 키티는 점심을 먹기 전 그가 응접실에 들어왔을 때
꽤 큰 충격(아마도 그래서 그녀의 창백함이 두드러졌을 것이다.)을
받았다. 그녀의 상상력이 이상한 속임수를 부려 그녀를 속였
다는 걸 깨달았기 때문이다. 그는 그녀가 머릿속에 그린 모습
과 조금도 비슷하지 않았다. 웃음이 터져 나오려는 걸 간신히
참았을 정도였다. 그의 머리카락은 백발은 아니었지만, 오, 관
자놀이에 흰머리가 몇 가닥씩 보이는 데다가 점점 더 많아지
고 있었다. 그녀가 생각했던 그의 얼굴은 햇볕에 그을린 붉지
않은 얼굴이었고 그의 머리는 목 위에 매우 보기 좋게 자리하
고 있었다. 그는 뚱뚱하지도 늙지도 않았다. 사실 그는 날씬
한 상태에 가까웠으며 그의 몸은 찬탄을 자아낼 만했기 때문
에 그가 자기 몸매를 자랑으로 삼는다고 한들 그를 비난할 수
없었다. 젊은이라고 봐도 괜찮을 정도였는데. 그리고 물론 옷
을 어떻게 입어야 할지도 잘 알았다. 현재 그의 모습이 단정하
고 깨끗하고 말끔하다는 것은 누가 봐도 부정할 수 없었다. 무

엇에 씌어서 그에게 빠졌던 것일까? 그는 매우 잘생긴 남자이 긴 했다. 하지만 이제 그녀는 다행히 그가 얼마나 무가치한지를 깨달았다. 물론 그녀도 늘 인정했던 바지만 그의 목소리는 승리의 무기였고 그의 목소리만은 그녀가 기억하는 그대로였다. 그가 내뱉은 모든 말의 가식을 더욱 참을 수 없게 만드는 그 녹소리. 그 풍부하고 감미로운 음성이 경박하게 그녀의 귓전을 맴돌았다. 도대체 어째서 그녀는 그것에 포로가 되었단 말인가. 이해할 수 없었다. 하지만 그의 눈은 여전히 아름다웠다. 그것은 그의 매력의 원천이었고 너무나 부드럽고 파랗게 빛나면서 그가 시시껄렁한 소리를 지껄일 때조차 기쁨에 찬 표정이 어른거렸다. 그것에 마음이 동하지 않기란 거의 불가능할 정도로.

마침내 커피가 나오자 찰스는 엽궐련에 불을 붙였다. 그는 시계를 보더니 식탁에서 일어났다.

"자, 두 여성 분들께 각자의 시간을 드려야겠군요. 전 사무실로 돌아가 봐야겠습니다."

그는 잠깐 말을 멈추고 키티에게 다정하고 매력적인 눈빛을 던지며 말했다.

"하루이틀은 부인을 방해하지 않으려고 합니다만 그후에는 부인과 금전상으로 의논할 일이 있습니다."

"저랑요?"

"부인의 집을 처리해야 하잖습니까? 가구들도 그렇고요."

"오, 하지만 난 변호사에게 가도 돼요. 선생님을 귀찮게 해 드릴 이유는 없어요."

인생의 베일

"부인이 법률 비용으로 돈을 낭비하도록 내가 놔두리라는 생각은 조금도 마세요. 내가 모든 걸 처리하죠. 아시겠지만 부인은 연금을 받을 자격이 됩니다. 내가 각하께 이야기해서 해당 부서에 설명하고 부인에게 추가로 생기는 건 없는지 알아볼 작정입니다. 내 손에 부인을 의탁해요. 아무 걱정 말고요. 부인이 이제 해야 할 일은 건강을 회복하는 일입니다. 그렇지 않소, 도로시?"

"물론이죠."

그는 키티에게 고개를 살짝 끄덕이고는 손을 뻗어 아내의 의자를 지나 그녀의 손을 잡고 입을 맞췄다. 대부분의 영국 남자들은 여자의 손에 입 맞출 때면 약간 바보 같아 보인다. 하지만 그는 그것을 우아하고 자연스럽게 해냈다.

74

키티는 타운센드 부부의 집에 안착하고 나서야 그동안 자신이 얼마나 기진맥진했는지 절감했다. 그녀에게 다가온 삶의 안락함과 익숙지 않던 쾌적함이 그녀가 살아왔던 삶의 긴장감을 단박에 깨트려 버렸다. 푹 쉬면 얼마나 상쾌한지, 예쁜 물건들에 둘러싸여 지내면 얼마나 즐거운지, 관심을 받으면 얼마나 기분이 좋은지 그녀는 까맣게 잊고 있었다. 그녀는 안도의 한숨과 함께 사치스러운 동방의 유유자적한 삶 속으로 빠져 들었다. 그녀가 신중하고 예절 바른 방식으로 동정의 대상이 된다는 느낌이 나쁘지만은 않았다. 사별을 겪은 지 얼마 안 된 그녀에게 유흥은 허락되지 않았지만 식민지의 주요 인사의 부인들(총독 각하의 아내와 제독과 대법원장의 아내들)이 그녀와 조용히 차를 마시러 방문했다. 총독 부인은 총독이 간절히 그녀를 만나고 싶어 하며 그녀가 조용히 총독 관저로 점심을 먹으러 온다면("물론, 만찬은 아니고, 우리늘과 부관늘만이죠!") 좋겠다고 말했다. 이 부인들은 키티를 깨지기 쉬운 자기처럼 대했다. 그들이 그녀를 작은 영웅으로 우러러 보는 티가 역력한지라 그녀는 유감없이 재치를 발휘하여 겸손하고 신중하게 그 역할을 잘 소화해 냈다. 가끔 워딩턴이 옆에 있었더라면 하는 마음이 간절했다. 그는 특유의 짓궂은 영민함으로 그 상황을 재미있게 관찰했을 것이다. 그리고 그들끼리 있을 때 그것을 놓고 함께 한바탕 웃음을 터트릴 수도 있었으리라. 그는 도로시에게 보낸 편지에서 그녀가 수녀원에서 헌신적으로 일한 것이며 그녀의 용기와 자제력에 대해 구구절절 늘어놓은 모양이었다. 물론 그는 그들을 교묘하게 놀리고 있었다. 비열한 개처럼.

75

우연인지 아니면 의도된 것인지, 키티는 잠시도 찰스와 단둘이 남겨지는 때가 없었다. 그의 탁월한 임기응변 덕분이었다. 그는 친절하고 인정 있고 상냥하고 붙임성 있는 태도를 유지했다. 그들이 친분 관계 이상이었다고는 아무도 추측할 수 없는 태도였다. 하지만 어느 날 오후 그녀가 방 밖에서 소파에 누워 책을 읽고 있는데 그가 베란다를 따라 다가와 걸음을 멈췄다.

"무얼 읽고 있소?"

그가 물었다.

"책……."

그녀는 냉담한 시선으로 그를 쳐다보았다. 그가 미소를 지었다.

"도로시는 총독 관저의 가든파티에 갔소."

"알아요. 당신은 왜 같이 안 갔어요?"

"그럴 기분이 아니었어. 차라리 돌아와 당신의 말벗이나 해야겠다고 생각했지. 차가 밖에 있어요. 기분 전환 삼아 차를 타고 섬을 돌지 않겠소?"

"아뇨, 됐어요."

그는 그녀가 누워 있는 소파의 발치에 앉았다.

"당신이 온 후로 단둘이 이야기할 기회가 없었군."

그녀는 차갑고 무례한 시선으로 그의 눈을 똑바로 쏘아보았다.

"우리가 서로에게 할 말이 남아 있다고 생각해요?"

"많지."

그녀는 발을 조금 움직여서 그에게 닿지 않도록 했다.

"아직도 내게 화가 난 거야?"

그가 물었다. 입술에 희미한 미소가 걸리고 눈빛은 촉촉했다.

"아뇨, 조금도."

그녀가 웃음을 터트렸다.

"화가 안 났다면 웃었을 리 없지."

"착각하지 마세요. 난 당신을 너무 경멸해서 화가 날 정도예요."

그는 동요하지 않았다.

"너무하는군. 조용히 돌이켜 보면 내가 옳았다는 생각이 솔직히 안 드오?"

"당신 관점에서는 그렇겠죠."

"이제 당신도 도로시를 알게 되었으니 말인데, 그녀가 훌륭하다는 거 인정하지?"

"물론이에요. 그녀가 내게 베푼 친절에 대해선 항상 감사할 거예요."

"그녀는 진귀한 보석과 같은 여자야. 우리가 헤어졌다면 난 한순간도 평화를 얻지 못했을 거요. 그녀를 가지고 놀다니 비열한 책략이 아니겠소. 게다가 어쨌든 난 아이들을 생각해야 했어. 안 그랬으면 아이들에게 엄청난 장애물이 되었을 거야."

그녀는 잠시 생각에 잠겨 그를 바라보았다. 그녀가 그 당시 그의 정부였음이 절실하게 느껴졌다.

"난 여기 머무르는 동안 당신을 아주 자세히 관찰했어요. 그리고 당신이 도로시를 정말 좋아한다고 결론을 내렸죠. 당신이 그럴 수 있었다고는 생각 안 해요."

"난 그녀를 좋아한다고 당신에게 분명 말했어. 그녀를 잠시라도 불편하게 하는 짓은 절대 안 해. 그녀는 남자가 가질 수 있는 최고의 아내야."

"그녀에게 충실해야 할 의무가 있다는 생각은 한 번도 안 해 봤나요?"

"눈에 보이지 않는 건 가슴도 슬퍼하지 않지."

그가 미소를 지었다.

그녀는 어깨를 으쓱했다.

"한심하군요."

"난 그저 인간일 뿐이야. 내가 당신에게 눈이 멀었다고 해서 날 왜 그런 놈 취급하는지 모르겠어. 내가 그러고 싶어서 그랬나, 뭐."

그가 그렇게 말을 하니 그녀의 마음이 다소 누그러졌다.

"난 공정하게 행동했어요."

그녀가 비통하게 내답했다.

"우리가 그런 악마의 농간에 휘말려 들지 내가 어떻게 알았겠어."

"하지만 어떤 경우든 누군가 고통 받아야 한다면 당신은 아닐 거라는 신통방통한 생각은 들었겠지요."

"좀 심하구면. 어쨌든 이젠 모두 지난 일이야. 내가 우리 둘 모두를 위해 올바르게 처신했다는 걸 알아야 해. 당신은 이성을 잃었고 나라도 이성을 지킨 것에 감사하라고. 당신이 원하던 대로 내가 했다면 그게 과연 통했을까? 우린 도마 위에 올려져서 불행으로 내몰렸을 거야. 결국 당신은 아무런 해도 입지 않았잖소. 우리 그냥 키스하고 친구가 되는 게 어떠오?"

그녀는 웃음이 터질 뻔했다.

"당신이 일말의 양심의 가책도 없이 날 사지와 다름없는 곳으로 보냈다는 걸 내가 잊었을 것 같아요?"

"오, 말도 안 돼! 미리 조심하는 분별력만 있으면 아무 위험도 없다고 내 말하지 않았소. 내가 그런 확신도 없이 당신을 보냈으리라고 생각하오?"

"그러기를 바랐으니까 확신할 수 있었겠죠. 당신은 자신의 이득밖에 생각할 줄 모르는 비겁한 인간이야."

"결과가 증명해 주지 않소. 당신은 돌아왔고 너무나 객관적인 사실을 이야기하자면 당신은 예전보다 더 예뻐져서 돌아왔어."

"그럼 월터는요?"

그는 머릿속에 떠오른 익살스러운 대답을 참을 수 없어 미소를 지었다.

"검정색만큼 당신에게 잘 어울리는 것도 없잖아."

그녀는 잠시 그를 노려보았다. 눈물이 솟구쳐 올랐고 그녀는 울기 시작했다. 그녀의 아름다운 얼굴이 슬픔으로 일그러졌다. 그녀는 그것을 숨기고 싶지 않아서 손을 옆구리에 늘어뜨린 채 등을 대고 누워 버렸다.

"하느님 맙소사, 그렇게 울지 마요. 기분을 해치려고 그런 건 아니야. 그냥 농담이라고. 당신이 사별한 것에 대해서 내가 얼마나 애석해하는지 당신도 알잖소."

"오, 그 멍청한 혓바닥 좀 놀리지 말라고요."

"월터가 다시 돌아올 수 있다면 뭐든 할 거야."

"월터는 당신과 나 때문에 죽었어요."

그가 그녀의 손을 잡았지만 그녀는 그것을 홱 뿌리쳤다.

"제발 가세요." 그녀가 흐느꼈다. "그게 당신이 지금 내게 할 수 있는 전부예요. 난 당신을 증오하고 경멸해요. 월터는 당신보다 열 배는 더 가치 있었어요. 그걸 보지 못했으니 내가 큰 바보였어. 가세요, 가요."

그가 다시 무슨 말을 하려고 하자 그녀는 벌떡 일어나 방으로 들어갔다. 그가 그녀를 쫓아왔고 들어오면서 본능적으로 신중함을 발휘해 덧창을 닫았기 때문에 그들은 거의 암흑 속에 있었다.

"이런 식으로 당신과 끝내고 싶지 않아."

그가 그녀에게 팔을 두르며 말했다.

"내가 당신을 상처 주려는 게 아니란 걸 당신도 알잖소."

"날 만지지 마요. 제발 가세요. 가 버려."

그녀는 그에게서 벗어나려고 몸부림쳤지만 그는 놓아주지 않았다. 그녀는 이제 신경질적으로 울부짖고 있었다.

"내 사랑, 내가 언제나 당신을 사랑했다는 걸 모르는 거야? 난 그 어느 때보다 당신을 사랑해."

그가 깊고 매력적인 목소리로 말했다.

"어떻게 그런 거짓말을 하나요! 놔줘요. 제발, 날 놔줘."

"날 박대하지 마, 키티. 내가 당신에게 심했다는 건 알지만, 날 용서해."

그녀는 몸을 떨며 흐느꼈고 그에게서 벗어나려고 몸부림쳤지만 그의 팔의 압력이 이상하게 위안을 주었다. 온몸에 그것을 느끼고 싶은 열망이 솟아났다. 다시 한 번, 딱 한 번만. 그녀의 온몸에 전율이 흘렀다. 자신의 나약함이 느껴졌다. 뼈가 녹는 것 같았고 월터에 대한 슬픔은 자신에 대한 동정으로 바뀌었다.

"오, 어쩜 그렇게 내게 무심할 수 있었죠? 내가 온 마음을 다해 당신을 사랑한 걸 몰랐나요? 아무도 내가 당신을 사랑한 만큼 당신을 사랑할 순 없어요."

그녀가 흐느꼈다.

"내 사랑."

그가 그녀에게 입 맞추기 시작했다.

"안 돼, 안 돼."

그녀가 소리쳤다.

그가 그녀의 얼굴을 찾았지만 그녀는 고개를 돌렸다. 그가 그녀의 입술을 찾아 헤맸다. 그녀는 그가 무슨 말을 하는지 알 수 없었다. 토막 난, 뜨거운 사랑의 말들. 그의 팔이 그녀를 단단히 끌어안자 그녀는 잃어버렸다가 집으로 무사히 돌아온 아이가 된 것 같았다. 그녀가 희미하게 신음했다. 눈을 감은 채, 눈물에 젖은 얼굴로. 그때 그가 그녀의 입술을 찾았고, 그녀의 입술을 누르는 그의 입술의 압력이 신의 불꽃처럼 그녀의 몸속을 뚫고 들어왔다. 극치의 황홀감. 그녀는 활활 불타올라서 변신이라도 할 것처럼 벌겋게 달아올랐다. 그녀의 꿈속에서, 바로 그 꿈속에서 그녀는 그 환희를 맛본 적이 있었다. 그는 그녀를 어떻게 하려는 걸까? 그녀는 알 수 없었다. 그녀는 여자가 아니었고 그녀의 인격은 와해되었다. 그녀는 단지 욕망이었다. 그가 그녀를 안아 올렸다. 그의 팔에 안긴 그녀는 너무 가벼웠다. 그가 그녀를 옮기는 동안 그녀는 사랑에 흠뻑 취해 필사적으로 그에게 매달렸다. 그녀의 머리가 베개 위로 떨어졌고 그의 입술이 그녀의 입술을 파고들었다.

76

키티는 침대 끝에 앉아 손에 얼굴을 파묻고 있었다.

"물 좀 마시겠어?"

그녀가 고개를 저었다. 찰스는 세면대로 건너가서 양치질 컵에 물을 채워 그녀에게 가져왔다.

"자, 좀 마시면 기분이 나아질 거야."

그가 그녀의 입술에 잔을 갖다 대자 그녀가 물을 홀짝거렸다. 그때, 그녀가 두려움에 휩싸인 눈으로 그를 응시했다. 그는 그녀에게 몸을 굽히고 서서 내려다보고 있었는데, 그의 눈 속에는 자기 만족감이 번뜩였다.

"왜, 당신이 말한 것처럼 내가 비열한 개 같아?"

그가 물었다.

그녀가 고개를 떨어뜨렸다.

"그래요. 하지만 내가 당신보다 나을 게 없다는 것도 알아요. 오, 너무나 부끄러워."

"이런, 당신은 정말 감사할 줄 몰라."

"이제 그만 가 줄래요?"

"사실 나도 시간이 없군. 도로시가 오기 전에 가서 말끔하게 차려입어야겠소."

그는 의기양양한 발걸음으로 방을 나갔다.

키티는 잠깐 동안 저능아처럼 몸을 웅크린 채 침대 끝에 가만히 앉아 있었다. 마음이 공허했다. 한 줄기 전율이 그녀의 몸을 훑고 지나갔다. 그녀는 비틀거리며 일어나 화장대로 가서 의자에 털썩 주저앉았다. 그리고 거울 속의 자기 모습을 바라보았다. 울어서 눈이 퉁퉁 부어 있었다. 얼굴은 얼룩덜룩했고 뺨에는 빨간 자국이 그의 뺨이 머물렀던 흔적으로 남아 있었다. 그녀는 공포에 휩싸여 자신을 바라보았다. 같은 얼굴이었다. 그녀가 기대했던 타락의 조짐은 어디에도 없었다.

"돼지."

그녀는 생각나는 대로 내뱉었다.

"돼지."

그러고는 고개를 푹 떨어뜨리고 팔에 얼굴을 파묻고는 서럽게 흐느끼기 시작했다. 이건 수치야, 수치! 자신에게 무슨 일이 들이닥친 건지 그녀는 혼란스러웠다. 끔찍했다. 그녀는 그가 미웠고 자기 자신도 미웠다. 황홀했었다. 아, 가증스러워라! 그녀는 그의 얼굴을 다시는 마주할 수 없을 것이다. 그가 너무나 옳았다. 무가치한 그녀와 그가 결혼하지 않은 건 그로서는 당연했다. 그녀가 매춘부보다 나을 게 뭐란 말인가. 아니, 더 형편없지. 최소한 그 가여운 여자들은 빵을 위해서 자신을 내준다. 그것도 도로시가 그녀를 받아 준 이 집에서! 슬픔과 비통함은 또 어쩌고! 그녀의 어깨가 흐느낌으로 흔들렸다. 이제 모든 것이 끝장이다. 그녀는 자신이 변했다고 생각했고, 자신이 강하다고, 독립한 여성으로서 홍콩에 돌아왔다고 생각했다. 새로운 생각들이 햇살 속에 날아다니는 작은 노란 나비들처럼 그녀의 가슴속에서 파드닥거렸고 훨씬 더 나은 미래가 찾아오리라 기대했다. 자유가 찬란한 기백으로 그녀를 유혹했고 세상은 그녀가 가벼운 발걸음으로 고개를 꼿꼿이 들고 걸어 나갈 수 있는 드넓은 평원 같았다. 그녀는 자신이 정욕과 상스러운 열정으로부터 자유롭다고, 깨끗하고 건강한 정신적 삶을 영유할 수 있으리라고 생각했다. 그녀는 황혼 무렵 논 평야 위를 유유히 나는 흰 해오라기가 되었고 그녀의 마음도 함께 공중으로 치솟았다가 휴식을 취하곤 했다. 하지만 그녀는 노예에 불과했다. 나약하고, 나약한! 한심하고, 가망 없는, 창녀.

그녀는 저녁을 먹으러 가지 않았다. 하인을 시켜 도로시에게 머리가 아프다면서 방에 있는 편이 좋겠다고 전했다. 도로시가 들어와 그녀의 충혈되고 부은 눈을 보면서 부드럽고 동정 어린 말투로 잡담을 나누었다. 도로시는 분명 그녀가 월터 때문에 울었을 거라고 생각하면서 선하고 사랑스러운 아낙네답게 그 자연스러운 슬픔을 존경했을 것이다.

"많이 힘들 거예요." 그녀가 나가면서 키티에게 말했다. "하지만 용기를 가져야 해요. 부인의 남편도 부인이 자신 때문에 슬퍼하는 걸 바라지 않을 거라고 난 확신해요."

77

다음 날 키티는 아침 일찍 일어나 볼일을 보러 전차를 타고 언덕 아래쪽에 다녀오겠다는 쪽지를 도로시에게 남겼다. 그녀는 자동차며 인력거, 가마, 유럽 사람과 중국인이 뒤섞인 다채로운 군중의 물결을 뚫고 P&O(페닌슐러앤드오리엔탈 기선) 사무소로 갔다. 이틀 후에 첫 배가 항구를 떠날 예정이었고 그녀는 어떤 값을 치르더라도 그 배를 타기로 마음먹었다. 모든 선실의 예약이 찼다고 직원이 말하자 키티는 책임 관리자를 만나게 해 달라고 요청했다. 그녀가 자신의 이름을 알리자 전에 만난 적 있는 책임자가 나와서 그녀를 자기 사무실로 안내했다. 그는 그녀의 사정을 알고 있었는데, 그녀의 간청을 듣고 나자 탑승자 명단을 가져오라고 시켰다. 그가 당혹스럽다는 표정으로 그것을 바라보았다.

"선생님이 저를 위해 하실 수 있는 일을 해 달라고 간청 드리는 거예요."

그녀가 재촉했다.

"이 식민지 내에 부인을 위해 나서지 않을 사람이 어디 있겠습니까, 페인 부인."

그가 대답했다.

그가 직원을 불러 몇 마디 질문을 던졌다. 그러고 나서 그가 고개를 끄덕였다.

"한두 사람 자리를 바꿔야겠어요. 고국으로 돌아가고 싶은 부인의 마음을 잘 알겠으며 우리는 부인을 위해 최선을 다해야 한다고 생각합니다. 작은 선실을 하나 내드리죠. 마음에 드셨으면 좋겠습니다."

키티는 그에게 감사를 표하고는 가벼운 마음으로 그와 헤어졌다. 탈출. 그녀는 오직 그 생각뿐이었다. 탈출! 그녀는 아버지에게 즉시 돌아가겠다는 전보를 쳤다. 월터가 죽었다는 전보는 이미 보냈다. 그러고 나서 타운센드의 집으로 돌아가 도로시에게 그녀가 한 일을 알렸다.

친절한 여자가 말했다.

"가신다니 정말 섭섭해요. 하지만 부인이 어머니 아버지와 함께 지내고 싶은 마음도 이해해요."

키티는 홍콩으로 돌아온 날로부터 그녀의 집에 가 보는 것을 차일피일 미뤄 왔다. 그곳에 들어가 곳곳에 어린 추억들과 맞부닥뜨리는 게 두려웠다. 하지만 이제는 달리 어쩔 수가 없었다. 타운센드가 가구들의 매매를 주선했고 집도 빌리고 싶다는 사람이 나서서 해결되었지만, 그들은 메이탄푸에 거의 아무것도 가져간 것이 없었기 때문에 그녀와 월터의 옷가지들이 여전히 남아 있었고 책들과 사진들, 여러 가지 잡동사니들도 있었다. 키티는 그것들이야 아무래도 상관없었고 과거의 인연을 끊어 버리고 싶은 마음이 간절했지만 그녀가 그 물건들을 나머지 것들과 함께 몽땅 경매에 넘긴다면 식민지 사람들의 감정을 들쑤실 게 뻔했다. 그 물건들을 싸서 영국으로 부쳐야 했다. 그래서 그녀는 점심 후에 그녀의 집으로 갈 채비를 했다. 그녀를 도와주고 싶은 마음에 함께 가겠다는 도로시를 키티는 혼자 가겠다며 만류했다. 하지만 도로

시의 하인 둘이 같이 가서 짐 싸는 것을 도와주는 데는 동의
했다.

키티의 집은 집사가 관리하고 있었는데 그가 키티에게 문
을 열어 주었다. 낯선 사람인 양 자기 집에 들어가다니 이상한
기분이 들었다. 집 안은 말끔하고 깨끗했다. 모든 것이 당장
사용해도 될 만큼 제자리에 놓여 있었지만 따뜻하고 화창한
대낮인데도 적막한 방 안에 싸늘하고 황량한 기운이 감돌았
다. 가구들은 있어야 할 곳에 정확하게 배치되어 있었고 꽃이
꽂혀 있어야 할 빈 꽃병도 제자리를 지켰다. 언제 그랬는지 기
억나진 않지만 키티가 그랬는지, 책이 한 권 펼쳐진 상태로 엎
어져 놓여 있었다. 마치 그 집은 비워진 지 1분밖에 흐르지 않
았지만 그 1분은 영원(永遠)으로 충만해서 다시는 그 집에 말
과 웃음소리가 울려 퍼질 것 같지 않았다. 피아노 위에 폭스
트롯 악보가 펼쳐져 있었지만 건반을 눌러도 아무런 소리가
날 것 같지 않았다. 월터의 방은 그가 머물렀을 때처럼 말끔했
다. 서랍장 위에 커다란 키티의 사진 두 장이 놓여 있었는데,
하나는 그녀가 사교계에 처음 등장할 때 드레스를 입고 찍은
것이었고 나머지 하나는 신부 예복 차림이었다.

하인들이 골방에서 여행용 가방을 가져왔고 그녀는 그들이
짐 싸는 모습을 우두커니 바라보았다. 하인들은 재빠른 솜씨
로 깔끔하게 짐을 쌌다. 그녀에게 주어진 이틀이면 모든 것을
정리하기에 충분하리라. 하지만 생각에 잠겨서는 안 된다. 그
럴 시간이 없었다. 그때 갑자기 뒤에서 발소리가 들렸고 돌아
보니 찰스 타운센드가 서 있었다. 가슴이 철렁했다.

"무슨 일이죠?"

"당신 방으로 가지 않겠소? 할 말이 있는데."

"난 바빠요."

"딱 5분이면 돼요."

그녀는 더 이상 대꾸하지 않고 하인들에게 하던 일을 계속하라고 한마디 던지고는 앞장서서 찰스를 옆방으로 데려갔다. 그가 그녀를 완력으로 제어하지 못하도록 하겠다는 의지를 보여 주기 위해 그녀는 자리에 앉지 않았다. 자신의 얼굴이 창백하고 심장이 빠르게 뛰고 있다는 걸 느꼈지만 그녀는 차갑고도 적대적인 시선으로 그에 맞섰다.

"무슨 일이에요?"

"당신이 모레 떠난다는 이야기를 방금 도로시에게 들었소. 그녀가 당신이 짐을 싸러 여기 왔다면서 나더러 여기 들러 내가 도울 일이 없나 알아보라더군."

"고맙지만 나 혼자서도 잘할 수 있어요."

"역시 예상한 대로군. 그것 때문에 여기 온 건 아니고, 당신의 갑작스러운 출발이 혹시 어제 일 때문인가 묻고 싶어 왔지."

"당신과 도로시는 나에게 잘 대해 줬어요. 내가 당신의 친절을 이용하려고 한다는 생각을 하지 않았기를 바랄 뿐이에요."

"별로 솔직하지 못한 대답이군."

"그게 뭐가 그리 중요하죠?"

"아주 중요하지. 내가 한 짓이 당신을 내쫓는다는 생각은 하고 싶지 않아."

그녀는 탁자 옆에 서서 아래를 쳐다보았다. 그녀의 시선이 스케치 그림책에 가서 닿았다. 벌써 몇 달이 흘렀다. 월터가 그 끔찍했던 날 저녁 내내 들여다보던 책이었다. 그러던 월터가 지금은…… 그녀는 눈을 들었다.

"난 성벽이지 땅에 떨어진 기분이에요. 당신이 아무리 나를 경멸한다 해도 내가 나 자신을 경멸하는 것에 비할 바가 아니죠."

"하지만 난 당신을 경멸하지 않아. 내가 어제 한 말은 모두 진심이었어. 이렇게 도망쳐서 좋을 게 뭐가 있소? 우리가 왜 좋은 친구가 될 수 없는지 이해를 못 하겠군. 당신이 내가 당신을 막 대했다고 생각하는 게 싫소."

"왜 그냥 날 내버려 두지 않죠?"

"제기랄! 난 막대기나 돌멩이가 아니야. 당신의 그런 태도는 정말이지 말도 안 돼. 미친 짓이라고. 난 어제 이후로 당신이 나에게 좀 더 다정해질 거라 생각했어. 어쨌든 우린 한낱 인간에 불과하잖소."

"난 인간 같지 않아요. 짐승 같다는 느낌이 들어요. 돼지나 토끼나 개 말이에요. 오, 당신을 비난하는 건 아니에요. 단지 나도 나빴다는 거죠. 내가 당신에게 굴복한 건 당신을 원했기 때문이에요. 하지만 그건 진짜 내가 아니었어요. 난 그렇게 경멸스럽고 짐승 같은 정욕에 불타는 여자가 아니라고요. 난 그 여자를 인정할 수 없어. 그 침대에 누워 당신에게 헐떡거리던 건 내가 아니에요. 무덤 속의 내 남편은 아직 온기가 식지 않았고 당신 아내가 내게 그렇게 친절을 베풀었는데, 말로 다할 수 없을 정도로 친절했는데 어떻게……. 그건 사악한 악령처럼 어둡고 두려움에 찬 내 안의 짐승이었어요. 난 그걸 부인하고 증오하고 경멸해요. 그리고 그때 이후로 그것을 생각할 때면 속이 뒤틀리고 토할 것만 같아요."

그가 살짝 인상을 쓰며 짧고 불쾌한 냉소를 터뜨렸다.

"이런, 내가 아무리 아량이 넓다지만 가끔 당신이 하는 말에 충격을 받지 않을 수 없군."

"그렇다면 미안하군요. 이제 가요. 당신처럼 하찮은 인간한테 이런 진지한 이야기를 하다니 내가 바보예요."

그가 잠시 대답을 머뭇거렸지만 그녀는 그의 눈 속에 어린 그림자를 보고 그가 그녀에게 화가 났음을 감지했다. 그는 언제나 한숨을 푹 내쉬면서 능숙하면서도 예의 바른 태도로 마지못해 그녀를 놓아주곤 했다. 그들이 악수를 나누고 그가 그녀에게 안전한 여행을 빌고 그녀가 그의 환대에 감사를 표하는 장면을 상상하니 재미있어졌다. 하지만 그녀는 그의 표정이 바뀌는 것을 보았다.

"도로시 말로는 당신이 아기를 낳을 거라던데."

그녀는 자신이 동요하는 것을 느꼈지만 그런 기색을 조금도 내비치지 않았다.

"그래요."

"혹시 내가 아이 아버지일 수도 있지 않나?"

"아뇨, 절대. 월터의 아이예요."

그녀는 자기도 모르게 목소리에 힘이 들어갔지만 말을 하면서도 그다지 확신에 찬 어조가 아니라는 것을 스스로도 느꼈다.

"확실해?"

이제 그는 심술궂은 미소까지 띠고 있었다.

"아무튼, 당신은 월터와 2년 동안 결혼 생활을 하면서도 아무 일도 없었잖아. 날짜가 딱 맞아떨어지는군. 내 생각엔 월디보다는 내 아이일 가능성이 훨씬 높은 것 같아."

"당신 아이를 낳느니 차라리 죽어 버리겠어요."

"오, 이런, 헛소리 마. 난 정말이지 기쁘고 자랑스럽소. 딸이었으면 좋겠어. 도로시에게서는 아들만 얻었으니까 말이오. 머지않아 가려지겠지. 내 세 명의 아이들은 완전히 내 판박이니까."

찰스는 유머 감각을 되찾았고 키티는 그 이유를 알 수 있었다. 만약 아이가 그의 핏줄이라면 그녀가 다시는 그를 보지 못한다 하더라도 그녀는 절대 그에게서 벗어나지 못할 것이기 때문이었다. 그녀에 대한 그의 힘은 멀리까지 손을 뻗쳐서 그는 여전히, 미미하지만 분명히 그녀 인생의 매일매일에 영향을 끼칠 것이다.

"당신은 정말이지 허영 덩어리에다가 바보천치, 내 인생에 닥친 커다란 불운이에요."

그녀가 말했다.

78

증기선이 마르세유로 들어가자 키티는 햇빛에 작열하는 들쑥날쑥하고 아름다운 해변가의 윤곽선을 바라보았다. 갑자기 생트마리 성당 위에 세워진 동정녀 마리아의 황금 상이 눈에 들어왔다. 그것은 항해 중인 선원들에게 안전의 상징이었다. 키티는 메이탄푸 수녀원의 수녀들이 그들의 조국을 영원히 떠나면서 그 황금 상이 멀리 시야에서 사라질 때 무릎을 꿇었다는 이야기가 생각났다. 그 이후 그것은 그들에게 단지 파란 하늘에 타오르는 작은 황금색 불꽃이 아니라 이별의 고통을 완화시키기 위해 올리던 기도 속에서 찾곤 하던 의지의 대상이었다. 그녀는 양손을 맞잡고 누군지도 모르는 신에게 간청을 올렸다.

길고 고요했던 여행길 내내 키티는 자신에게 일어났던 그 끔찍한 일을 끊임없이 떠올렸다. 자신을 이해할 수 없었다. 너무나 뜻밖의 일이었다. 도대체 무엇에 홀렸기에 그토록 그를 경멸하는데도, 온 마음을 다해 경멸하는데도 찰스의 천박한 포옹에 열정적으로 굴복했단 말인가? 분노가 그녀를 휩쌌고 자신에 대한 혐오감에 그녀는 중독될 지경이었다. 그 굴욕감을 평생 잊지 못할 것만 같아서 펑펑 눈물을 쏟았다. 하지만 홍콩과의 거리가 점점 멀어질수록 그녀의 노여움도 서서히 생기를 잃어 갔다. 다른 세상에서 일어난 일만 같았다. 그녀는 돌발적인 광기에 휘말렸다가 회복된 사람이 제정신이 아닐 때 저질렀던 괴상한 짓을 희미하게 기억하면서 괴로워하고 부끄러워하는 상황에 처한 기분이었다. 하지만 그 사람은 자기가 제정신이 아니었음을 내세우며 어쨌든 자기 입장에서 당당히 관대함을 요구할 수 있었다. 만약 너그러운 가슴을 가진 사람이라면 그녀를 단죄하기보다는 동정할 수도 있을 거라고 키티는 생각했다. 하지만 그녀의 자존심이 얼마나 처참하게 산산조각 났는지를 생각하면 한숨이 절로 나왔다. 그녀 앞에 탄탄대로로 쭉 뻗어 있는 듯 보였던 길이 이제는 복잡한 미로였고 곳곳에 함정이 도사리고 있었다. 하지만 인도양의 광대함과 극적이고 아름다운 석양이 그녀의 마음을 달래 주었다. 그러자 그녀는 자유롭게 자신의 영혼을 소유할 수 있는 어떤 곳으로 흘러가는 것만 같았다. 그녀는 뼈아픈 투쟁의 대가를 치렀으니 다시 자존심을 회복할 수만 있다면 그것을 감당할 용기도 찾을 수 있으리라.

미래는 외롭고 험난할 것이다. 그녀는 포트사이드[14]에서 어머니로부터 그녀의 전보에 대한 답신을 받았다. 그것은 커다랗고 장식적인 글씨체로 쓰인 긴 편지였는데, 어머니가 젊었을 때 젊은 규수들이 배우던 글씨체였다. 장식체가 너무나 깔끔해서 왠지 가식적이라는 인상을 주었다. 가스틴 부인은 월터의 죽음에 애도를 표하고 딸의 슬픔에 적절히 안타까움을 표현했다. 당연히 총독부에서 그녀에게 연금이 나올 것이지만 어머니는 키티의 생계를 걱정했다. 그리고 키티가 영국으로 돌아온다니 기쁘며 당연히 아이가 태어날 때까지 그녀는 아버

---

14) 이집트 카이로의 항구도시다.

지와 어머니 곁에서 지내야 한다고 말했다. 키티가 따라야 할 몇 가지 지시 사항과 동생 도리스의 출산에 대한 갖가지 상세한 이야기들이 그 뒤를 이었다. 사내아이의 몸무게가 어떻고 아이의 친할아버지가 그보다 더 훌륭한 아기는 본 적이 없다고 했다는 말 등등. 도리스는 다시 출산을 기다리고 있었고 그들은 다시 사내아이가 태어나 준남작 지위를 물려받을 확실한 보증이 되기를 원한다고 했다.

키티는 편지의 요점이 한정된 기간의 초대에 있음을 깨달았다. 가스틴 부인은 넉넉지 못한 상황에서 과부가 된 딸을 떠맡을 생각이 조금도 없었다. 그녀의 어머니가 얼마나 그녀를 아꼈는지 생각해 보면 딸에게 실망했다고 해서 딸을 군식구 취급하다니 너무하다는 생각이 들었다. 부모와 자식 간의 관계란 얼마나 이상한가! 자식이 어릴 때 부모들은 아이들을 애지중지하고 그맘때 흔히 치르는 가벼운 병치레에도 노심초사하며 아이들은 부모에게 사랑과 애정으로 매달린다. 하지만 세월이 흘러서 아이들이 성장하면 피붙이가 아닌 사람들이 아버지나 어머니보다 자신들의 행복을 위해 더욱 중요해진다. 그리고 무관심이 과거의 맹목과 본능적인 사랑의 자리를 대신한다. 그들의 만남은 지루함과 짜증의 장으로 변질된다. 일단 한 달간 떨어져 지내는 어수선함을 겪고 나면 몇 년간 떨어져 지내는 것도 아무렇지 않고 오히려 기대하게 되는 것이다. 그녀의 어머니는 걱정할 필요가 없었다. 그녀는 되도록 빨리 혼자 지낼 집을 마련할 작정이었다. 하지만 그녀에겐 약간의 시간이 필요했다. 현재로서는 모든 것이 불투명했고 미래에 대한 그림이 조금도 그려지지 않았다. 그녀는 아이를 낳다가 죽을 수도 있었다. 그것이 수많은 어려움에 대한 하나의 해결책이 될 수도 있었지만.

하지만 배가 정박했을 때 두 통의 편지가 그녀에게 배달되었다. 놀랍게도 그것은 아버지의 편지였다. 아버지가 그녀에게 편지를 썼던 적이 있었는지 기억조차 없었다. 그는 "키티에게" 라는 말로 덤덤하게 이야기를 시작했다. 건강이 좋지 않은 어머니를 대신해서 편지를 쓰며 어머니는 수술을 받기 위해 사립 병원으로 가기로 했다는 내용이었다. 놀라지 말고 멀리 돌아오더라도 계속 바닷길로 오라, 육로는 비용이 무척 비싸고 어머니가 집에 없는 이상 키티가 해링턴 가든스의 집에 머무는 것 또한 불편할 것이라는 내용이었다. 다른 편지는 도리스로부터 온 것이었는데, "사랑하는 키티 언니"로 시작했다. 도리스가 그녀에게 특별한 애정이 있는 것은 아니었지만 그것이 주위의 모든 사람을 칭하는 그녀의 방식이었다.

사랑하는 키티 언니,

아버지가 언니에게 편지를 썼으리라 생각해. 어머니는 수술을 받으셔야 해. 분명히 어머니의 병세는 작년에 악화된 듯하지만 언니도 알다시피 어머니는 의사들을 싫어해서 약국에서 약만 사서 드신 것 같아. 뭐가 어떻게 잘못된 건지 잘 모르겠어. 어머닌 계속 모든 걸 함구하고 계시고 질문이라도 할라치면 버럭 성만 내신다니까. 그냥 보기에도 어머니 상태가 안 좋아. 내가 언니라면 마르세유에서 내려서 가능한 한 빨리 돌아오겠어.

하지만 내가 오라고 했다는 말은 하지 말길. 어머닌 아무것도 문제될 게 없다면서 당신이 집으로 돌아오기 전에 언니가 집에 도착하는 걸 바라지 않으시니까. 일주일 안에 퇴원시키겠다는 약속까지 의사들한테 받아 놓으셨어. 그럼 이만.

도리스

형부의 일은 정말 안됐어. 지옥에서 한 철을 보낸 것 같겠구나, 불쌍한 언니. 언니가 무척 보고 싶어. 우리 둘 다 아기를 가졌다니 좀 재밌네. 이제 우리가 서로의 손을 잡을 수 있겠지.

키티는 생각에 잠겨서 잠시 갑판에 서 있었다. 어머니가 아프다니 상상도 못한 일이었다. 활동적이고 단호한 어머니의 모습 이외에는 본 기억이 없었다. 어머니는 늘 다른 사람의 병에 대해 참을성이 없었다. 그때 집사가 다가와 그녀에게 전보를 한 장 내밀었다.

안타깝게도 네 어머니가 오늘 아침 사망했다는 소식을 전한다. 아버지가.

<h1 align="center">79</h1>

키티는 해링턴 가든스에 위치한 친정집의 초인종을 눌렀다. 아버지가 서재에 있다는 말을 듣고 서재로 가서 문을 살짝 열

었다. 아버지는 그날 석간의 마지막 난을 읽고 있었다. 고개를 들어 그녀가 들어오는 것을 보고는 신문을 내려놓고 벌떡 일어났다.

"오, 키티구나. 더 늦은 기차로 오는 줄 알았는데."

"저를 마중 나오시려면 번거로울 것 같아 도착 시각을 알리지 않았어요."

아버지는 그녀에게 너무나 익숙한 방식으로 뺨을 내밀어 키스를 받았다.

"신문을 살펴보고 있었단다. 지난 이틀 동안 신문을 읽지 못했거든."

아버지는 일상적인 삶에 몰두하고 있는 자신의 모습을 설명하고픈 생각이 든 게 분명했다.

"물론이죠. 아버진 녹초가 되셨을 거예요. 어머니의 죽음이 아버지께 커다란 충격이었겠죠."

그는 키티가 마지막으로 보았을 때보다 더 늙고 야위어 있었다. 왜소하고 주름진 깍듯한 태도의 비쩍 마른 남자.

"외과의가 더 이상 희망이 없다고 하더구나. 네 어머닌 1년이 넘도록 몸 상태가 말이 아니었지만 의사한테 가기를 거부했어. 외과의 말이 어머니가 만성 통증에 시달렸을 거라면서 그걸 참아 낸 게 기적이라는 거야."

"어머니가 한 번도 불평 안 하셨나요?"

"그냥 몸이 좋지 않다고만 했어. 그러면서도 절대 고통을 호소하진 않았지."

그는 잠시 말을 멈추고 키티를 바라보았다.

"여행에 무척 피곤하겠구나?"

"별로요."

"올라가서 어머니를 보겠니?"

"여기 모셨나요?"

"그래, 병원에서 이곳으로 옮겨 왔어."

"네, 지금 가 보죠."

"내가 같이 갈까?"

그의 말투 속에 어린 정체 모를 어떤 분위기 때문에 키티가 재빨리 아버지를 쳐다보았다. 딸을 약간 외면한 아버지의 얼굴에서 딸에게 자신의 눈을 들키고 싶지 않은 마음이 보였다. 키티는 최근에 남의 마음을 읽는 비범한 재주를 얻었다. 날마다 남편의 일상적인 말이나 무방비 상태의 몸짓에서 숨은 생각을 간파하는 데 온 신경을 집중해 온 덕분이었다. 키티는 아버지가 딸에게서 숨기려고 하는 게 무엇인지 단박에 알아챘다. 그것은 안도감, 영원한 안도감이었고, 그런 자신에 대한 두려움이었다. 30년 가까운 세월 동안 착하고 성실한 남편으로서 그는 아내를 욕하는 말은 단 한 마디도 내뱉은 적이 없었고 이제는 아내를 위해 슬픔에 젖어야 할 차례였다. 그는 언제나 자신에게 요구된 것들을 충실히 이행해 왔다. 그런 그가 상황이 어떻든 상처한 남편으로서 당연히 느껴야 할 감정을 느끼지 못하고 본마음을 숨겨야 한다는 것은 아무리 순식간에 일어난 희미한 감정이라도 스스로에게 충격이었을 것이다.

"아뇨, 혼자 가겠어요."

키티가 말했다.

그녀는 위층으로 올라가 커다란 방으로 들어갔다. 냉랭하고 과시적인 느낌의 그 침실은 그녀의 어머니가 몇 년 동안 기거한 곳이었다. 그녀는 그 호화로운 마호가니 가구들과 벽을 치장한 마커스 스톤[15]의 모사품들을 너무나 잘 기억하고 있었다. 화장대 위의 물건들은 가스틴 부인이 평생토록 고수한 바내로 일사불란하게 정리되어 있었다. 꽃은 보이지 않았다. 침실에 꽃을 놓았다면 가스틴 부인은 바보 같고 허풍스러우며 건강하지 못한 짓이라고 나무랐을 것이다. 향수 냄새도 막 세탁한 리넨 천의 시큼하고 텁텁한 냄새를 가리지는 못했는데, 키티는 그것이 어머니 방의 특징적인 냄새라는 것을 기억해 냈다.

가스틴 부인은 양손을 가슴께에 십자로 포갠 채 유순하게 침대에 누워 있었다. 그녀가 살아 있다면 절대로 받아들이지 못했을 그런 자세로. 그녀의 강하고 날카로운 이목구비와 병세로 푹 꺼진 볼, 그리고 움푹 들어간 관자놀이는 그녀를 아름답고 심지어 매우 인상적으로 만들었다. 죽음이 그녀의 얼굴에서 야비함을 도둑질해 가고 개성적인 인상만 남겨 놓았다. 로마의 황후처럼 보이기도 했다. 이제까지 죽은 사람들을 여러 번 봐 왔지만 한동안 영혼이 머물렀던 육체라는 느낌을 죽어서도 풍기는 경우는 이상하게도 이번이 처음이었다. 그녀는 슬픔을 느낄 수는 없었다. 그녀의 가슴에 깊은 애정의 느낌이 남아 있기에는 어머니와 그녀 사이에 존재하는 아픔이

---

15) 19세기에 활동한 영국의 풍속화가다.

너무 컸다. 그리고 과거 그녀의 소녀 적 모습을 돌이켜 보면 그녀가 어머니의 작품이었다는 것은 분명했다. 하지만 그 냉혹하고 군림하기 좋아하고 야심 찬 여인이 죽음에 의해 모든 세속적 야욕을 좌절당한 채 이렇게 꼼짝도 않고 조용히 누워 있는 걸 보고 키티는 희미한 비애감을 느꼈다. 어머니는 평생 동안 책략과 술책으로 일관했지만 속되고 무가치한 것 이외엔 아무것도 얻지 못했다. 아마 어머니는 지금쯤 저세상에서 자신의 세속적인 일생을 실망스럽게 바라보고 있지 않을까?

도리스가 들어왔다.

"언니가 이번 기차로 올 줄 알았어. 그래서 잠시 들러 봐야겠다고 생각했지. 끔찍하지 않아? 불쌍한 우리 어머니."

동생이 울음을 터뜨리면서 키티의 품 안으로 쓰러졌다. 키티는 동생에게 입을 맞췄다. 어머니가 자신 때문에 얼마나 도리스를 등한시했는지, 평범하고 못났다는 이유로 얼마나 동생을 가혹하게 대했는지 그녀는 잘 알고 있었다. 도리스는 보이는 그대로 지극한 슬픔을 정말 느끼는 걸까? 하지만 도리스는 언제나 감정이 풍부했다. 자신도 울 수 있으면 좋으련만. 도리스는 나를 독하고 무정하다고 생각하겠지. 키티는 느끼지도 못하는 비통함을 가장하기엔 자신이 너무 많은 일을 겪었다는 느낌이 들었다.

"가서 아버지를 만나 보겠니?"

격한 감정의 분출이 약간 누그러들자 그녀가 도리스에게 물었다.

도리스가 눈가를 훔쳤다. 키티의 눈에 동생은 임신을 해서 이목구비가 더욱 투박했고 검은 드레스 속의 벌건 얼굴은 촌스럽게 보였다.

"아니, 그러지 않을래. 또 울기밖에 더하겠어. 불쌍한 양반, 아버진 잘 참고 계셔."

키티는 동생을 집 밖으로 데려다주고 나서 다시 아버지에게로 돌아왔다. 그는 벽난로 앞에 서 있었고 신문은 깨끗이 접힌 상태였다. 그가 다시 그것을 읽지 않았다는 걸 보여 주고 싶었던 것이다.

"저녁식사를 위해 옷을 차려입지 않았다. 이제 그럴 필요는 없겠지."

아버지가 말했다.

80

그들은 식사를 했다. 가스틴 씨는 키티에게 아내의 질병과 죽음에 대해서 자세히 이야기를 들려주었고 친구들이 편지를 통해 보인 친절과(그의 탁자에는 애도를 표하는 편지가 수북이 쌓여 있었는데 그는 답장을 해야 하는 부담감에 한숨을 푹 쉬었다.) 그가 준비한 장례식에 대해서도 이야기했다. 식사 후 그들은 서재로 돌아갔다. 그곳이 집 안에서 불을 피운 유일한 방이었다. 그는 능숙하게 벽난로 선반에서 파이프를 꺼내 담배를 채우다가 말고 딸을 회의적인 눈길로 한번 쳐다보고는 도로 내려놓았다.

"담배 안 피우실 거예요?"

그녀가 물었다.

"네 어머니가 식사 후에 파이프 냄새 피우는 걸 별로 좋아하지 않았다. 전쟁 끝에 난 시가를 포기했지."

그의 대답에 키티의 가슴이 시려 왔다. 예순 살이나 먹은 남자가 자신의 서재에서 자기가 원하는 것도 마음대로 하지 못하다니 이렇게 고약한 일이 또 있을까.

"난 파이프 냄새 좋아요."

그녀가 미소를 지었다.

희미한 안도의 표정이 그의 얼굴을 스쳤고 그가 파이프를 다시 집어서 불을 붙였다. 그들은 벽난로의 양쪽에 각각 자리를 잡고 마주 앉았다. 그는 이제 키티가 처한 어려움에 대해서 이야기할 차례라는 생각이 들었다.

"아마 네 어머니의 편지를 포트사이드에서 받았으리라 생각한다. 불쌍한 월터가 죽었다는 소식을 듣고 우리 둘 다 큰 충격을 받았단다. 참 좋은 청년이라고 생각했는데."

키티는 무슨 말을 해야 할지 알 수 없었다.

"네 어머니 말이 네가 아이를 낳을 거라던데."

"네."

"예정일이 언제냐?" "넉 달 정도 후예요."

"네게 큰 위안이 될 거야. 가서 도리스의 아들을 보도록 해라. 예쁜 아기란다."

그들은 방금 만난 낯선 사람들보다 더 서먹하게 이야기를 나누었다. 만약 그들이 정말 낯선 사람들이었다면 그것이 그가 그녀에게 관심과 호기심을 가질 만한 이유가 됐겠지만 오히려 그들이 공유한 과거가 부녀 사이를 가로막는 무관심의 장벽으로 작용했다. 키티는 자신이 아버지의 애정을 얻기 위해서 한 일이 아무것도 없다는 것을 너무 잘 알고 있었다. 그는 집안에서 중요한 위치를 차지했던 적이 없었고 그저 당연한 존재였으며 가족에게 더 화려한 것을 제공할 수 없다는 이유로 다소 멸시를 받아야 했던, 돈을 벌어오는 사람에 불과했다. 그런데 그녀는 그가 아버지이기 때문에 그녀에 대한 그의 사랑을 당연시했고 그 때문에 그녀에 대한 그의 공허한 마음을 알게 되자 충격을 받았다. 그들 모두가 그를 지겨워한다는 것을 그녀도 알고 있었지만 그도 똑같이 그들을 지겨워한다고는 한 번도 생각지 못했다. 그녀가 고난을 겪으며 터득한 슬픈 통찰력은, 아버지는 언제나 다정하고 조용한 사람이지만, 절대로 자신에게 인정하지 않았을 것이고 앞으로도 안 할지라도 마음속으로는 그녀를 달가워하지 않는다는 것을 그녀에게 암시하고 있었다.

파이프가 더 이상 빨리지 않자 그가 일어나서 파이프를 채울 것을 찾았다. 심란한 마음을 가리기 위한 방편이었는지도 모른다.

"네 어머니는 아기가 태어날 때까지 네가 여기 머물기를 바랐고 그래서 네가 쓰던 방을 준비해 둘 작정이었단다."

"알아요. 약속드리지만 폐를 끼치진 않겠어요."

"오, 그런 말이 아니야. 이런 상황에서 네가 찾을 곳은 당연히 네 아버지 집이잖니. 하지만 얼마 전 난 바하마의 재판장

자리를 제안받았고 그것을 수락했단다."

"오, 아버지, 정말 기뻐요. 진심으로 축하드려요."

"너무 급작스러운 제안이라 네 불쌍한 어머니에겐 말도 미처 못 했다. 알았다면 네 어머니가 대단히 만족했을 텐데 말이다."

이 무슨 운명의 쓰디쓴 장난일까! 그 모든 노력과 술수와 굴욕 후에, 자신의 야심이 과거의 실패로 인해 비록 하향 조정되기는 했지만 어쨌든 드디어 성취된 것도 모르고 가스틴 부인은 죽어 버렸다.

"나는 내달 초에 배를 탈 거야. 물론 이 집은 대리인이 관리하게 되겠지만 가구들은 팔아 버릴 작정이다. 네가 여기 머물도록 할 수 없어서 미안하다만 네 셋집에 가져가고 싶은 가구가 있다면 기꺼이 주마."

키티는 불꽃을 응시했다. 그녀의 심장이 빠르게 뛰었다. 갑자기 이토록 심란해지다니 이상했다. 하지만 마침내 그녀는 간신히 입을 열었다. 그녀의 목소리가 약간 떨렸다.

"저도 같이 가면 안 돼요, 아버지?"

"네가? 오, 키티, 얘야."

그의 안색이 어두워졌다. 그녀는 전에도 가끔 그 표현을 들어 왔지만 그저 말뿐이라고 생각했다. 하지만 이제 난생처음으로 그녀는 그것이 나타내는 감정의 동요를 보았다. 그것이 너무나 뚜렷해서 그녀는 깜짝 놀라고 말았다.

"하지만 네 친구들이 모두 여기 있고 도리스도 여기 있잖니. 난 네가 런던에 셋집을 얻으면 더 행복할 거라고 생각했다.

네 상황이 어떤지는 정확히 모르겠다만 내가 기꺼이 집세를 부담하마."

"제게도 살아갈 돈은 충분해요."

"나는 낯선 곳으로 가는 거야. 거기 상황이 어떤지는 전혀 몰라."

"전 낯선 곳에 익숙해요. 런던은 더 이상 제게 아무런 의미가 없어요. 여기선 숨을 쉴 수 없어요."

그는 잠시 눈을 감았다. 그녀는 아버지가 울려고 한다고 생각했다. 그의 얼굴에는 완전히 비참한 표정이 어른거렸다. 그것이 그녀의 심장을 쥐어짰다. 그녀가 옳았다. 아내의 죽음으로 그는 안도감으로 충만해졌고 이제 과거로부터 완전히 벗어날 수 있는 이 기회가 그에게 자유를 보장해 줄 터였다. 그는 앞에 펼쳐진 새로운 삶을 보았고 마침내 그 모든 세월을 겪고 나서 휴식과 행복이라는 상을 받고 싶었던 것이다. 30년 동안 아버지의 심장을 좀먹었던 모든 고통이 희미하게나마 보였다. 마침내 그가 눈을 떴다. 그는 저절로 한숨을 토해 냈다.

"물론 네가 오고 싶다면 나도 매우 기쁠 거야."

애처로웠다. 짧은 순간의 갈등에서 그는 의무감에 백기를 들었던 것이다. 그 몇 마디와 함께 그는 모든 희망을 버렸다. 키티는 의자에서 일어나 그에게로 다가가 무릎을 꿇고 그의 손을 잡았다.

"아뇨, 아버지, 아버지가 바라지도 않는데 가고 싶진 않아요. 아버진 충분히 희생하셨어요. 혼자 가고 싶으시면 가세요. 제 생각은 조금도 하지 마세요."

그는 한 손을 빼내어 그녀의 예쁜 머리카락을 어루만졌다.

"물론 난 너를 원한다, 얘야. 어쨌든 난 네 아비고 넌 과부에 외톨이가 아니냐. 네가 나랑 같이 있고 싶은데 내가 너를 원하지 않는다면 그렇게 무정한 처사가 어디 있겠니."

"하지만 괜찮아요. 제가 아버지 딸이라고 해서 아버지께 뭘 바랄 권리는 없어요. 아버진 제게 빚진 게 없어요."

"오, 우리 아가."

"아니에요." 그녀가 맹렬하게 되풀이했다. "우리가 평생토록 아버지 덕분에 잘 먹고 잘 살았는데 보답해 드린 게 아무것도 없다고 생각하면 가슴이 무너져요. 조그만 애정조차도요. 아버진 그다지 행복한 삶을 살지 못했어요. 제가 과거에 못 다한 것을 조금이라도 보상하도록 기회를 주시겠어요?"

그가 약간 얼굴을 찌푸렸다. 그녀의 감정이 그를 당황하게 만들었다.

"무슨 말을 하는지 모르겠구나. 네게는 아무 불만도 가져 본 적이 없다."

"오, 아버지, 전 너무나 많은 일을 겪었고 너무나 불행했어요. 전 여길 떠날 때의 그 키티가 아니에요. 전 끔찍이도 나약하지만 그때처럼 한심하고 비열한 여자는 아니에요. 제게 기회를 주실래요? 이제 제겐 아버지 말고 아무도 없어요. 제가 아버지의 사랑을 얻을 수 있도록 노력할 기회를 주시지 않을래요? 오, 아버지, 전 몹시 외롭고 너무 비참해요. 아버지의 사랑이 절실하게 필요해요."

그녀는 그의 무릎에 얼굴을 묻고 가슴이 찢어질 것처럼 서럽게 울었다.

"오, 우리 키티, 우리 아기, 키티."

그가 중얼거렸다.

그녀가 얼굴을 들고 그의 목에 팔을 감았다.

"오, 아버지, 제발 제게 친절을 베푸세요. 서로에게 친절하도록 해요."

그가 그녀에게 애정을 담아 입 맞췄다. 그의 뺨이 그녀의 눈물로 젖었다.

"물론 나와 함께 가자꾸나."

"제가 그러길 바라세요? 정말 그러길 바라세요?"

"그래."

"정말 감사해요."

"오, 애야, 내게 그런 식으로 말하지 마라. 기분이 자꾸 이상해지잖니."

그가 손수건을 꺼내 딸의 눈가를 닦아 주었다. 그녀가 그에게서 전에는 한 번도 보지 못했던 미소가 그의 얼굴에 떠올랐다. 그녀는 다시 한번 아버지의 목에 팔을 둘렀다.

"정말 신날 거예요, 아버지. 함께 어떤 재미있는 일을 겪을지 아마 모르실걸요."

"네가 아기를 낳게 된다는 걸 잊은 모양이구나."

"그곳의 시원한 바다 소리와 드넓은 파란 하늘 아래 여자애가 태어난다면 좋겠어요."

"성별에 대해서 벌써 마음을 정한 게냐?"

그가 살짝 웃음기를 보이며 중얼거렸다.

"난 딸이었으면 좋겠어요. 제가 범한 실수를 그 애가 저지르지 않도록 잘 키우고 싶기 때문이에요. 어릴 적 모습을 돌이켜 보면 제 자신이 싫어요. 하지만 제겐 기회란 게 전혀 없었어요. 내 딸은 자유롭고 자기 발로 당당히 설 수 있도록 키울 거예요. 난 그 아이를 세상에 던져 놓고는 사랑한답시고 결국 어떤 남자와 잠자리를 갖기 위한 여자로 키우기 위해 평생토록 입히고 먹일 생각은 없어요."

아버지가 경직되는 것을 그녀는 느꼈다. 그는 그런 말을 한 번도 해본 적이 없었을 뿐만 아니라 그런 말이 자기 딸의 입에서 나오는 걸 듣고는 충격을 받은 모양이었다.

"이거 한 가지만은 솔직히 말씀드릴게요, 아버지. 저는 바보였고 사악했고 가증스러웠어요. 그리고 끔찍한 형벌을 당했죠. 결단코 저는 그 모든 것으로부터 제 딸을 보호하겠어요. 나는 그 애가 거침없고 솔직했으면 좋겠어요. 그 애가 스스로의 주인으로서 독립된 인격체이길 바라고 자유로운 남자처럼 인생을 살면서 저보다 더 나은 삶을 살았으면 좋겠어요."

"이런, 애야, 마치 쉰 살은 된 것처럼 말하는구나. 네 앞에도 남은 삶이 있잖니. 고개를 떨어뜨려서는 안 된다."

키티는 고개를 저으며 천천히 미소를 지었다.

"안 그래요. 전 희망과 용기가 있어요."

과거는 끝났다. 죽은 자는 죽은 채로 묻어 두자. 너무 무정한 걸까? 그녀는 온 마음을 다해 자신이 동정심과 인간애를 배웠기를 바랐다. 어떤 미래가 그녀의 몫으로 준비되었는지 모르지만 어떤 것이 닥쳐오든 밝고 낙천적인 기백으로 그것을 받아들일 힘이 자신의 내부에 자리하고 있음을 느꼈다. 그러자 갑자기 이유는 알 수 없지만 무의식의 심연으로부터 그들이 떠났던 여정이 추억처럼 떠올랐다. 그녀와 불쌍한 월터가 전염병이 도는 도시로 갔고 거기서 그는 죽음을 만났다. 어느 날 아침 아직 어두운데 가마에 오른 것하며, 동이 터 올 때 숨막힐 듯한 아름나움을 눈이 아닌 온몸으로 체감하면서 순식간에 가슴속의 고통이 사그라졌던 기억이. 모든 인간의 번뇌가 하찮게 쪼그라들었던 그때. 태양이 안개를 헤치며 떠올랐고 구불구불한 길이 논 평야 사이를 뚫고 작은 강을 가로질러서 시야가 닿는 곳까지 쭉 펼쳐진 장면이 그녀의 눈에 선했다. 굽이치는 자연을 뚫고 지나간 그 길은 그들이 가야 할 길이었다. 그녀가 저지른 잘못과 어리석은 짓들과 그녀가 겪은 불행이 아마도 완전히 헛된 것은 아닐 것이다. 이제 희미하나마 가늠할 수 있는 그녀 앞에 놓인 그 길을 따라간다면, 친절하고 익살맞은 늙은 워딩턴이 아무 곳에도 이르지 않는다고 말하던 길이 아니라, 수녀원의 친애하는 수녀들이 너무나 겸허히 따랐던 길, 평화로 이어지는 그 길을 간다면 말이다.

사랑의 상처와 극복, 성장을 위한 여정

미국의 사회비평가 카밀 팔리아는 "현대 여성은 사랑할 남자를 찾아 헤매면서도 남성에게 폭군이 되어야 할지 노예가 되어야 할지 결정하지 못한 채 망설이는 강한 여성의 낭만적 딜레마에 봉착해 있다."라고 했다. 분명한 것은 현대 여성이 남성 중심의 사회에서 맡아 왔던 전형적 여성상과 고정된 성역할에서 탈피하고 있으며 성인 여성의 삶과 동일시되었던 결혼 또한 그 의미가 유동적이고 다채로워지고 있다는 점이다. 그래서 사랑과 결혼은 다양한 가치관이 공존하는 현대 사회에서 여성에게, 그리고 남성에게 더욱 까다롭고 어려운 숙제로 점점 진화하고 있다.

서머싯 몸의 『인생의 베일』은 강한 여성이 흔하지 않았던 1920년대를 배경으로 하고 있지만, 전통적 가치관 아래에서 자란 여성이 결혼 생활의 환상이 깨지고 외도의 아픔을 겪으면서 긍정적인 여성성을 모색한다는 보편적인 문제를 다루고 있다. 영국 여성 키티 페인은 나이에 쫓겨 도피하듯 결혼을 한 뒤 매력적인 유부남 찰스 타운센드에게 사랑의 불꽃을 태우지만 그에게 배신당하고, 부정을 알게 된 남편의 협박에 콜레라가 창궐한 중국의 오지 마을로 끌려간다. 키티는 사방에 깔린 죽음의 공포와 싸우는 과정에서 다양한 인간의 삶과 가치관을 체험하고 편협했던 시각에서 벗어나 정신적으로 성장한다. 그리고 광대한 자연 앞에서 용서라는 실마리를 찾음으로써 속박처럼 자신을 얽어맸던 잘못된 사랑의 굴레를 벗어던지고 스스로 상처를 치유한다.

하지만 서머싯 몸의 작품에는 다른 작품에서도 여러 번 나타난 바와 같이 어리석고 불완전한 인간에 대한 불안이 애써 찾은 희망에 음울한 그림자를 던진다. 키티는 남편 월터의 죽음 후 애증의 관계에서 해방되어 자유를 찾았다고 느끼지만, 영국으로 돌아가기 전 들른 홍콩에서 옛 애인 찰스와 다시 한 번 육체관계를 갖게 되기 때문이다. 여기서 주목할 점은 키티에게 찰스는 더 이상 예전의 매력적인 애인이 아니라 혐오의 대상이라는 점이다. 그러나 키티는 찰스의 욕망 앞에 순전한 욕정을 느끼며 그의 품에서 육체의 희열을 느낀다. 그런 자신이 한심하고 혐오스럽기도 하지만 그것은 자괴감보다는 내부의 도무지 알 수 없는 충동에 대한 어리둥절함과 혼란스러움에 더 가깝다. 육체가 머리에 반기를 드는 상황, 어리석고 균형이 잡히지 않는 인간에 대한 저자의 탄식 같기도 하다. 우리의 내면에서 일어나는 걷잡을 수 없는, 이성으로는 통제 불가능한 충동이야말로 벗어날 수 없는 사랑의 속박이자 "인간의 굴레"인 것이다.

이러한 십자가는 남편 월터에 대한 키티의 태도에서도 찾아볼 수 있다. 월터는 인간애와 지성을 갖춘 건실한 남자로 키티를 신심으로 사랑하고 배려하는 나무릴 데 없는 남편이지만 키티는 그런 월터를 사랑하지 않는다. 그 이유는 작품 전반에 걸쳐 꽤 여러 번 언급되며 힌트를 던지고 있다. 월터는 사회적으로 우수한 덕목을 갖춘 남자임에 틀림없지만 본능을 자극하는 사내다운 '매력'이 없다. 덕목이 매력 앞에 패배하고 이성이 본능 앞에 무릎을 꿇었다고 볼 수 있다.

여기서 한 가지 더 잔인한 사랑의 속성을 생각해 보지 않을 수 없다. 나를 사랑하는 사람을 반드시 사랑할 수 있을까? 물론 아니다. 오히려 괄시하고 그 애정을 저버릴 가능성이 많다. 짝사랑, 외사랑이 괜히 인류의 영원한 레퍼토리가 된 것이 아닐 것이다. 내게 애정을 품은 사람을 판단하기에 앞서 나를 사랑한다는 이유만으로 이미 내 마음속에서는 알 수 없는 잔인함이 흉물처럼 꿈틀거리는 것이다. 이것은 키티가 수녀원에서 돌보게 된 한 지체장애아와의 일화에서도 잘 드러난다. 키티에게 집착에 가까운 애정을 보이며 끈질기게 사랑을 갈구하던 아이는 키티가 마지못해 애정의 손길을 내밀자마자 등을 돌리고 다시는 그녀를 쳐다보지 않는다.

이처럼 사랑의 불가사의한 잔혹성은 월터에게 깊은 상처를 입힌다. 온 마음을 다해 사랑한 아내의 외도에 그는 깊이 절망한다. 그리고 키티의 임신은 그에게 치명타가 된다. 키티가 임신한 아이가 자신의 아이인지 확신할 수 없기 때문이다. 이것은 동서고금을 막론하고 대다수 남성들에게 가장 두렵고 견디기 힘든 상황일지 모른다. 외도한 배우자를 살해하는 남성들이 여성들보다 많고, 남성들의 배우자 선택 기준에서 여성의 정절이 1위를 차지하고 있는 수많은 여론조사 결과들이 이를 뒷받침한다.

서머싯 몸은 이러한 남성의 부서지기 쉬운 면을 정확히 꿰뚫어 본 듯하다. 월터는 콜레라에 걸려 사망하는데, 키티는 그가 실험하던 중에 감염되었을 것이라는 소식을 전해 듣는다. 이로써 서머싯 몸은 독자에게 월터의 죽음이 우연이 아닌 자살일 수 있다는 가능성을 암시한다. 키티가 자연의 품 안에서 용서라는 해독제를 찾아내어 상처를 치료한 반면, 월터는 자신을 배신한 아내와 그런 아내를 사랑한 자신을 끝내 용서하지 못함으로써 결국 사랑의 상처를 극복하지 못했다.

이렇게 본다면 이 작품이 조심스럽게 제시한 인생에 대한 희망은 '용서'에 있지 않을까 싶다. 키티가 오지의 마을에 도착한 첫날 새벽 목격한 자연의 풍경은 종교적인 체험에 비견될 정도로 애욕에 지친 그녀의 마음을 어루만져 주었다. 새벽 안개에 싸인 강가에 햇빛이 드리우는 아름답고 신비로운 광경에 키티는 온몸으로 감동하며 뜨거운 눈물을 흘린다. 그리고 광대한 자연 앞에 누가 누구와 잠자리를 했는가 하는 문제가 대수롭지 않게 여겨진다. 키티는 강물을 보면서 월터와 자신이 큰 강물 속의 한낱 물방울 두 개에 지나지 않는다고 생각한다. 키티는 대승적인 차원에서 월터에게 동정과 인간애를 느낀다.

그녀는 월터에게 이렇게 소리치고 싶었다. '이봐요. 우리 바보짓은 이제 할 만큼 하지 않았나요? 우린 서로에게 애들처럼 부루퉁해 있어요. 입맞춤하고 친구가 되는 게 이때요? 우리가 연인이 아니라고 해서 친구가 되지 말란 법 없잖아요?'

키티에게 일어난 이러한 변화는 인간의 어리석음을 깨달은 것에서 비롯된다. 그녀는 속되고 천박한 자신을 사랑했다고 스스로를 자책하는 월터에게 이렇게 항변한다.

"내가 어리석고 경박하고 천박하다고 해서 날 비난하는 건 공평하지 않아요. 난 그렇게 자랐어요. 내가 아는 모든 여자들은 다 그래요. ……교향곡 연주회가 지루하다는 사람에게 음악에 대한 기호가 없다고 힐책하는 것과 같아요. 내가 갖지 못한 품성을 내 탓으로 돌리고 나를 비난하는 게 공평한가요? 난 내가 아닌 존재인 척하면서 당신을 속이려고 한 적 없어요. 난 그냥 예쁘고 명랑해요. 장터 노점에서 진주 목걸이나 담비 코트를 찾지 마요. 주석 트럼펫이나 장난감 풍선을 찾으라고요."

서머싯 몸은 위선적이고 속물적인 인간의 양태를 고발하면서도 인간의 그러한 어리석음까지 사랑할 때 용서가 가능하고 비로소 희망이 있다는 것을 암시하고 있다. 또한 독립적이고 건강한 여성성에서 희망을 발견하며 결말을 맺는다. 키티는 사랑의 배신과 죽음의 공포를 극복하고 해방감을 맛보지만 다시 반이성적인 욕정에 사로잡히는 부도덕한 자신에게서 혼란스러움을 느낀다. 하지만 곧 아버지와의 관계에서 애정을 회복함으로써 다시 살아갈 용기를 얻는다.

이 결말은 심리학적으로도 중요한 의미를 갖는다. 아버지란 존재는 일반적으로 여자아이의 일생에서 처음 만나는 남자다. 키티의 아버지는 가족들에게 애정과 존경의 대상이 아니라 돈 버는 기계에 불과했다. 키티는 원만한 관계 속에 서로 사랑하는 부모의 모습을 보지 못하고 아버지의 희생을 당연시하며 자랐다. 따라서 결혼을 독립된 남녀의 사랑과 상호보완적 관계로 받아들이지 못하고 어머니가 그랬듯 남편을 자신의 생계를 책임져 줄 제2의 아버지로 여겼다. 애초에 키티와 월터의 결혼은 서로를 아끼는 성인 남녀의 관계라기보다 남편이 아내를 보살피고 돌봐주는 일방적 관계, 아버지와 딸의 관계에서 출발했다.

키티는 사랑의 상처를 극복한 후에야 비로소 성장한 듯하다. 늙고 지친 아버지를 보며 지금까지 받기만 했던 애정을 되갚고 싶다는 심경의 변화는 강함 속에 내재한 허약하고 애처로운 인간의 모습을 발견했기 때문이다. 소원했던 아버지에게 화해와 애정을 바라는 키티의 모습은 진정으로 나 아닌 타자를 사랑할 준비가 된 인간을 상징하는 듯하다. 유연하게 세상을 바라보며 적극적으로 행동하고 자유롭게 변신하며 자신의 가치관을 가지고 세상에 영향력을 행사할 수 있는 부드러운 강인함 또한 여성성의 일부다. 자신과 타인에게서 강인함과 허약함이 공존하는 인간의 본질을 볼 수 있고, 그럼에도 불구하고 자신과 타인을 포용할 수 있는 것이야말로 성숙한 여성, 나아가 성장한 인간의 면모일 것이다.

작가 연보

1874년   1월 25일, 프랑스 파리의 영국 대사관 고문 변호사로
                일하던 로버트 몸의 막내아들로 태어난다.

1882년   어머니 이디스 몸이 폐결핵으로 별세.

1884년   아버지가 암으로 별세. 영국 켄트 주 윗스터블 관할
                사제인 숙부네에서 자란다. 가을에 캔터버리의 킹스
                스쿨에 입학한다.

1890년   폐결핵으로 한 학기를 남프랑스에서 요양하면서 모파
                상을 비롯한 프랑스 작가들의 소설을 탐독한다.

1891년   킹스 스쿨을 중퇴하고 독일 하이델베르크 대학교에서
                청강생으로 어학과 수학을 공부한다.

1892년   숙부의 권고로 공인회계사 공부를 시작했다가 그만
                두고 런던의 세인트토머스 병원 부속의학교에 입학한

다. 하지만 의학 공부보다 작가 수업에 더 관심을 가진다.

1897년 의학생의 경험을 토대로 쓴 첫 번째 장편소설『램버스의 라이자(Liza of Lambeth)』를 발표했는데 베스트셀러가 된다. 의학교를 졸업하고 면허를 얻지만 작가 수업을 위해 의업을 포기하고 스페인에 머문다.

1898년 역사소설『성자 만들기(The Making of a Saint)』발표. 후에『인간의 굴레에서(Of Human Bondage)』의 원형이 되는「스티븐 케리의 예술가적 기질(The Artistic Temper-ament of Stephen Carey)」을 썼으나 출판하지 못한다. 로마 여행.

1899년 단편집『정위(Orientations)』출판.

1901년 보어전쟁에서 힌트를 얻어 쓴 장편소설『영웅(The Hero)』을 출판한다.

1902년 중류 계급 여자가 농부와 결혼하는 이야기를 다룬 소설『크래덕 부인(Mrs. Craddock)』출판. 희곡「명예로운 자(A Man of Honour)」공연.

1903년 희곡「현세의 이익(Loaves and Fishes)」과「프레더릭 부인(Lady Frederick)」을 발표했으나 평가가 좋지 않자 희곡을 포기하고 소설에만 전념한다.

1904년 실험소설『회전목마(The Merry-Go-Round)』출판. 파리로 건너가 몽파르나스에 자리 잡고 한동안 보헤미안 생활을 하며 여러 예술가들을 사귄다. 로지라는 여배우와 연애. 희곡「도트 부인(Mrs. Dot)」집필.

1905년	스페인에 머물면서 안달루시아 여행기 『성처녀의 나라(The Land of Blessed Virgin)』 출판한다.
1906년	장편소설 『주교의 에이프런(The Bishop's Apron)』 출판.
1907년	장편소설 『탐험가(The Explorer)』 출판. 시칠리아 섬 여행. 런던의 코트 극장에서 공연한 풍속희극 「프레더릭 부인」이 대성공을 거두고 1년 간의 장기 공연에 들어간다.
1908년	「잭 스트로(Jack Straw)」, 「도트 부인」 등 모두 네 편의 극이 런던의 4대 극장에서 동시에 공연되어 셰익스피어 이래 최대의 인기를 누린다. 공포소설 『마술사(The Magician)』 발표.
1909년	희곡 「페넬로페(Penelope)」와 「스미스(Smith)」 공연.
1910년	희곡 「열 번째 사나이(The Tenth Man)」와 「지주 귀족(Landed Gentry)」 공연.
1911년	런던 메이페어에 근사한 주택을 구입한다.
1912년	스페인의 세비야에서 자전적 소설 『인간의 굴레에서』를 쓰기 시작한다.
1914년	희곡 「약속의 땅(The Land of Promise)」 공연. 1차 세계대전이 일어나자 프랑스 적십자 야전의무대에 지원한다.
1915년	정보국에 발탁되어 스위스의 제네바에서 첩보 활동을 한다. 희곡 「성취 불능(The Unattainable)」, 「선배(Our Betters)」 집필. 『인간의 굴레에서』 출판. 미국에서 시어도어 드라이저가 《뉴 리퍼블릭》에서 이 소설

을 격찬하지만 전쟁중이어서 큰 반향을 일으키지는 못한다.

1916년 시리 웰컴(Syrie Barnardo Wellcome)과 결혼. 첩보 생활로 건강을 해쳐 미국에서 정양한다. 화가 폴 고갱을 모델로 한 소설을 쓰기 위해 타히티섬을 여행한다.

1917년 정보국의 중대 비밀 임무를 맡고 러시아에 간다. 톨스토이, 도스토옙스키, 체호프의 고장에 가 보고 싶은 욕심 때문에 무리한 부탁을 맡은 것이다.

1918년 러시아에서 귀국하나 건강이 악화되어 스코틀랜드에서 요양한다.

1919년 희곡 「시저의 아내(Caesar's Wife)」, 「집과 미녀(Home and Beauty)」 집필. 장편 『달과 6펜스(The Moon and Six Pence)』를 출판하여 주목을 받는다. 『인간의 굴레에서』도 재평가를 받는다.

1920년 중국 여행.

1921년 단편집 『잎사귀의 떨림(The Trembling of a Leaf)』. 희곡 「서클(The Circle)」 공연. 보르네오와 서말레이시아 여행.

1922년 여행기 『중국의 병풍(On a Chinese Screen)』 출판. 희곡 「수에즈의 동쪽(East of Suez)」 공연.

1924년 희곡 『현세의 이익』 출판. 많은 단편소설을 발표한다.

1925년 단테의 『신곡』에서 힌트를 얻고 홍콩 여행을 바탕으로 장편소설 『인생의 베일』을 출판한다.

1926년 희곡 「정숙한 아내(The Constant Wife)」 공연. 단편집

『카수아리나 나무(The Casuarina Tree)』 출판.

1927년	「밀림의 발자국(Footprints in the Jungle)」 등 단편소설 다수 발표. 『편지(The Letter)』를 각색하여 공연.
1928년	첩보 활동 경험을 소재로 단편집 『애션던(Ashenden)』 출판. 희곡 「성스러운 불꽃(The Sacred Flame)」 뉴욕 공연.
1929년	이혼. 프랑스 카프페라에 정착. 보르네오와 서말레이시아 여행.
1930년	희극 「밥벌이(The Breadwinner)」 발표. 여행기 『응접실의 신사(The Gentleman in the Parlour)』와 토머스 하디와 휴 월폴을 풍자적으로 그린 장편소설 『케이크와 맥주(Cakes and Ale)』 출판. 키프로스와 뉴욕 여행.
1931년	단편집 『일인칭 단수(Six Stories Written in the First Person Singular)』. 희곡 「서클」 공연.
1932년	단편집 『책가방(The Book Bag)』 출판. 장편 『궁색한 인생(The Narrow Corner)』 출판. 희곡 「수고(For Services Rendered)」 공연.
1933년	단편집 『아, 왕이여(Ah King)』 출간. 희곡 「셰피(Sheppey)」 공연. 이 작품을 끝으로 더 이상 희곡은 쓰지 않는다. 스페인 여행.
1934년	단편집 『심판의 자리(The Judgment Seat)』 출판.
1935년	기행문 『돈 페르난도(Don Fernando)』 출판.
1936년	콩트집 『세계주의자(Cosmopolitans)』. 여행기 『나의 남해 섬(My South Sea Island)』을 시카고에서 출판. 남

아메리카와 서인도제도 여행.

1937년   장편 『극장(Theatre)』 출판.

1938년   자전적 회상록 『요약(The Summing Up)』 출판. 인도 여행.

1939년   장편 『크리스마스 휴가(Christmas Holiday)』 출판. 9월 1일 2차 세계대전이 발발하자 요트로 프랑스에서 탈출을 기도한다. 『세계단편 백선(Tellers of Tales)』 뉴욕 출판.

1940년   평론 『전시(戰時)의 프랑스(France at War)』. 독서 안내서 『책과 당신(Books and You)』 출판. 6월 15일에 파리가 함락되자 카누를 타고 영국으로 탈출. 10월 미국으로 건너가 1946년까지 뉴욕에서 머문다.

1941년   자서전 『극히 개인적(Strictly Personal)』 뉴욕에서 출판. 중편소설 「별장에서(Up at the Villa)」 발표.

1942년   장편소설 『동트기 전(The Hour before the Dawn)』 출판.

1943년   『현대 영미 명작선(Modern English and American Liter-ature)』 뉴욕에서 편집 출판.

1944년   장편소설 『면도날(The Razor Edge)』 출판.

1946년   역사소설 『그때와 지금(Then and Now)』. 『인간의 굴레에서』 원고를 미국 국회도서관에 기증한다.

1947년   단편집 『환경의 동물(Creatures of Circumstance)』 출판.

1948년   단편집 『여기와 저기(Here and There)』, 장편소설 『카

탈리나(Catalina)』, 『세계의 10대 소설(Ten Novels and Their Authors)』 출판.

1949년   에세이 『작가 수첩(A Writer's Notebook)』 출판.

1950년   『인간의 굴레에서』 다이제스트판 발간.

1951년   『작가의 시점(The Writer's Point of View)』 출판. 미국 에서 '몸 연구소'가 실립되어 몸의 문헌 전시가 열리다.

1952년   평론집 『방랑의 무드(The Vagrant Mood)』 출간. 옥스퍼드 대학교에서 명예학위를 받다. 네덜란드 여행.

1953년   희곡 『고귀한 스페인 사람(The Noble Spaniard)』 출판.

1954년   엘리자베스 여왕으로부터 명예 훈위(Companion of Honour)의 칭호를 받다. 그리스와 로마 방문. 평론집 『열 편의 소설과 작가(Ten Novels and their Authors)』 발표.

1958년   평론집 『시점(Points of View)』을 출간하고 작가 생활을 끝낸다고 선언한다. 윈스턴 처칠 경과 함께 왕립문학원의 부원장에 선출된다.

1958년   일본 여행.

1961년   문학 훈위(Companion of Literature) 칭호를 얻는다.

1965년   12월 16일 프랑스 니스에서 아흔한 살로 눈을 감는다.

세계문학전집 **137**

인생의 베일

1판 1쇄 펴냄 2007년 2월 2일
1판 47쇄 펴냄 2024년 10월 11일

지은이 서머싯 몸
옮긴이 황소연
발행인 박근섭, 박상준
펴낸곳 (주)민음사

출판등록 1966. 5. 19. (제 16-490호)
서울특별시 강남구 도산대로1길 62(신사동) 강남출판문화센터 5층 (우편번호 06027)
대표전화 02-515-2000 팩시밀리 02-515-2007
www.minumsa.com

한국어 판 ⓒ (주)민음사, 2007, 2021. Printed in Seoul, Korea

ISBN 978-89-374-6137-8 04800
ISBN 978-89-374-6000-5 (세트)

* 잘못 만들어진 책은 구입처에서 교환해 드립니다.

세계문학전집 목록

세계문학전집은 계속 간행됩니다.